AF306784

VOLKER DÜTZER

STIRB, MEIN MÄDCHEN

THRILLER

Überarbeitete Neuausgabe Juli 2024

Copyright © 2024 dp Verlag, ein Imprint der
dp DIGITAL PUBLISHERS GmbH
Made in Stuttgart with ♥
Alle Rechte vorbehalten

STIRB, MEIN MÄDCHEN

ISBN 978-3-98998-341-0
E-Book-ISBN 978-3-98998-259-8

Copyright © 2016, KBV
Dies ist eine überarbeitete Neuausgabe des bereits 2016 bei KBV er-
schienenen Titels Der Schacht (ISBN: 978-3-95441-316-4).

Covergestaltung: ArtC.ore-Design / Wildly & Slow Photography
Umschlaggestaltung: ArtC.ore-Design
Unter Verwendung von Abbildungen von
stock.adobe.com: © Viewvie
Shutterstock.com: © stef.f
Lektorat: Nicola Härms
Satz: dp DIGITAL PUBLISHERS GmbH
Druck und Bindung: Books on Demand GmbH, Norderstedt

Der Muse gewidmet.
(Weil sie immer wieder zu mir zurückkommt und es
höchste Zeit wird, mich dafür endlich einmal zu be-
danken.)

There's a little black spot on the sun today
It's the same old thing as yesterday
(The Police, King of pain)

„Ein Funke reicht aus und alles fliegt in die Luft.“
(Helen Stein)

1

4. Juni, 22:13 Uhr, Koblenz

„Es kann überhaupt nichts schiefgehen." Helen presste entschlossen die Lippen aufeinander und versuchte so auszusehen, als wüsste sie, was sie tat.

Nichts schiefgehen? Himmel, eine Million Dinge konnten passieren. Mehr als einmal hatte sie erlebt, dass der Teufel Zufall einen perfekten Plan in ein Chaos aus Blut und Tränen verwandelte. Aber diesmal hatte sie an jedes Detail gedacht. In einer Viertelstunde würde alles vorbei sein.

Das Mädchen in dem dunkelgrauen Kapuzenpulli blickte sie unsicher an. Tapfer verbarg es die aufsteigende Panik und suchte nach einer Bestätigung in Helens Gesicht, dass es diesen Ort lebend verlassen würde. Mit den Sommersprossen, den großen graublauen Augen und der Stupsnase sah Mia jünger aus, als sie war. Nach dem Gesetz war sie mit neunzehn Jahren alt genug, um zu wissen, worauf sie sich einließ. Aber hier draußen zählten andere Dinge als Paragrafen. Mia war zu unerfahren, um die Tragweite der Konsequenzen zu begreifen, falls das SEK-Team den Kontakt zu ihr verlieren sollte.

Sie konnte die Angst des Mädchens nicht länger ertragen und ließ ihre Blicke über das pechschwarze Dickicht des kleinen Parks am Rheinufer schweifen. Der Wind hatte in den letzten Minuten stark aufgefrischt. Prüfend bog er die Kronen der Platanen und fuhr mit unsichtbarer Hand rauschend durch das Blattwerk. Der nahe Rhein schimmerte im Licht der Natriumdampflampen auf der Uferpromenade wie verdünnte Goldfarbe.

In den sternförmig um den Park verteilten Fahrzeugen warteten ihre Kollegen – Ralf König, Heyrich und der dicke Bender, der vor ein paar Monaten von Bad Ems nach Koblenz zur Kriminalinspektion gewechselt war und wahrscheinlich bereits wieder Kohldampf schob. In den Schlagschatten zwischen den Säulen des Denkmals am Deutschen Eck verbarg sich Karsten Engelhardt, der Leiter des zwanzigköpfigen SEK-Teams. Von dort oben hatte er den besten Überblick und konnte bei einem Zugriff blitzschnell Anweisungen geben. Vierundzwanzig erfahrene Polizisten riegelten das Gelände ab – fünfundzwanzig, wenn man Georg Starbacher hinzuzählte, der im Laderaum eines Lieferwagens auf der anderen Straßenseite saß und die Aktion leitete.

Sie hatten eine perfekte Falle aufgebaut, um das Schwein zu fassen, auf dessen Konto sechs tote Mädchen im Alter von dreizehn bis achtzehn Jahren gingen. Helen griff in ihre Jackentasche und stopfte sich eine Handvoll Gummibärchen in den Mund. In den bunten Süßigkeiten musste irgendein Stoff enthalten sein, der in ihr die gleiche Wirkung entfaltete wie Nikotin im

Blut eines Kettenrauchers. Sie wollte Starbacher beweisen, dass sein Vertrauen in sie gerechtfertigt war, und brauchte dazu ihre volle Konzentration. Denn nur dann würde die Aktion mit der Präzision eines Schweizer Uhrwerks ablaufen.

Über den Ausläufern des Westerwalds im Osten zerfaserten Gewitterblitze am Nachthimmel. Der Tag war drückend schwül gewesen, und die Hitze lag bleiern über dem Rheintal. Der Wetterdienst hatte für die nächsten Stunden heftige Gewitter vorhergesagt.

Ob er den Wetterumschwung einkalkuliert hatte? Seit drei Jahren jagten sie nun den unbekannten Triebtäter, von dem sie noch immer nicht mehr wussten, als dass er den Kontakt zu Prostituierten und drogenabhängigen Mädchen suchte. Dieses Merkmal traf auf so gut wie jeden Serienkiller zu, der je die Straßen einer Großstadt unsicher gemacht hatte. Fast schien es, als ob er sich bewusst an das Standardschema hielt – männlich, dreißig bis vierzig Jahre alt, vermutlich alleinstehend und mobil. Möglicherweise fuhr er ein Wohnmobil oder einen Lieferwagen. Zeugen hatten einen weißen Kastenwagen beschrieben.

Triebgesteuerte Monster wie der Mann, den sie jagten, zogen meist ruhelos umher auf der Suche nach einem neuen Opfer. In der Regel galten sie als wenig intelligent oder bewegten sich gar an der Grenze zum Schwachsinn.

Oder er gehörte zum zweiten Typus: der unauffällige Familienvater, der ein Doppelleben führte, von dem niemand etwas ahnte; klug, brutal und zu allem entschlossen, um seine perversen Fantasien auszuleben. Sie ging davon aus, dass der Unbekannte zur zweiten

Kategorie gehörte. Der Killer, den die Zeitungen den *Maskenmann* nannten, plante seine Taten minutiös und hatte bisher nicht den geringsten Fehler begangen oder eine noch so winzige Spur hinterlassen. Die groteske Stiermaske, die eine Zeugin beschrieben hatte, sorgte für Diskussionen in der Koblenzer SoKo und war ein gefundenes Fressen für die Regenbogenpresse. Niemand wusste, ob sie existierte oder der Fantasie der Zeugin entsprang.

Stets war er der Polizei auf geradezu unheimliche Weise immer einen Schritt voraus. Das nährte in ihr einen Verdacht, den sie bisher keinem mitgeteilt hatte, auch Starbacher nicht. Möglicherweise stammte der Täter aus den eigenen Reihen oder hatte Zugang zu internen Ermittlungen. Nur eine Tatsache stand zweifelsfrei fest: Er war pervers und wahnsinnig. Warum schnitt er seinen Opfern sonst die Hände ab, nachdem er sie tagelang gequält, sexuell missbraucht und dann erdrosselt hatte?

Ein Windstoß stob durch die Platanen wie eine letzte Warnung. Von fern drangen die nächtlichen Geräusche der Stadt herüber – das stete Rauschen des Verkehrs auf der B9, das Rattern der Güterzüge, die auf der Rheinschiene die Innenstadt passierten, und das leise Hintergrundmurmeln einer Stadt, die niemals völlig schlief.

Erschrocken fuhr sie herum, als sie ein Schnaufen hörte. Der dicke Bender tauchte zwischen den Bäumen auf. „Starbacher verlangt nach dir."

„Was will er?"

„Hat er nicht gesagt. Immer muss ich dir hinterherlaufen. Warum benutzt du eigentlich nie ein Handy?"

„Weil sie dauernd kaputt gehen." Sie wandte sich ärgerlich um und zögerte. Auf keinen Fall durfte Mia jetzt noch einen Rückzieher machen. Sie war der Joker im Spiel. Ohne sie lief gar nichts.

„Ich passe so lange auf die Kleine auf", versprach Bender.

„Okay. Ich bin in zwei Minuten zurück. Wir haben noch Zeit genug." Helen verließ den Park, überquerte die Uferstraße und stieg auf der dem Rhein zugewandten Seite in den Lieferwagen. Der Laderaum war mit Abhörtechnik und Kommunikationsgeräten vollgestopft. Georg Starbachers Gesicht leuchtete eisblau im Licht der Monitore. Als sie die Schiebetür hinter sich zuzog, wirbelte er mit seinen kräftigen Händen den Rollstuhl herum.

„Wir können noch immer abbrechen", sagte er.

„Und ihn entkommen lassen? Niemals. Eine bessere Chance bekommen wir nicht. Seit sechs Wochen planen wir diese Nacht. Wir sind gut vorbereitet."

„Es ist deine Entscheidung."

„Und du bist der Boss. Warum befiehlst du den Abbruch nicht, wenn dich Zweifel am Erfolg der Operation plagen?"

„Dir ist doch klar, wieso ich das nicht tue." Geschickt wickelte er einen Kaugummi aus dem Zellophanpapier und schob ihn in den Mund.

Ja, sie wusste es. Und sie hatte die Bedingungen akzeptiert, weil sie versessen darauf war, den Maskenmann zu schnappen. Starbacher stand unter enormem Druck und brauchte den Fahndungserfolg. Entweder präsentierte er in einer Stunde den wartenden Medien den gesuchten Serienkiller ... oder ein weiteres Opfer.

Geschah Letzteres, war sie erledigt. Ein Fehlschlag würde alleine auf ihren Schultern lasten. So lautete der Deal.

„Wenn du mir den Job nicht zutraust, solltest du jemanden anderen einsetzen."

Starbacher lächelte. An ihm sah das aus, als zerbeiße er Kieselsteine. Er griff nach einer aufgeschlagenen Tageszeitung. „Helen Stein, jüngste und erfolgreichste Fallanalytikerin von Rheinland-Pfalz, beantwortet Ihre Fragen zum Maskenmann." Er pfiff durch die Zähne. „Du bist sehr schnell sehr weit gekommen. Und überaus beliebt – ein Popstar unter Deutschlands Profilern."

„Ich habe hart gearbeitet und mache einen guten Job, mehr nicht."

„Sicher", sagte er, „du bist die Beste." Er grinste und streckte sich, so gut er es vermochte. „Fast so gut wie ich mal war."

Sie biss sich auf die Lippen. Seit vier Jahren saß Starbacher im Rollstuhl. Bei einer Geiselbefreiung hatte ihm der Täter zwei Rückenwirbel zerschossen. Eine Aktion, bei der nichts schiefgehen konnte.

„Ich wollte dich nur daran erinnern, dass keiner von uns perfekt ist, auch du nicht."

„Das habe ich nie behauptet."

„Ich weiß. Aber manchmal stellt einem der eigene Ehrgeiz ein Bein, und man schätzt das Risiko falsch ein. Leichtsinn kann in unserem Beruf tödlich sein."

„Ich werd's nicht vergessen."

„Kannst du dich auf das Mädchen verlassen? Ich bin noch immer der Meinung, dass sie zu labil für die Sache ist."

„Ich vertraue ihr. Sie wird es nicht vermasseln." Sie warf einen Blick auf den Überwachungsmonitor. „Wir sehen uns, wenn ich das Schwein habe."

„Viel Glück."

Rasch verließ sie den Lieferwagen und lief in den Park zurück.

„Geht es jetzt los?" Mia trat nervös von einem Bein auf das andere und sog noch einmal hastig an ihrer Zigarette, bevor sie die Kippe austrat.

„Lass dich anschauen." Helen suchte nach verräterischen Anzeichen des verkabelten Mikrofons, konnte aber nichts entdecken. Einem plötzlichen Impuls folgend drückte sie das Mädchen an sich. „Unsere Leute sind überall im Park. Wir lassen dich keine Sekunde aus den Augen."

Mia nickte, ihr blasses Gesicht war unter der Kapuze kaum auszumachen. Nur ihre Augen leuchteten angstvoll und riesengroß in der Dunkelheit. Sie drehte sich um und ging zögernd auf die halbrunde Säulengalerie zu, die das Deutsche Eck zur Landzunge hin umgab. Helen überquerte die Straße und stieg zu Bender und König in den Wagen. Bender saß auf dem Fahrersitz, kaute an einem Donut und trank Kaffee aus einem Pappbecher.

„Du solltest doch auf sie aufpassen", sagte Helen vom Rücksitz aus.

„Hab dich nicht so. Es ist alles ruhig", antwortete Bender schmatzend.

„Er kann uns nicht entwischen", sagte König. „Wir haben den Treffpunkt mit mehr als zwanzig Mann abgeriegelt. Da kommt nicht mal eine Maus durch."

Bender verschlang den Rest des Schokokringels und wischte sich die Finger an einer Papierserviette ab. „Wie kann man nur so blöd sein, ausgerechnet am Deutschen Eck ein Mädchen entführen zu wollen."

„Stimmt", sagte König, „der Platz ist auf zwei Seiten von Wasser umgeben und die Landzunge ist problemlos abzuriegeln. Scheint so, als ob unser Killer die Nerven verliert. Er braucht dringend Frischfleisch."

Ja, wie kann man nur so dämlich sein, dachte Helen. Es machte sie nervös, dass sie in der Dunkelheit keinen Sichtkontakt mit Mia hatte. In ihrer Jackentasche knisterte es. Eine Handvoll Gummibärchen wanderte in ihren Mund.

König drehte sich zu ihr um. „Wie kannst du nur dauernd diese bunte Gelatinescheiße in dich reinstopfen?"

„Wie viele Zigaretten hast *du* heute schon geraucht?", fragte sie schmatzend. Sie wusste, dass ihn das Geräusch verrückt machte.

„Nikotin beruhigt."

„Siehst du? Darum fresse ich Gelatinescheiße."

„Hast du die Narben an ihren Unterarmen gesehen?", fragte Bender.

König nickte. „Hab ich. Mia Ewers hat zwei Suizidversuche hinter sich. Starbacher hat recht. Sie ist als Lockvogel ungeeignet."

„Sie hat eine Therapie gemacht. Und wenn ihr mich fragt ... das Mädchen hat mehr Mumm in den Knochen als ihr beide zusammen."

„Sie wird's versauen – so wie sie alles in ihrem Leben versaut hat."

„Schau nach vorne und pass auf, dass du den Funkkontakt nicht verlierst. Sonst reißt Starbacher dir den

Kopf ab und bringt ihn zum nächsten Kegelabend als Kugel mit."

König kicherte. „Nervös, wie? An deiner Stelle wäre ich das auch. Schließlich war es deine Idee, Mia als Köder einzusetzen – ein Mädchen, das keinen Schritt durchs Leben gehen kann, ohne auf die Schnauze zu fallen. Oh Mann. Ich habe noch nie den Lebenslauf eines Menschen gelesen, der so viel Scheiße gebaut hat."

„Ihr hat nie jemand vertraut."

„Aus gutem Grund."

„Hör sich einer diesen Menschenkenner an", sagte sie. „Wie viele Scheidungen hast du hinter dir, Ralf? Zwei oder waren es drei?"

„Das ändert nichts an den Tatsachen. Sie hat einen geradezu klassischen Abstieg hingelegt. Ich wette mit dir um meine Pension, dass sie in einem halben Jahr wieder an der Nadel hängt und sich vom nächsten Junkie schwängern lässt. Sie taugt nichts."

Ein knisternder Blitzschlag kam Helens Antwort zuvor und erhellte für Sekundenbruchteile die Nacht. Deutlich hob sich die Silhouette des Mädchens von der Steinfassade des Kaiser-Wilhelm-Denkmals ab. Dem Blitz folgte ein Donnerschlag, der den Boden erbeben ließ. Schwere Regentropfen klatschten auf die Windschutzscheibe und verschmolzen zu einer undurchdringlichen Wasserwand. Die Scheiben des Opels begannen zu beschlagen.

„Scheiße." Bender fummelte an den Lüftungsreglern.

„Lass bloß die Scheibenwischer aus. Sonst ist das Arschloch sofort gewarnt." Wie kann man nur so dämlich sein, dachte Helen wieder. Da wurde ihr klar, warum Benders Worte sie alarmiert hatten. Der Mann, den sie jagten, war nicht dumm oder unvorsichtig, sonst hätten sie ihn längst geschnappt. Nein, der Maskenmann war brutal und gerissen wie ein Schakal. Er hatte sich in einem sozialen Netzwerk mit Mia angefreundet und sechs Tage später ein Treffen am Deutschen Eck vorgeschlagen – einem Ort, an dem es zu fast jeder Tageszeit von Touristen wimmelte. Das hätte er nicht getan, wenn er keinen todsicheren Weg kannte, auf dem er mit seinem Opfer unerkannt verschwinden konnte. Einen Weg, von dem niemand außer ihm wusste. Das Gewitter passte perfekt in seinen Plan, als hätte er es extra bei Petrus bestellt.

„Der rechnet einfach nicht damit, dass wir ihm so dicht auf den Fersen sind", überlegte König, als hätte er ihre Gedanken gelesen.

„Nein. Er weiß, dass wir hier sind. Wir brechen ab." Sie öffnete die Autotür und lief in den Regen hinaus. Undeutlich hörte sie Königs wütendes Geschrei hinter sich.

„Helen! Bleib hier!"

Der Regen stürzte mit ungeheurer Wucht zu Boden. Millionen kleine Bomben durchschlugen das Blätterdach der Platanen und prasselten ohrenbetäubend auf Autodächer, Pflastersteine und Gehwege.

Nach wenigen Schritten blieb Helen stehen und drehte sich im Kreis, weil sie die Orientierung verloren hatte. Der schwarze Opel war hinter einem Wasservorhang verschwunden. Eine schemenhafte Gestalt torkelte durch das Unwetter auf sie zu wie ein Gallertmännchen. Es war König. Von Mia fehlte jede Spur.

Sie stemmte sich schräg gegen den Sturmwind, den Weg mehr ahnend als sehend. Vor ihren Augen tauchte der flehende Blick des Mädchens auf, in dem neben Angst auch Hoffnung und Vertrauen gelegen hatten. Mia hatte nie eine echte Chance gehabt. Ihren Vater kannte sie nicht, ihre Mutter war nach zwei erfolglosen Entziehungskuren mit einer Überdosis Crystal Meth in den Adern von einer Autobahnbrücke gesprungen. Mia hatte danach die übliche Karriere durchlaufen – ein bisschen Gras rauchen, dealen; und irgendwann war sie auf dem Babystrich gelandet, das ideale Opfer für kranke Mörder wie den Maskenmann.

Mühsam hatte Helen ihr Vertrauen gewonnen und einen Deal mit dem Staatsanwalt ausgehandelt. Wenn sich Mia als Lockvogel zur Verfügung stellte, würde sie mit einer Bewährungsstrafe davonkommen. Für das Mädchen war es außerdem eine Gelegenheit zu zeigen, dass es ihr Vertrauen nicht enttäuschen würde. Und nun war sie selbst es, die ihr Versprechen brach. *Es kann überhaupt nichts schiefgehen.*

Sie rannte durch das Unwetter auf den Treffpunkt zu, einer kleinen Baumgruppe, die in einem offenbar künstlich angelegten, gleichförmigen Dreieck standen.

Atemlos verlangsamte sie ihre Schritte und blieb schließlich stehen. Jeder Baum sah in der vom Regen gepeitschten Dunkelheit aus wie der andere. Ein Blitz machte für einen Wimpernschlag die Nacht zum Tag. In der Nähe der Baumgruppe dreißig Meter links von ihr waberte eine schlanke Gestalt durch den Wolkenbruch. Helen schrie Mias Namen, aber ihre Stimme ging im Toben der Elemente unter. Erschrocken fuhr sie herum, als sie eine Hand auf ihrer Schulter spürte.

„Verdammt, Helen! Kauf dir endlich ein Handy. Starbacher tobt wie ein Verrückter!", keuchte König.

„Wo ist sie? Ich kann Mia nicht finden.“

„Sie steht genau dort, wo sie stehen soll. Komm in den Wagen zurück. Wenn wir Glück haben, hat er uns bei dem Sauwetter noch nicht entdeckt.“

König wischte sich das Wasser aus dem Gesicht und schob Helen in den Schatten der Platanen. Widerwillig streifte sie seine Hand ab und kniff die Augen zusammen. Vor ihnen lag eine Wiese, die auf drei Seiten von Bäumen und dichtem Strauchwerk begrenzt wurde. Der Regen klatschte mit solcher Intensität auf die Erde, dass es aussah, als ob das Gras kochte wie in einem riesigen Topf.

„Was ist das?“, schrie sie gegen den Sturm an. Erschrocken wich sie zurück, als ein morscher Ast über ihrem Kopf krachend brach und herabstürzte.

Angestrengt starrte König auf den Kiesweg, der sich in sanften Bögen durch den Park schlängelte.

Zwei blinkende, rotierende Lichter näherten sich durch den sintflutartigen Regen. Es schien, als schwebten sie dicht über der Erde wie überdimensionale Glühwürmchen, die sich in dem Orkan verirrt hatten. Sie reckte den Kopf vor und trat aus dem Schutz der Bäume. Was sie sah, musste ein Trugbild ihres überreizten Verstands sein.

König sah es ebenfalls. „Das gibt’s doch nicht.“

Die beiden blinkenden Lichter gehörten zu einem ferngesteuerten Spielzeugauto, einem schuhkartongroßen Polizeiwagen, der über den Kies auf sie zu holperte. Etwa zehn Meter vor ihnen blieb er plötzlich stehen.

„Was zur Hölle soll das?“, fragte Helen.

Aus dem Dunkel drang ein erstickter Schrei, der abriss wie mit einer Schere abgeschnitten.

Helen zog ihre Dienstwaffe aus dem Schulterholster und sprintete auf die Baumgruppe zu, bei der Mia auf ihren Mörder wartete. Die schnelle Reaktion rettete ihr das Leben. Das Spielzeugauto explodierte mit einem Knall, der selbst den Sturmwind übertönte. Plastikteile und scharfkantige Splitter durchbohrten Königs Gesicht. Sie zuckte zusammen, duckte sich instinktiv und rannte weiter durch die Dunkelheit. Der Platz zwischen den Bäumen war leer. Sie kam zu spät. Mia war fort.

2

22:45 Uhr

Das Unwetter erschöpfte sich so plötzlich, wie es begonnen hatte. König schlug die Hände vor das Gesicht. Seine Lederjacke war mit Splittern und Plastikfragmenten gespickt, zwischen seinen Fingern quoll Blut hervor.

Helen drehte sich im Kreis. Mia war so schnell verschwunden, als hätte der Erdboden sie verschluckt. „Er hat uns reingelegt ... er hat uns wieder reingelegt ... mit einem Spielzeugauto!"

Der blaue Lieferwagen überquerte die Wiese und stoppte auf dem Kiesweg. Starbacher zog die Schiebetür auf. Sein kantiges Bulldoggengesicht leuchtete purpurrot vor Zorn. „Wo ist das Mädchen?"

König presste ein Taschentuch auf sein Gesicht und sackte in die Knie. Engelhardt stürmte die Stufen des Denkmals herab und beugte sich über ihn. „Wir brauchen einen Krankenwagen!"

Helen leuchtete jeden Winkel im Umfeld der Baumgruppe mit einer Taschenlampe aus. Außer einer halb gerauchten Kippe fand sie keine Spur von Mia.

„Er hat nur fünfzehn Sekunden gebraucht, um sie sich zu schnappen und mit ihr zu verschwinden. Das schafft nicht mal Houdini. Wie hat er das gemacht?"

Zwei SEK-Männer hoben Starbacher mit seinem Rollstuhl aus dem Laderaum des Lieferwagens. „Er kann sich doch nicht in Luft aufgelöst haben", schrie er wutentbrannt.

Bender tauchte in seinem Watschelgang zwischen den Platanen auf. Er trug einen Karton mit den Trümmern des Spielzeugautos. „Da muss eine Bombe drin gewesen sein", sagte er kopfschüttelnd. Niemand hörte ihm zu.

König kam schwankend auf die Füße. Er blutete aus mehreren Schnittwunden im Gesicht. „Warum ein Spielzeugauto?"

„Es macht ihm Spaß, uns zu verarschen", antwortete Bender.

„Ich habe Mia die ganze Zeit im Auge behalten", sagte Helen. „Sie stand genau hier."

„Er muss sie sich in dem Moment geschnappt haben, als das Auto explodierte", sagte König.

„Wie weit kommt man in fünfzehn Sekunden?", überlegte Starbacher. „Sie muss noch in der Nähe sein." Er wandte sich an Engelhardt. „Es ist so finster wie in einer Gruft. Wir brauchen Licht!"

Zehn Minuten später hatten Engelhardts Leute vier starke Halogenstrahler aufgebaut, die das Areal in grelles, weißes Licht tauchten. Ein Dutzend Polizisten durchkämmte den Park, ohne die geringste Spur zu entdecken.

Starbacher bearbeitete wütend seinen Kaugummi. Helen hatte sich mit einem Ast bewaffnet und drosch auf das Dickicht hinter den Bäumen ein. Mehr aus Frustration und Zorn, als in der Aussicht, auf etwas Brauchbares zu stoßen.

„Keine Fußabdrücke, keine Reifenspuren, keine Anzeichen für ein Gerangel oder einen Kampf. Nichts." Plötzlich traf der morsche Ast auf einen harten Gegenstand und zerbrach in ihrer Hand.

„Hierher! Ich hab was!"

Sie befreiten einen Betonsockel von Dornenranken und Gestrüpp. Er ragte etwa einen Meter aus dem Boden und war mit zwei verrosteten Stahlplatten verschlossen, deren Scharniere im Beton verankert waren. Der Sockel lag nur eine Armlänge von der Stelle entfernt, an der Mia gestanden hatte. Nah genug, um sie in einem unbeobachteten Moment in das Dickicht zerren zu können.

„Weiß jemand, was das ist?", fragte Starbacher.

„Sieht nicht aus wie ein Kanalschacht. Vielleicht der Eingang zu einem alten Luftschutzbunker?" Engelhardt schob seine Finger unter die Kante der Platte und versuchte, den Deckel anzuheben. „Packt mal mit an!", rief er.

Bender schnaufte wie eine Dampflok, aber auch mit vereinten Kräften gelang es ihnen nicht, die Klappe zu öffnen.

„Scheint so, als hätte er den Zugang von innen verriegelt", keuchte Engelhardt. „Wir brauchen Werkzeug! Schnell!"

Starbacher telefonierte bereits.

Ungeduldig verfolgte Helen kurz darauf, wie ein SEK-Mann mit einem Winkelschleifer die Scharniere durchtrennte. Engelhardt und Bender wuchteten den Deckel vom Betonschacht. Darunter gähnte ein kreisrundes Loch, aus dem es nach Fäulnis und Verwesung stank. An der Innenwand führten rostige Steigeisen hinab. Der Schacht war etwa zwei Meter tief. Ein kräftiger Mann hätte in wenigen Sekunden von innen den Deckel aufklappen und Mia überwältigen können, ohne dass es jemand der zwanzig Polizisten bemerkt hätte.

Starbacher telefonierte noch immer und versuchte herauszufinden, worum es sich bei dem Schacht handelte.

Helen schwang sich über den Rand und kletterte auf den Betonboden hinab. Das Licht ihrer Lampe schälte einen schräg in die Tiefe führenden Gang aus dem Dunkel. Die Gewölbedecke war aus gebrannten Ziegeln gemauert und schien mindestens hundert Jahre alt zu sein. An der Tunnelwand liefen uralte elektrische Leitungen entlang. Sie entdeckte einen altmodischen Drehschalter, der aber keinerlei Funktion mehr besaß.

„König hatte recht mit seiner Vermutung." Starbachers Bassstimme drang von oben in den Schacht. Sein vor Anstrengung tiefrot angelaufenes Gesicht tauchte am Rand der Betoneinfassung auf. „Das ist der Notausgang eines alten Luftschutzbunkers."

Helen entsicherte ihre Walther. „Ich gehe rein."

„Das wirst du bleiben lassen", rief Starbacher. „Da unten existiert ein Gewirr von Tunneln und Gängen. Kein Mensch weiß, wohin dieses Labyrinth führt."

„*Er* weiß es", rief sie nach oben. „Und er hat einen Vorsprung von zehn Minuten. Aber er kommt nur langsam voran, weil er Mia tragen muss. Und er rechnet damit, dass wir ihm folgen, sonst hätte er nicht den Zugang von innen blockiert."

„Genauso gut kann er den Bunker längst verlassen haben."

„Wir wissen, dass er seine Taten akribisch plant. Ich bin sicher, dass es in der Nähe einen zweiten Ausgang gibt, vor dem ein weißer Kastenwagen steht."

„Wir brauchen einen Lageplan." Engelhardt gab den Einsatzkräften lautstark Anweisungen. Helen sah, wie die Männer ausschwärmten. Wenn der gesuchte Wagen im Umkreis von einem Kilometer stand, würden sie ihn finden.

Starbachers Stimme hallte von den Schachtwänden wider. „Bender, Sie gehen mit rein."

„Was, ich?"

Sie wartete nicht auf ihn und folgte dem abfallenden Tunnel. Je weiter sie in die Dunkelheit vordrang, desto stärker wurde der moderige Gestank. Nach hundert Schritten versperrte ein Eisengitter den Weg.

Gleißender Lichtschein erhellte plötzlich den Gang und malte ihren Schattenriss an die Wand. Jemand hatte einen Halogenstrahler in den Schacht hinabgelassen. Helen tastete die fingerdicken Stäbe nach einem Öffnungsmechanismus ab. Unvermittelt schwang das rostige Tor kreischend auf. Der Entführer hatte es offenbar nicht für nötig gehalten, ein weiteres Schloss anzubringen, nachdem er bereits die Klappe des Einstiegs von innen verriegelt hatte. Ein Grund mehr, sich zu beeilen, dachte sie. Er wusste, dass er sich nicht lange in den Katakomben aufhalten würde.

„Mia ... ia ... ia!"

Ihre Stimme rollte als unheimliches Echo an den Tunnelwänden entlang. Gebückt hastete sie in dem niedrigen Tonnengewölbe vorwärts. Aufgewirbelter Staub und der Geruch von Schimmel kitzelten in ihrer Nase und legten sich schwer auf ihre Lungen.

Der Gang endete abrupt in einem kreisrunden Raum von etwa fünf Metern Durchmesser. Drei weitere Stollen führten tiefer in den Koblenzer Untergrund, den wahrscheinlich seit sechzig Jahren niemand mehr betreten hatte. Nur einer Handvoll Historiker und Archäologen dürfte diese Anlage überhaupt bekannt sein … und einem Mann, den sie seit drei Jahren jagte. Sie hatte von Bunkeranlagen gelesen, die sich kilometerweit unter deutschen Großstädten erstreckten – finster, leer und vergessen. Dies war eine von ihnen, eine verlassene Stadt unter der Stadt.

„Helen, warte doch!" Benders Stimme klang dünn und weit entfernt.

Die Eingänge weiterer Stollen klafften wie zahnlose Mäuler im gewachsenen Fels. Der Lichtstrahl ihrer Taschenlampe huschte über Dinge, die so verrostet waren, dass ihre Form nicht mehr erahnen ließ, wozu sie einst gedient hatten. Neben einem der Tunnelportale fand sie ein Hinweisschild mit der verwitterten Aufschrift ‚Luftschutzbunker'. Welchen Weg hatte der Täter genommen? Sie verlor kostbare Zeit, bevor sie im rechten der drei Gänge Schleifspuren auf dem staubigen Betonboden entdeckte. Das Mädchen lebte. Es war bei Bewusstsein und wehrte sich verzweifelt. Der Scheißkerl kam nur langsam voran und musste ganz in der Nähe sein.

„Mia!"

„He … el … elen." Durch die Tiefen der weitverzweigten Anlage rollte ein leises Echo, verzerrt und unwirklich wie eine Geisterstimme.

Sie drang entschlossen in das Labyrinth vor. So schnell sie es wagte, rannte sie die Stollen entlang.

Ständig befürchtete sie, die Orientierung zu verlieren. Das Licht ihrer Taschenlampe hüpfte und tanzte über grob behauene Steine. Die Dunkelheit außerhalb des Lichtkegels war so abgrundtief und dicht, dass sich die Luft selbst wie staubige, schwarze Kohle anfühlte.

Hinter einer Biegung blockierte ein Schutthaufen aus Ziegelsteinen und Geröll den Gang. Hektisch ließ sie den Lichtstrahl über das eingestürzte Gewölbe wandern und entdeckte unter der Decke ein Loch, gerade groß genug für einen schlanken Erwachsenen.

Die Lampe riss verrottete Rohre und Leitungen aus dem Dunkel. Links verlor sich ein weiterer Stollen in den Tiefen des Koblenzer Untergrunds, endete jedoch nach wenigen Metern an einer gemauerten Ziegelwand. Die Steine leuchteten hellrot. Vielleicht hatte man den Zugang erst vor Kurzem verschlossen, weil man die Räume dahinter nicht mehr gefahrlos betreten konnte. Die Bunkeranlage wurde also von den Behörden regelmäßig kontrolliert und war damit nicht so sehr in Vergessenheit geraten, wie König vermutet hatte. Sie lief zu dem Schutthügel zurück und zögerte. Niemand wusste, ob die zugänglichen Gänge und Kavernen noch sicher waren oder bei der leisesten Erschütterung einstürzen würden. Der Maskenmann hatte seine abscheulichen Verbrechen akribisch geplant. Sie wettete ihre Pension darauf, dass er jeden Winkel der Stollen zuvor erkundet hatte. Wenn sie jetzt vor ihrer Furcht kapitulierte, war das Leben des Mädchens keinen Cent mehr wert. Vorsichtig erklomm sie den Schuttberg.

Über Geröll, Steine und verrottete Balken kroch sie auf das Loch unter der Gewölbedecke zu. In Gedanken fügte sie den spärlichen Informationen, die sie gesammelt hatten, die neuen hinzu: Der Maskenmann war höchstwahrscheinlich schlank, drahtig und agil und sehr viel gerissener, als sie alle gedacht hatten. In nur fünfzehn Sekunden hatte er die gesamte Mannschaft der SoKo genarrt und Mia Ewers vor ihrer Nase entführt. Wäre Helen nicht zufällig auf den Stolleneingang gestoßen, hätte sie als Erklärung akzeptieren müssen, dass er sich in Luft aufgelöst hatte.

Mit den Armen voran wand sie sich durch das Loch. War dieses Phantom überhaupt menschlich oder jagten sie eine intelligente Schlange? Sie ertastete einen verbogenen Eisenträger, der aus dem Schutt ragte, und zog sich Hand über Hand weiter. Das Knirschen von morschem Holz warnte sie zu spät. Die brüchige Decke dicht über ihrem Kopf sackte zwei, drei Zentimeter ab. Nicht weit genug, um sie zu zerquetschen, aber ausreichend, um ihre Beine einzuklemmen. Panisch ruderte sie mit den Armen und verlor die Taschenlampe, die klappernd den Schuttberg hinunterrollte und in einem Winkel des Stollens liegen blieb. Sie flackerte zweimal, erlosch aber nicht.

Mühsam kämpfte sie die aufsteigende Panik nieder. Auch wenn sie sich nicht selbst würde befreien können, war Hilfe längst unterwegs. König suchte sich wahrscheinlich schon die Farbe aus, mit der er ihr Büro neu streichen lassen würde, wenn er ihren Posten übernahm. Aber für Mia bedeutete ihr Scheitern einen qualvollen Tod.

Hinter der Biegung des Ganges knirschten Ledersohlen auf dem Betonboden. Sie versuchte, an die Waffe in ihrem Schulterholster zu gelangen, aber mit ihren ruckartigen Bewegungen schränkte sie ihre Bewegungsfreiheit nur noch mehr ein. Vorsichtig verringerte sie den Druck des Balkens auf ihre Waden, indem sie ihr Gewicht verlagerte. Wo blieben Bender und die anderen?

An der Tunnelwand tauchte ein grotesker Schatten auf wie der Scherenschnitt in einem Horrortheater. Er imitierte die schlanke Silhouette eines menschlichen Wesens, doch damit hörte die Ähnlichkeit bereits auf. Auf seinen Schultern saß ein viel zu großer Kopf in Form eines Stierhauptes.

Helen vergaß zu atmen und starrte das Ding an. Bisher hatte sie die Zeugenaussagen, die den Täter als Mischwesen aus Stier und Mensch beschrieben hatten, für Übertreibungen oder Halluzinationen gehalten. Was sie sah, konnte nicht existieren. Der Schemen war nichts weiter als ein Trugbild ihrer überreizten Nerven. Vielleicht lagerten in den Katakomben Behälter, die nach fast siebzig Jahren korrodiert und verrostet waren, und aus denen nun schleichend Nervengas austrat und sie vergiftete.

Der Schatten trat in den Gang und blieb reglos stehen. Er drehte den unwirklichen Stierkopf, bis die phosphorgrün leuchtenden Augenhöhlen sie erfassten wie zwei Laserscanner. Sie starrte zurück und bemühte sich, wieder Herr der widerstreitenden Gedanken zu werden, die hinter ihrer Stirn tobten. Sie war nicht in das Labyrinth abgetaucht, in dem der sagenhafte Minotauros Jagd auf seine Opfer machte, sondern in einen leeren alten Luftschutzbunker. Der Stiergott der Kreter würde wohl kaum einen schwarzen Overall und Schnürstiefel tragen. Sie wusste, wen sie vor sich hatte, dazu brauchte sie das Gesicht des Mannes hinter der Maske nicht zu kennen. Sein abstruses Verhalten war der letzte Beweis, dass er wahnsinnig war. Vielleicht trug er die alberne Maske, um nicht durch Zufall erkannt zu werden. Wahrscheinlicher war jedoch, dass er es genoss, seine Opfer in Angst und Schrecken zu versetzen. Die Stiermaske verlieh ihm ein Gefühl von Allmacht über Leben und Tod; eine Macht, die er mindestens ein Dutzend Mal ausgeübt hatte. Sie gehörte zu dem Ritual, das jedem der Verbrechen vorausging.

Verbissen wand und drehte Helen sich und arbeitete sich stückweise vor, während er sie stumm beobachtete. Plötzlich löste sich die Pistole aus dem Schulterholster, schlitterte den Schuttberg hinunter und blieb vor den Füßen des Mannes liegen.

„Wo ist Mia? Wo ist das Mädchen?", schrie sie. „Was hast du mit ihr gemacht, du verdammter Mistkerl?"

Mit einer beiläufigen Bewegung kickte der Maskenmann die Waffe in das Dunkel und legte den monströsen Stierkopf schief, als müsse er über ihre Worte nachdenken.

„Wenn du ihr nur ein Haar gekrümmt hast, reiße ich dir die Eier ab! Wo ist Mia?"

Er zeigte nicht, ob ihn die Drohung in irgendeiner Weise beeindruckte, die Maske ließ keine Gefühlsregung nach außen dringen. Langsam näherte er sich dem Schuttberg und beobachtete interessiert ihre Versuche, sich zu befreien. Er schien keine Eile zu haben oder zu befürchten, dass die Polizei ihm den Fluchtweg abschnitt. Dann tat er etwas, das ihr Blut in Eiswasser verwandelte.

Beinahe zärtlich nahm er ihre Hände in die seinen, strich erkundend über ihre Fingerknöchel, den Handballen und den empfindlichen Handrücken. Durch ihre eingeschränkte Bewegungsfreiheit konnte sie ihm kaum Widerstand entgegensetzen. Die Berührung lähmte sie, als ströme ein zersetzendes Gift aus seinen Fingern direkt in die Nervenbahnen unter ihrer Haut. Die Fotografien seiner Opfer blitzten vor ihren Augen auf, die entsetzlich zugerichteten Leichen junger Frauen, denen ein grausiges Detail gemein war: Sie besaßen keine Hände mehr.

Sie wagte nicht zu atmen. Doch dann ließ er ihre Finger los und nickte unmerklich, als sei er mit dem zufrieden, was er entdeckt hatte.

„Haben Sie keine Angst, Helen. Ich werde Ihnen geben, wonach es Sie verlangt." Seine Stimme klang dumpf und verzerrt durch die Maske. Nicht die Spur von einem Akzent oder einem verräterischen Sprachfehler, er sprach reines, gut akzentuiertes Hochdeutsch.

Er kniete sich auf den Schuttberg, nahm eine kleine braune Glasflasche und einen Lappen aus einer Tasche seines Overalls. Ein beißender Geruch stieg in ihre Nase.

„Bender! Verdammt, Engelhardt! Wo seid ihr?", schrie sie panisch.

Er träufelte eine klare Flüssigkeit auf den Lappen und drückte ihn auf ihr Gesicht.

„Ich werde Ihnen zeigen, wo das Mädchen ist", sagte er. „Warum kommen Sie nicht mit und leisten uns ein wenig Gesellschaft? Dann werden Sie Frieden finden, das verspreche ich Ihnen."

3

9. August, Dreifelden

„Ich will einen richtigen Polizisten", sagte Ivan Milic.

Ben Funke griff in die Tasche seiner zerschlissenen Cordjacke und legte seinen Dienstausweis auf die Theke des *Wäller Krugs.* „Wie sieht denn deiner Meinung nach ein richtiger Polizist aus?"

„Er trägt eine Uniform, ist ordentlich rasiert und hat morgens um neun keine Fahne, die einen umhaut."

„An der du gut verdient hast." Funke steckte seinen Ausweis wieder ein. „Warum hast du angerufen?"

„Hat Harder dir nicht gesagt, worum es geht?"

„Er sagte, du wolltest einen Polizisten sprechen. Bitte – hier steht einer. Oder willst du lieber mit Harder reden?"

„Ich lasse keine Schnecken in meine Kneipe, die eine Schleimspur hinter sich herziehen."

Funke verkniff sich ein Grinsen. „Dann wirst du wohl mit mir vorliebnehmen müssen."

„Und du kannst gleich das Angenehme mit dem Nützlichen verbinden, stimmt's?" Milic stellte ein Schnapsglas auf den Tresen und griff nach einer Flasche Slibowitz.

„Lass mal, Ivan. Das ist selbst mir zu früh. Sag mir lieber, warum du auf der Wache angerufen hast. Haben die Jungs vom Zeltplatz wieder in deiner Kneipe randaliert?"

Milic schüttelte ernst den Kopf. Erst jetzt bemerkte Funke die sorgenvolle Miene des Kroaten, der vor dreißig Jahren seine Heimat verlassen hatte und im Westerwald hängen geblieben war. Er sah aus, als hätte er seit drei Nächten kaum geschlafen. Seine deutsche Frau streckte den Kopf aus der Tür hinter der Theke. Ihre Augen waren entzündet und verheult. Als sie Funke erblickte, verzog sie missbilligend den Mund und verschwand wieder. Er fuhr sich über die unrasierten Wangen. Seit ein paar Wochen brauchte er eine Ewigkeit, um rasch all die Kleinigkeiten und Details zu verarbeiten, die einem guten Ermittler verrieten, was in den Köpfen und Herzen der Menschen vorging. Ob er Milics Angebot doch annehmen sollte? Der Alkohol würde ihm zumindest helfen, das wattige Gefühl in seinem Schädel zu vertreiben. Die Welt erschien ihm verzerrt und verschwommen, wie durch die Scherbe einer Bierflasche betrachtet.

„Irena ist verschwunden", sagte Milic.

„Seit wann?"

„Ich sah sie vorgestern Nachmittag zum letzten Mal. Sie wollte rüber zum Campingplatz."

„Die Kirmesjugend hat es krachen lassen. War nicht zu überhören."

Milic wischte mit einem Lappen die Spüle und die Zapfhähne ab, obwohl der verchromte Stahl vor Sauberkeit blitzte. „Wie lange willst du eigentlich noch in dem Schrotthaufen am See hausen?"

„Bis er auseinanderfällt. Ein ordentlicher Kapitän geht mit seinem Schiff unter." Funke setzte sich auf einen Barhocker. Seine Hände suchten nach Beschäftigung. Es war ein seltsames Gefühl, ohne ein volles Glas hier zu sitzen. „Ist sie öfter mal über Nacht ausgeblieben?", fragte er.

„Meine Tochter ist noch nie fortgelaufen."

„Hab ich nicht behauptet."

„Sie meldet sich, wenn sie bei Freundinnen übernachtet. Wir wissen immer, wo sie ist."

„Gab es Streit?"

Milic warf den Putzlappen auf die Theke. „Nein. Sie wollte zur Party am anderen Seeufer. Und seitdem habe ich nichts mehr von ihr gehört. Wir machen uns Sorgen. Ist das so schwer zu begreifen?"

„Vielleicht hat sie sich gelangweilt, ist spontan mit Freunden losgezogen und hat darüber die Zeit vergessen."

Milic stemmte die Fäuste auf den Tresen und beugte sich vor. „Deine Tochter war keine fünfzig Meter von dir entfernt, als sie verschwand. Was hast du damals gemacht? Einen Bericht geschrieben und abgestempelt?"

Funke stierte auf die Schnapsflasche und kämpfte gegen den unwiderstehlichen Drang, sie anzusetzen und in einem Zug zu leeren. Bis sein verfluchtes Gehirn das Denken einstellte. Als hätte Milic seine Gedanken erraten, stellte er die Flasche in das Regal über der Theke zurück und fuhr damit fort, den Tresen zu polieren. „Was wirst du unternehmen?"

„Ich werde mich mal bei den Jungs am See umhören." Er rutschte von dem Barhocker und durchquerte den

Schankraum. An der Eingangstür wandte er sich noch einmal um. „Ich will nicht, dass ihr euch unnötig Sorgen macht, Marianne und du. In dem Alter machen sie manchmal verrückte Sachen. Sie wollen ihre Grenzen kennenlernen und rebellieren gern. Die meisten Jugendlichen tauchen nach ein paar Tagen wieder auf.“

„Nicht Irena. Mach dich an die Arbeit“, sagte Milic, ohne aufzusehen.

Funke verließ den ‚Krug‘ und stieg in den ausrangierten Streifenwagen, auf dem noch Fetzen der Polizeiembleme klebten, und umrundete den Dreifelder Weiher. Am nordwestlichen Ende des Sees stellte er den verbeulten Passat auf dem Parkplatz ab und ging über die taufeuchte Wiese auf ein Dutzend Zelte zu. Der Geruch von verkohltem Holz und abgestandenem Bier hing in der Luft. Vor einem der Zelte hockten vier Jungen im Alter von sechzehn bis achtzehn Jahren und ließen eine Bierflasche kreisen. Aus einer Lautsprecherbox dröhnte ‚Phantom Lord‘ von Metallica.

Er blieb vor dem heruntergebrannten Lagerfeuer stehen, von dem noch immer Hitze aufstieg.

„Morgen“, sagte er.

Die Jungen nuschelten einen Gruß und blickten misstrauisch auf. Drei der Gesichter kannte er vom Sehen, von dem schmächtigen Burschen mit der Brille und dem fahlblonden Haar wusste er auch den Namen: Kai-Uwe Haffner, Sohn des Ortsbürgermeisters von Dreifelden.

„Morgen, Kai.“

Er lief rot an, mied Funkes Blick und zündete sich eine Zigarette an. Vielleicht war es ihm peinlich, von Funke am frühen Morgen beim Saufen erwischt zu werden. Oder er hatte Angst, dass sein Vater davon Wind bekam. Die Wutausbrüche des Bürgermeisters hatten lokale Berühmtheit erlangt. Und wie man so hörte, rutschte ihm im familiären Kreis gern die Hand aus.

„Ich will einen Anwalt", sagte einer der Jungen grinsend. Die anderen lachten, einer legte die Unterarme über Kreuz. „Oh ja, bitte fesseln Sie mich."

Das Gelächter wurde lauter. Funke lachte mit. Eine Zeit lang hatte er sich noch vorgemacht, dass sie in ihm einen Kumpel sahen. Doch mittlerweile war ihm klar, dass sie schon lange jeden Respekt vor ihm verloren hatten.

Kai-Uwe stocherte mit einem Ast in den Glutresten und sog an seiner Zigarette. „Wir haben nichts gemacht."

„Hab ich nicht behauptet." Funke scharrte mit der Schuhspitze in der Asche und blickte sich um. „Muss ja ne wilde Party gewesen sein vorletzte Nacht. Läuft die immer noch?"

„Ist schon wieder ne neue." Der Älteste der vier stieß Haffners Sohn in die Seite. „Biete Columbo mal was zum Frühstück an."

Der Angesprochene zog eine Flasche aus einer Bierkiste und hebelte den Kronkorken mit einem Feuerzeug ab.

„Kaffee wäre nicht schlecht", sagte Funke.

„Gibt's nicht", antwortete Kai.

„Sind Sie aus einem bestimmten Grund hier oder lüften Sie nur mal Ihren Wohnwagen?", fragte einer der Jungen.

„Ivan Milic hat seine Tochter als vermisst gemeldet."

Er beobachtete die Reaktion der Jungen und konzentrierte sich auf Kai Haffner. Ob er etwas wusste, was er für sich behalten wollte oder nur von der Präsenz eines Polizisten eingeschüchtert war, galt es herauszufinden. Wahrscheinlich hatte er tatsächlich etwas ausgefressen.

„Sie war also hier."

Die Jungen nickten.

„Okay. Wann kam sie? Was hat sie gemacht? Mit wem hat sie geredet? Wer hat sie zuletzt gesehen?"

Einer deutete mit dem Daumen auf Kai-Uwe. „Sie war Kais Ische. Wir waren sowieso alle Birne in der Nacht."

„Hast du Lust auf einen Spaziergang?"

Kai kam umständlich auf die Beine. Funke drehte sich um und ging auf das Seeufer zu. Er hörte Schritte auf dem Kies und wusste, dass der Junge ihm folgte. Immerhin ignorierte er die Aufforderung nicht. Er bückte sich, hob einen flachen Kieselstein auf und schnellte ihn über das Wasser.

„Dann erzähl mal, was los war", sagte er, ohne sich umzuschauen.

„Was soll schon los gewesen sein? Wir haben ein paar Bier getrunken und ein bisschen abgefeiert, sonst nichts."

„Das Zeltlager findet jedes Jahr statt, nicht wahr?" Er wischte sich die Hände ab und richtete sich auf.

„Das wissen Sie doch sowieso."

„Also, was ist passiert? Gab's Ärger? Hattest du Streit mit Irena?"

„Gar nix ist passiert, Mann."

„Es wär besser für dich, wenn du die Wahrheit sagst. Ich krieg's eh raus. Dann gibt's einen Riesenwirbel. Du wirst einen Rechtsbeistand brauchen, der Staatsanwalt wird offiziell Anklage erheben, und die Presse wird die Nase in euer Familienleben stecken. Das wird deinem Vater nicht gefallen."

Wütend kickte Kai einen Stein in den See. „Ich hab überhaupt nichts gemacht. Sie haben kein Recht dazu, mich zu verhören."

„Ich verhöre dich nicht, ich unterhalte mich mit dir." Er sah dem Jungen in die Augen. „Es könnte aber ein Verhör draus werden. Dann gibt's ne Vorladung, du musst auf der Wache erscheinen und eine Aussage machen."

„Mein Vater wird dafür sorgen, dass Sie Ihren Job verlieren. Ohne ihn wären Sie längst arbeitslos."

„Ja, kann sein. Kann aber auch sein, dass mir das scheißegal ist und ich wissen will, was mit Irena passiert ist."

„Und wenn ich nichts weiß?"

Funke betrachtete ihn prüfend. „Na komm, erzähl schon. Wenn du nichts angestellt hast, bleibt alles unter uns."

Kai vergrub die Hände in den Taschen seiner ausgebeulten Jeans und blickte auf den See hinaus. Funke gab ihm ein paar Minuten, um eine Entscheidung zu treffen.

„Sie kam gegen sechs", begann der Junge zögernd. „Wir haben bei den Zelten abgehangen, was getrunken und Musik gehört. Wie immer."

„Und dann?"

„Sie war irgendwie anders."

„Wie anders?"

„Hat dauernd telefoniert. Jedes Mal, wenn ich sie gefragt hab, mit wem, ist sie sauer geworden. Hat behauptet, ich würde ihr aus Eifersucht nachspionieren."

„Und? Hast du?"

„In letzter Zeit ist sie oft nach Koblenz getrampt. Sie hat da nen Typ kennengelernt, der ist Musiker. Das hat sie wohl mächtig beeindruckt. Ich wollte wissen, ob was zwischen ihnen läuft. Als ich ihr zu dicht auf die Pelle gerückt bin, ist sie zum See runter. Ich bin ihr nachgegangen."

„Was ist am See passiert?"

„Sie hat wieder in ihr Handy gequatscht. Ich hab's ihr weggenommen, weil ich die Nummer rauskriegen wollte, die sie dauernd anruft. Da ist sie ausgeflippt."

„Hm. Wär ich sicher auch. Und dann?"

„Ich war wütend und hab das bescheuerte Handy in den See geworfen. Wir haben uns gestritten, und ich bin zu den anderen zurück."

„Das war alles? Glaub ich nicht."

„Irena wollte weg. Das Landleben hat sie angekotzt. Sie war total auf dem Auswanderungstrip. Sie sagte, der Typ wolle sie mit nach Portugal nehmen."

„Ihre Eltern wussten nichts davon?"

„Nee. Der Alte hätte das niemals erlaubt."

„Sie wird bald achtzehn. Dann kann er es ihr nicht mehr verbieten. Aber vielleicht wollte sie nicht so lange warten."

Kai zuckte mit den Schultern. „Weiß nicht."

Funke versuchte, sich zu konzentrieren. Er brauchte dringend einen Kaffee mit vier Stücken Zucker. Sein Blutzuckerspiegel war auf die Höhe seiner Zehen abgesackt. Vielleicht war das Mädchen einfach nur durchgebrannt. Aber sein Instinkt sagte ihm, dass mehr dahintersteckte. Wenn er den Jungen auf dem Revier eine halbe Stunde in die Mangel nahm, würde er reden.

„Und hier unten am Seeufer hast du Irena zum letzten Mal gesehen?"

„Ja."

„Du kommst morgen Nachmittag auf die Wache und unterschreibst deine Zeugenaussage", sagte Funke.

„Was? Wieso? Sie haben gesagt, das bleibt unter uns."

Funke zuckte mit den Schultern. „Du hast doch nichts gesehen oder gehört. Dann kannst du das ja auch unterschreiben. Es ist nur so ..." Er bohrte die Schuhspitze in den Sand.

„Was?"

„Na ja, sollten wir Irenas Leiche finden, kriegst du einen Haufen Probleme."

„Wieso ihre Leiche? Ich hab sie doch nicht umgebracht."

„Wer war's dann?"

„Weiß ich doch nicht. Sie sind doch der Polizist."

„Sie ist also tot."

„He, Sie ...", der Junge stockte. Er schien zu merken, dass er in eine Falle getappt war.

„Okay. Ich sag dir, was ich denke", fuhr Funke fort. „Du bist ihr nachgegangen, ihr habt euch gestritten, und du hast ihr Handy ins Wasser geworfen. Sie ist scheißwütend geworden und hat dir eine geknallt. Du hast dich gewehrt und sie unglücklich getroffen. Irena ist gefallen und hat sich den Kopf an einem der Felsen am Ufer aufgeschlagen." Er blickte Kai Haffner an. „So läuft es meistens ab. Blutspuren zu finden, ist für uns kein Problem. Ganz gleich, welche Mühe du dir gegeben hast, sie zu entfernen." Er schritt am Ufer entlang und inspizierte sorgfältig jeden einzelnen Felsbrocken.

„Das stimmt nicht. So ist das nicht gewesen." Kais Stimme zitterte.

„Dann sag mir, wie's war."

„Es ist alles so abgelaufen, wie ich gesagt hab. Aber nach ner Weile, einer halben Stunde oder so, hab ich mir Sorgen gemacht, weil Irena nicht wieder auftauchte. Sie war alleine unten am See, und ich weiß, dass sie nicht schwimmen kann."

„Du bist zurück zum See."

„Ja."

„War ein feiner Zug von dir."

„Aber ich hab sie nicht gefunden. Dann bin ich zum Zeltplatz und hab die anderen gefragt, ob sie Irena gesehen haben. Die meisten waren schon breit. Ich hab gedacht, sie ist vielleicht über den Uferweg nach Hause gegangen – ist ja nicht weit. Aber wenn es dunkel ist, kann man da böse ausrutschen oder stolpern. Und sie hatte ein bisschen was getrunken."

„Wie viel?"

„Weiß ich nicht genau. Ich bin durch den Wald Richtung Dreifelden gelaufen. Als ich bei den Wiesen unterhalb des Golfplatzes ankam, hab ich sie an der Straße stehen sehen. Sie hatte den Daumen draußen."

„Du meinst, sie wollte trampen?"

Kai nickte. „Von Steinebach her kam ein weißer Kastenwagen, der anhielt."

„Ist sie eingestiegen?"

„Der Typ hat die Seitenscheibe runtergelassen und kurz mit ihr geredet. Dann ist sie um den Wagen rumgelaufen und eingestiegen. Sie sind Richtung Freilingen weitergefahren. Ich hab noch gerufen, sie soll hierbleiben, aber ich war wohl zu weit weg. Sie hat mich nicht gehört. Vielleicht wollte sie's auch gar nicht."

„Du glaubst, es war der Typ aus Koblenz."

„Ja."

„Kannst du ihn beschreiben?"

„Nee, war zu dunkel. Und Irena hat mir die Sicht verdeckt."

„Und der Kastenwagen? Hast du dir Marke und Kennzeichen merken können? Ist dir irgendwas aufgefallen? Ein Schriftzug oder Werbung auf dem Lack?"

Kai schüttelte den Kopf. „Es ging alles viel zu schnell. Ach ja, das linke Rücklicht war kaputt. Ich glaub, es war ne Koblenzer Nummer, aber sicher bin ich nicht."

„Warum bist du nicht zur Polizei gegangen?"

„Weil Irena getrampt hat? Das ist doch nicht verboten. Ich hab ja nicht gewusst, dass ihre Eltern sie vermissen."

„Mm-mh." Funke blickte auf den schiefergrauen See. Der für die Sommermonate ungewöhnliche Frühnebel lag wie eine milchige Glocke über dem Wald. Es war schwül und stickig. Wenn die Sonne den Dunst aufgelöst hatte, würde es heiß wie in einem Backofen werden. Aber noch war das Nordwestufer kaum auszumachen. Im Südwesten zog sich ein Streifen Sumpfland am Wasser entlang, schwer erreichbare Stellen, die den Kormoranen und Wildenten gehörten. Etwa achtzig Meter nordöstlich traten zwei Männer aus dem Wald. Der Kleinere der beiden trug einen grünen Cordhut und Kniebundhosen. Gestenreich beschrieb er Kreise in der Luft, die das Gelände rings um den See einzuschließen schienen. Funke erkannte in dem Mann mit der tonnenförmigen Brust Josef Haffner, den Ortsbürgermeister und Vater von Kai. Sein Begleiter war schlank und hochgewachsen. Er trug einen dunklen Anzug, ein weißes Hemd mit Krawatte und wirkte in der Landschaft wie ein Fremdkörper. Breitbeinig stemmte er die Hände in die Hüften und betrachtete den See, als gehöre er ihm bereits. Kai drückte sich hinter den Stamm einer Buche.

„Wie spät war es, als du den Kastenwagen gesehen hast?", fragte Funke.

„Ungefähr halb zwölf. Kann ich jetzt gehen?" Kai schielte um den Baum herum zu seinem Vater.

Etwas irritierte ihn an der Geschichte, obwohl sie sich logisch anhörte. Aber er konnte nicht sagen, was es war. „Okay. Wenn dir noch was einfällt, ruf auf der Wache an oder komm bei mir vorbei. Weißt ja, wo du mich findest."

„Ja, mache ich. Ganz bestimmt. Und ... und ich muss nichts unterschreiben?"

„Im Augenblick nicht."

„Okay." Er wandte sich hastig um.

„Kai?"

Er blieb stehen. „Ist noch was?"

„Sauf nicht so viel."

„Nee. Keine Sorge." Er lief zum Zeltplatz zurück, auf dem wie jedes Jahr die Zelte der Kirmesjugend standen.

Als Funke sich wieder dem Uferweg zuwandte, waren die beiden Männer verschwunden. Er wanderte den gewundenen Pfad entlang bis zu der Stelle, an der Haffner und der Fremde gestanden hatten. Links begrenzte dichter Wald den Weg, auf der rechten Seite erstreckte sich eine ausgedehnte Wiese, auf der Klatschmohn, Schafgarbe und Glockenblumen blühten. Oberhalb des Hanges, gegenüber der Straße, standen die Gebäude des Golfklubs. Setzte Haffner seine Pläne um, blieb von den Wiesen nichts übrig. Ein protziges Golfhotel würde die Sicht über den See versperren. Mit der Stille und Abgeschiedenheit war es dann vorbei.

Er folgte dem Pfad zur Straße hinauf. Nach wenigen Schritten begann er zu schwitzen. Die Sonne brach durch die Hochnebeldecke und brannte heiß in seinem Nacken. Keuchend erreichte er die Stelle, an der die Straße einen Knick machte und in den Ort hineinführte. Irgendwo hier musste Irena in den Kastenwagen gestiegen sein. Er lief ein Stück und suchte Seitenstreifen und Graben ab, ohne auf eine Spur zu stoßen. Nichts deutete auf ein Verbrechen hin.

Nach einer Viertelstunde kam er wieder am Zeltplatz an. Seit er jede Nacht versuchte, seinem Kopf das Nachdenken abzugewöhnen, funktionierte sein Bulleninstinkt nicht mehr so gut wie früher. Trotzdem ließ er sich von seinem Gefühl treiben, stieg in den Passat und umrundete langsam den See. Auf einem Wanderparkplatz am südlichen Ende hielt er an. In der feuchten Erde stieß er auf Reifenspuren, die tiefer in den Wald hineinführten, bis sie sich auf Geröll und Kies verloren. Das Seeufer lag etwa hundert Meter entfernt hinter einem Schilfgürtel. Die Sumpfwiesen wimmelten vor

Stechmücken und Zecken. Nur ein Verrückter würde sich bei diesem Wetter dort hineinwagen – ein idealer Platz, um eine Leiche loszuwerden. Er wischte sich mit dem Ärmel den Schweiß von der Stirn, griff in seine Jackentasche und holte eine Miniflasche Basaltfeuer hervor. Mit zitternden Fingern schraubte er den Verschluss ab, trank den hochprozentigen Schnaps und warf die leere Flasche in hohem Bogen in den See. Ein Eichelhäher stob aus dem Dickicht und krächzte protestierend.

Der Alkohol breitete sich warm in seinem Magen aus und packte die rasenden Gedanken in Watte. Irena war nur ein weiteres Mädchen, das spurlos verschwand. So wie Nora. So funktionierte die Welt eben. Mädchen verschwanden, und er konnte nichts dagegen tun.

Er kehrte zum Parkplatz zurück. Josef Haffner lehnte an der Motorhaube des Passats und paffte einen Zigarillo. „So früh auf den Beinen, Funke? Was treiben Sie hier im Wald?"

„Was Polizisten immer tun. Sie schnüffeln herum."

„Sind Sie wegen Milic hier?"

„Sie haben also schon davon gehört."

„Die Kleine ist längst über alle Berge. Es ist kein Geheimnis, dass sie es zu Hause nicht mehr ausgehalten hat."

„Dann wissen Sie mehr als ich."

„Hier werden Sie das Gör jedenfalls nicht finden. Suchen Sie sie von mir aus in Koblenz."

„Wie kommen Sie auf Koblenz?"

Haffner nahm den Zigarillo aus dem Mundwinkel und blies eine Rauchwolke aus. „Hab gehört, sie hätte dort jemanden kennengelernt. Man muss der Polizei bei ihren Ermittlungen doch helfen, nicht wahr?"

„Sie sind gut informiert."

„Ich bin der Bürgermeister. Ich weiß alles."

„Dann wissen Sie sicher auch, wer in der Gegend einen weißen Kastenwagen fährt."

„Die gibt's hier wie Karpfen im Dreifelder Weiher. Sie suchen also einen. Darf man fragen, warum?"

„Vielleicht hat's nen Unfall gegeben."

„Ach, tatsächlich?"

„Könnte sein, dass dem Mädchen was zugestoßen ist. Wir werden den See absuchen müssen."

Haffners Wangen liefen dunkelrot an. Er schob seinen Jägerhut in den Stiernacken. „Das werden Sie ganz sicher nicht."

„Ich wüsste nicht, wer mich daran hindern sollte."

„Wenn Sie Ihren Job behalten wollen, lassen Sie die Finger von den Schleusen."

„Im Oktober wird der See sowieso abgefischt."

„Dann warten Sie, bis es so weit ist Ich brauche noch ein, zwei Wochen, und der Bau des Golfhotels ist beschlossene Sache. Was, glauben Sie, wird geschehen, wenn Sie vor den Augen von Bernd Middendorf eine Leiche aus dem See ziehen? Ich warne Sie, Funke. Sollte das Projekt wegen Ihnen scheitern, werden die Leute Sie mit Stöcken aus dem Dorf jagen."

„Kann sein. Vielleicht wird man aber auch *Sie* teeren und federn. Eine Menge Einwohner sind gegen den Bau des Hotels."

Haffner baute sich dicht vor ihm auf. Er warf den halb gerauchten Zigarillo in eine Pfütze, wo er zischend erlosch. „Vertreiben Sie sich die Zeit von mir aus mit einer Radarfalle oder schreiben Sie ein paar Parksünder in Hachenburg auf. Aber halten Sie sich aus meinen Geschäften raus. Der Landrat hat sich für den Bau eingesetzt und die Kontakte zu Middendorf geknüpft. Wenn er seine Zeit wegen Ihrer Sturheit vergeudet, können Sie sich einen Job bei der Müllabfuhr besorgen. Aber ich schätze, selbst die Stadtreinigung stellt keine Alkoholiker ein."

„Schön, wenn Geschäfte in der Familie bleiben", sagte Funke. „Bestellen Sie dem Landrat, dass es mir scheißegal ist, womit er seinen Tag verbringt."

Die feinen blauroten Äderchen auf Haffners Wangen glühten. „Ich werd's ihm ausrichten. Aber Sie wissen ja, wie nachtragend mein Bruder sein kann. Es wird eng für Sie, sollte er seine schützende Hand von Ihnen abziehen. So ein Jammer. Wo Ihr Job doch das Einzige ist, was Ihnen noch geblieben ist."

„Ich brauche die Hilfe der freiwilligen Feuerwehr, um das Dickicht am Südufer abzusuchen. Treiben Sie bis heute Abend so viele Männer auf, wie Sie kriegen können."

Haffner spuckte aus und ballte die Fäuste. „Mensch Funke, seien Sie doch vernünftig. Wenn das Mädchen wirklich da unten liegt, kann es ihm egal sein, ob man ihre Leiche jetzt oder in ein paar Wochen findet."

„Aber mir nicht. Schönen Tag noch."

Er ließ den Motor an und steuerte den Passat auf die Straße zurück. Im Rückspiegel sah er, dass Haffner ihm grimmig hinterherstarrte. Er zog ein Handy aus der Jackentasche und wählte eine Nummer. Wahrscheinlich heulte er sich jetzt bei seinem Bruder, dem Landrat, aus.

Zwischen den Bäumen tauchte die glitzernde Oberfläche des Sees auf. Wenn er sein Vorhaben durchzog, war er erledigt. Vor wenigen Augenblicken noch war er fest davon überzeugt gewesen, dass es ihm gleichgültig war. So wie ihm alles egal war seit Noras Tod. Aber das war eine Lüge. Er hing an diesem verfluchten Job. Haffner hatte recht. Er war das Letzte, was ihm noch geblieben war. Danach kam nichts mehr. Er würde so lange saufen, bis er fette Würmer aus den Wänden kriechen sah und irgendwann verrecken, ohne dass es jemand bemerkte. Wenn er wenigstens ihre Leiche gesehen hätte, wäre alles anders. Aber so blieb ein letzter Rest verzweifelte Hoffnung. Sie allein hielt ihn davon ab, es sich mit einer Zigarette und einem Feuerzeug auf einer Propangasflasche gemütlich zu machen.

Er ignorierte den See zu seiner Rechten, trat das Gaspedal durch und trieb den alten Passat Richtung Hachenburg. Er würde nichts unternehmen, und Haffner wusste das. Funke verachtete sich dafür.

4

15. August, 00:48 Uhr, Koblenz

Helen war gegen viertel vor elf todmüde ins Bett gefallen, hatte drei Diazepam geschluckt und an die Decke gestarrt, bevor die Tabletten ihre erlösende Wirkung entfalteten. Zwei Stunden später erwachte sie im Kleiderschrank. Sie kauerte in einer Muschel aus Wolldecken, Kissen und Kleidungsstücken und besaß nicht die geringste Erinnerung daran, wie sie in den Schrank gekommen war. Dumpf hörte sie durch die geschlossene Tür das Läuten der Türklingel. Jemand pochte lautstark an die Eingangstür und rief ihren Namen.

In den letzten fünf Nächten hatte ihre Schlaflosigkeit beunruhigende Formen angenommen. Regelmäßig schlug sie die Augen an Orten auf, die ihr eine Höllenangst einjagten – auf dem Speicher hinter einer Wand aus alten Koffern und Gerümpel, oder im Gerätehaus im Garten hinter einer Barrikade aus Hacken, Rechen und einer Rolle Zaundraht.

Sie redete sich ein, dass ihre Blackouts nichts mit den sechsunddreißig Stunden zu tun hatten, die in ihrem Gedächtnis fehlten. Dass dies eine Lüge war, war ihr nur allzu bewusst. Der Schlafmangel hatte tiefe Spuren in ihrem Gesicht hinterlassen. Jeder Blick in den Spiegel machte ihr klar, dass ihre Kraft nicht reichte, um mit der quälenden Ungewissheit allein fertig zu werden. Lange würde sie die Illusion der toughen Profilerin, der auch die Entführung durch einen Serienkiller nichts anhaben konnte, nicht mehr aufrechterhalten können.

Sechsunddreißig Stunden, nachdem der Maskenmann ihr im Bunker einen mit Chloroform getränkten Lappen auf Mund und Nase gedrückt hatte, war sie nackt und frierend auf dem Parkplatz einer Autobahnraststätte aufgewacht. Die Zeit dazwischen war in ihrem Gedächtnis zu einem dimensionslosen Punkt zusammengeschrumpft. Die Ärzte sagten, dass ihre Erinnerung vermutlich nie zurückkehren würde. Seitdem wuchs der blinde Fleck und breitete sich auf ihrer Seele aus wie ein Krebsgeschwür.

Als ihr Bewusstsein zögernd die Grauzone zwischen Traum und Wirklichkeit verließ, kehrte die Angst zurück. Das enge Versteck im Kleiderschrank erschien ihr wie ein Sarg, in dem sie zu ersticken drohte. Sie trat reflexartig gegen die Schranktür und sprang aus dem Verschlag wie ein Teufel aus der Kiste. Panisch befreite sie sich von der schützenden Haut aus Wolldecken und kam auf die Beine. Jemand donnerte noch immer gegen die Eingangstür und klingelte Sturm.

Von den Diazepam benebelt, wankte sie durch den dunklen Korridor und tastete nach dem Lichtschalter. Dann entriegelte sie die drei zusätzlichen Sicherheitsschlösser, die sie angebracht hatte, und drückte die Klinke. Eine Vorlegekette verhinderte, dass das Türblatt weiter als ein paar Zentimeter aufschwingen konnte.

Ralf König spähte durch den Türspalt. „Ich habe versucht, dich zu erreichen. Warum gehst du nicht ans Telefon? Zieh dich an und beeil dich. Wir haben einen heißen Tipp bekommen. Heute Nacht kriegen wir den Dreckskerl."

„Ich bin eben erst ins Bett gekrochen."

„Du kannst dich morgen ausschlafen. Oder willst du ihn etwa laufen lassen? Ich gebe dir fünf Minuten. Mein Wagen steht unten." Ohne ihre Reaktion abzuwarten, polterte er die Treppe hinunter.

Die Aussicht, es hier und jetzt zu Ende zu bringen und die Lücke in ihrem Leben zu schließen, elektrisierte sie und schenkte ihr neue Energie. Sie taumelte ins Bad, schaufelte sich kaltes Wasser ins Gesicht und suchte ihre Klamotten zusammen. Stirnrunzelnd betrachtete sie das aus dem Kleiderschrank quellende Chaos aus Kissen und Decken. Sie würde sich darum kümmern müssen. Um die Unordnung im Zimmer ... und um die in ihrem Kopf.

Rasch zog sie sich an, streifte das Schulterholster mit ihrer Dienstwaffe über und eilte die Stufen hinab. Königs alter Porsche 911 stand mit zwei Reifen auf dem Gehweg, der Motor lief. Sie nahm auf dem Beifahrersitz Platz und schnallte sich an. König trat das Gaspedal durch und raste Richtung Innenstadt. Die Beschleunigung presste sie in den Recarositz. Ihr Schädel fühlte sich an, als stecke er in einem Fass mit Sirup. Ihr Herz pumpte wie verrückt Blut durch ihre Venen, aber das Zeug schien einen Umweg um ihr Gehirn zu machen.

König warf ihr einen Seitenblick zu. „Schlaf bloß nicht wieder ein. Was ist los mit dir?"

„Was soll los sein? Es ist Freitagnacht, und ich habe seit sechs Stunden Wochenende.“ Sie rieb sich heftig mit Daumen und Zeigefinger die Nasenwurzel. „Und außerdem nur zwei Stunden geschlafen.“

König ließ die Seitenscheibe herunter. Kühle Nachtluft strömte ins Wageninnere. „Ich hätte auch Bender mitnehmen können. Aber ich hatte das Gefühl, du willst dabei sein, wenn wir ihn festnehmen.“

„Dass du daran gedacht hast“, murmelte sie schläfrig.

„Ich weiß, du glaubst, ich bin scharf auf deinen Job als stellvertretender Leiter der SoKo, aber du irrst dich. Ich mache nur meine Arbeit.“

„Da hab ich ja noch mal Glück gehabt.“

„Du hast dich verändert, Helen. Bist du sicher, dass alles mit dir in Ordnung ist?“

Der Porsche machte einen gefährlichen Schlenker, während König den Rücksitz abtastete.

„Alles bestens. Lass bloß das Magnetlicht aus. Sonst kannst du ihn auch gleich anrufen, dass wir kommen.“

„Hast du seine Nummer?“

„Witzbold. Sag mir lieber, woher ihr den Tipp habt.“

König trieb den Porsche mit halsbrecherischem Tempo über die B9 Richtung Innenstadt.

„Vor einer Viertelstunde hat uns ein Mädchen aus dem *Coyote Ugly* angerufen. Ich habe bereits Verstärkung angefordert. Sämtliche Straßen im Bereich Pfaffendorf werden abgeriegelt. Ein SEK ist unterwegs und wartet auf unsere Anweisungen.“

„*Coyote Ugly* ... die Disco an der B9 unten am Rhein?“

„Genau die. Ein Mädchen hat uns angerufen. Sie war mit einer Freundin dort. Aber es gab Streit, als ein Typ sie angemacht hat.“

„Was geht uns das an?“

„Der Typ kam ihr gefährlich vor. Er soll versucht haben, ihnen etwas in die Drinks zu mixen. Sie hat ihn präzise beschrieben: blondes Haar, Pferdeschwanz, graue Augen, etwa 1,85 m groß. Er trug einen schwarzen Overall. Vielleicht den, den du im Bunker gesehen hast. Nach dem Streit haben sie sich getrennt, aber sie hat noch beobachtet, wie ihre Freundin in einen weißen Lieferwagen gestiegen ist. Der Wagen ist auf der B9 Richtung Pfaffendorf unterwegs.“

„Was macht dich so sicher, dass das unser Mann ist?“

„Alles zusammen. Der Wagen – ein Sprinterbus, die Beschreibung, die Vorgehensweise. Intuition eben. Sie behauptet, im Laderaum eine Maske gesehen zu haben.“

„Kann sie die beschreiben?“

„Vage.“

„Und wie konnte sie sehen, was im Laderaum lag?“

„Sie sagt, sie habe einen Blick durch das Heckfenster geworfen.“

„Ein Sprinterbus ist kein Kastenwagen“, sagte Helen.

„Du weißt doch, wie das läuft. Der eine sieht einen Lieferwagen, der Nächste einen Kombi und der Dritte ein Taxi.“

Plötzlich war sie hellwach. „Dreh um. Schnell!“

„Was? Spinnst du?“

Sie bog den Innenspiegel herum. Nein, sie irrte sich nicht. „Ein weißer Lieferwagen. Los, dreh um!“

König trat auf die Bremse und riss das Steuer herum. Der 911 wirbelte um die eigene Achse und kam auf der Gegenfahrbahn zum Stillstand, nur um sofort wieder zu beschleunigen.

Sie warf einen Blick in den Rückspiegel. „Engelhardt folgt uns.“

„Braver Junge“, sagte König.

Nach einem Kilometer kam ein weißer Lieferwagen in Sicht.

„Das könnte der Wagen sein, den wir suchen.“ Sie beobachtete hypnotisiert, wie sie langsam aufholten.

„Er ist es. Verlass dich drauf.“

„Halt Abstand. Sonst bemerkt er uns.“

„Entspann dich. Ich mach das nicht zum ersten Mal.“ König ließ den Porsche zurückfallen.

Helen kontrollierte das Magazin ihrer Waffe.

„Scheiße“, murmelte König.

Helen blickte auf. „Was ist?“

„Ich habe ihn verloren.“

„Gerade war er doch noch vor uns.“

„Du wolltest doch, dass ich mehr Abstand halte.“

„Da! Da steht er.“ Helen deutete auf einen Kastenwagen vor einem würfelförmigen Betonklotz. Eine Blechtür, die aussah wie der Eingang zu einem U-Boot, fiel ins Schloss, als Königs 911er vorbeirollte.

„Der Wagen ist nicht weiß“, sagte Helen.

Es war ein verdreckter, cremefarbener Sprinterbus.

König fuhr langsam weiter und stellte den Wagen in Sichtweite ab.

„Das ist der alte Luftschutzbunker“, sagte Helen, „eine Menge Bands proben dort.“

„Ob er einer der Musiker ist? Deswegen fährt er den Sprinter. Es könnte der Bandbus sein.“

„Gehen wir ihn fragen.“ Helen stieg aus dem Wagen. Die Nacht war sternenklar, die Luft fühlte sich wie warmes Öl auf ihrer Haut an. Ihr brach der Schweiß aus.

Mit jedem Schritt, den sie sich dem Bunker näherte, wuchs die Unruhe in ihr. Das Tier in dem Käfig auf dem Grund ihrer Seele, das sie mit Tranquilizern und Trotz eingesperrt hatte, war ausgebrochen. Furcht stieg in ihr hoch und lähmte sie. Sie griff in ihre Jackentasche, klaubte die letzten vier Gummibärchen aus der Tüte und schob sie in den Mund.

König war etwa drei Meter vor ihr und bemerkte nichts von ihrer beginnenden Panik. Leise öffnete er die Blechtür in der Betonwand und schlüpfte in den Bunker. Grüne Notlichter tauchten das Innere in gespenstisches Licht. Sie bewegte sich zäh wie in einem Albtraum. In einem der Proberäume spielte jemand Schlagzeug und trommelte sich die Seele aus dem Leib. Das Scheppern der Becken und das stakkatohafte Wummern der tiefen Trommeln verschmolzen zu einem dröhnenden Crescendo und hallten wie Kanonendonner von den nackten Betonwänden wider.

König zog seine Waffe und schlich einen dunklen Korridor entlang. Eine der Türen war nur angelehnt, gelber Lichtschein drang durch die Ritze.

Ihr war übel. Der Bunker stank nach Schweiß, Bier und fauligem Abwasser. Der Pistolengriff fühlte sich feucht und glitschig unter ihren Fingern an. Ein einzelner Schweißtropfen rann an ihrer Nase herab und brannte heiß in ihrem Augenwinkel. Grimmig wischte sie ihn weg. Das irrsinnige Trommeln füllte ihren Kopf aus und vereinigte sich mit ihrem rasenden Herzschlag zu einem verrückten Orchester.

König gab ihr ein Zeichen. Sie blieb stehen und atmete kurz und schnell durch den offenen Mund. Die Übelkeit nahm zu. Sie war sicher, wenn ihr Puls sich weiter beschleunigte, würde ihr Kopf explodieren wie eine Wassermelone. Sie umklammerte mit beiden Händen die Walther P99, bis das Plastik protestierend knirschte. Ihr Kopf war vollkommen leer.

Vorsichtig schob König die Tür auf. Sie blickte über seine Schulter und sah einen in grelles rotes Licht getauchten Proberaum. Verstärkeranlagen, E-Gitarren, ein Turm aus Keyboards und ein durchsichtiges Acrylschlagzeug beanspruchten den meisten Platz. An einer Wand stapelten sich Bierkisten, daneben hing ein Logo der Band – ein Skelett auf einem Motorrad. In einer Ecke lagen zwei Matratzen. Ein kräftiger Mann in einem schwarzen Overall presste ein Mädchen von etwa siebzehn Jahren auf das Lager. Sie schrie und wehrte sich verzweifelt, aber ihre Stimme ging im Lärm des verrückten Trommelns unter. Das fahlblonde Haar des Mannes war im Nacken zu einem Pferdeschwanz zusammengebunden. Er trug eine Maske, von der Helen nur den oberen Rand und die Haltegummis erkennen konnte, weil er ihr den Rücken zuwandte. Mit der Linken fummelte er an seiner Gürtelschnalle, während er mit der Rechten die Handgelenke des Mädchens umklammerte. Das intensive rote Licht ließ die Szene erscheinen, als hätte ein Wahnsinniger den ganzen Raum mit Blut übergossen.

König näherte sich dem Mann von hinten, wich nach links aus und gestikulierte Helen, seine Flanke zu decken.

Sie hob die Walther und stellte erstaunt fest, dass ihre Hände so stark zitterten, dass sie kein Ziel anvisieren konnte. Sie sah die Stiermaske vor sich, roch den süßlichen Gestank des Chloroforms und spürte den Lappen auf ihrem Mund. Alles drehte sich. Einen Augenblick war sie nicht sicher, ob sie all dies wirklich erlebte oder ob sie noch immer in einem Albtraum gefangen war, aus dem sie gleich erwachen würde.

Plötzlich war sie sicher, dass der Mann auf der Matratze kein Gesicht besaß. Wenn er sich umdrehte, würde sie einen Stierkopf sehen mit leeren, faulig grün leuchtenden Augenhöhlen. Jede Nacht floh sie vor dem Mann ohne Gesicht, der sie durch ein endloses, tödliches Labyrinth jagte. Und jetzt war er da. Ganz nah bei ihr.

Das Mädchen riss die Augen auf. Sie hatte König entdeckt. Der Blonde mit dem Pferdeschwanz hatte offenbar die Reaktion des Mädchens bemerkt. Er stieß sie von sich und ließ sich nach vorne fallen.

„Hinlegen! Auf den Bauch! Ich will deine Hände sehen, du Scheißkerl!", brüllte König.

Die rechte Hand des Mannes verschwand in der Ritze zwischen den Matratzen. Er drehte sich blitzschnell um und nutzte den Schwung seines ausgestreckten Arms aus. Helen sah die Machete zu spät. Ihre Muskeln verkrampften sich, bis sie zu einer Statue aus Furcht erstarrt war. Sie gefror einfach innerlich.

Die Machete zerschnitt in einem blitzenden Bogen die Luft und fuhr tief in Königs rechte Schulter. Helen stand gelähmt daneben, die Waffe im Anschlag, aber unfähig, abzudrücken.

Das Stakkato der Basstrommeln hörte abrupt auf und hinterließ eine Stille, die Helen schrecklicher erschien als der Lärm. Kraftlos ließ König die Waffe fallen und brach in die Knie. Aus seiner Halsbeuge schoss ein fingerdicker Blutstrahl. Das Mädchen kreischte schrill, kroch von dem Irren weg und kauerte sich in einen Winkel. Seine Pappmaske war verrutscht und gab das Gesicht frei. Helen war überrascht, dass er eines besaß – ein gespaltenes Kinn, einen dichten Schnurrbart, dessen Enden traurig herabhingen, und kalte graue Augen. Dann fielen Schüsse, einmal, zweimal, dreimal. Er zuckte unter der Wucht der Einschläge, ließ die Machete fallen und sackte tot auf die Matratze. Vermummte SEK-Beamte stürmten in den Raum. Engelhardt war plötzlich da und drängte sie zur Seite. Das Mädchen weinte. Auf dem Boden lag eine zerknitterte Maske aus Pappmaschee. Sie stellte einen stilisierten Totenkopf dar und nicht das Antlitz eines Stiers.

5

28. September

Böse Zungen bezeichneten Dr. Felix Kiesner, Psychiater, forensischer Gutachter und Polizeipsychologe, als Kreuzung zwischen Frettchen und Eidechse. In der Tat besaß er die vorstehenden Schneidezähne eines Nagetiers und den feuchtglatten Charme eines Salamanders. Er erwartete Helen im dritten Stock des Koblenzer Polizeipräsidiums. Sie hasste den kleinen Mann mit der randlosen Brille. Sie hasste seine karierten Jacketts und die fettige Haarsträhne, die ihm ständig ins Gesicht fiel, und sie hasste sein selbstgefälliges Lächeln. Seine provozierende Gelassenheit weckte in ihr die mörderische Lust, seinen eiförmigen Schädel mit einem Rasierapparat zu bearbeiten, das Zentrum des kahlen Kopfes mit einem Kreuz zu markieren und dieses Ei mit einem Spaten aufzuschlagen. In den letzten Wochen hatte sie ausgiebig Gelegenheit gehabt, den Psychologen kennenzulernen und zu hassen.

Kiesner saß hinter einem Tisch, den er wie eine Barriere der Wichtigkeit vor sich geschoben hatte, und studierte mit hochgezogener Augenbraue eine Akte. Sie hasste diese Geste. Sie bedeutete: „Ach ja? Tatsächlich? Sie sind ein pathologischer Fall, Frau Stein. Ich werde Sie einweisen müssen."

Wie immer trug er auch heute eine alberne Fliege und ein Sakko mit Schottenkaro.

„Setzen Sie sich bitte“, sagte er mit heiserer Fistelstimme.

Sie nahm auf dem Plastikstuhl vor dem Tisch Platz und rutschte ungeduldig auf der Kante herum. Es klopfte, Georg Starbacher stieß die Tür auf und trieb seinen Rollstuhl mit kräftigen Stößen in den Raum. Helen blieb sitzen. Sie wusste, dass er keine Hilfe duldete. Er nickte ihr knapp zu und suchte sich einen Platz nahe dem Fenster.

Endlich klappte Kiesner seine Akte zu und lehnte sich zurück. Sie malte sich aus, wie es sich anfühlen würde, sein Grinsen mit einem gezielten Faustschlag zu beenden, und unterdrückte den Drang, etwas zu zerbrechen.

„Macht es Sie nervös, ein wenig zu warten?“, fragte er.

„Nein“, log sie. „Warum sollte es?“

„Sie wirken angespannt auf mich.“

„Auf mich wartet ein Stapel Fallakten, der einstürzen wird wie die Twin Towers am 11. September, wenn diese ... Angelegenheit hier zu lange dauert.“

Starbacher schnaubte geräuschvoll in sein Taschentuch und warf ihr einen Gewitterblick zu.

„Sie sollten diese *Angelegenheit* nicht auf die leichte Schulter nehmen, Frau Stein“, sagte Kiesner.

„Ich bin zu allen Therapiestunden erschienen.“

Er setzte seine Brille auf und blätterte in der Akte. „Sie haben sechs Termine kurzfristig abgesagt“, stellte er fest.

„Mein Job ist es, Verbrecher zu fangen. Männer, die Frauen vergewaltigen und abschlachten, um ihre Taten zu verschleiern. Ich muss schnell reagieren und kann mich an keinen Terminplan halten." Sie beugte sich angriffslustig vor. „Sie haben nicht zufällig eine vierzehnjährige Tochter? Mir war, als erwähnten Sie sie in unseren *Gesprächen.*"

Starbacher schüttelte hinter Kiesners Rücken den Kopf und deutete mit dem Finger ein Messer an, das durch seine Kehle schnitt.

Kiesner blieb gelassen. „Sie erfüllen eine wichtige Aufgabe, in der Tat. Aber ich brauche Ihnen nicht zu erklären, wie belastend die Einzelheiten der Fälle sind, die Sie bearbeiten. Umso mehr liegt uns allen Ihre Gesundheit am Herzen. Menschen in Ihrer Position rutschen leicht in ein Helfersyndrom hinein."

Sie presste die Lippen aufeinander und hockte auf der Stuhlkante wie eine nervöse Kobra, bereit zum Zustoßen.

„Seit wir uns zum ersten Mal unterhalten haben, sind zwei interne Ermittlungsverfahren gegen Sie eingeleitet worden", fuhr Kiesner fort. „Ihr zögerliches Verhalten hat das Leben Ihrer Kollegen in Gefahr gebracht – nicht zuletzt das von Ralf König."

„Die Verfahren wurden eingestellt. Ich habe mir nichts vorzuwerfen. Hätte ich jedes Mal von der Schusswaffe Gebrauch gemacht, säße ich ebenfalls hier und müsste mich rechtfertigen. Kriminalermittler stehen immer mit einem Bein im Gefängnis."

„Ihr Kollege Horst Bender sieht das anders", sagte Kiesner. „Er glaubt, dass Sie sich seit der Entführung durch den Serienmörder verändert haben."

Ihre Wut auf Kiesner wuchs. Er wusste offenbar genau, dass Bender das schwächste Glied in der Kette des Teams war. Der dicke Polizist war gutmütig wie ein Bernhardiner und plapperte gern. Es dürfte Kiesner nicht schwergefallen sein, ihn geschickt zu manipulieren, bis er die Antworten bekam, die er hören wollte. Benders Worte waren aus dem Zusammenhang gerissen worden.

„Was geschehen ist, beeinträchtigt meine Arbeit nicht.“

„Wirklich nicht? Ich frage mich, was Ralf König dazu sagen würde ... wenn er könnte.“

„Er wird meine Version bestätigen, wenn er aufwacht.“

Die Ärzte hatten ihn in ein künstliches Koma versetzt. Er hatte viel Blut verloren und musste reanimiert werden. Die Chance, dass er mit der Intelligenz eines Blumenkohls aufwachen würde, lag bei etwa fünfzig Prozent.

„*Wenn* er aufwacht.“ Kiesner blätterte in seinen Unterlagen.

„Ich ... ich konnte nicht schießen.“

Seine Augenbraue schwang sich zu neuen Rekordhöhen auf. „Sie konnten nicht, weil Ihre ...“

„König stand in der Schusslinie. Ich konnte nicht schießen, ohne ihn zu gefährden“, log sie.

„... psychische Verfassung es nicht zuließ“, beendete Kiesner unbeeindruckt den Satz.

„Nein, das stimmt nicht.“

„Die Rekonstruktion der Ereignisse legt diesen Verdacht nahe. Immerhin mussten Sie befürchten, plötzlich dem Mann gegenüberzustehen, der Sie verschleppt hat und von dem wir nicht wissen, was er mit Ihnen gemacht hat. Sie waren verunsichert, fürchteten sich, das Trauma erneut zu durchleben; ein Trauma, das Sie erfolgreich verdrängen."

„Was wird das hier? Wenn Sie glauben, Sie brauchen mich nur so lange zu provozieren, bis ich ausraste, besitzen Sie genauso viel Menschenkenntnis wie Fachwissen, nämlich gar keine."

Kiesners Mundwinkel zuckte. Er kritzelte eine Bemerkung an den Rand der Akte. „Das Mädchen ist auch noch nicht wieder aufgetaucht, nicht wahr?"

„Warum fragen Sie, wenn Sie bereits informiert sind?"

„Ich will ganz offen sein, Frau Stein. Ich bin nicht der Meinung, dass Sie länger dienstfähig sind."

„Ich jage diesen Kerl seit drei Jahren, und ich werde ihn fassen."

„Nun, ich würde sagen, *er* hat *Sie* gefasst."

Sie sprang erregt auf. Ihr Blick traf den Starbachers. „Das muss ich mir nicht anhören."

Starbacher bearbeitete angestrengt einen Kaugummi. „Doch, Helen. Das musst du."

„Wenn du mir ein konkretes Fehlverhalten vorwerfen kannst, dann nur zu! Wenn nicht ... gehe ich wieder an meine Arbeit."

„Setzen Sie sich. Ich bin noch nicht fertig", sagte Kiesner.

„Den Teufel werde ich tun. Ich ..."

„Helen, bitte!"

„Also gut. Dir zuliebe." Widerstrebend nahm sie wieder Platz.

Kiesner faltete die Hände und tippte mit dem Zeigefinger an seine Nasenspitze. „Sehen Sie, Frau Stein, ich bin der Überzeugung, dass Sie weiterhin einen wertvollen Beitrag im Polizeidienst leisten können. Aber nicht in Ihrem gegenwärtigen Zustand. Ihre partielle Amnesie belastet Sie mehr, als Sie sich eingestehen wollen."

Sie schwieg. Sechsunddreißig Stunden, an die sie nicht die geringste Erinnerung besaß. Die Zeit zwischen der Hetzjagd durch den alten Bunker im Koblenzer Untergrund und dem Erwachen auf dem Parkplatz einer Autobahnraststätte war vollkommen ausgelöscht. Die Zeit dazwischen existierte in ihrem Kopf einfach nicht. Der Versuch, sich daran zu erinnern, war genauso sinnlos, als wollte sie herausfinden, wo sie vor ihrer Geburt gewesen war. Nackt und hilflos, zusammengekauert wie ein Embryo im Mutterleib, war ein Lastwagenfahrer über sie gestolpert, als er gegen drei Uhr morgens sein Fahrerhaus verlassen hatte, um sich zu erleichtern. Der Trucker hatte sofort die Polizei alarmiert. Sie war nur halb bei Bewusstsein gewesen. Ihre Hände hatten aus tiefen Schnittwunden geblutet, ihr Körper war mit Blutergüssen und Abschürfungen übersät. Als der Fernfahrer sie in eine wärmende Decke hüllen wollte, hatte sie zu schreien begonnen und erst wieder damit aufgehört, als der Notarzt ihr eine Ladung Valium in die Armvene gepumpt hatte.

In den nächsten Tagen durchlebte sie ein Martyrium aus Untersuchungen, endlosen Fragen und den quälenden Versuchen, sich zu erinnern. Die Ärzte hatten eine schwere Gehirnerschütterung diagnostiziert. Ob ihre Gedächtnislücken von einer retrograden Amnesie, den Nachwirkungen von K.-o.-Tropfen oder einem Sturz rührte, war nicht mehr festzustellen. Gamma-Hydroxybuttersäure, Hauptbestandteil der häufig bei Sexualdelikten eingesetzten K.-o.-Tropfen, war nur wenige Stunden nach der Einnahme nachweisbar. Niemand wusste, wie lange sie in der Nähe der Mülltonnen auf der Rastanlage gelegen hatte. Da sie nackt gewesen war, war es unwahrscheinlich, dass sie selbst dorthin gelangt war. Der Täter hatte sie ausgesetzt wie einen Hund, für den er keine Verwendung mehr hatte. Warum er sie wieder freigelassen hatte, lag ebenso im Dunkeln wie das Schicksal von Mia Ewers.

„Ich nehme an, Sie erinnern sich nach wie vor nicht an die fragliche Zeit?", fragte Kiesner.

„Nein. Sie wissen so gut wie ich, dass die Chancen, mich zu erinnern, sehr schlecht stehen, falls er wirklich K.-o.-Tropfen benutzt hat."

„Wir wissen nicht, ob er Sie betäubt hat. Allerdings wiesen Sie die Alternative in unseren wenigen Therapiestunden weit von sich."

„Welche Alternative?", fragte Starbacher.

Kiesner strich sich die widerspenstige Haarsträhne aus der Stirn. „Meiner Meinung nach *will* sich Frau Stein nicht erinnern."

„Das ist ausgemachter Blödsinn!", kollerte Starbacher. „Ich kenne Helen lange genug. Wenn nur die geringste Hoffnung besteht, diesen Bastard zu schnappen, dann wird sie sie nutzen."

„Dr. Kiesner ist überzeugt, dass mein Unterbewusstsein die Erinnerungen blockiert, weil ... weil sie zu entsetzlich sind ... und die Gefahr besteht, dass sie mich in den Wahnsinn treiben, wenn ich mich ihnen stelle. Es ist eine Art Schutzmechanismus."

„So etwas ist möglich?“, fragte er verblüfft.

„Es kommt sogar relativ häufig vor“, bestätigte Kiesner, „vor allem bei Missbrauchsopfern.“

Helen zuckte bei der Bemerkung zusammen.

„Sie wurden auf Spuren sexuellen Missbrauchs untersucht, nicht wahr?“, fragte Kiesner.

Ein Lichtreflex blitzte auf seinen Brillengläsern auf. Sie spürte, dass er die Frage auf eine perverse Weise genoss. Wie oft hatte er die Arztberichte studiert? Mehrfach hatte er sie zu den Details ihrer Empfindungen bei den ärztlichen Untersuchungen befragt, als könne er nicht genug davon bekommen. Zumindest war sie um eine bittere Erfahrung reicher. Sie konnte nun nachfühlen, wie Vergewaltigungsopfern zumute war, die nach der brutalen Gewalt die erneute Erniedrigung der polizeilichen Befragungen über sich ergehen lassen mussten.

„Sexuelle Handlungen konnten nicht nachgewiesen werden.“ Sie hasste sich dafür, dass ihre Stimme zitterte.

„Sie konnten auch nicht ausgeschlossen werden.“

„Macht es Ihnen Spaß, mich zu demütigen? Weil ich keine Lust habe, in Ihre nutzlosen Therapiesitzungen zu kommen?“ Sie war laut geworden, obwohl sie den Raum mit dem festen Vorsatz betreten hatte, sich von Kiesner nicht provozieren zu lassen.

Er nahm seine Brille ab und kniff die Augen zusammen. „Das liegt keinesfalls in meiner Absicht, Frau Stein.“

„Was wollen Sie dann von mir?“

„Wir sind hier zusammengekommen, um einzuschätzen, ob Sie weiterhin dienstfähig sind.“

Helen ließ die Schultern hängen. Sie war gerade durch die Prüfung gerasselt.

„Leider bestätigt Ihre Haltung die Einschätzungen Ihrer Kollegen", fuhr Kiesner fort. „Sie werden als zunehmend unkonzentriert, aufbrausend und aggressiv beschrieben."

„Jeder hat mal einen schlechten Tag."

„Wie sieht es mit Ihrem Schlaf aus?"

„Ich schlafe wie ein Baby."

„Sicher. Nach der Menge Diazepam, das Ihnen Ihr Hausarzt verschreibt, ist das anzunehmen. Haben sich die Anfälle von Somnambulismus wiederholt oder verstärkt?"

Woher wusste dieser Scheißkerl von ihrem Schlafwandeln?

„Somnabu... was?", fragte Starbacher.

„Schlafwandeln, Pavor nocturnus, die Nachtangst. Während ihres Aufenthalts in der Klinik erlitt Frau Stein regelmäßig nächtliche Anfälle. Sie verließ das Zimmer, ohne sich dessen bewusst zu sein, und versteckte sich an sehr ungewöhnlichen Orten." Er blickte von seiner Akte auf. „Sie haben das Klinikpersonal ganz schön auf Trab gehalten."

„Diese Dinge fallen unter die ärztliche Schweigepflicht. Sie haben kein Recht, zu behaupten, ich sei eine Halbirre."

„Tue ich das?" Kiesner warf Starbacher einen Seitenblick zu. „Sie haben zugestimmt, dass Ihr Vorgesetzter bei diesem Gespräch anwesend ist. Und im Übrigen halte ich es für legitim, dass er weiß, worauf er sich einlässt, wenn er Sie weiterhin bewaffnet auf die Straße schickt."

„Okay. Das reicht.“

„Sie lassen mir keine andere Wahl“, sagte Kiesner und klappte den Aktenordner zu. „Unter diesen Umständen halte ich es nicht mehr für vertretbar, dass Sie im Außendienst eingesetzt werden.“

„Und welche verantwortungsvolle Aufgabe haben Sie für mich vorgesehen? Soll ich die Bürobotin spielen? Kaffee kochen oder ...“

„Weder noch. Die einzige Möglichkeit, eine vorübergehende Suspendierung zu umgehen, ist der Aufenthalt in einer Fachklinik für Angststörungen.“

Sie zog ihren Dienstausweis aus der Tasche ihrer Jeans und warf ihn auf den Tisch. „Ich geh nicht in die Klapse. Ihr könnt mich alle mal!“

Sie stürmte hinaus und knallte die Tür hinter sich zu.

„Helen!“ Starbachers Bassstimme drang durch das Türblatt, aber sie beachtete ihn nicht. Wütend versetzte sie dem Kaffeeautomaten auf dem Korridor einen Tritt. Am meisten ärgerte sie sich darüber, dass sie Kiesner auf den Leim gegangen war. Sie hätte vorhersehen müssen, dass er sie provozieren würde. Mit zitternden Fingern warf sie eine Münze in den Automaten und drückte eine Taste. Es geschah rein mechanisch, ein Akt der Gewohnheit, um ihre Nerven zu beruhigen.

Am Ende des Ganges öffnete sich die Tür zum Besprechungsraum. Starbacher entdeckte sie und trieb seinen Rollstuhl auf sie zu.

Sie zog überhastet den Plastikbecher aus der Maschine und verspritzte heißen Kaffee auf ihr Handgelenk. Fluchend wechselte sie den Becher in die andere Hand. „Versuch gar nicht erst, mich zu überreden. Die einzige Therapie, die ich brauche, ist die Suche nach diesem Irren."

„Der Fall ist abgeschlossen."

„Was? Wieso abgeschlossen?"

„Alles deutet darauf hin, dass der Mann, den ihr in dem Probenraum gestellt habt, der Maskenmann war."

„Das ist doch Unsinn. Und das weißt du. Es gibt keinen einzigen stichhaltigen Beweis dafür."

„Er fuhr einen weißen Kastenwagen, er trug eine Maske, und er …"

„Es war ein Sprinterbus. Und der alberne Totenkopf aus Pappe hatte nichts mit der Stiermaske gemein, die ich im Bunker gesehen habe. Das war etwas völlig anderes. Wir haben keine DNA-Spuren in seinem Wagen gefunden. Wenn er seine Opfer damit transportiert hat, hätten wir welche finden müssen."

„Kannst du mir auch erklären, warum er König mit einer Machete angegriffen hat?"

„Hast du meinen Bericht nicht gelesen? Er trainierte sechsmal die Woche wie ein Verrückter im Fitnessstudio und war vollgepumpt mit Anabolika und Amphetamin. Diese Mischung macht extrem aggressiv."

Starbacher riss das Zellophanpapier von einem Päckchen Kaugummi. „Die Pressekonferenz ist bereits gelaufen. Der Maskenmann ist gefasst."

„Das ist nicht dein Ernst."

„Anweisung von ganz oben. Und wenn ich sage: ‚ganz oben', dann meine ich das."

Sie trank den bitteren Automatenkaffee und warf den leeren Becher in den Mülleimer. „Du glaubst doch nicht wirklich, dass dieser kleine Junkie der Maskenmann war?"

„Was ich glaube, ist nicht relevant."

„Er wird nicht aufhören. Er wird weitermachen."

„Es spielt für dich keine Rolle mehr. Wenn Kiesners Gutachten negativ ausfällt, kann ich gar nicht anders, als dich in den Innendienst zu versetzen. Das weißt du ebenso gut wie ich."

„Vergiss es, Georg. Eher schmeiß ich meinen Job hin."

„Das wirst du nicht tun. Hör mir gut zu. Ich habe mit ihm einen Deal ausgehandelt."

„Und der wäre?"

„Du nimmst eine Auszeit von unserem hektischen Laden hier."

„Ich wiederhole mich nur ungern. Ich geh nicht in die Klapse."

„Davon redet niemand."

„Und was soll ich stattdessen machen? Eine Selbsthilfegruppe für traumatisierte Polizistinnen gründen?"

„Nimm den Rest der Woche frei. Am Montag meldest du dich in der Polizeiinspektion Hachenburg."

Sie starrte ihn entgeistert an. „Was zum Teufel soll ich in diesem Nest?"

„Der kommissarische Dienststellenleiter ist ein alter Freund von mir ... und er hat ein paar Probleme. Ich glaube, du bist die richtige Medizin, die ihm wieder auf die Beine helfen könnte. Dabei kannst du eine ruhige Kugel schieben und dich erholen." Er fischte eine Visitenkarte aus seiner Westentasche und drückte sie ihr in die Hand. „Außerdem wirst du umgehend einen Termin mit Dr. Roland Kaminsky vereinbaren und diese hässliche Geschichte aufarbeiten. Er ist ein Ass in Traumatologie, nicht zu vergleichen mit Kiesner. In ein paar

Wochen werde ich dafür sorgen, dass du deinen Posten bei der SoKo wieder antreten kannst."

„Das ist nicht dein Ernst."

Starbacher wickelte einen Kaugummi aus der Alufolie und schob ihn hinter die Zähne.

„Doch, das ist es. Du schickst mich nach Sibirien", stöhnte sie.

„Nicht nach Sibirien. In den Westerwald."

„Gibt's da einen Unterschied?"

„Es ist deine letzte Chance. Wenn die Wogen sich geglättet haben, kommst du zurück. Oder willst du lieber Innendienst schieben?"

„Ich würde im Aktenstaub ersticken. Aber ... Hachenburg. Was soll ich dort? Die Radarfallen polieren?"

„Keine schlechte Idee. Such dir eine entspannende Beschäftigung und arbeite die Sache mit deiner Schwester auf."

„Lass Nele aus dem Spiel. Ihr Tod hat mit meinem Job nichts zu tun."

„Wirklich nicht? Dein Bestreben, den Maskenmann zu fassen, grenzt an Besessenheit. Du kannst die Risiken nicht mehr abschätzen, die du bereit bist einzugehen."

„Gib mir ein paar Tage Zeit, und ich werde Mia finden."

„Helen." Starbacher seufzte. „Ihr Verschwinden ist acht Wochen her. Sie ist tot. Wenn wir Glück haben, stoßen wir eines Tages auf ihre Leiche."

„Du gibst auf?"

„Der Fall ist abgeschlossen. Tut mir leid. Pack deine Sachen. In ein paar Wochen bist du wieder bei uns."

„Also gut. Ich gehe ins Exil."

„Dann sind wir uns einig." Er stieß erleichtert den Atem aus, was bei ihm klang wie das Wiehern eines Brauereigauls. Ohne ein weiteres Wort trieb er seinen Rollstuhl auf den Lift zu. Am anderen Ende des Korridors trat Kiesner aus dem Konferenzzimmer. Sie hätte schwören können, dass ein gemeines Feixen über seine Lippen huschte, als sich ihre Blicke trafen.

6

1. Oktober, Dreifelden

„Die Bettwäsche wechsele ich einmal die Woche. Wenn Sie mehr Handtücher brauchen, sagen Sie nur ruhig Bescheid. Frühstücken können Sie bei uns in der Gaststube oder in Hachenburg in einem der Cafés am Alten Markt. Sie müssen sich unbedingt die Altstadt anschauen. Ach, Sie werden die Gegend lieben.“

Geschäftig trippelte die füllige Frau mit der Kittelschürze in dem Gästezimmer umher. Sie rückte die Blumenvase auf dem Fensterbrett zurecht, zupfte an den blütenweißen Gardinen und strich die Bettdecke glatt, obwohl jeder Feldwebel mit den messerscharfen Bügelfalten zufrieden gewesen wäre. Auf den ersten Blick wirkte ihre Rastlosigkeit gastfreundlich, ja, fürsorglich. Aber irgendwas stimmt mit ihr nicht, dachte Helen. Ihr gehetzter Blick und ihre rot geränderten Augen verrieten eine enorme innere Anspannung.

Helen trat an das winzige Fenster und blickte hinaus. Seit dem Morgen fiel kalter Regen und hüllte die Landschaft in eine nasse graue Decke. Die Wolken hingen so tief über dem nahen Wald, dass die Spitzen der Tannen und Fichten sie aufzuspießen drohten.

„Sie werden sich wunderbar erholen. Lassen Sie sich nur kräftig den Westerwälder Wind um die Nase wehen.“

Ja, tolle Luft habt ihr hier, dachte Helen. Während der Fahrt hatte sie die Lüftung ihres Fiat Spider auf Umluft gestellt, weil es zum Erbrechen nach Gülle stank.

Marianne Milic, die Wirtin des *Wäller Krugs*, in dem sie ein Zimmer mit Bad gemietet hatte, schwatzte munter weiter, obwohl Helen kaum auf ihre Worte achtete. Auf der Straße vor dem Haus knatterte ein Traktor vorbei. Das rhythmische Stampfen des verölten Zweitaktmotors ließ die Fensterscheiben klirren. Auf der anderen Straßenseite stand der Mann, den sie bei ihrer Ankunft vor einer Stunde nach einer Bleibe gefragt hatte. Er trug einen unförmigen Cordhut und eine blaue, mit Farbflecken übersäte Latzhose und glotzte penetrant auf die Fenster im ersten Stock der Gastwirtschaft. Wahrscheinlich platzte er vor Neugier, wer die Fremde war, die sich außerhalb der Feriensaison in Dreifelden ein Zimmer nahm.

Dreifelden. Was für ein Kaff! Sie war erst vor einer halben Stunde angekommen, aber schon überkam sie schmerzliches Heimweh nach dem pulsierenden Koblenz. Sie fühlte sich wie eine Wildkatze in einem Zoogehege. Es gab genügend Nahrung, ein bisschen Auslauf mit artgerechtem Spielzeug und einen Pulk Besucher, der sie wie ein exotisches Geschöpf anstarrte. Seufzend zog sie die Gardine zu. In diesem Käfig würde sie vor Langeweile eingehen.

„Wir haben eine Menge zu bieten im Westerwald“, schwatzte sagte die Wirtin. „Wandern Sie gerne? Ich kann Ihnen ein Geschäft empfehlen, in dem Sie gute

Wanderschuhe bekommen. In der Truhe dort sind warme Decken. Im Herbst kann es hier ziemlich ungemütlich werden." Während sie die Litanei möglicher Freizeitaktivitäten herunterbetete, war ihr Blick leer wie ein zugefrorener Teich.

„Ich bin beruflich hier. Ich fürchte, für Erholung wird mir keine Zeit bleiben." Die Lüge kam ihr leicht über die Lippen. Sie verkniff sich ein wehmütiges Lächeln. Das Ausstellen von Strafzetteln für Falschparken würde ihre Jagdinstinkte kaum mehr als zehn Minuten fesseln können. Also blieb ihr wohl doch viel Zeit zum Bestaunen des Landschaftsmuseums und für den Besuch eines Töpferkurses.

„Sie können heute Abend bei uns im Krug essen. Mein Mann schlachtet noch selbst", antwortete bot die Wirtin an.

Helen unterdrückte bei dem Gedanken an Schlachtplatte und Schwartenmagen einen Würgereflex. „Ich suche einen Dr. Kaminsky. Wissen Sie, wo ich den finde?"

Die Wirtin legte angestrengt die Stirn in Falten und schüttelte den Kopf. „Kaminsky? Nein, nie gehört. Aber wir haben einen guten Arzt im Dorf. Sie werden doch nicht krank werden?"

„Nein, nein. Trotzdem danke für den Tipp." Sie zwang sich zu einem Lächeln und warf einen Blick auf ihre Armbanduhr. Es war kurz vor acht Uhr morgens. Ihr blieb noch eine halbe Stunde, um sich in der Polizeiinspektion zu melden. „Ich werde dann mal auspacken." Helen zog demonstrativ den Reißverschluss ihres Koffers auf.

Marianne Milic murmelte eine Entschuldigung und zog die Tür hinter sich zu. Helen hörte ihre Schritte auf der knarrenden Holztreppe, die zur Gaststube hinunterführte.

Sie ließ sich rücklings auf das Bett fallen und stöhnte. Eine tolle Karriere hatte sie da hingelegt. Sie verfluchte den Augenblick, in dem sie auf die Idee verfallen war, das Mädchen als Lockvogel einzusetzen. Aber wer hatte schon ahnen können, dass der Einsatz trotz sorgfältiger Planung so katastrophal aus dem Ruder laufen würde? *Es kann überhaupt nichts schiefgehen.*

Regentropfen lösten sich von der Dachrinne und klatschten rhythmisch auf das verzinkte Fensterbrett. Starbacher hatte die Westerwälder Seenplatte als Kleinod der Natur beschrieben. Er fuhr an jedem freien Wochenende zu einem Campingplatz in der Nähe, hauste dort in einem Wohnwagen, angelte und trank Bier. Sie wälzte sich herum und schob die Gardine zur Seite. Das sollte ein See sein? Der Dreifelder Weiher, der größte der Seen im Umkreis, klebte wie eine schmutzige, matschige Schüssel in dem ihn umgebenden Waldgürtel. Ein armseliges Rinnsal mäanderte durch den Schlamm und verlor sich im Dunst. Von klarem, frischem Wasser keine Spur.

Sie wandte sich von dem trostlosen Ausblick ab und verstaute ihre Habe in einem nach Mottenkugeln und Lavendel riechenden Bauernschrank. Ob sie morgen früh in einem Winkel dieses Schranks aufwachen würde? Seit einer Woche hatte ihr Unterbewusstsein keine weiteren nächtlichen Ausflüge unternommen. Wie würde es auf die fremde Umgebung reagieren? Es war ihr überflüssig vorgekommen, für die Zeit ihres

Exils eine Wohnung zu mieten, also hatte sie sich in dem Gasthof unmittelbar am See einquartiert. Das unpersönliche Fremdenzimmer sollte sie stets daran erinnern, dass ihr Aufenthalt in der Provinz vorübergehend war. Sie hatte bereits beschlossen, die Wochenenden in Koblenz zu verbringen, das nur eine Autostunde entfernt lag.

Sie machte sich frisch, ging nach unten und durchquerte den Schankraum. Die Wirtin streckte den Kopf aus einer Tür hinter dem Tresen und winkte. Helen lächelte krampfhaft zurück und trat ins Freie.

Der Regen schien den Gestank der Gülle auf den Feldern noch zu verstärken. Darunter verborgen drang der scharfe Geruch von feuchtem, schwelendem Holz in ihre Nase. Neben dem Fachwerkhaus stapelten sich Holzscheite bis zur niedrigen Dachtraufe. Aus dem Kamin quoll fetter Rauch und vermischte sich mit dem Nieselregen. Der Alte in seiner Drillichhose stand noch immer auf der anderen Straßenseite und paffte einen Zigarrenstummel. Als er sie sah, tippte er sich mit dem Finger an den Hut und neigte leicht den Kopf zur Seite. Er machte Anstalten, die Straße zu überqueren. Sie erwiderte knapp den Gruß und eilte zu ihrem Wagen.

Über holperige Landstraßen fuhr sie nach Hachenburg. Als sie den Stadtrand erreichte, stellte sie erleichtert fest, dass die Stadt größer war, als sie angenommen hatte und keine Ähnlichkeit mit dem Hinterwäldlerkaff aus ihren Albträumen besaß. Der Ort erwies sich als bezauberndes Städtchen mit Cafés, malerischen Altstadtgassen und jeder Menge Einkaufsmöglichkeiten. Auf dem steilen Burgberg im Zentrum thronte ein ockerfarbenes Barockschloss. Die Polizeiinspektion lag in einer Seitenstraße eines Gewerbe- und Einkaufsgebiets.

Sie meldete sich an der Pforte und drückte ihren Dienstausweis gegen die Glasscheibe. „Ich möchte zu Herrn Funke.“

„Funke? Der ist noch nicht da.“ Der Beamte hinter der Scheibe trug das Haar zu kurzen rotblonden Stoppeln geschnitten und betrachtete sie neugierig aus zwei eng beieinander liegenden Augen. Dabei zeigte er das schleimigste Grinsen, das sie je gesehen hatte. „Sie sind die Neue, stimmt's?“ Er leckte sich die Lippen und grinste noch breiter. „Hab ich doch sofort gemerkt. Warten Sie, ich hab's gleich … Stein, ja richtig, Helen Stein.“ Er schob die Scheibe zur Seite und streckte eine behaarte Pfote aus. „Jürgen Harder.“

Sie schüttelte seine Hand, die sich glitschig wie eine Blindschleiche anfühlte, und fragte sich, was er noch alles über sie wusste. Wahrscheinlich hatten sie zusammen die Nase in ihre Personalakte gesteckt und nach ihrer Körbchengröße gesucht.

„Ich schmeiße hier den Laden, solange Funke … na ja, werden Sie schon sehen. Dann erst mal herzlich willkommen. Ich zeige Ihnen mal unsere bescheidene Hütte.“

Er verließ seinen Platz und führte sie in die Büroräume der Inspektion. Außer Harder begrüßte sie eine junge blonde Polizistin, deren Namen sie sofort wieder vergaß, und einen stämmigen Mann mit einem gutmütigen Bauerngesicht, der sich als Klaus Polaschek vorstellte.

Harder plapperte ohne Unterbrechung. Nach wenigen Minuten war sie überzeugt, dass das meiste von dem, was er von sich gab, übertrieben oder schlichtweg gelogen war. Aus dem Augenwinkel verfolgte sie, wie ein Telefon klingelte und Polaschek den Hörer abnahm. Er brummte einsilbige Antworten, legte auf und suchte ihre Aufmerksamkeit. „Das war Funke. Er möchte, dass Sie zum Dreifelder Weiher kommen."

„Will er mich bei dem Mistwetter zu einer Kahnpartie einladen?"

Polaschek machte ein Gesicht, als hätte er in eine Zitrone gebissen. „Wir haben einen Leichenfund."

Harder schnappte sich diensteifrig seine Jacke. „Ich fahre Sie hin."

7

In der Nähe des Campingplatzes auf der nördlichen Seeseite stieg Helen aus dem Streifenwagen. Sie war froh, Harders Geschwätz entkommen zu können. Er schien sich für eine Art Supercop zu halten mit einer unwiderstehlichen Anziehungskraft auf das weibliche Geschlecht. Sein süßliches Rasierwasser erzeugte in ihrem Magen ein Brechreizgefühl.

Er öffnete den Kofferraum und reichte ihr ein Paar Gummistiefel, die zwei Nummern zu groß waren. Dann kletterte er die Uferböschung hinab und stapfte durch den Matsch.

Sie blickte ihm skeptisch hinterher. „Das soll ein See sein? Hier gibt es nichts außer Schlamm."

Harder blieb stehen und grinste. „Der Dreifelder Weiher ist ein künstlich angelegter See. Im Herbst wird das Wasser abgelassen, um abzufischen."

Sie folgte ihm unbeholfen in den übergroßen Stiefeln. Nach wenigen Schritten war sie außer Atem. Der zähe Schlick klebte an den Stiefelsohlen und zog sie nach unten wie Treibsand. Sie hielt inne und suchte die Gastwirtschaft, in der sie wohnte. Dreifelden lag etwa vierhundert Meter östlich und war teilweise durch dichten Baumbestand verdeckt. Das erklärte, warum sie vorhin ahnungslos am Leichenfundort vorbeigefahren war.

Im Zentrum der Senke, dort, wo sich der Wasserlauf durch die Ebene schlängelte, hoben sich die Silhouetten dreier Gestalten dunkel von den Nebelschwaden ab. Harder stapfte auf die Gruppe zu und begrüßte einen der Männer mit Handschlag. Das war wohl Ben Funke. Er trug keine Uniform, sondern eine zerschlissene braune Cordjacke mit aufgenähten schwarzen Verstärkungsflecken auf den Ellenbogen und Blue Jeans, die bis zu den Knien mit Schlamm bespritzt waren. Ein blauschwarzer Dreitagebart bedeckte seine Wangen, auf dem dunklen Haar saß eine blaue Baseballkappe. Sie schätzte ihn auf Ende dreißig. Er war etwa einsfünfundachtzig und hatte ein paar Kilos zu viel auf den Rippen. Trotz der trüben Sicht trug er eine verspiegelte Sonnenbrille. Der Wind trieb ihm eiskalten Nieselregen ins Gesicht. Offenbar spürte er in seiner dünnen Jacke weder die Kälte noch den Regen. Auch schien ihn nicht zu stören, dass er aussah wie ein Junkie, der drei Nächte in denselben Klamotten geschlafen hatte. Neben dem spitzgesichtigen Harder in seiner tadellosen Uniform wirkte er wie ein wie Sturmriese.

Sie stakste mit schmatzenden Schritten auf ihn zu und reichte ihm die Hand. „Helen Stein, ZKI Koblenz. Herr Funke?"

„ZKI?", fragte Harder neugierig.

„Zentrale Kriminalinspektion Koblenz. Schon mal davon gehört?", fragte Helen ungeduldig. Lebten die Westerwälder Provinzpolizisten so hinter dem Mond, dass sie nicht einmal die wichtigsten Abteilungen kannten?

Funke brummte ein „Morgen". Sein Händedruck war fest und kräftig, aber seine Fahne haute sie beinahe aus den Gummistiefeln. War das sein Problem, auf das Starbacher angespielt hatte?

Sie wandte sich der Leiche zu. Sie lag mit dem Gesicht nach unten im schlammigen Seegrund; schlank, langes hellbraunes Haar, eindeutig weiblich. Die Tote trug Jeans, ein zerrissenes, kaum noch erkennbares T-Shirt und einen einzelnen weißen Sportschuh.

Sie bückte sich über die Tote, um sie auf den Rücken zu drehen. Niemand machte Anstalten, ihr zu helfen. „Was ist? Haben Sie noch nie eine Leiche untersucht?"

Funke hatte noch immer die Hände in den ausgebeulten Taschen seiner Jacke versenkt. Er nickte Harder zu, der wie ein Jagdhund auf den Befehl seines Herrchens wartete. Harder reichte ihr ein Paar Latexhandschuhe.

Funke schien nicht so recht zu wissen, wie er mit der Situation umgehen sollte. Wahrscheinlich kamen gewaltsame Todesfälle in dieser Einöde ziemlich selten vor. Sie biss sich auf die Lippen. Ohne auf seine Position als designierter Dienststellenleiter zu achten, hatte sie instinktiv das Kommando übernommen. Fast war sie sicher, dass er sie zurechtstutzen würde, aber er blieb passiver Beobachter. Vielleicht war er auch froh, sich nicht näher mit der Toten beschäftigen zu müssen.

Gemeinsam mit Harder drehte sie die Leiche um. „Ich schätze, sie hat mindestens zwei Wochen im Wasser gelegen", stellte sie fest.

Harder keuchte. „Puh. Kein schöner Anblick."

Funke starrte auf das aufgedunsene Gesicht der Toten, einem Mädchen von höchstens achtzehn Jahren, blond und schlank, fast zierlich. Ihr Herzschlag setzte einen Moment lang aus. Die linke Hand fehlte.

„Das waren die Fische“, erklärte Harder. „Davon gibt's im See jede Menge.“

Sie verdrängte die Bilder von Stiermasken und dunklen Bunkern. Es gab keinen Grund, anzunehmen, dass sie ausgerechnet hier auf den Serienkiller stoßen sollte, der ihr sechsunddreißig Stunden ihres Lebens gestohlen hatte. Ohne Obduktion war nicht zu klären, ob die Hand abgetrennt worden war wie bei den anderen Opfern oder ob Harder recht hatte mit seiner Vermutung.

Eingehend untersuchte sie die Tote. Der Körper des Mädchens war mit Schürf- und Bisswunden übersät, der linke Fuß bis auf die Knochen abgenagt. Die Leiche befand sich bereits in einem fortgeschrittenen Zustand der Verwesung. Eine Identifizierung würde nur mithilfe eines DNA-Abgleichs gelingen.

„Ist die Pathologie verständigt?“

„Nee“, antwortete Funke. „So was haben wir hier nicht.“

„Und wer stellt dann die Todesursache fest?“

„Sie ist ertrunken“, mischte sich einer von Funkes Begleitern ein, ein fassförmiger Mann mit grauem Haar. Er trug einen dunkelgrünen Trachtenhut, Kniebundhosen mit karierten Strümpfen und derbe Lederstiefel. Seine Wangen waren gerötet und von einem Netz aus Äderchen durchzogen. Entweder war er starker Trinker oder er litt an Bluthochdruck.

„Wie kommen Sie darauf?“, fragte Helen.

„Was soll ihr sonst zugestoßen sein? Immer wieder zelten Jugendliche ohne Genehmigung am Ufer, obwohl ich es strengstens untersagt habe. Sie ist ins Wasser gefallen, hat sich den Kopf angeschlagen und ist ertrunken. Wozu also eine Obduktion?“

Sie blickte Funke fragend an.

„Josef Haffner, Ortsbürgermeister von Dreifelden.“ Seine Mundwinkel zuckten. Er verkniff sich sichtbar ein Grinsen.

Helen richtete sich auf und machte einen drohenden Schritt auf Haffner zu. „In Ordnung, *Herr* Haffner. Sie gehören nicht zu den ermittelnden Amtspersonen und trampeln auf einem Tatort herum. Ich würde vorschlagen, Sie lassen uns jetzt unsere Arbeit machen. Wenn es nötig ist, werden wir Sie zu gegebener Zeit über den Stand der Ermittlungen informieren.“ Sie wandte sich an Funke. „Wer hat die Leiche entdeckt?“

„Zwei Jungs, die sich heute Nacht am See herumgetrieben haben.“

Haffners Gesicht nahm die Farbe einer Aubergine an. „He, Moment mal, so geht das nicht.“

„Haben Sie ein Problem mit Anweisungen der Polizei?“, fragte Helen.

Haffner redete auf Funke ein, als sei Helen gar nicht anwesend.

„Warum gehen Sie nicht in den *Krug* und wärmen sich ein bisschen auf?“, schlug Funke dem Bürgermeister vor. „Wir kümmern uns um die Sache.“

„Ganz meine Meinung. Wo sind die Jungen, die die Tote gefunden haben?“, fragte Helen.

Haffner trampelte unbeirrt um die Leiche herum. Wenn es Spuren gegeben hatte, waren sie nun unbrauchbar. „Ich habe sie nach Hause geschickt. Es reicht schließlich, wenn Sie sich die Füße abfrieren.“

„Sie sind ja immer noch da. Machen Sie sich nützlich und holen Sie die beiden her.“

Er schob seine fleischige Unterlippe vor und wippte auf den Stiefelabsätzen, dass der Schlamm unter seinen Stiefeln schmatzte. „Kann ja sein, dass Ihr in Koblenz wegen einer platt gefahrenen Katze einen Riesenwirbel veranstaltet. Hier auf dem Land erledigen wir so was auf dem kurzen Dienstweg." Er wandte sich an Funke. „Rufen Sie Dr. Winkler an. Er soll sich das Mädchen mal anschauen."

„Wenn Sie nicht in drei Sekunden den Tatort verlassen, werde ich Ihnen zeigen, was *wir* in Koblenz draufhaben. Hauen Sie ab!"

Haffner schob sich seinen abgewetzten grünen Jägerhut in den Nacken und grinste frech. „Da bin ich mal gespannt."

Funke schaute zum Ufer hinüber. Sie folgte seinem Blick. Ein schlaksiger Mann stieg aus einem silbernen Opel Vectra und schickte sich an, die Böschung hinunterzusteigen. Ein Unifomierter hielt ihn zurück. Der Mann gestikulierte energisch und deutete auf eine große Spiegelreflexkamera, die an einem Riemen um seinen Hals baumelte.

„Gehen Sie einen Kaffee trinken, Haffner", sagte Funke. „Wäre doch eine schlechte Publicity, wenn die Presse erfährt, dass Sie die Ermittlungen der Polizei behindern."

Der Ortsbürgermeister glotzte ihn böse an, fügte sich aber dann überraschend. „Sehen Sie zu, dass Sie Ihre Mannschaft im Griff haben, Funke. Es steht eine Menge auf dem Spiel. Ich warte im ‚Krug' auf Sie." Er drehte sich um und stapfte auf das Ufer zu. Sein stummer Begleiter, ein glatzköpfiger Mann in einem schwarzen Gabardinemantel, der sich fast unsichtbar im Hintergrund gehalten hatte, folgte ihm mit sorgenvoller Miene.

„Nehmen Sie es ihm nicht übel. Eine Leiche ist schlecht fürs Geschäft“, sagte Funke.

Sie schwieg verdrossen. Das war für sie alle ein mieser Start gewesen. Konzentriert beugte sie sich über die Tote und ignorierte den süßlichen Verwesungsgestank. Sie strich eine Haarsträhne der Toten zur Seite, die einen Teil des Halses verdeckte. Ihre Finger zeichneten einen schwach erkennbaren blauroten Striemen auf der Kehle nach.

„Sie ist erdrosselt worden. Mit einem Strick oder einer Leine. Man erkennt deutlich die Strangfurche.“

„Vielleicht hat sie sich umgebracht“, sagte Harder.

„Klar, und anschließend ist sie in den See hinausspaziert, um sich sicherheitshalber noch zu ertränken.“

Harder lief rot an.

„Wurde das Wasser aus dem See heute Nacht abgelassen?“

„Das passiert nicht innerhalb von ein paar Stunden“, erklärte Funke. „Es dauert mehrere Tage, bis der See leer ist.“

„Warum wird das überhaupt gemacht?“

„Zum Abfischen“, sagte Harder. „Ist jedes Mal ein Mordsspektakel, wenn die fetten Karpfen in der letzten Pfütze zappeln.“

Sie richtete sich auf und streifte die Latexhandschuhe ab. „Der Täter stammt also von außerhalb.“

„Wie kommen Sie darauf?“, fragte Harder.

„Er hat das Mädchen erdrosselt und die Leiche im See versenkt. Aber er wusste nicht, dass im Herbst das Wasser abgelassen wird. Sonst hätte er ein anderes Versteck gewählt, und wir hätten die Leiche vielleicht nie gefunden."

„Könnte stimmen." Funke fuhr sich mit der Hand über die Bartstoppeln und wankte leicht. Seine Gesichtsfarbe ähnelte der der Toten.

„Geht's Ihnen gut?", fragte sie.

„Prima. Und Ihnen?"

Sie verkniff sich eine Antwort. Ein Bürgermeister, der agierte, wie es ihm beliebte, und ein maulfauler Trunkenbold als Polizeichef. Hervorragende Voraussetzungen für eine erfolgreiche Mörderjagd! In Gedanken addierte sie die Fakten: Das Opfer passte in das Beuteschema des Maskenmannes, Alter und Geschlecht stimmten. Dann waren da noch eine abgetrennte linke Hand und die Verletzungen am Hals, die darauf hindeuteten, dass das Mädchen erdrosselt worden war. Zu viele Indizien für eine zufällige Übereinstimung. Wenn ihr Verdacht sich bestätigte und der Maskenmann wieder zugeschlagen hatte, würde sie Hilfe aus Koblenz brauchen. Aber Starbacher würde nichts unternehmen, weil man an höherer Stelle entschieden hatte, dass der Täter längst gefasst war. Sie musste also allein klarkommen.

Harder schien ein Schleimer ohne Fantasie zu sein, blieb nur Funke als Unterstützung. Verstohlen betrachtete sie ihn aus dem Augenwinkel. Was war ihm widerfahren? Er besaß offenbar das richtige Gespür für einen guten Mordermittler, aber er schien keinen Gebrauch davon zu machen. Ließ ihn der Tod des Mädchens wirklich kalt? Oder brauchte er nur eine Ration Schnaps, um auf Drehzahlen zu kommen? Sie wünschte sich, seine Augen sehen zu können, aber Funke dachte nicht daran, seine getönte Brille abzunehmen. Mit der tief in die Stirn gezogenen Baseballkappe gab er nur so viel von sich preis wie unbedingt nötig.

„Wer ist dieser Dr. Winkler?", fragte sie.

„Ein Arzt aus Alpenrod. Er hat mal drei Semester Rechtsmedizin studiert, bevor er das Studienfach gewechselt hat. Er hilft ab und zu aus, damit wir nicht jedes Mal einen Pathologen aus Koblenz kommen lassen müssen."

„Haben Sie wenigstens Fachleute für die Spurensicherung?"

„Machen wir selbst." Er wandte sich an Harder. „Ruf Melanie an. Sie soll die Fundstelle sichern. Dann sucht ihr den Seegrund ab."

Sie verkniff sich einen Kommentar. Nachdem Haffner ringsum alles zertrampelt hatte, machte es wenig Sinn, nach Spuren zu suchen. Harder tastete die Taschen seiner Polizeijacke vergeblich nach einem Mobiltelefon ab und stapfte dann durch den Schlick auf den Streifenwagen am Ufer zu.

„Was ist hier eigentlich los?", fragte Helen, als sie allein waren.

Funke zündete sich eine Zigarette an. „Wie meinen Sie das?"

„Es ist nicht gerade üblich, dass ein Ortsbürgermeister den Verlauf der Mordermitttlungen bestimmt. Wer war der andere Mann?"

„Bernd Middendorf. Ein Investor, der am See ein Golfhotel bauen will. Wenn er einen Rückzieher macht,
sind eine Menge Leute auf einen Schlag pleite. Haffner
ist einer von ihnen.“

„Ich verstehe. Ein Mord könnte Middendorf abschrecken.“

„Wer will schon in einem See baden, in dem eine Leiche herumschwimmt?“

„Pech für die Touristen. Ich lasse mich nicht einschüchtern.“

„Niemand will Sie einschüchtern. Schon mal was von
Diplomatie gehört? Wir sollten die Sache nicht an die
große Glocke hängen.“

„Weil sonst was passiert? Werden sie mich teeren und
federn? Oder auf den Scheiterhaufen zerren, weil ich
dem Bürgermeister ein Geschäft versaue? Wir sind Polizisten, keine Teppichhändler.“

Sie bereute ihren Ausbruch sofort, aber Funke bewahrte sein Sonnenbrillen-Pokerface.

„Okay. Passen Sie auf, Frau Stein. Ich habe Sie nicht
gerufen, aber Sie sind nun mal hier, weil wir seit Morlochs Abgang chronisch unterbesetzt sind. Darum erkläre ich Ihnen, wie’s bei uns läuft: Ich leite die Ermittlungen und sage, was gemacht wird. Wenn Ihnen das
nicht passt, können Sie gerne nach Koblenz zurückfahren. Wir brauchen hier keine neunmalklugen Großstadt-Schnüffler, die uns für unterbelichtete Dorftrottel halten.“

Er warf die Kippe in den Schlamm und stakste unsicher auf das östliche Ufer zu. Wahrscheinlich wollte er
seinem Gutsherrn Bericht erstatten und sich den ersten
Schnaps des Tages hinter die Binde kippen. Wütend lief

sie ihm nach. Einer ihrer Gummistiefel blieb im Matsch stecken. Sie ruderte mit den Armen, um das Gleichgewicht zu halten. „He, Funke! Wo wollen Sie hin?"

Er warf einen Blick über die Schulter. „Die Jungen befragen, die das Mädchen gefunden haben. Haben Sie schon gefrühstückt? Milic zaubert Ihnen ein ganz brauchbares Rührei."

Helen bemühte sich, nicht der Länge nach in den Schlick zu fallen. Sie kochte vor Zorn. Keiner ihrer Kollegen beim ZKI hätte es gewagt, so mit ihr zu reden. Dieser Dorfpolizist machte sie mit seiner stoischen Gelassenheit rasend. Fluchend wankte sie hinter ihm her, weil ihr keine Wahl blieb. Sie brauchte Funke, wollte sie Erfolg haben.

Im Schankraum der Gastwirtschaft hing eine unheilvolle Spannung in der Luft. Der Wirt polierte den Zapfhahn und die Theke, obwohl beides blitzblank war. Seine geschwätzige Frau beugte sich über einen Putzeimer. Ihre Hände zitterten, als sie den Lappen auswrang.

Haffner saß auf einem Barhocker am Tresen. An seiner Nasenspitze klebten Schaumflocken von dem Bier, das vor ihm stand. Von seinem Geschäftspartner fehlte jede Spur. An einem der Tische hockten zwei Jungen im Alter von etwa sechzehn Jahren.

„Ist sie es?", fragte Milic, ohne aufzusehen. Seine Frau stieß ein ersticktes Wimmern aus und ließ den Lappen in den Eimer fallen.

„Wahrscheinlich nicht", antwortete Funke. „Es sei denn, sie hätte sich vor ihrem Tod die Haare gefärbt. Irena ist dunkelhaarig, das Mädchen im See blond. Wir müssen die gerichtsmedizinische Untersuchung abwarten."

Der Wirt kam um den Tresen herum auf Funke zu. „Ich will sie sehen."

„Besser nicht. Wir müssen sowieso erst alle Spuren sichern. Der Tatort ist abgesperrt."

„Tatort?", fragte die Wirtin.

„Das Mädchen wurde ermordet."

Haffner knurrte „Blödsinn" und trank sein Bier aus. Die Wirtin unterdrückte ein Schluchzen.

Helen wandte sich an Funke. „Würden Sie mir das bitte erklären?"

„Die Tochter der Milics wird vermisst." Er zog sich einen Stuhl heran, setzte sich rittlings und stütze seine Unterarme auf der Lehne ab. Die Jungen musterten ihn misstrauisch.

„Okay. Jetzt erzählt mal, was passiert ist."

„Wir ... wir waren am See und haben sie gefunden."

„Ihr wart also am See. Wann?"

„Das war so gegen fünf heute Morgen."

„Warum habt ihr euch dort zu dieser Zeit herumgetrieben?"

Der Ältere der beiden lehnte sich zurück und verschränkte die Arme vor der Brust. Er trug eine schwarze Wollmütze und bearbeitete einen Kaugummi. „Einfach so eben", sagte er.

„Ihr seid mal einfach so durch den Schlamm gewatet? Morgens um fünf?", fragte Helen.

Der Kleinere der beiden wies mit dem Kinn auf Helen. „Wer is'n die?"

Sie hielt ihm ihren Dienstausweis unter die Nase. „Helen Stein, Kriminalpolizei Koblenz."

Nervös rutschte der Junge auf der Sitzbank herum. „Okay, okay. War ja nur ne Frage."

„Also?", fragte Funke.

„Sag's ihm halt!" Der Jüngere versenkte die Hände in den Taschen seiner Steppjacke und starrte auf seine Schuhspitzen. Helen schätzte ihn auf höchstens fünfzehn.

„Wir wollten den Wolf jagen."

„Welchen Wolf?", fragte sie.

„Vor ein paar Tagen hat ein Jäger angeblich einen Wolf in der Gegend gesehen. Er soll ein paar Hühner gerissen haben", erklärte Funke.

„Im Westerwald gibt's Wölfe? Ich wusste nicht, dass es mich in die Karpaten verschlagen hat."

„Sie wandern wieder ein", bestätigte Haffner. „Mein Schwager schwört, er habe auch einen gesehen."

„Der Wirt vom Campingplatz hat ein Kopfgeld auf den Wolf ausgesetzt", erklärte der größere Junge. „Das wollten wir uns verdienen."

„Und womit wolltet ihr ihn fangen? Mit einem Schmetterlingsnetz?"

„He, verarschen kann ich mich alleine." Mit einem Seitenblick auf Helen fragte er Funke: „Darf die uns überhaupt ausfragen?"

„Sie darf sogar noch viel mehr. Dir wegen Wilderei das Fell über die Ohren ziehen zum Beispiel."

„Das machen wir bei der Kripo immer so", bestätigte Helen.

„Ja, schon gut. Mit ner Schrotflinte, Mann. Womit denn sonst?"

„Sie gehört Jans Opa. Wir haben uns das Ding ausgeliehen."

„Wo ist die Waffe jetzt?"

„Die haben wir bei den Schleusen am Seeufer versteckt, nachdem wir die Leiche entdeckt hatten.“

„Ihr habt also nach dem Wolf gesucht. Und weiter?“

„Wir sind immer am Ufer entlang.“

„Wir dachten, das Biest kommt bestimmt zum Saufen ans Wasser.“

„Da gibt’s doch nur Schlamm.“

„Die Wied fließt durch die Senke“, erklärte Funke. „Sie sind eben fast der Länge nach hineingefallen.“

„Dann haben wir ihn plötzlich gesehen. Er stand mitten im See. Es sah aus, als ob er Beute gerissen hatte und daran zerrte.“

„Bis zum Ufer sind es mindestens dreihundert Meter. Es war noch dunkel. Wie habt ihr so genau erkennen können, dass es sich bei dem Tier um einen Wolf handelt?“

„Die Jagdflinte hat ein Zielfernrohr.“

Sie sah die abgenagten Finger der Toten vor sich.

„Beschreibt den Wolf. War er groß oder klein? Welche Farbe hatte sein Fell?“

„Grau“, sagte der eine Junge.

„Braun“, sagte der andere.

„Wie so’n Wolf eben aussieht. So groß wie’n Schäferhund.“

„Richtig unheimlich.“

„Was hat er gemacht?“

Die Jungen sahen sich unsicher an.

Helen setzte sich an den Tisch und rückte ihren Stuhl von Funke fort, um seiner Fahne auszuweichen. „Wir können euch auch einzeln befragen“, sagte sie.

„Was soll das?“, fragte Funke.

„Ja, das möchte ich auch gerne wissen“, meldete sich Haffner von der Theke her.

„Kommt schon, ihr habt keinen Wolf gesehen, stimmt's?“

„Warum sollten sie lügen?“, fragte Funke stirnrunzelnd. „Sie glauben doch nicht etwa, dass die beiden Jungs das Mädchen in den See geworfen haben?“

Haffner schlenderte mit dem Bierglas in der Hand auf den Tisch zu und baute sich drohend vor ihr auf. „Sie kommen hierher, stellen eine Menge Fragen und wühlen im Dreck. Das kann ungesunde Folgen haben.“

Helen ignorierte ihn. „Was habt ihr wirklich gesehen?“

„Nen Wolf“, sagte der Jüngere.

„Vielleicht war's auch nur der Köter vom alten Reinhardt“, sagte der andere kleinlaut.

Helen lehnte sich vor. „Ich sag euch, was ihr gesehen habt: einen Mann. Einen Mann mit einem Stierkopf.“

Haffner prustete und verschluckte sich. „Vielleicht wollen Sie uns auch noch erklären, dass Hannibal Lecter das Mädchen ermordet hat.“

Endlich nahm Funke seine Brille ab. Seine Augen waren rotgerändert und entzündet. „Auch ich kann Ihnen nicht ganz folgen.“

„Sie hat recht“, murmelte der ältere Junge plötzlich.

Haffner knallte sein Bierglas auf den Tresen. „Seid ihr denn alle durchgedreht?“

„Wir ... wir dachten, das glaubt uns sowieso keiner. Da haben wir uns die Sache mit dem Wolf ausgedacht.“

„Was soll das Gerede von Stierköpfen?“, fragte Funke.

„Die fehlenden Finger an der Leiche haben nicht die Fische gefressen.“

Die Wirtin stöhnte auf.

„Wir jagen seit drei Jahren einen Serienmörder, der seinen Opfern die Hände abtrennt. Er trägt bei seinen Verbrechen eine Stiermaske. Ob dahinter ein besonderes Ritual steckt oder er sich einfach nur unkenntlich machen will, wissen wir nicht. Ich schätze, wir haben es mit einem weiteren Opfer zu tun.“

Haffner tippte sich an die Stirn. „Jetzt ist mir auch klar, warum Sie strafversetzt wurden.“

„Niemand hat mich strafversetzt.“

„Der Maskenmann“, sagte Funke, „jetzt fällt's mir wieder ein. Habe ich nicht gelesen, dass er gefasst und bei der Verhaftung erschossen wurde?“

„Sie sollten nicht alles glauben, was in den Zeitungen steht.“

„Sie denken, Sie haben den falschen Mann erwischt?“

„Davon bin ich überzeugt.“

„Nun, wie man hört, jagen Sie einem Phantom nach, das nur in Ihrer Einbildungskraft existiert“, mischte sich Haffner ein. „Davon scheinen Sie ja mehr als genug zu besitzen.“ Er pfiff durch die Zähne. „Stierköpfe! Was für ein Quatsch!“

Sie kämpfte ihren Zorn nieder. Wenn sie sich von ihm provozieren ließ, würde er das als Schwäche auslegen. Besorgt fragte sie sich, woher er seine Informationen bezog und wie viel er über sie wusste.

Sie wandte sich den beiden Jungen zu. „Was geschah dann?“

„Wir dachten, das muss der Wolf sein, der sich über einen Kadaver hermacht. Aber dann hab ich durch das Fernrohr gesehen, es war ein Mensch, der auf allen vieren kniet.“

„Was hat er gemacht?“

„Es sah so aus, als ob er die Leiche wegschleppen wollte. Er packte sie an den Beinen und drehte sie auf den Bauch. Irgendetwas muss ihn aufgeschreckt haben, denn er hob den Kopf. Ich hab’ nen Mordsschreck gekriegt, als ich die Maske gesehen hab.“

„Du hast gequiekt wie’n Ferkel“, sagte der Jüngere.

„Dann war er plötzlich weg.“

„Er verschwand so einfach von der freien Fläche des Sees? Hat er sich in Luft aufgelöst?“, fragte Haffner feixend. „Oder kann er auch noch fliegen?“

„Halten Sie die Klappe“, fuhr Helen auf.

„Wir haben uns gestritten, was das überhaupt war. Das hat so ne Minute gedauert. Als wir dann wieder rübergeschaut haben, war er weg.“

„Ist euch sonst noch etwas aufgefallen?“

„Da war’n Wagen am Ufer.“

„Was für ein Wagen?“

„Weiß nicht genau. So’n weißer Kastenwagen.“

Ihr Herz schlug schneller. Er war hier. Vielleicht wohnte er im Ort oder in der Nähe. Es musste so sein. Ein Fremder würde hier zu viel Aufsehen erregen. Aber dann hätte er wissen müssen, dass der See im Herbst abgelassen wird. Es sei denn … er hatte sich erst vor Kurzem hier niedergelassen. Sie waren davon ausgegangen, dass er umherzog und nicht lange an einem Ort blieb. Das typische Verhalten eines ruhelosen Serienmörders, den seine unstillbaren Triebe jagten. Vielleicht hatten sie sich geirrt und er lebte irgendwo in der Nähe, in einem einsamen Weiler oder einem Gehöft, das er als Versteck für seine Opfer benutzte.

„Können wir jetzt gehen?“, fragte der Jüngere.

Sie nickte zerstreut.

„Wenn ich euch erwische, wie ihr mit der Schrotflinte im Wald rumballert, gibt's heiße Ohren", sagte Funke. „Ihr bringt das Ding sofort hierher."

Die Jungen trollten sich.

„Wir sollten uns die Gegend mal anschauen", sagte Helen. „Vielleicht finden wir Reifenspuren."

Funke stand auf und schob seinen Stuhl unter den Tisch. Im fahlen Morgenlicht sah er selbst wie eine Leiche aus. „Es hat die ganze Nacht geregnet. Da werden wir kaum noch verwertbare Spuren auftreiben."

Haffner lehnte am Tresen und warf ihm finstere Blicke zu.

„Wenn ich weiß, wer die Tote ist, sag ich dir Bescheid", sagte Funke zu Milic. „Kann ein paar Tage dauern."

Als sie auf den Hof hinaustraten, dröhnte Haffners Stimme durch die Wirtschaft. „Funke? Auf ein Wort."

Der Polizist blieb stehen. „Gehen Sie schon mal vor", sagte er zu Helen, „ich komme gleich nach." Er kehrte in den Schankraum zurück.

Haffner schob ein Bier über den Tresen. „Ich hab was Dienstliches zu besprechen", knurrte er den Wirt an. Milic zögerte einen Moment, dann verschwand er in der Küche.

„Ich kann keinen Ärger gebrauchen", sagte Haffner zu Funke, als sie alleine waren. „Einen Verrückten, der Mädchen umbringt, schon gar nicht."

„Und ich kann die Sache nicht einfach unter den Tisch kehren. Dazu ist sie eine Nummer zu groß."

„Passen Sie auf die Stein auf. Sorgen Sie dafür, dass sie schnellstens wieder nach Koblenz verschwindet."

Funke berührte mit zitternden Fingern den Fuß des Bierglases. „Ich habe nicht nach ihr verlangt."

„Was will sie dann hier?"

„Sie soll uns unterstützen, bis die Entscheidung gefallen ist, wer in Zukunft die Dienststelle leitet."

„Ein seltsames Zusammentreffen, finden Sie nicht? Keiner weiß, was sie hier eigentlich machen soll. Und kaum ist sie angekommen, stolpert sie über eine Leiche. Und die passt auch noch in ihr Beuteschema."

Funke schloss seine Hand um das Bierglas. Es war eiskalt. „Zufall."

„Ich glaube nicht an Zufälle."

„Ich kann sie nicht einfach zurückschicken." Er setzte das Glas an die Lippen und leerte es in einem Zug.

„Dann vergrault sie. Macht ihr das Leben zur Hölle. Das dürfte doch nicht so schwer sein. Angeblich ist sie psychisch labil. Bei einer ihrer Einzelkämpferaktionen ist ein Mädchen ums Leben gekommen, und sie gibt sich die Schuld an ihrem Tod. Damit lässt sich doch was anfangen."

„Woher wissen Sie das?"

„Ich habe meine Quellen."

Funke setzte seine Sonnenbrille wieder auf. „Wir müssen die Leiche in die Gerichtsmedizin überstellen."

„Das werden Sie bleiben lassen. Winkler wird sich darum kümmern."

„Wenn wir unter uns wären, sollte das kein Problem sein. Aber nicht, wenn wir Besuch aus Koblenz haben. Tut mir leid, unmöglich."

„Wenn Sie Ihren Job behalten wollen, tun Sie, was ich Ihnen sage. Und kümmern Sie sich nicht um die Konsequenzen. Ich regele das."

Funke schwieg und drehte das leere Bierglas in den Fingern.

„Wenn Middendorf abspringt, bin ich erledigt. Jemand wird dafür den Kopf hinhalten müssen", fuhr Haffner fort. „Ich werde das jedenfalls nicht sein."

„Vor acht Wochen haben Sie behauptet, Sie brauchen nur noch ein paar Tage, um ihn zu überzeugen. Mittlerweile ist Oktober. Ich kann den Deckel nicht mehr länger auf der Sache halten." Er ging um den Tresen herum und schob die Küchentür auf. Haffner stierte ihm verdrossen nach.

Marianne Milic schrubbte so heftig einen Kochtopf, dass das Wasser über den Rand der Spüle spritzte. Ihr Mann saß am Tisch und starrte geistesabwesend aus dem Fenster.

„Einer von euch muss auf die Wache kommen. Ich brauche eine DNA-Probe."

„Glauben Sie, sie ist es?", fragte die Wirtin.

„Ich weiß es noch nicht."

Milic nickte, ohne aufzusehen. „Ich werde kommen."

Funke verließ die Wirtschaft durch den Hintereingang und schob sich ein Fisherman's Friend in die Backentasche. Es nieselte noch immer. Der Wind trieb feuchte Nebelschwaden über den See.

„Und? Sind Sie handelseinig mit Haffner geworden?"

„Sie müssen ihn verstehen. Es hängt viel von dem Golfhotelprojekt ab. Wenn Middendorf abspringt, bedeutet das den wirtschaftlichen Ruin für die ganze Region. In den letzten Jahren haben viele Firmen in der Gegend dichtgemacht. Arbeitsplätze sind Mangelware. Der Bau des Hotels könnte das ändern."

„Und deswegen glaubt Haffner, er kann Sie erpressen?“

Funke stieg in den Streifenwagen. „Aus einem Stein
kann man nichts herauspressen.“

8

In der Mitte der trocken gefallenen Senke des Sees stocherten in weiße Schutzanzüge gehüllte Gestalten den Schlamm mit Stöcken ab. Am nördlichen Ufer parkte der Wagen eines Bestattungsunternehmens. Zwei Träger staksten in Gummistiefeln durch den Matsch und schleppten einen Zinksarg zum Tatort.

Helen verfolgte fassungslos die amateurhafte Spurensuche. Der alte Bauer, den sie nach einem Zimmer gefragt hatte, stapfte in Latzhose und grasgrünen Gummistiefeln auf den Leichenfundort zu. Er gestikulierte wild mit den Armen. Es sah so aus, als ob er den Polizisten Anweisungen geben würde. Kopfschüttelnd wandte Helen sich ab und zwang sich, auf eine Einmischung zu verzichten. Funke war nun mal der Boss, mochte er auch unfähig und gleichgültig sein.

Er hatte ihre Reaktion bemerkt und verzog den Mund zu einem Lächeln. „Das ist der alte Köhler. Um den von hier fernzuhalten, müssen Sie ihn festnehmen und in eine ausbruchssichere Zelle stecken."

„Interessant. Und welche besonderen Fähigkeiten zeichnen ihn aus, dass er wie ein Flusspferd auf einem Tatort herumtrampeln darf?"

Funke grinste. „Seine Neugier. Vielleicht sollten wir *ihn* mal befragen. Was der Alte nicht weiß, ist auch nicht passiert."

„Ich dachte mir schon, dass ich hier in der Provinz strande. Aber dass sogar die Zeit im Westerwald rückwärts läuft, ist mehr, als ich befürchtet hatte."

„Hier gehen die Uhren eben langsamer als in der Stadt." Er deutete mit dem Kinn auf den See. „Lassen Sie Köhler ruhig ein bisschen rumschnüffeln. Dann kann er es wenigstens herumerzählen."

„Erklären Sie mir den Sinn des Ganzen?"

„Ganz einfach. Wenn Sie ihn vom See fernhalten, heißt es, wir haben etwas zu vertuschen. Das wird die Leute anziehen, wie ein Misthaufen Fliegen anlockt. Köhler hilft uns, Ruhe in die Sache zu bringen."

„Sie sind ja ein echter Pragmatiker. Wie wird der See eigentlich gespeist?", fragte sie.

„Die Wied fließt durch die Talmulde." Sein Arm beschrieb einen vagen Kreis. „Am nördlichen Ende reguliert eine Schleuse den Wasserstand. Ich weiß, was Sie denken. Vergessen Sie's."

„Was denke ich denn?"

„Sie glauben, die Leiche wurde weiter oben in die Wied geworfen und ist mit der Strömung in den See getrieben."

„Was ist daran falsch?"

„Ich zeige es Ihnen."

Über einen Fußweg, der hinter den seewärts gelegenen Häusern entlangführte, gelangten sie zu einer hölzernen Brücke, die den Zulauf überspannte.

„Die Wied entspringt nur zwei Kilometer oberhalb des Sees. Wie Sie sehen, ist der Bach zu seicht, um einen menschlichen Körper fortzutragen."

Helen verstand, was er meinte. Sie lehnte sich über das Brückengeländer. Das Wasser war flach, eine Strömung kaum vorhanden.

Von hier aus konnte man fast den gesamten See überblicken. Auf der gegenüberliegenden Seite lag ein Campingplatz. Am Ufer in der Nähe der Wohnwagen glaubte sie, die Rümpfe mehrerer kieloben aufgebockter Ruderboote zu erkennen.

„Der Täter hat die Leiche in dem Kastenwagen bis zum Ufer transportiert, sie in ein Boot geschleift und ist auf den See hinausgerudert, um sie zu versenken."

„Dann muss er ziemlich dämlich sein … oder er ist tatsächlich kein Einheimischer, wie Sie vermuten. Der Dreifelder Weiher misst an der tiefsten Stelle nur ein Meter sechzig. Ein schlechtes Versteck für eine Leiche, die nie wieder auftauchen soll, wenn Sie mich fragen."

„Und er wusste nicht, dass der See im Herbst abgelassen wird." Sie stützte sich auf das Geländer und verfolgte zwei Stockenten, die in der trägen Strömung auf dem flachen Wasser trieben. Nein, dieses dilettantische Vorgehen passte nicht zum Maskenmann. Bevor er einen Schritt unternahm, hatte er alle Details genau geplant. Es sei denn …

„Etwas ist schiefgelaufen", überlegte sie, „er wird nervös und fängt an, Fehler zu machen."

Funke zündete sich eine Zigarette an. „Sie glauben wirklich, dass sich Ihr Serienkiller hier herumtreibt?"

„Wir jagen ihn seit drei Jahren. Er hat mindestens sechs junge Frauen im Alter zwischen siebzehn und zweiundzwanzig auf dem Gewissen. Die Leichenfundorte erstrecken sich vom Pfälzer Wald im Süden bis zum Lahntal im Norden. Und nun … im Westerwald. Ja, ich glaube, er ist hier."

„Was macht Sie so sicher, dass wir es mit demselben Täter zu tun haben?"

„Er trennt seinen Opfern die Hände ab, manchmal eine, manchmal auch beide. Wir wissen nicht warum. Wenn er aktiv wird, trägt er eine Stiermaske. Entweder um sich zu tarnen oder um einem Ritual zu folgen. Alle Opfer wurden mit einer Schnur oder einem Seil erdrosselt. Und er benutzt einen weißen Kastenwagen."

„Könnte passen", gab Funke zu.

„Dass die Leiche im See aufgetaucht ist, entsprach nicht seinem Plan. Er hat gemerkt, dass sie ihm abhandengekommen ist, und heute Morgen versucht, sie in ein sicheres Versteck zu bringen. Und dabei wurde er von den beiden Jungen beobachtet."

„Vielleicht hatte er sie auch gerade erst dort abgelegt."

„Sie haben selbst gesagt, das Mädchen hat vermutlich mehrere Tage, wenn nicht Wochen, im Wasser gelegen."

„Mm-mh", brummte Funke, „stimmt."

Helen blickte auf den trocken gefallenen See hinaus. Die Mitarbeiter des Bestattungsunternehmens hoben die Tote in den Zinksarg. Über der Fundstelle kreisten zwei Raben und krächzten. Sie drehte sich um und lehnte sich mit dem Rücken an das Brückengeländer. „Warum katzbuckeln Sie eigentlich vor Haffner?"

„Tue ich das?"

„Er mischt sich in Polizeiermittlungen ein und schreibt Ihnen vor, was Sie zu tun und zu lassen haben."

„Er hat ne Menge Einfluss."

„Seine Seilschaften werden wohl kaum bis Koblenz reichen."

„Da wäre ich nicht so sicher. Haffner will keine Unruhe so kurz vor den abschließenden Verhandlungen mit Middendorf. Und er wird alle abschießen, die ihm in die Quere kommen. Sein Bruder sitzt auf dem Stuhl des Landrats. Da bekommt er Schützenhilfe von ganz oben – und nebenbei so ziemlich jede Information, die er braucht."

„Ein Golfhotel ist also wichtiger als das Leben eines Menschen?"

„Das Mädchen ist tot. Nichts und niemand kann es wieder lebendig machen."

„Unsere Aufgabe ist es, den Mörder zu fassen."

„Das werden wir auch. Wir müssen ja nicht gleich mit einer Hundertschaft die Gegend absuchen."

„Das wollte ich gerade vorschlagen."

„Und Sie? Was treibt Sie an?", fragte Funke. „Starbacher sagte, Sie kommen hierher, um einen Gang zurückzuschalten. Und kaum sind Sie angekommen, preschen Sie wie ein Terrier mit der Nase im Dreck voran."

„Okay. Sie spielen mit offenen Karten. Das soll mir recht sein. Wer weiß von der Geschichte?"

„Von welcher Geschichte?"

„Sie wissen genau, wovon ich rede. Ich war sechsunddreißig Stunden in der Gewalt des Serienkillers."

Funke blickte auf die mäandernde Wied. „Bis jetzt ... nur ich. Aber es würde mich wundern, wenn Haffner nicht spätestens morgen Bescheid weiß."

Ihre Miene verfinsterte sich. Starbacher spielte ein doppeltes Spiel. Sie sollte ein wachsames Auge auf

Funke werfen. Wahrscheinlich hatte er ihm das Gleiche in Bezug auf sie selbst aufgetragen. Was bezweckte er damit?

„Warum wollen Sie mir nicht helfen, den Mörder des Mädchens zu finden?", fragte sie.

„Das hab ich nicht behauptet. Ich sagte, lassen Sie es uns ein bisschen langsamer angehen. Haffner bekommt sein Hotel, und Sie bekommen Ihren Mörder. Alle werden zufrieden sein."

„Und Sie?"

„Ich habe meine Ruhe."

„Und für alles eine Lösung, was? Nur eine Sache haben Sie nicht bedacht."

„Und die wäre?"

„Er wird nicht aufhören. Das Mädchen im See wird nicht das letzte Opfer bleiben. Und wir wissen nicht, wie viel Zeit uns bleibt, um einen weiteren Mord zu verhindern."

9

Wölfe! Ein schlammiger See und der Gestank gedüngter Felder. Filz und Vetternwirtschaft und ein Polizeichef, der an der Flasche hing und einem korrupten Ortsbürgermeister in den Hintern kroch.

Was kam als Nächstes? Hoffentlich entpuppte sich dieser Psychotherapeut nicht als Nachfahre von Victor Frankenstein. Helen stoppte ihren Spider und versuchte, die Hinweisschilder zu deuten. Das Navigationssystem hatte bereits vor zehn Minuten aufgegeben, den Weg zur Praxis von Dr. Kaminsky zu finden. Wütend trat sie das Gaspedal durch. Der Sportwagen spritzte über die Kreuzung und bog in eine abschüssige Straße ein, die den Namen kaum verdiente. Die mit Schlaglöchern übersäte Buckelpiste führte in Serpentinen in ein tief eingeschnittenes Tal hinab, an dessen Grund dämmriges Zwielicht herrschte.

Zu ihrer Überraschung mündete die Zufahrt in einem idyllisch gelegenen Taleinschnitt, der von einem Bachlauf durchzogen wurde. Sie fuhr über eine Holzbrücke auf die andere Talseite. Dort standen drei ineinander verschachtelte Fachwerkgebäude, von denen zumindest das Haupthaus vor Kurzem renoviert worden war. Zwischen den dunkel gebeizten Balken leuchteten Dreiecke aus frischem weißen Putz. Die kupfernen Dachrinnen und Regenfallrohre glänzten ohne eine

Spur von Grünspan. Ein altes Mühlrad ragte aus einem mit Bruchsteinen eingefassten Graben. Sie hatte die Mühle gefunden, in der Dr. Roland Kaminsky seine Praxis eingerichtet hatte.

Helen parkte den Spider unter einer ausladenden Kastanie.

„Okay. Bringen wir es hinter uns", murmelte sie zu sich selbst. Sie brauchte Starbacher nur die Bescheinigungen vorzuweisen, dass sie bei diesem Psychoheini ihre Stunden abgesessen hatte. Worüber bei den Therapiestunden gesprochen wurde, ging ihn nichts an. Alles, was sie tun musste, war, diesen Bauernpsychologen zu überreden, eine positive Beurteilung ihres seelischen Zustands abzugeben. Was ihr eigentlich nicht weiter schwerfallen dürfte. Wenn Kaminsky in dieser Einöde hauste, besaß er sicher nicht annähernd Kiesners Format. Georg Starbacher war ein zäher alter Bulle, aber von Psychologie hatte er offenbar keine Ahnung.

Sie stieg die ausgetretenen Basaltstufen zum Haupteingang empor und drückte auf den Klingelknopf. Während sie wartete, ließ sie ihre Blicke über den nebelverhangenen Wald schweifen. Wenn ihr Verdacht sich bestätigte, lag das Versteck des Irren mit der Maske irgendwo in der Nähe. Möglicherweise war ihm in der Stadt der Boden unter den Füßen zu heiß geworden, und er fühlte sich auf dem Land sicherer.

Allerdings gab es auch noch eine zweite, beunruhigende Erklärung für das Auftauchen der Leiche im See. Er hatte gewusst, dass sie hierherkommen würde, und war ihr gefolgt, um sie erneut herauszufordern. Viel-

leicht hatte er sie nur aus diesem Grund wieder freigelassen und nackt auf dem Parkplatz an der Autobahn
abgelegt. Um sie zu demütigen, zu verängstigen und
dann ein grausames Spiel mit ihr zu treiben.

Ein Schatten huschte über die Butzenscheiben der
Eingangstür. Die Tür wurde geöffnet. Entgegen ihrer
Erwartung entsprach Dr. Kaminsky nicht dem Stereo-
typ, das sie in ihrem Kopf zurechtgelegt hatte. Er war
Mitte dreißig, sah blendend aus und hatte dunkelblondes Haar, stahlgraue Augen und ein einnehmendes Lächeln. Mit seinen makellos weißen Zähnen war er die
Idealbesetzung für einen Zahnpasta-Werbespot. Jemand, dem man sofort vertraute, weil er Ruhe, Kompe-
tenz und Sachverstand ausstrahlte. Der gute Doktor,
der die aufgeschlagenen Knie wieder heil machte.
Wahrscheinlich war er sich seiner Aura bewusst und
setzte sie gezielt ein.

Er begrüßte sie und führte sie in einen hellen und luf-
tigen Raum des alten Hauses. In der Giebelwand war
der Lehmbewurf entfernt und Glas zwischen den Fachwerkbalken eingesetzt worden. Graues Tageslicht fiel
durch das unregelmäßige Mosaik der Fensteröffnun-
gen auf den polierten Eichenboden. An den weiß ge-
kalkten Wänden hingen großformatige Aquarelle in
zarten Pastellfarben. Selbst das trübe Herbstlicht
reichte aus, um den warmen Charakter des großen The-
rapieraums zu unterstreichen.

Kaminsky bat sie, in einem von zwei bequemen
Rattansesseln Platz zu nehmen. Er setzte sich ebenfalls,
nahm Stift und Notizblock zur Hand und blickte sie er-
wartungsvoll an.

„Vielen Dank, dass Sie sich so kurzfristig Zeit für mich nehmen. Ich hatte mit einer langen Wartezeit gerechnet“, sagte sie.

„Ein Patient hatte abgesagt. Es passt mir ganz gut so.“ Er lächelte und hob entschuldigend die Hände. „Um ehrlich zu sein, ich erwartete Ihren Anruf und war vorbereitet.“

„Starbacher!“

„Nehmen Sie es ihm nicht übel. Er sorgt sich um sie. Und er möchte Sie so schnell wie möglich wieder in seiner Mannschaft wissen. Darum bat er mich um Hilfe. Aber selbstverständlich liegt es alleine bei Ihnen, ob Sie sich mir anvertrauen oder einem anderen Therapeuten.“

Sie zog ärgerlich die Brauen zusammen. „Hier scheint jeder über mich Bescheid zu wissen.“

Kaminsky zeigte seine blendend weißen Zähne. Sein Lächeln verursachte eine seltsame Mischung aus Misstrauen und dem Gefühl tiefer Geborgenheit in ihr. Sie bemühte sich, ihrem Argwohn keine Beachtung zu schenken. Misstrauen gegenüber Fremden erwies sich bei Polizisten immer wieder als eine Art Berufskrankheit. Widerwillig musste sie sich eingestehen, dass sie sich zu ihm hingezogen fühlte. Ob er verheiratet war? Es hätte sie keineswegs gewundert, wenn er sich regelmäßig Patientinnen erwehren musste, die ihn anschmachteten.

„In der Tat existiert hier auf dem Land ein gut funktionierender Buschfunk“, sagte er. „Es wäre eine interessante psychologische Studie, herauszufinden, wie sich Neuigkeiten so schnell verbreiten. Man könnte fast glauben, die Einheimischen bedienten sich telepathischer Kräfte."

„Dann wird wohl spätestens morgen jeder in meiner Dienststelle wissen, dass ich bei Ihnen war."

„Kümmern Sie sich nicht darum. Die Leute sind eben neugierig. Georg klärte mich nur in groben Zügen darüber auf, was geschehen ist. Alles andere ... liegt bei Ihnen."

„Dann ist Ihnen bekannt, dass ich mich an nichts erinnern kann?"

„Er deutete es an. Eine vorübergehende Amnesie ist nicht ungewöhnlich nach dem, was Sie durchgemacht haben."

„Und Sie glauben, Sie können die verschütteten Erinnerungen wachrufen?"

„Das können nur Sie selbst. Ich kann lediglich assistieren."

Er betrachtete sie offen und wissbegierig. Sie hasste es, wenn die Leute sie anstarrten, und rutschte unbehaglich in dem knarzenden Sessel hin und her.

„Entspannen Sie sich. Ich verspreche, dass ich Sie keiner Gehirnwäsche unterziehen werde." Wieder zeigte er sein jungenhaftes Lächeln. „Sie können gerne aufstehen und umherwandern, wenn die Bewegung Ihre Unruhe abbaut. Ich halte wenig davon, meine Patienten an die berühmte Ledercouch zu fesseln."

Sie nahm das Angebot an, trat vor die Fachwerkwand und blickte durch die unregelmäßig geformten Scheiben. Es hatte wieder zu regnen begonnen, ein dichter Wasserfilm rann an den Fenstern herab. Hinter der nahen Grundstücksgrenze erhob sich ein steiler bewaldeter Hang. Das undurchdringliche Dickicht lockte geheimnisvoll wie ein feuchtheißer Dschungel; drohend und fremdartig wie die Zeit, an die sie sich nicht erinnern konnte. Plötzlich wurde ihr klar, dass sie Dr. Kiesner nicht abgelehnt hatte, weil seine Überheblichkeit und seine fettige Haarsträhne sie anekelten, sondern weil er sie zu etwas bringen wollte, das Panik in ihr auslöste. Um das schwarze Loch der sechsunddreißig Stunden mit Licht zu füllen, musste sie ihm ein Fenster zu ihrer Seele öffnen und ihr Innerstes nach außen kehren. Ihre Schwester war gestorben, als sie dreizehn gewesen war. Seitdem hatte niemand je erfahren, wie es in ihr aussah, und das sollte auch so bleiben. Würde Kaminsky das Kunststück gelingen, ihr Dinge zu entlocken, die sie niemals zuvor jemandem erzählt hatte? Wenn er es schaffte, bestand die Gefahr, dass sie ihn danach in kleine Stücke hacken und im Wald vergraben musste, damit ihre Geheimnisse gewahrt blieben.

Stockend berichtete sie, woran sie sich erinnerte, stets darauf bedacht, nicht mehr von ihren Empfindungen preiszugeben als unbedingt notwendig. Sie erzählte ihm von Mia, der missglückten Lockvogelaktion im Park und dem Bunker. Und dann … war da nichts mehr.

„Damit ich es recht verstehe", sagte Kaminsky, „Sie waren sechsunddreißig Stunden in der Gewalt eines Serienmörders und wurden nach Ablauf dieser Zeit von einem Lastwagenfahrer nackt auf dem Parkplatz einer Autobahnraststätte gefunden?"

Er legte eine kaum hörbare Betonung auf das Wort ‚nackt'. Ihr entging es dennoch nicht.

„Ja", antwortete sie. „Es ist sehr wichtig, dass ich mich an die Zeit dazwischen erinnere. Ich bin der einzige Mensch, der sein Versteck gesehen hat und ihn beschreiben kann. Das Leben potenzieller Opfer könnte davon abhängen."

„Was empfanden Sie, als Sie schutzlos wie ein Neugeborenes erwachten?"

„Es geht doch hier nicht um mein Schamgefühl. Ich befinde mich in einem Wettlauf mit einem Verrückten, der es liebt, zu töten. Ich muss verhindern, dass er noch mehr unschuldige Opfer quält und ermordet."

„Georg erwähnte, dass der Fall abgeschlossen sei."

„Für mich nicht."

Kaminsky notierte etwas auf seinem Schreibblock. „Im Augenblick genießen Sie eine Auszeit", sagte er. „Sie haben tüchtige Kollegen, die die Suche fortsetzen werden, falls sich neue Anhaltspunkte ergeben."

Ein Windstoß fuhr durch das Dickicht und schüttelte das Herbstlaub von den Sträuchern und Büschen.

„Er ist hier, ganz in der Nähe. Ich kann ihn fühlen."

„Sie haben eine starke emotionale Bindung zu diesem Phantom entwickelt. Erliegen Sie nicht dem Irrtum, diese Bindung mit echter Telepathie zu verwechseln."

„Er ist mir gefolgt. Und er hat wieder getötet, um mich herauszufordern. Wir haben eine Leiche im Dreifelder Weiher gefunden. Alles deutet darauf hin, dass der Maskenmann wieder zugeschlagen hat."

Überrascht zog Kaminsky die Augenbraue hoch. „Sie glauben, er spielt mit *Ihnen*? Mit Ihnen *persönlich*?"

„In der Kriminalgeschichte gibt es genügend Fallbeispiele von Serientätern, die Katz und Maus mit der Polizei spielten. Am Ende *wollen* sie gefasst werden. Er befindet sich in einer heißen Phase. Die Abstände zwischen den Verbrechen verringern sich. Er muss töten. Immer wieder und immer schneller hintereinander."

„Wir sind heute zusammengekommen, um über *Sie* zu sprechen", erinnerte er sie.

Sie wanderte ruhelos durch den großen Therapieraum. Drei Lederliegen standen in einem offenen Halbkreis an der Längswand. Darüber hingen Bilder von Rorschachtests. Einer der Tintenkleckse erinnerte sie an Funke.

„Können Sie nicht irgendwie mein Unterbewusstsein anzapfen? Sie wissen schon, mit Hypnose oder so einem Psychokram."

Er lächelte. „Mit Psychokram? Nein, leider nicht."

„Können Sie nicht oder wollen Sie nicht?"

„Es würde nicht funktionieren. Nehmen wir einen Moment an, Ihre Gedächtnislücke rührt tatsächlich von einer inneren Blockade her und nicht von der zwangsweisen Einnahme von K.o-Tropfen oder einer Kopfverletzung – die ja von den Ärzten diagnostiziert wurde. Dann erfüllt die Barriere, die Ihr Unbewusstes errichtet hat, einen Zweck. Sie soll sie vor der Konfrontation mit dem Erlebten schützen, weil Sie damit überfordert wären. Eine Hypnose brächte keinen Erfolg. Ihr unbewusstes Selbst würde mir den Zugang zu den Erinnerungen ebenso wie Ihnen verbieten."

„Welche Möglichkeiten gibt es dann?"

Kaminsky spielte mit seinem Kugelschreiber und kritzelte Kreise auf seinen Notizblock. „Wir müssen Geduld haben. Uns vorsichtig einen Weg bahnen, bis wir vor der verschlossenen Tür stehen. Nur Ihr Unterbewusstsein besitzt den Schlüssel, diese Tür zu öffnen und das Trauma noch einmal zu durchleben."

„Wenn ich etwas nicht habe, ist es Zeit."

„Ich muss Sie enttäuschen, falls Sie schnelle Ergebnisse erwartet haben. Wir werden möglicherweise ganz vorne anfangen müssen. Um die Blockade zu lösen, kann es erforderlich sein, bis in Ihre Kindheit zurückzugehen. Die Ursachen könnten dort zu finden sein. Eine komplette Psychoanalyse kann Monate, wenn nicht gar Jahre dauern."

Sie kehrte zu ihrem Sessel zurück und setzte sich. Kaminskys Gelassenheit machte sie wütend. Sie erinnerte sie an die stoische Gleichgültigkeit, mit der Funke die Welt zu betrachten schien.

„Ich muss mehr über diesen Mann wissen. Wie er denkt und fühlt, aus welchen Motiven er tötet. Warum schneidet er seinen Opfern die Hände ab?"

Kaminsky malte weiter Kreise auf das Papier.

„Warum hat er mich freigelassen, während er alle anderen Opfer getötet hat?"

„Ich kann Ihnen nicht helfen, ein Phantom zu fassen. Daher sollten wir uns mit Ihnen beschäftigen."

Sie kniff die Augen zusammen und blickte abwesend auf den Wald vor dem Fenster. „Ich passe nicht in sein Beuteschema, bin nur zufällig in seine Gewalt geraten. Er hätte mich im Bunker zurücklassen können, ich stellte keine Gefahr für ihn dar. Und doch ging er das Risiko ein, zwei Frauen gleichzeitig kontrollieren zu müssen. Und nach sechsunddreißig Stunden ließ er mich unversehrt frei. Warum?"

„Ich bin kein Fallanalytiker", sagte Kaminsky. „Es ist Ihr Job, diese Dinge herauszufinden. Ich kann Ihnen lediglich dabei helfen, Ihr inneres Gleichgewicht wiederzufinden."

„Mein inneres Gleichgewicht? Das werde ich erst erlangen, wenn dieses Arschloch tot ist oder in einer geschlossenen psychiatrischen Anstalt sitzt."

„Wenn ich Ihnen helfen soll, müssen Sie meine Spielregeln befolgen. Und die lauten: Beschäftigen wir uns mit Ihnen."

Seufzend lehnte sie sich zurück. „Okay. Was wollen Sie wissen? Ob mein Vater mich als Kind missbraucht hat? Ob ich ins Bett gepinkelt habe?"

Kaminsky beachtete ihren Spott nicht. „Ich möchte zunächst herausfinden, ob Sie Anzeichen eines Traumas zeigen. Wie gut schlafen Sie?"

So gut es sich auf dem Dachboden hinter einem Verhau aus alten Koffern eben schlafen lässt, dachte sie.

„Gut", log sie, „keine Probleme."

Erstaunt zog er eine Augenbraue hoch. „Bemerkenswert. Ihre Kollegen berichten über zunehmende Aggressivität. Schlafmangel könnte eine Ursache dafür sein."

„Woher wissen Sie, was meine Kollegen über mich denken?" Zornig schlug sie mit der flachen Hand auf die Lehne des Rattansessels. „Kiesner, natürlich. Sie haben seine Beurteilung gelesen."

„Das heißt nicht, dass ich seine Einschätzung teile. Ich musste sie anfordern. Schließlich wollen Sie in Ihren Job zurück. Da kann es nur von Vorteil sein, den Gegner zu kennen, nicht wahr?"

Eine Windbö schleuderte Regentropfen gegen die Fensterscheiben und wirbelte die Kronen der Buchen durcheinander. In das Rauschen der Blätter mischte sich ein leises, trockenes Klappern, das aus ihrem Inneren zu kommen schien. Sie würde die Therapiestunden nicht so einfach absitzen können. Offenbar plante Kaminsky, sie zu sezieren, wie ein Gerichtsmediziner eine Leiche aufschnitt und Schicht für Schicht freilegte, bis er auf die Todesursache gestoßen war. Dass sie sich gerade jetzt an das Geräusch erinnerte, konnte kein Zufall sein. Kaminsky besaß offenbar tatsächlich das Talent, ihr Dinge zu entlocken, die sie verdrängte. Alles in ihr wehrte sich dagegen, einen Seelenstriptease hinzulegen.

„Wie steht es mit Angstattacken? Leiden Sie an plötzlichen Panikanfällen in bestimmten Situationen? Oder bei bestimmten Geräuschen?"

Einen schrecklichen Augenblick lang war sie davon überzeugt, dass er ihre Gedanken lesen konnte. Er musste das Geräusch ebenfalls gehört haben. Sie empfand nackte, namenlose Angst. Ihr Herz galoppierte wie ein fliehendes Pferd. Das Geräusch erklang erneut, fein und leise, beinahe unhörbar. Sie fühlte es mehr als dass sie es hörte. Es existierte nicht wirklich, sondern stieg aus der Dunkelheit des Vergessens empor, weil Kaminsky es ans Licht zerrte. Ein leises Knistern und Schaben wie von hohlen Vogelknochen, die der Wind über das nasse Kopfsteinpflaster trieb. Darunter verborgen ein Flüstern, das Wispern und Klagen von tausend Stimmen, die sich verzweifelt an die Welt der Lebenden klammerten und die noch nicht bemerkt hatten, dass sie längst nicht mehr dazu gehörten.

Sie vergaß zu atmen und lauschte auf das Heulen des Herbstwinds vor dem Fenster. So sehr sie sich auch konzentrierte, sie hörte nicht mehr als das Prasseln des Regens auf dem Pflaster.

„Frau Stein?"

„Was sagten Sie?"

„Ich fragte, ob Sie in bestimmten Situationen unter Panikattacken leiden?"

„Nein", antwortete sie schnell. „Ja, doch ... manchmal ein bisschen ... es ist die Ungewissheit, die Hilflosigkeit, die mich wütend macht. Ich weiß nicht, was der Scheißkerl mit mir angestellt hat."

Kaminsky blätterte in seinen Unterlagen. „Sie sind nach Ihrem Auffinden medizinisch untersucht worden."

„Ja." Sie legte ihre Hände in den Schoß und grub die Fingernägel in die Handflächen, bis der Schmerz unerträglich wurde. „Man hat keine Hinweise auf eine Vergewaltigung gefunden. Aber das heißt nicht ... dass sie nicht stattgefunden hat", sagte sie.

„Was haben Sie während der Untersuchung empfunden?"

Erregt sprang sie auf. „Scham, Wut, Erniedrigung. Ist das so pathologisch?"

„Das habe ich nicht behauptet." Er klappte die Akte zu und beobachtete sie eine Weile. „Sie sind sehr impulsiv."

„Na und? Klassifiziert mich das als Psycho?"

„Nein", sagte Kaminsky lächelnd. „Ich versuche nur, mir ein Bild zu machen. Sie stecken voller Energie und Tatendrang. Das ist gut. Gehen wir an den Zeitpunkt Ihres Auffindens zurück. Woran erinnern Sie sich?"

Sie schlang schützend die Arme um den Körper. „An die Kälte, an die Verwirrung. Ich fühlte mich wie ein Neugeborenes, wie ein Mensch, der gerade erst zur Welt gekommen ist. Ein Vorher gab es nicht." Die Frage machte keinen Sinn.

„Schließen Sie die Augen. Was sehen Sie?"

„Ein Gesicht. Ich sehe Mia Ewers."

„Das Mädchen, das Sie beschützen sollten."

„Sie weint. Und schreit. Fleht und bettelt."

„Um was bittet sie?"

Sie spürte, wie Tränen zwischen ihren geschlossenen Lidern hervorquollen. „Sie bittet darum, sterben zu dürfen."

„Wo befinden Sie sich?"

„Ich weiß es nicht. Es ist dunkel. Feucht und kalt. Wie in einer Höhle tief unter der Erde."

„Können Sie diese Höhle näher beschreiben?"

„Nein. Es ist zu dunkel."

„Erkunden Sie Ihre Umgebung."

„Nein ... das kann ich nicht. Ich kann mich nicht bewegen ... ich ... bitte ... lassen Sie uns aufhören."

„Wir gehen nur so weit, wie Sie es zulassen."

„Woher kommen diese Bilder so plötzlich?", fragte sie überrascht. In wenigen Sekunden war vor ihrem inneren Auge mehr abgelaufen als in den Wochen zuvor. Offenbar war dieser Kaminsky weit mehr als ein Bauerntherapeut.

„Sie sind die ganze Zeit über da gewesen. Es braucht einen Auslöser, um sie abzurufen."

Ein Flüstern und Wispern, das leise Geräusch klappernder Knochen ...

Kaminsky warf einen Blick auf seine Armbanduhr. „Unsere Zeit ist für heute um. Ich möchte Sie nicht allzu sehr unter Stress setzen."

„Es macht mir nichts aus", log sie.

„Halten Sie sich für eine starke Persönlichkeit? Für eine, die keine Angst zeigen darf, die sich keine Schwäche erlaubt?"

„Welche Rolle spielt es, was ich von mir selbst halte?"

„Eine große. Da ist noch mehr, nicht wahr? Und es liegt tiefer in der Vergangenheit."

„Nein. Da ist nichts. Sie irren sich." Sie griff nach ihrer Jacke. Plötzlich füllte ein anderes Bild ihren Verstand aus: ein blutverschmierter Hammer, ein offenes Fenster und Blut. Sehr viel Blut.

„Lassen Sie uns einen Deal schließen", schlug sie vor.

„Ich bin ganz Ohr."

„Ich werde so gut mitarbeiten, wie ich kann. Dafür beantworten Sie mir am Ende jeder Therapiestunde eine Frage meiner Wahl."

Nach kurzem Nachdenken zeigte er sich einverstanden.

Sie berichtete ihm von ihrer Begegnung mit dem Mörder im Bunker und der Stiermaske. „Welche Bedeutung hat die Maske für ihn?"

„Das kann ich unmöglich sagen, ohne den Menschen hinter der Maske zu kennen."

„Sie *muss* eine Bedeutung haben."

„Natürlich hat sie das. Die Maske ist ein sehr archaisches Bild, eine Art Lebenssymbol. Die Mythen des Altertums sind angefüllt mit Sagen über Mischwesen. Denken Sie an die Sphingen der alten Ägypter, an die Mischwesen mit Löwen- oder Ibisköpfen."

„Und der Stierkopf?"

„Das bekannteste Beispiel dürfte Ihnen geläufig sein: der Minotauros und das berühmte Labyrinth von Knossos."

„Das weiß ich alles. Aber was bedeutet die Verbindung zwischen Mann und Stier?"

„Der Minotauros steht in der Tiefenpsychologe für die gefährlichen, dunklen Triebe, die in uns schlummern. In der Sage sperrte man den Minotauros in ein Labyrinth und fütterte ihn von Zeit zu Zeit mit Jungfrauen. Das Bild ist eindeutig: Der Trieb muss befriedigt werden, aber er ist zu zerstörerisch, um ihm nachzugeben. Also verdrängen wir ihn in die tiefsten Katakomben unseres Unterbewusstseins. Doch der Minotauros verlangt nach Opfern und verschafft sich Gehör. Den meisten Menschen gelingt es, das Ungeheuer zu bannen. Doch in einigen ist das Verlangen zu stark, um überhört zu werden. Sie müssen ihren Trieben nachgeben und ihnen Nahrung verschaffen. Sie verlieren die Kontrolle."

„Könnte der Täter ein Kollege von Ihnen sein? Ein Mensch, der sich mit der Bedeutung dieser Dinge auskennt und mit der Maske etwas ausdrücken will?"

„Ihre Vermutung erscheint mir zu voreilig. Dieses Wissen ist allgemein zugänglich. Unmöglich ist es natürlich nicht."

„Danke. Wann kann ich wiederkommen?"

„Nun, normalerweise vergebe ich nur Termine im Rhythmus von zwei Wochen. Aber in Ihrem Fall mache ich eine Ausnahme. Außerdem bin ich Georg einen Gefallen schuldig. Sagen wir übermorgen." Er reichte ihr einen kleinen Terminzettel.

„In Ordnung."

Sie verließ die Praxis und blieb unter dem schützenden Blätterdach der Kastanien vor dem Haus stehen. Das Geräusch des prasselnden Regens vermischte sich mit einem machtvollen Rauschen, das ihr vorhin nicht aufgefallen war. Neugierig trat sie an das Geländer heran, das den Mühlengraben sicherte. Das alte Mühlrad drehte sich nicht mehr, der Mechanismus war entweder längst verrottet oder blockiert. Der heftige Regen der letzten Tage hatte den Wasserlauf, der die Mühle speiste, anschwellen lassen. Das Wasser strömte donnernd durch den engen Kanal. Am Gerüst des Mühlrads hatte sich ein fleischfarbener Gegenstand verhakt, den die Strömung immer wieder gegen die Mauer des Kanals drückte. Sie sah sich um und hob schließlich einen Ast auf, der von einer der Kastanien vor dem Haus abgebrochen war. Sie stocherte in dem Treibholz, bis sich der Gegenstand aus dem Gewirr löste. Es war eine Puppe. Der linke Arm und ein Auge fehlten, das andere schien sie direkt anzusehen und ihr zuzublinzeln, bevor die Strömung die Puppe erfasste und sie unter die Brücke zog, wo sie ihren Blicken entschwand. Einen Herzschlag lang hatte die Kinderpuppe ausgesehen wie das tote Mädchen im See.

Sie lief durch den Regen zu ihrem Wagen. Das Rauschen des Mühlbachs übertönte ein schwaches, leises Kratzen und Klappern. *Knochen, mit denen der Wind spielte.*

10

Es dämmerte bereits, als Helen in die Gastwirtschaft der Milics zurückkehrte. Obwohl der Tag, verglichen mit ihrem hektischen Alltag im ZKI, der zentralen Kriminalinspektion von Koblenz, deren Aufgabe die Verfolgung von Kapitalverbrechen war, eher gemächlich verlaufen war, fühlte sie sich ausgepumpt wie nach einem Marathonlauf. Ihre Erwartung, dass sie die Pflichtstunden bei Kaminsky absaß wie einen lästigen, aber notwendigen Lehrgang, hatte sich nicht erfüllt. Es beunruhigte sie, dass er offenkundig in der Lage war, ihr Dinge zu entlocken, die sie normalerweise nicht bereit war preiszugeben. Wie sonst war es möglich gewesen, dass plötzlich vereinzelte Bilder ihrer Gefangenschaft aufgetaucht waren, ohne dass es dazu besonderer Anstrengungen bedurft hatte? Welche Geheimnisse würde sie ihm noch verraten, ohne es zu wollen? Es gab mehr als genug davon, und sie wollte, dass sie dort blieben, wo sie hingehörten: in die verschlossene Kiste in einem unzugänglichen, verstaubten Winkel ihrer Seele.

Sie benutzte den Nebeneingang, um nicht den Schankraum durchqueren zu müssen. Die unausgesprochenen Fragen in den Augen der Wirtin konnte sie heute Abend nicht mehr ertragen. Wenn das Mädchen aus dem See wirklich die Tochter der Milics war, konnte keine Macht der Welt ihren Tod ungeschehen machen.

Helen schlich die ausgetretenen Treppenstufen nach oben. Sie fühlte sich todmüde und verspürte leichte Kopfschmerzen. Gähnend zog sie sich aus, warf die Sachen achtlos über eine Stuhllehne und streifte ein T-Shirt über, das ihr zwei Nummern zu groß war. Dann kroch sie ins Bett und starrte eine Weile in das Dunkel. Die Luft im Zimmer kam ihr abgestanden und verbraucht vor. Sie streckte die Hand aus und kippte das Fenster. Ein feuchtkalter Hauch strömte durch den Spalt. Vom Hinterhof wehte der allgegenwärtige Wind eine gedämpft geführte Unterhaltung herauf. Sie unterschied drei Männerstimmen, die mit unterdrückter Erregung miteinander stritten.

„… Sache ist zu groß für dich. Das kann nicht mal dein sauberer Bruder im Landratsamt unter den Teppich kehren.“

„Wart's ab. Funke frisst mir aus der Hand, und mit der angezählten Schnüfflerin werde ich spielend fertig.“

„Irgendwann wirst du dich verheben, Josef! Und ich werde daneben stehen, um es zu genießen.“

Jemand lachte kollernd. Das war Haffners Bassstimme. „Warum, glaubst du, haben sie die Stein nach Hachenburg abgeschoben? Weil sie nicht mehr eins und eins zusammenzählen kann, seit der Verrückte sie in den Fingern hatte. Die ist fix und fertig.“

„Es gibt ne Menge Leute im Ort, die es bereuen, dich zum Bürgermeister gewählt zu haben. Du wirst dein Golfhotel niemals bauen. Zu viele Einwohner sind dagegen. Wenn Middendorf der Wind ins Gesicht weht, wird er den Schwanz einziehen und abspringen wie die anderen Interessenten. Dazu braucht es nicht erst eine Leiche im See. Du reitest einen toten Gaul, Josef."

Sie konzentrierte sich auf die zweite Stimme. Das musste Milic sein. Unten im Hof klickte es, Zigarettenrauch kroch durch den Fensterspalt.

„Wenn Middendorf woanders investiert, sind wir *alle* pleite. Denk daran, dass eine Erweiterung des Golfplatzes auch in deine Kasse Geld spülen wird."

Diese dritte Stimme war ihr unbekannt.

„Das sieht unser Seewirt offenbar anders", sagte Haffner. „Du wiegelst die Leute auf, Ivan. Und das gefällt mir nicht." Ein dumpfer Schlag klang von unten herauf und das Scharren von Stiefeln auf dem Kies. „Damit schaufelst du dir dein eigenes Grab. Kannst deiner Tochter gleich Gesellschaft leisten."

Neugierig presste sie die Nase an die Fensterscheibe und spähte durch einen Spalt in der Gardine. Zwei Männer rangen miteinander. Milic strauchelte und riss eine Mülltonne um, die scheppernd zu Boden fiel.

„Wenn ich noch mal höre, dass du die Polizei anstachelst, in der Gegend nach Leichen zu buddeln, sorge ich dafür, dass sich keiner mehr in deine Kneipe verirrt."

Der Wirt kam rasch wieder auf die Beine und stieß Haffner vor die Brust. „Wenn du was mit Irenas Verschwinden zu tun hast, bringe ich dich um", stieß er keuchend hervor.

„Beruhigt euch. Noch ist gar nicht raus, ob die Tote Ivans Tochter ist."

Helen verrenkte den Hals, konnte aber das Gesicht des dritten Mannes nicht erkennen.

Haffner spuckte Milic vor die Füße. „Reiß dich zusammen, Ivan. Wenn Middendorf unterschrieben hat, kannst du meinetwegen den ganzen Seegrund umgraben. Aber du hältst so lange still, wie ich es sage.“

Der Wirt wischte sich Blut von der aufgeplatzten Lippe. „Ich will nur meine Tochter zurück. Mit euren Schweinereien habe ich nichts zu schaffen.“

„Was geht mich Irena an?“, fragte Haffner. „Sie wird durchgebrannt sein, weil sie deine Gängelei nicht mehr ertragen konnte.“

„Du wirst dein verdammtes Hotel niemals bauen. Dafür sorge ich.“

Haffner lachte und schnippte eine Zigarillokippe in den Kies.

„Was hast du überhaupt gegen das Projekt?“, fragte der Dritte. „Für dich springt doch auch eine Stange Geld dabei heraus.“

„Er hat Angst, dass Middendorf ihm die Gäste abzieht“, sagte Haffner. „In der Hotelbar wird es mehr als abgestandenes Bier geben. Ivan hält sich nur mit einem Dutzend alter Säufer über Wasser.“

„Ach, leckt mich doch!“ Milic stapfte auf das Haus zu und knallte die Tür hinter sich zu.

„Auf den und seine Bande müssen wir aufpassen“, sagte der Unbekannte.

Haffner lachte wieder. „Meinst du die Versagertruppe, die sich einmal in der Woche in seiner Kneipe trifft, um zu beratschlagen, wie sie mir in die Suppe spucken können?“

„Eine Menge Leute sind gegen das Hotelprojekt.“

„Was kümmert es den Wolf, wenn die Gänse schnattern?“

„Eine kleine Warnung kann trotzdem nicht schaden", sagte der Mann.

Vorsichtig zog Helen die Gardine zurück, aber sie konnte sein Gesicht nur schemenhaft erkennen. Er trug eine Schiebermütze, die seine Augenpartie verbarg.

„Kümmere dich darum", sagte Haffner. „Ich gehe kein Risiko mehr ein. Und bestell Winkler, er soll seine Arbeit machen, schließlich bezahle ich ihn gut dafür."

„Was ist mit Funke?"

„Was soll mit ihm sein? Ich werde dafür sorgen, dass er genug zu trinken bekommt. Dann lässt er uns in Ruhe."

Sie ließ die Gardine zurücksinken. Half Funke tatsächlich mit, ein Verbrechen zu vertuschen, nur weil der Bürgermeister es befahl? Stand er auch auf Haffners Gehaltsliste? Was war mit ihm los? Er wirkte auf sie wie eine leere Hülle, die umherlief und noch nicht gemerkt hatte, dass der Mensch in ihr längst tot war. Irgendein schreckliches Ereignis schien seinen Lebenswillen gebrochen zu haben. Fragen, auf die sie unbedingt eine Antwort haben musste. Sie brauchte Funke. Er war der Einzige, der ihr helfen konnte, den Tod des Mädchens aufzuklären.

Müde ließ sie ihren Kopf auf das Kissen sinken. Das idyllische Örtchen, in dem sie eine ruhige Kugel schieben sollte, entpuppte sich als Schlangengrube. Es wurde höchste Zeit, das Ungeziefer auszurotten. Noch ehe sie den Gedanken zu Ende führte, glitt sie in das Vergessen hinüber. Zumindest ihr Schlaf schien sich zu bessern.

11

Helen erwachte gegen halb sieben vom nervtötenden Krähen eines Hahns. Wer behauptete eigentlich, diese Biester schrien nur im Morgengrauen? Sie rieb sich die Augen und spähte zum Fenster hinüber. Draußen war es so finster wie in Haffners Herz.

Offenbar zeigte Kaminskys Therapie schon nach der ersten Stunde Wirkung. Erleichtert stellte sie fest, dass sie im Bett aufgewacht war und nicht an einem Ort, der ihr eine Gänsehaut über den Rücken jagte. Sie duschte lange und heiß und fühlte sich danach zum ersten Mal seit Monaten ausgeruht. Die Westerwälder Luft schien ihr gutzutun und ihren Appetit zu steigern, ihr Magen knurrte vernehmlich. Sie zog sich an und ging in die Gaststube hinunter.

Aus der Küche drangen das Klappern von Tellern und das Gurgeln einer Kaffeemaschine, über dem Tresen lief leise ein Radio. Es roch nach gebratenem Speck und Eiern. Die Wirtin streckte den Kopf aus der Küchentür, rief ein munteres „Komme gleich" und stellte kurz darauf einen Korb mit frischen Brötchen auf den Tisch. Auf einem Tablett balancierte sie Aufschnitt, Marmelade und Butter und Kaffee.

„Würden Sie mir einen Augenblick Gesellschaft leisten?", fragte Helen.

„Ich habe … eigentlich in der Küche zu tun."

„Ich möchte mit Ihnen über Ihre Tochter sprechen. Vielleicht kann ich helfen, sie zu finden."

Die Wirtin umklammerte das Tablett und hielt es wie einen Schutzschild vor ihre Brust.

„Ich weiß, was es heißt, einen geliebten Menschen zu verlieren", sagte Helen, um das Eis zu brechen.

„Sie sind noch jung. Wie können Sie eine solch schreckliche Erfahrung gemacht haben?"

„Als ich dreizehn war, verlor ich meine kleine Schwester."

„Oh. Das tut mir leid."

„Und ich gebe mir bis heute die Schuld dafür."

„Aber Sie waren selbst noch ein Kind. Wie können Sie da für ihren Tod verantwortlich sein?"

„Ich war alt genug, um zu wissen, was Verantwortung bedeutet. Seit wann vermissen Sie Irena?"

„Seit acht Wochen. Sie wollte sich mit Freunden treffen und kam einfach nicht wieder."

„Was unternahm die Polizei?"

Sie zuckte mit den Schultern. „Funke hat die Vermisstenanzeige aufgenommen. Das war alles."

Funke, du bist ein versoffenes, gleichgültiges Arschloch.

„Haben Sie versucht, Irena zu finden?"

„Natürlich. Wir haben ihre Freundinnen befragt, uns in der Schule umgehört. Niemand wusste etwas."

„Wie alt war sie zum Zeitpunkt ihres Verschwindens?"

„Siebzehn. In zwei Wochen wird sie achtzehn." Sie senkte den Kopf und unterdrückte ein Schluchzen. „Wenn sie noch lebt."

„Können Sie sich einen Grund vorstellen, warum Irena weggelaufen sein könnte?"

„In den letzten Monaten war sie sehr gereizt und schwierig. Sie hat sich oft mit meinem Mann gestritten."

„Um was ging es bei den Streitereien?"

„Oft nur um Kleinigkeiten. Mein Mann kann sehr starrsinnig sein, und Irena hat seinen Dickkopf geerbt. Sie wissen, wie Kinder in dem Alter sind – unberechenbar, eigenwillig und rebellisch. Sie lehnte sich gegen alles auf, was uns etwas bedeutet."

„Und das wäre?"

Die Wirtin schaute sich in der Gaststube um. Helen folgte ihren Blicken. Bilder vom Gesangverein, Jagdtrophäen und angestaubte Vereinswappen an den dunkel getäfelten Wänden fielen ihr ins Auge. Nichts von alledem konnte das Interesse einer Siebzehnjährigen wecken. Sie konnte Irenas Wunsch nach Veränderung nachempfinden.

„Sie fühlte sich eingeengt. Die Traditionen, unser Verein, all das bedeutete ihr nichts. Manchmal glaube ich, sie hasste das Dorfleben."

„Hat sie davon gesprochen, in die Stadt zu gehen?"

„Sie hatte vor, Germanistik zu studieren, wollte Journalistin werden und um die Welt reisen. Sie war so klug."

„Sprechen Sie nicht in der Vergangenheit. Wenn sie noch lebt, werden wir sie finden."

„Aber ... das tote Mädchen im See ..."

„Noch ist nicht erwiesen, dass die Tote Ihre Tochter ist. Funke hält es für unwahrscheinlich. Und er kannte Irena. Warum hat er nichts unternommen?"

Sie blickte zornig auf. „Funke? Was soll der schon unternehmen? Dazu müsste er erst mal nüchtern sein. Das passiert höchstens Karfreitag, wenn alle Kneipen geschlossen sind und er vergessen hat, Schnaps einzukaufen."

Helens Blick fiel auf eine gerahmte Fotografie. Das Bild zeigte eine Triathlonmannschaft mit ihren Rennmaschinen. Einer der durchtrainierten Männer hielt stolz einen Siegespokal in die Höhe. Sie stand auf und betrachtete das Bild genauer. „Ist das Funke?"

Die Wirtin nickte.

Auf dem Foto war er ein paar Jahre jünger und rund zehn Kilo leichter. Seine Haut war tief gebräunt, er sah fit und gesund aus. Irritiert starrte sie auf das Bild. Funke war nicht nur jünger und schlanker, er sah glücklich aus. Er lachte. Sie hatte ihn noch nie lachen gesehen.

„Was ist eigentlich mit ihm los?"

„Seine Tochter verschwand vor einem Jahr spurlos. Das hat er nicht verkraftet", sagte die Wirtin. „Glauben Sie wirklich, Sie können Irena finden?"

Das war also die Hölle, die Funke durchlebte.

„Glauben Sie wirklich, Sie können Irena finden?"

Helen riss sich von dem Foto los. Sie brauchte einen Anhaltspunkt. „Hatte Ihre Tochter einen festen Freund? Jemanden, mit dem sie ging?"

„Ich weiß es nicht. Sie hat nie darüber gesprochen. In letzter Zeit war sie sehr verschlossen und kapselte sich immer mehr ab. Ihre engste Freundin, Kerstin Schuster, hat einmal erwähnt, dass sich Irena mit einem Jungen getroffen hat, einem Musiker."

„Ein Musiker?"

Sie nickte. „Der hatte so einen komischen Namen … Karlo oder …"

„Carlos?"

„Ja. Ich glaube, so heißt er.

„Ein Spitzname."

„Den richtigen Namen kannte sie nicht. Er soll in Koblenz wohnen. Auf einem Schiff."

„Ein ungewöhnlicher Wohnort."

„Wir haben ihn trotzdem nicht gefunden. Vielleicht existiert er auch überhaupt nicht. Wissen Sie, Irena besaß so viel Fantasie. Immer erfand sie Geschichten, das tat sie schon als Kind."

Carlos … immerhin, es war eine Spur. Wenn er mal Ärger mit der Polizei gehabt hatte, würde sie ihn aufscheuchen. Es war einen Versuch wert.

Sie setzte sich wieder und griff nach einem Brötchen. „Das sind eine ganze Menge Informationen. Damit lässt sich etwas anfangen."

Die Wirtin blickte hoffnungsvoll auf. „Glauben Sie wirklich?"

„Ja, ganz bestimmt."

„Funke sagt, wenn Irena nicht gefunden werden will, finden wir sie auch nicht."

Ihr Zorn auf den versoffenen Polizisten wuchs. Sein Verlust rechtfertigte nicht, dass er seinen Dienst so schlampig versah.

„Ich werde mir die Akte gleich mal anschauen. Dann weiß ich mehr. Stammt Funke eigentlich aus dem Ort?"

„Nein. Er kam vor ein paar Jahren aus Ostdeutschland in den Westerwald. Von der Insel Rügen, glaube ich. Da gab's wohl Ärger, und er ließ sich versetzen.“

Wahrscheinlich war er sturzbetrunken zum Dienst erschienen, dachte sie grimmig. *Hier müsste man mal richtig durchfegen. Dreck in den Ecken gibt's genug.*

„Immerhin hat er es zum kommissarischen Dienststellenleiter gebracht“, sagte Helen.

„Das ist nicht sein Verdienst. Der Posten ist ihm in den Schoß gefallen wie ein reifer Apfel, weil sein Vorgänger Frank Morloch vom Dienst suspendiert wurde. Ich dachte, *Sie* übernehmen seine Arbeit jetzt.“

„Nein. Funke ist mein Chef. Ich bin nur vorübergehend hier. Als Verstärkung sozusagen.“

Die Wirtin räumte den Tisch ab. „Waschen Sie ihm ordentlich den Kopf. Vielleicht hört er auf Sie. Er war mal ein guter Polizist.“

„Ich werde sehen, was ich tun kann, und fahre gleich nach Hachenburg in die Dienststelle. Aber er wird wohl kaum auf meine Ratschläge hören.“

„Ich schätze, um diese Uhrzeit finden Sie ihn eher auf der anderen Seite des Sees in seinem Wohnwagen.“

„Auf dem Campingplatz?“

„Er wohnt dort. In einer Art Wellblechhütte auf Rädern. Sie können es gar nicht verfehlen. Wenn Sie über einen Berg aus leeren Schnapsflaschen stolpern, sind Sie da.“

Helen trank den letzten Schluck Kaffee im Stehen und nahm sich vor, den Rat der Wirtin zu befolgen. Funke hatte eine kleine Abreibung verdient. Er war nicht der Einzige, dessen Leben aus den Fugen geraten war. Kein Grund, sich gehen zu lassen.

12

Sie parkte ihren Wagen auf dem Parkplatz gegenüber der Gaststätte am Nordwestufer des Dreifelder Weihers. Unterhalb der verwaisten Seeterrasse, über die der Wind Herbstlaub und dürre Äste jagte, erstreckte sich eine Liegewiese mit Kinderspielplatz und Sanitäreinrichtungen. Eine ausgefranste DLRG-Flagge flatterte an einem Fahnenmast. Sie folgte dem Kiesweg vorbei an Wohnmobilen und auf Betonsockeln errichteten Wochenendhäusern. Hinter den durch Buchsbaumhecken und Windschutzwände abgegrenzten Hütten lag eine Wiese, auf der quadratische gelbe Flecken aus niedergedrücktem Gras von hastig abgebauten Zelten zeugten. Anfang Oktober neigte sich auch für hartgesottene Naturburschen die Campingsaison dem Ende zu.

In einem Winkel hinter den Müllcontainern stieß sie auf einen alten amerikanischen Trailer. Die gewellte Außenhaut verlieh ihm das Aussehen einer Nissenhütte. Rostflecken hatten sich auf der ehemals silbernen Verkleidung ausgebreitet wie ein Krebsgeschwür. Die Reifen fehlten und die verrosteten Achsen ruhten auf einem Sockel aus Steinplatten. Der Trailer sah aus, als hätte er sich seit Jahren nicht vom Fleck gerührt. Und er würde sich vermutlich erst wieder zu einer letzten Fahrt Richtung Schrottplatz in Bewegung setzen.

Es gab keine Klingel oder Namensschild. Sie schlug mit der flachen Hand gegen die Blechtür. „He, Funke! Sind Sie zu Hause?"

Nach endlosen Minuten, als sie gerade entschieden hatte, nach Hachenburg ins Präsidium zu fahren, öffnete Funke die Tür. „Welcher böse Geist führt Sie denn hierher?", fragte er heiser.

Sie erschrak. Funke war bleich wie der Tod und stierte sie aus blutunterlaufenen Augen an. Er trug ein T-Shirt mit dem Aufdruck ‚Fuck the Police' und Boxershorts. Aus dem Wohnwagen zog abgestandene Luft ins Freie, angereichert mit Zigarettenqualm, dem sauren Gestank von Schweiß und Alkoholdunst.

„Ich wollte Sie zu einem Morgenspaziergang am See einladen", sagte sie. „Sieht aus, als könnten Sie frische Luft gebrauchen."

Er fuhr sich mit den Händen durch das strubbelige dunkle Haar und verschwand wortlos im Inneren des Trailers.

„War das jetzt ein Ja oder ein Nein?", rief sie. „Ich will mir noch mal den Zulauf zum See anschauen. Ich glaube nicht, dass der Täter die Leiche auf den See hinausgerudert und dann versenkt hat." Sie wartete auf eine Antwort. „Funke?"

„Können Sie warten, bis ich mich angezogen habe, oder soll ich mir Ihre Mordtheorien in der Unterhose anhören?", rief er zurück.

Sie verkniff sich eine Bemerkung und sah sich auf dem Campingplatz um. Die meisten Urlauber waren längst abgereist. Ein paar Wochenendgäste harrten noch aus und hofften auf eine Wetterbesserung. Und dann war da noch Ben Funke. Vom Heckfenster seines

Wohnwagens aus genoss man einen ungestörten Blick über den See. Wenn er zum richtigen Zeitpunkt hinausgeblickt hatte, musste er den Täter bei seinem Versuch, die Leiche zu bergen, beobachtet haben. War es ihm einfach nur gleichgültig, was vor seinen Augen geschah? Vermutlich verschwamm alles im Alkoholnebel, was außerhalb seines eng begrenzten Dunstkreises passierte.

Er stieg aus dem Trailer und knallte die Tür hinter sich zu.

„Schließen Sie nicht ab?"

„Da drin ist nichts, was sich zu klauen lohnt."

„Lassen Sie uns noch mal zur anderen Seeseite fahren", schlug sie vor.

Funke zuckte mit den Schultern und rückte seine Baseballkappe zurecht. Dann schob er sich ein Fisherman's Friend hinter die Zähne und klappte den Kragen seiner zerknitterten Cordjacke hoch.

„Von Ihrem Wohnwagen aus hat man einen guten Blick über den See. Haben Sie gestern Morgen nichts bemerkt, als die beiden Jungen die Leiche entdeckten?"

„Nee."

„Sie haben wohl einen guten Schlaf?"

„Kann man so sagen."

Die Fahrt zu der Holzbrücke in der Nähe des Zulaufs zum See dauerte nur wenige Minuten. Sie stellte den Spider am Straßenrand ab und lief über den Rundwanderweg zum Ufer. Funke trottete wie ein ergrauter alter Jagdhund hinter ihr her und schien in seine eigene Welt versunken, wie immer die auch aussehen mochte.

„Unsere Schicht beginnt doch um acht, oder?", fragte sie, als das Schweigen peinlich wurde.

„Ja.“

„Für Sie nicht?“

„Hab ein paar Privilegien. Bin ja so was wie der Chef.“

Nach zehn Minuten Fußmarsch hatten sie die Brücke erreicht. Rechts von ihnen mündete die Wied in die flache Senke, in der im Frühjahr das Wasser angestaut wurde. Links begrenzten Sumpfwiesen und Haselnusssträucher den Zufluss.

„Wie funktioniert die Regulierung des Wasserstands?“, fragte sie.

„Die Wied fließt von Osten her in den See. Am anderen Ende gibt’s ein Schleusenwerk, mit dem der Pegel geregelt wird. Kommen Sie mit.“

Funke folgte einem Fußweg zwischen den Häusern hindurch zur Hauptstraße. Auf der gegenüberliegenden Seite floss ein kleiner Bach durch einen V-förmigen Taleinschnitt und verschwand in einem Betonrohr unter der Straße. Ein Geländer sicherte den Gehweg. „Die Wied wird unterirdisch durch einen Kanal in den See geleitet. Keine große Sache.“

Sie lehnte sich an das Geländer. Der Bachlauf plätscherte träge in seinem Bett und gluckerte in die Öffnung des Kanalrohrs. Die Wied war höchstens zwanzig Zentimeter tief und so schmal, dass man mit einem großen Schritt von einem Ufer zum anderen gelangen konnte.

„Ich hab’s Ihnen doch erklärt. Wie soll da eine Leiche durchpassen?“, sagte Funke.

Nachdenklich kehrte Helen mit ihm zum See zurück. Sie war noch nicht bereit, ihre Theorie aufzugeben. „Wozu dient dieser Schacht?“

Sein Blick folgte dem ihren. Am nördlichen Ende des Holzstegs ragte ein quadratischer Betonklotz aus dem Wasser, der mit einem Gitterrost abgedeckt war.

„Keine Ahnung. Hat wahrscheinlich mit der Regulierung des Wasserstands zu tun.“

Sie beugte sich über das Geländer. „Da unten ist irgendwas.“

Mit den Händen in den Taschen trat Funke neben sie. „Bei Hochwasser verfängt sich da jede Menge Treibgut.“

„Wir müssen nachsehen.“

„Wollen Sie wirklich in den Schlamm runter?“

„Wenn Sie's nicht tun, ja. Vielleicht ist es Ihnen ja egal, ob das Mädchen ertrunken ist oder ermordet wurde. Vielleicht ist es Ihnen auch egal, wenn die Leute Sie für einen Trunkenbold halten, der seinen Job vernachlässigt. Aber die Milics haben ein Recht zu erfahren, was mit ihrer Tochter geschehen ist.“

„Glaub nicht, dass es Irena ist.“

„Ihre Identität spielt doch keine Rolle. Sie war ein Mensch, der gewaltsam zu Tode kam. Es ist unsere Pflicht, ihr Schicksal aufzuklären.“ Sie steckte die Hand in ihre Jackentasche und stopfte sich eine Handvoll Gummibärchen in den Mund. Wütend kaute sie darauf herum.

„Es macht sie trotzdem nicht wieder lebendig“, sagte Funke.

„Sie sind ein hoffnungsloser Fall.“

Er lehnte sich an das Brückengeländer und blickte auf den See hinaus, als ginge ihn dies alles nichts an. „Kann sein“, sagte er.

Fluchend kletterte sie über das Geländer und suchte einen Weg auf den Gitterrost, der den Schacht abdeckte. Funke schlenderte über die Brücke neben ihr her. „Warum nehmen Sie nicht die Leiter dort?", fragte er.

Wütend schwang sie sich wieder auf den Holzsteg. Als Polizist war dieses Wrack untragbar. Welcher Idiot war bloß auf die Idee verfallen, ihn zum kommissarischen Dienststellenleiter zu ernennen? Sie kletterte die Leiter hinunter und sprang auf die Schachtabdeckung. Funke schaute eine Weile zu, wie sie sich mit dem Eisengitter abmühte.

„Ich könnte Hilfe gebrauchen", stieß sie zwischen den Zähnen hervor.

Endlich bequemte er sich, ihr zu Hand zu gehen. Gemeinsam klappten sie den Gitterrost hoch. Helen blickte in den Schacht hinab. An der Betonwand führten Steigeisen in die Tiefe. Am Grund in drei Metern Tiefe schwappte braunes Wasser gegen die Schachtwände. Treibgut, Äste und etwas, das wie ein aufgedunsener Tierkadaver aussah, tanzten auf den Wellen. In einem Gewirr aus dürren Zweigen hatte sich ein metallisch glänzender Gegenstand verfangen, ein Medaillon oder eine Halskette vielleicht.

Helen kletterte in den Schacht hinab. Als ihre Stiefel noch einen Meter von der schmutzigen Brühe entfernt waren, wagte sie einen Blick nach unten. Etwas schwamm in dem brackigen Wasser, erzeugte Blasen an der Oberfläche und durchbrach in diesem Augenblick den Wasserspiegel.

Die Panik kam so plötzlich und unerwartet, dass sie sie nicht mehr abwehren konnte. Sie rutschte von den glitschigen Sprossen ab und fiel. Das Wasser war eiskalt und raubte ihr den Atem. Etwas berührte sie am Arm, glitt über ihr Gesicht und hinterließ eine Spur aus Tod und Verwesung. Jemand schrie. Es dauerte eine Weile, bis sie begriff, dass sie selbst es war, die gellend um Hilfe rief. Sie schlug in der stinkenden Brühe um sich und tastete mit den Füßen vergeblich nach festem Grund. Sie griff nach dem Treibgut, das auf dem Wasser tanzte, fand aber keinen sicheren Halt. Verrottete Äste, Plastikflaschen und etwas Schleimiges, Weiches glitten durch ihre Finger. Das Gewicht ihrer Kleidung zog sie nach unten, sie schluckte Wasser und geriet in Panik. Mit der Furcht kehrten verdrängte Bilder zurück: ein Schacht ähnlich wie dieser, das Grinsen halb verwester Totenschädel, Fingerknochen, die, von der Strömung bewegt, über ihre Wangen fuhren und neugierig nach ihren Augen tasteten.

Plötzlich spürte sie einen Ruck. Jemand packte sie am Kragen ihrer Jacke und zog sie nach oben. Der Albtraum verblasste so schnell, wie er gekommen war.

„He! Keine Panik. Ich hab Sie.“

Sie durchbrach die Oberfläche, rang nach Luft und würgte das faulige Wasser aus ihren Lungen.

„Halten Sie sich fest. Ich zieh Sie raus!“

Funke hielt sich mit einer Hand an einem Steigeisen fest und zog sie mit mehr Kraft, als sie ihm zugetraut hätte, aus dem Wasser. Irgendwie schaffte sie es auf den Gitterrost. Dort erbrach sie die stinkende Brühe. Tief unter ihr schwamm der Kadaver einer Katze auf den Wellen.

„Geht's wieder?“

„Was ... ist passiert?“

„Sie sind abgerutscht und ins Wasser gefallen. Können Sie nicht schwimmen?“

„Wie ein Fisch.“

Er betrachtete sie prüfend. „Ich bringe Sie zu Milic. Sie müssen aus den nassen Sachen raus, ehe Sie sich in der Kälte eine Lungenentzündung holen.“

Alle Kraft hatte sie verlassen. Sie fühlte sich ausgelaugt und tausend Jahre alt, drehte sich auf den Bauch und stöhnte. Der Katzenkadaver glotzte sie mit leeren Augenhöhlen an. Die Übelkeit schoss erneut heiß in ihr hoch, und sie erbrach krampfhaft einen Schwall Seewasser.

„Sie können mich übrigens loslassen“, sagte Funke grinsend.

Zögernd löste sie ihre verkrampften Finger von seinem Jackenärmel.

Er half ihr auf und stützte sie. Gemeinsam humpelten sie zum zweihundert Meter entfernten Gasthof. Funke schleppte sie durch den Hintereingang und die Stiege hinauf zu ihrem Zimmer.

„Ziehen Sie die nassen Sachen aus und duschen Sie heiß.“ Er zog die Tür hinter sich zu. Sie hörte, wie er die Treppe hinunterlief. Ärgerlich wankte sie in das kleine Badezimmer, streifte die durchweichte Kleidung ab und drehte den Wasserhahn der Dusche auf. Sie war wütend und schämte sich, dass er Zeuge ihres Blackouts geworden war. Niemand sollte sie schwach und hilflos erleben. Dieser depressive Dorfpolizist mit seiner verdammten Trägheit schon gar nicht. Sie genoss das saubere, heiße Wasser und schrubbte sich zornig den Schmutz und den Gestank von der Haut, bis sie krebsrot war. Dann schlüpfte sie in einen warmen Bademantel und wickelte ein Handtuch um ihr feuchtes Haar. Bekümmert betrachtete sie die ruinierte Wildlederjacke.

Als sie aus dem Bad kam, stand Funke vor dem Tisch am Fenster und goss eine klare Flüssigkeit aus einer Tonflasche in ein Wasserglas.

„Trinken Sie das. Es wärmt."

Sie nippte an dem Schnaps und verzog das Gesicht. „Ist das Dr. Funkes Allheilmittel?"

Nachdenklich studierte er das Etikett auf der Flasche. „Kann sein. Wenn es das Zeug nicht gäbe, hätte ich es bestimmt erfunden."

„Sind Sie jetzt zufrieden?" Sie rubbelte ihr Haar trocken.

„Ich verstehe nicht."

„Sie wissen doch alle Bescheid. Haffner, Harder und der Rest der Truppe. Man hat mich in dieses Nest versetzt, weil ich einen Sprung in der Schüssel habe, seit dieses Arschloch mich in seiner Gewalt hatte. Geben Sie zu, Sie haben doch nur darauf gewartet, dass ich durchdrehe oder mich benehme wie eine hysterische Kuh."

„Sie werden einen Weg finden, damit klarzukommen."

Sie starrte ihn wütend an. „Ist das Ihr Rat? Soll ich anfangen zu trinken? Wovor laufen *Sie* eigentlich davon?"

Er stellte die Flasche auf den Tisch zurück und schraubte den Verschluss zu. „Von mir erfährt keiner etwas. Ihr kleiner Aussetzer bleibt unter uns."

„Sie haben meine Frage nicht beantwortet. Ich finde es einigermaßen umständlich, sich zu Tode zu saufen.

Warum jagen Sie sich nicht einfach mit Ihrer Dienstwaffe eine Kugel in den Kopf?", fragte sie beharrlich.

„Und Sie? Wovor haben Sie solche Angst?", konterte er.

Sie knallte das Glas auf den Tisch. Schnaps spritzte heraus. „Wissen Sie was, Funke? Sie können mich mal. Sie und dieses beschissene Provinzkaff!"

Sie stürmte ins Bad und zog frische Sachen an. Der Gestank des schmutzigen Seewassers schien noch immer in ihrem Haar zu schweben. Als sie in ihr Zimmer zurückkehrte, stand Funke am Fenster und blickte auf den See hinaus. Es hatte erneut zu regnen begonnen.

„Er ist wieder da", sagte er.

Sie folgte seinem Blick. Sie kniff die Augen zusammen, um besser sehen zu können. „Was ist das?"

„Ein Hund."

„Jedes Wort muss man Ihnen aus der Nase ziehen. Was für ein Hund?"

„Ein Golden Retriever. Hab ihn gestern Nachmittag schon beobachtet. Dachte zuerst, er gehört jemandem aus dem Ort. Ist aber nicht so. Am Abend war er wieder da."

„Und was macht der blöde Hund da im Matsch? Eine Schlammpackung nehmen, damit sein Fell besser glänzt?"

„Er wartet."

„Warten? Worauf?"

Funke drehte sich um und ging zur Tür. „Auf seine Besitzerin."

Sie beeilte sich, ihn einzuholen. „Sie glauben, er gehört dem toten Mädchen."

„Ja."

„Warum haben Sie das nicht schon früher gesagt? Reden Sie auch mal mehr als drei Worte am Stück?“

„Selten.“ Er zog eine Kette mit einem Medaillon aus der Jackentasche. „Hier. Deshalb sind Sie in den Schacht geklettert.“

Sie ließ die goldene Kette mit dem halbmondförmigen Anhänger durch die Finger gleiten. „Was ist das?“

„Sagen *Sie* es mir.“

„Sieht aus wie eines dieser Schmuckstücke, die sich Verliebte schenken. Sie wissen schon, die beiden Hälften passen genau ineinander und ergeben ein Ganzes.“

„Yin und Yang.“

„Ja.“ Sie schaute auf. „Sie wollen doch nicht wieder in den Matsch hinaus?“

„Sie klettern in diesen dämlichen Schacht und haben Angst vor ein bisschen Schlamm?“

Sie blickte auf ihre neuen Stiefeletten, biss die Zähne zusammen und polterte hinter ihm die Treppe hinunter. „Ich werde mir meine Schuhe ruinieren. Haben Sie überhaupt eine Vorstellung, was die gekostet haben?“

„Kommen Sie mit.“

Von Milic lieh sie sich ein Paar Gummistiefel. Funke war bereits im See. Sie beeilte sich, ihn einzuholen.

Der Hund rührte sich nicht vom Fleck. Er saß regungslos an der Fundstelle der Leiche. Seine schwarze Knopfnase zitterte leicht, als nähme er eine Witterung auf.

„Brauchen Sie nicht eine Leine oder so was?“, fragte sie atemlos, als sie zu Funke aufgeschlossen hatte.

„Nein.“

Der Hund hob den Kopf, als Funke sich näherte, und musterte ihn aufmerksam. Es war ein Golden Retriever, wie er vermutet hatte. Sein Fell war verfilzt und kotig und mit Schlamm und Kletten verkrustet. Am linken Ohr und der Schnauze klebte eingetrocknetes Blut. Funke blieb vor dem Hund stehen, versenkte die Hände in den Taschen seiner scheußlichen Cordjacke und betrachtete ihn eine Weile stumm.

„Hast ne ganz schöne Reise hinter dir. Was, mein Junge?", fragte er dann.

Der Hund wuffte, als wolle er die Vermutung bestätigen. Er schnüffelte an Funkes Handrücken und ließ sich dann bereitwillig hinter den Ohren kraulen.

„Sie wird nicht wiederkommen. An deiner Stelle würde ich mir ein neues Zuhause suchen."

Ein leises Winseln.

„Ja, es ist ein Jammer. Ich kenn so was."

Helen machte einen Schritt auf den Hund zu und rutschte im Schlick aus. Der Retriever fuhr herum und knurrte leise.

„Glauben Sie, er hat den Mord beobachtet?"

„Wollen Sie ihn als Zeugen vernehmen? Ich schätze, er wird die Aussage verweigern."

Sie ruderte mit den Armen in der Luft, um in dem knöcheltiefen Matsch nicht das Gleichgewicht zu verlieren.

Funke redete mit ruhiger Stimme auf den Hund ein. „In meinem Trailer ist es trocken und warm. Ein paar Tage könnten wir beide es zusammen aushalten. Was meinst du?"

Der Retriever erhob sich auf alle viere, winselte leise und setzte sich wieder, als könne er sich nicht entschließen. Funke drehte sich um und ging auf das Ufer zu. „Deine Entscheidung. Überleg nicht zu lange."

Ungläubig beobachtete sie, wie der Hund zögernd aufstand und Funke folgte.

„Na also. Tut doch gar nicht weh." Zum ersten Mal sah sie ihn lächeln.

„Wollen Sie ihn etwa behalten?"

„Mal sehen."

„Sie können gut mit Tieren umgehen."

Er zuckte mit den Schultern. „Sie kommen immer zu mir, Hunde und kleine Kinder."

„Wenn er wirklich der Toten gehört hat, könnte er uns zum Mörder führen."

„Ja, könnte er."

„Haben die Wirtsleute einen Hund?"

„Nein. Milic mag keine Hunde."

„Dann ist das Mädchen aus dem See nicht Irena Milic."

„Eher unwahrscheinlich."

„Dann haben die Jungen, die die Leiche entdeckt haben, keinen Wolf beobachtet, sondern den Hund", sagte Helen.

„Kann sein. Vielleicht hat der Täter ihn verjagt, als er versuchte, die Leiche zu bergen und an einem sicheren Ort zu vergraben."

Sie blieb stehen. „Das hört sich an, als hielten Sie meine Mordtheorie plötzlich nicht mehr für ausgemachten Blödsinn."

„Hab ich nie behauptet. Als Sie in den Schacht kletterten, ist mir eingefallen, dass wir vor sechs Wochen extremes Hochwasser hatten. In kurzer Zeit traten Bäche und Flüsse über die Ufer.“

„Dann könnte die Leiche doch in den See gespült worden sein?“

„Möglich. Die Frage ist nur: *Wo* wurde sie in die Wied geworfen? Die Quelle ist ganz in der Nähe. Wenn Ihr Serienkiller so schlau ist, wie Sie behaupten, wieso wirft er sein Opfer in so ein Rinnsal?“

„Weil er sich hier nicht auskennt. Vielleicht bringt die Obduktion uns weiter“, sagte Helen.

Funke drehte sich überrascht zu ihr um.

„Ich habe gestern Ihren kleinen Deal mit Dr. Winkler beendet. Die Leiche liegt in der Gerichtsmedizin in Koblenz.“ Sie kramte nach ihrem Autoschlüssel. „Begleiten Sie mich doch. Dann sehen Sie mal etwas anderes als Matsch und Kuhscheiße.“

„Das wird Haffner nicht gefallen.“

„Das wird Haffner nicht gefallen“, äffte sie ihn nach. „Warum haben Sie solche Angst vor ihm? Sie sind der Polizeichef!“

Er stieg die Uferböschung hoch. Der Hund hielt sich dicht an seiner Seite. „Sie verstehen das nicht.“

„Dann erklären Sie es mir.“

Er seufzte. „Dieser Job ist das Letzte, was mir bleibt. Jenseits davon wartet das Delirium tremens.“

„Und was hat Haffner damit zu tun?“

„Er sorgt dafür, dass ich meinen Job behalte.“

„Wie macht er das? Ich meine, er ist nicht gerade Kriminalrat oder Innenminister.“

„Unterschätzen Sie ihn nicht", antwortete Funke. „Haffner hat gute Verbindungen in die Politik. Und zwar bis ganz oben."

„Machen Sie Ihre Arbeit und hören Sie mit der Sauferei auf. Dann kann er Ihnen den Buckel runterrutschen."

Er schob seine Baseballkappe in den Nacken. „Ja. Alles ganz einfach. Danke für den Tipp."

Sie schloss ihren Wagen auf und musterte die dreckverschmierten Pfoten des Retrievers.

„Was machen wir mit dem Hund?"

Funke öffnete die Beifahrertür. „Er kommt mit."

13

Helen nieste und warf einen argwöhnischen Blick in den Rückspiegel. Der Hund hatte sich auf der alten Wolldecke zusammengerollt, die gewöhnlich im Kofferraum lag. Sein Kopf ruhte auf den Vorderpfoten. Aufmerksam beobachtete er seine Umgebung.

„Wieso bringen Sie ihn nicht ins Tierheim?", fragte sie.

„Weil ich das Gefühl habe, dass er uns weiterhelfen wird."

„Ist er auf eine heiße Spur gestoßen? Ich hoffe, er hat Ihnen seinen Polizeihundeausweis gezeigt." Sie nieste wieder und rieb sich die tränenden Augen.

„Er ist bestens ausgebildet. Reagieren Sie allergisch auf Hunde?"

Sie schniefte und warf dem Retriever einen wütenden Blick zu. „Ja. Besonders auf verdreckte Köter, die stinken, als wären sie in eine Jauchegrube gefallen."

Der Hund winselte leise.

„Er ist ein hübscher Kerl. Warten Sie ab, bis er gebadet und sich schick gemacht hat."

„Immerhin trägt er ein Halsband."

„Mm-mh. Aber keine Hundemarke. Es wird schwierig, ihn zu identifizieren. Ich schätze, seine Pfotenabdrücke sind nirgendwo registriert."

„Zumindest ist er nicht verheiratet."

„Wohl eher nicht.“

„Und er lebt auf der Straße.“

„Sieht so aus.“

„Und Sie?“

„Was ist mit mir?“

„Na ja … Sie wohnen auch nicht gerade in einem Penthouse.

„Nein.“

Immer wieder lenkte sie das Gespräch vorsichtig auf seine Vergangenheit, aber Funke gab sich wortkarg. Während der knapp einstündigen Fahrt nach Koblenz gelang es ihr nicht, ihm ein noch so kleines Geheimnis zu entlocken. Eher hätte sie den Hund zum Reden gebracht. Schließlich überquerten sie den Rhein auf der Pfaffendorfer Brücke und quälten sich durch den morgendlichen Berufsverkehr. Helen stellte den Spider in einer Parkbucht vor dem Polizeipräsidium ab. Funke stieg aus und lockte den Hund aus dem Wagen.

„Sie wollen den Köter doch nicht etwa in die Pathologie mitnehmen?“

„Warum nicht? Er ist ein wichtiger Zeuge.“

„Bei der ersten Gelegenheit wird er abhauen. Sie haben nicht einmal eine Leine!“

„Er braucht keine Leine.“ Funke ging auf den Haupteingang des Präsidiums zu. Der Retriever folgte ihm wie ein Schatten.

„Wie macht er das?“ Kopfschüttelnd beeilte sie sich, die beiden einzuholen.

An der Pforte meldete sie sich bei dem zuständigen Gerichtsmediziner an. Als sie sich der Pathologie im Kellergeschoss näherten, wurde der Hund unruhig. Plötzlich rannte er den Gang entlang, sprang an der

Doppeltür zum Obduktionssaal hoch und kratzte jaulend mit den Pfoten an der Milchglasscheibe.

„Ich hab Ihnen doch gesagt, dass er nicht auf Sie hören wird."

„Wenigstens wissen wir jetzt, wer seine Besitzerin ist", antwortete er. „Das ist alles, was ich von ihm erfahren wollte."

Sie biss sich auf die Lippen. Dieser Punkt ging an Funke, der den Retriever hinter den Ohren kraulte und beruhigend auf ihn einredete.

„Bringen Sie ihn zum Wagen zurück. Er wird nur Ärger machen."

„Wird er nicht."

Der Hund wuffte und setzte sich brav auf die Hinterpfoten.

„Sie sind genauso stur wie dieser Köter."

Sie drückte die Tür zum Obduktionssaal auf. Dr. Bischoff erwartete sie bereits, Helen machte ihn mit Funke bekannt. In dem kalten Neonlicht wirkte sein Gesicht wächsern wie das einer Leiche.

„Wenn Sie nach Ihrem hochprozentigen Frühstück hier umkippen, warten Sie lieber draußen bei Ihrem neuen Freund", raunte sie ihm zu.

Funke schob sich ein Fisherman's Friend in den Mund. Sein Blick ruhte auf einem grünen Laken, unter dem sich die Umrisse eines menschlichen Körpers abzeichneten.

Helen näherte sich dem Obduktionstisch. „Passt sie in das Schema?"

„Ohne Zweifel", antwortete Dr. Bischoff. „Aber der Fall Maskenmann ist abgeschlossen. Wenn ich richtig informiert bin, waren Sie selbst an seiner Verhaftung beteiligt, Frau Stein."

„Und wenn wir den Falschen erwischt haben?"

„Starbacher ist nicht dieser Meinung."

„Sie wissen genauso gut wie ich, unter welchem Druck er stand. Halten wir uns doch einfach an die Fakten."

Bischoff blätterte in seinem Obduktionsbericht. „Ich habe kein Wasser in ihrer Lunge gefunden. Sie ist also nicht ertrunken. Da sie mindestens zwei Wochen im Wasser gelegen hat, konnten wir keine verwertbaren Spuren oder fremde DNA mehr isolieren. Die Todesursache jedoch ist eindeutig. Das Zungenbein ist gebrochen. Man sieht noch deutlich den Abdruck der Strangfurche an der Kehle. Das Mädchen wurde brutal und mit großer Kraft erdrosselt – wahrscheinlich mit einer Schnur oder einem Seil."

„Mit demselben Mordwerkzeug wie die anderen?"

„Das lässt sich nicht mit Sicherheit feststellen. Möglich ist es. Die Vorgehensweise des Täters scheint exakt die gleiche zu sein."

Bischoff schlug das Laken zurück. Helen unterdrückte den Würgereiz. Das grelle Kunstlicht enthüllte jedes grausige Detail der Wasserleiche.

„Zum Zeitpunkt ihres Todes war sie fünfzehn bis achtzehn Jahre alt", erklärte der Pathologe. „Wir haben keine auffälligen Narben oder sonstigen unveränderbaren Kennzeichen entdeckt. Die Epidermis ist bereits zu stark beschädigt. Ihre Zähne sind gut gepflegt worden – keine Füllungen oder Lücken. Möglicherweise hat sie nie einen Zahnarzt aufgesucht."

„Das erschwert die Identifikation." Helen warf Funke einen raschen Seitenblick zu. Er wankte und sah aus, als wäre er einem Gespenst begegnet. Gestern Morgen am See war er nicht so empfindlich gewesen.

Bischoff deutete auf den Stummel des linken Unterarms. Ein bleicher Knochen ragte aus dem verwesenden Fleisch. „Die Hand wurde fachmännisch mit einem scharfen Werkzeug abgetrennt. In ihrem Magen fanden wir Reste einer vegetarischen Mahlzeit."

„Wie bei den anderen Opfern", bestätigte Helen.

Funke beteiligte sich mit keinem Wort an der Unterhaltung. Krampfhaft starrte er auf das tote Mädchen, als hätte er verlernt, seine Pupillen zu bewegen.

„Er hat seinen Aktionsradius nach Nordosten verlegt", sagte Helen.

Bischoff nickte. „Wäre möglich. Wenn Sie richtig liegen mit Ihrem Verdacht, ist ihm im Mittelrheintal der Boden unter den Füßen zu heiß geworden. Vielleicht glaubt er sich auf dem Land sicherer."

„Oder sein Opfer hat ihn in den Westerwald geführt." Sie bemerkte aus dem Augenwinkel, wie Funke an einen Tisch herantrat und den Inhalt eines Plastikbeutels untersuchte.

„Ist das die Kleidung der Toten?", fragte er.

„Alles, was sie am Leib trug", bestätigte Bischoff.

Funke erwachte explosionsartig aus seiner Lethargie. Er zerrte hektisch an dem Beutel und zerriss das durchsichtige Plastik.

„He! Das sind Beweisstücke. Gehen Sie bitte vorsichtig damit ..."

Funke hielt ein Paar Laufschuhe der Marke Reebok in den Händen. „Woher haben Sie die?"

„Wie ich bereits sagte, die Tote ...“

„Sie lügen. Das ist unmöglich!“ Funke ließ die mit Blut und Dreck verkrusteten Schuhe fallen und ging auf Bischoff los. Ehe Helen eingreifen konnte, hatte er den Arzt am Kragen gepackt und drückte ihn gegen einen Schrank. Scheppernd stürzte ein Edelstahlwagen mit Skalpellen und Zangen um.

„Woher stammen die Schuhe?“

„Funke! Sind Sie verrückt geworden? Lassen Sie ihn los!“

Auf dem Korridor begann der Hund nervtötend zu bellen und sprang an der Glastür hoch.

„Die Wahrheit! Woher haben Sie die Schuhe?“

Sie sprintete um den Obduktionstisch herum. Funke presste seinen Unterarm gegen Bischoffs Kehle und drückte ihm die Luftröhre zu.

„Hören Sie auf damit, Sie Idiot!“ Sie zerrte an seiner Jacke, aber es gelang ihm nicht, ihn vom Bischoff zu trennen. „Funke!“

So plötzlich, wie der Wutausbruch über ihn gekommen war, so abrupt verschwand er wieder. Funke ließ von dem Pathologen ab, griff sich an die Schläfen, als erwarte er einen Migräneanfall, und wankte aus dem Obduktionssaal.

„Alles in Ordnung?“

Bischoff rieb sich die schmerzende Kehle. „Wie kommen Sie dazu, einen gemeingefährlichen Irren hier hereinzuschleppen? Der Kerl gehört in die geschlossene Psychiatrie!“

„Ich weiß nicht, was mit ihm los ist. Ich glaube, er ... er hat ein paar Probleme.“

„Er wird gleich noch mehr bekommen.“

Helen hob das Paar Reeboks auf. Es waren normale Turnschuhe, wie sie zu Tausenden verkauft wurden. Auf die Fersenkappen hatte jemand mit einem wasserfesten schwarzen Stift zwei Worte geschrieben:

Nora ... rennt.

Bischoff griff zum Telefonhörer. „Ich werde diesen Idioten anzeigen. Die interne Ermittlungsstelle soll sich mit ihm beschäftigen."

„Warten Sie bitte. Ich ... es tut mir leid. Ich entschuldige mich für sein Verhalten."

Der Pathologe wählte unbeeindruckt weiter. „Wollen Sie wirklich verantworten, dass dieser Verrückte mit einer Waffe draußen herumläuft? Der Kerl hat bei der Polizei nichts verloren."

„Lassen Sie mich mit ihm reden. Ich bin sicher, er hat einen Grund für seinen Ausraster."

Bischoff blickte sie finster an und lauschte auf das Freizeichen.

„Bitte. Die Ergebnisse der Obduktion werden nicht ausreichen, um die Ermittlungen wiederaufzunehmen. Ich brauche Funke, um weitermachen zu können."

Zögernd legte er auf. „Dann sorgen Sie dafür, dass er nie wieder seine Nase in mein Institut steckt."

„Danke." Sie stellte die Schuhe zurück. „Es tut mir wirklich leid. Schicken Sie bitte eine Kopie Ihres Berichts an die Polizeiinspektion in Hachenburg."

„Klären Sie das mit Starbacher und bitten Sie *ihn* um eine Abschrift."

„Die Tote wurde in Dreifelden gefunden. Also ist die Dienststelle Hachenburg zuständig. Da es offiziell keine Verbindung zu den Serienmorden gibt, sehe ich keinen Grund, die SoKo hinzuzuziehen ... noch nicht, jedenfalls."

„Sie spielen ein gefährliches Spiel, Frau Stein."

„Ja, das ist mir bewusst." Eilig verließ sie die Gerichtsmedizin. Von Funke und dem Hund fehlte jede Spur. Ungeduldig drückte sie auf den Liftknopf. Nach einer Ewigkeit glitten die Türen auseinander.

Starbacher versperrte ihr mit seinem Rollstuhl den Weg und funkelte sie wütend an. „Was wird das hier, Helen? Du solltest eine amtlich verordnete Auszeit nehmen! Und was tust du? Du bist keine zwei Stunden im Westerwald und stolperst schon über eine Leiche."

„Ich mache nur meine Arbeit. Der Fall fällt in unseren Zuständigkeitsbereich."

Er trieb seinen Rollstuhl auf sie zu und hielt dicht vor ihr an. „Wo ist Funke, dieser Idiot?"

„Ich weiß es nicht. Er ist ..."

„Wie kommt er dazu, einen angesehenen Pathologen anzugreifen? Ist er total übergeschnappt?"

„Du weißt Bescheid."

„Schlechte Neuigkeiten verbreiten sich schnell. Bischoff hat mich gerade eben angerufen ... noch inoffiziell."

„Okay. Ich kümmere mich um Funke. Er wird keinen Unsinn mehr anstellen."

Ärgerlich kniff Starbacher die Augen zusammen. „Ich hatte gehofft, dein Einfluss würde ihm klar machen, wie dicht er schon über dem Abgrund schwebt. Sieht so aus, als hätte ich mich geirrt."

„Bitte, Georg. Du hast nichts gehört und nichts gesehen. Ich brauche Funke."

„Deine Jagd nach dem Maskenmann wird langsam zur fixen Idee. Helen. Ich frage mich, ob es die richtige Entscheidung war, dich in den Westerwald zu schicken.“

„Bischoff hat gerade bestätigt, dass wir es mit einem weiteren Opfer desselben Täters zu tun haben.“

„Und wenn es so wäre, spielt es für dich keine Rolle. Du wirst dich aus dem Fall raushalten. Die ZKI übernimmt. Und bestell Funke einen schönen Gruß von mir. Wenn er noch mal so ausrastet, wird er keine Pension mehr haben, um sie zu versaufen. Gefälligkeiten aus alter Freundschaft haben ihre Grenzen.“

„Und wenn er mir gefolgt ist?“, fragte Helen trotzig.

Starbacher seufzte. „Der Maskenmann? Warum sollte er das tun?“

„Es ist nur so ein Gefühl. Was ist, wenn er gefasst werden will? Die meisten Serientäter kommen an diesen Punkt. Vielleicht will er mir auch beweisen, dass er gerissener und härter ist als ich, und sich einen Wettstreit mit mir liefern. Das könnte der Grund sein, warum er mich freigelassen hat. Um mit mir zu spielen.“

„Egal, was er vorhat. Du hältst dich da raus, ist das klar?“

„Du gehst also auch davon aus, dass er lebt.“

„Ich gehe von gar nichts aus.“ Unwillig rollte er seinen Stuhl vor und zurück. „Du bist offiziell von dem Fall abgezogen. Wenn Kiesner erfährt, dass du gegen seine Anordnung weiter ermittelst, bist du erledigt. Dann kann auch ich dir nicht mehr helfen.“

„Funke wird die Ermittlungen führen.“

„Dazu ist er nicht in der Lage. Du siehst doch, was mit ihm los ist.“

„Vielleicht unterschätzt du ihn. Ich schlag dir einen Deal vor. Gib ihm noch eine Chance. Ich sorge dafür, dass er trocken bleibt.“

Starbacher stieß pfeifend den Atem aus „Wenn die Sache schiefgeht, kann ich dir nicht helfen. Du bist auf dich allein gestellt“

„Damit kann ich leben“, antwortete sie lächelnd. Die Abmachung galt also. Sie beugte sich vor und schmatzte Starbacher einen Kuss auf die Stirn. „Du hast was gut bei mir.“

Bevor er ihr den Vorschlag ausreden konnte, schlüpfte sie in den Aufzug und fuhr hinauf ins Erdgeschoss. Draußen tobte ein heftiger Platzregen. Obwohl sie die hundert Meter zu ihrem Wagen im Sprint zurücklegte, war sie bis auf die Knochen durchnässt, als sie dort ankam.

Funke hatte unter einer Platane Schutz gesucht, rauchte und starrte auf den Rhein. Der Fluss schien in dem prasselnden Regen zu kochen. Als er sie bemerkte, trat er die Kippe aus und ging zu ihrem Wagen. Der Hund schüttelte das Regenwasser aus dem Fell und sprang auf den Rücksitz, Funke nahm stumm auf dem Beifahrersitz Platz. Der Retriever verströmte den typischen Geruch eines nassen Hundes.

„Fahren wir zurück?“, fragte Funke, als sei nichts geschehen.

„Nicht bevor Sie mir erklären, was mit Ihnen los ist.“

Der Retriever richtete sich auf und spitzte die Ohren. Funke antwortete nicht.

„Sie zeigen nicht das geringste Interesse an diesem Fall, aber als Sie diese vergammelten Turnschuhe sehen, rasten Sie völlig aus. Erst kriechen Sie vor Haffner wie ein Leibeigener vor dem Landgraf, damit Sie Ihren Job nicht verlieren, und nun greifen Sie im Präsidium einen Pathologen tätlich an. Warum lassen Sie Ihre Dienstmarke nicht gleich hier? Starbacher tobt. Ich konnte ihn nur mit Mühe davon abhalten, die interne Ermittlung einzuschalten. Sie wissen, was das heißt?"

Funke starrte stumm geradeaus.

Sie hob in einer hilflosen Geste die Hände. „Eine Erklärung? Aber nein, warum sollte ich eine Erklärung von Ihnen fordern?" Zornig fummelte sie den Schlüssel ins Zündschloss.

„Wieso regen Sie sich auf? Ich kann Ihnen doch völlig gleich sein."

„Das sind Sie auch, verdammt! Aber ich brauche Sie, um diesen Irren zu schnappen. Geht das nicht in Ihren Dickschädel?"

„Tut mir leid."

„Tut mir leid, tut mir leid", äffte sie ihn nach. „Woher kennen Sie überhaupt Starbacher?"

„Er kam mit mir neunundachtzig in den Westen, nachdem die Mauer gefallen war."

„Er wollte, dass ich ein Auge auf Sie habe", sagte sie, „und jetzt kenne ich auch den Grund dafür. Sie sind vollkommen verrückt. Ich frage mich, welchen Narren er an Ihnen gefressen hat."

Sie drehte den Zündschlüssel, aber der Motor gab orgelnde Geräusche von sich. Wütend schlug sie auf das Lenkrad. „Scheiße!"

Der Retriever bellte. Helen nieste und hielt sich die Ohren zu. „Und schaffen Sie endlich dieses Vieh aus meinem Wagen."

Funke strich dem Hund beruhigend über das Fell. „Sie wollten ja unbedingt, dass ich mitkomme."

„Da wusste ich auch noch nicht, dass Sie ein Psychopath sind." Sie versuchte noch einmal vergeblich, den Motor zu starten. Der Wolkenbruch nahm an Intensität noch zu. Das Wasser floss sturzbachartig an der Windschutzscheibe herab. Sie hatte das Gefühl, in einem Aquarium zu sitzen. Sie ließ sich in den Sitz zurückfallen. „Versuchen wir etwas anderes. Nora … rennt. Wer ist Nora?"

Funke blieb stumm. Der Regen trommelte auf das Wagendach.

Sie seufzte. „Okay, passen Sie auf. Ich will den Serienmörder finden, und Sie wollen Ihren Job behalten. Helfen wir uns also gegenseitig."

„Was gewinne ich dabei?"

„Starbacher wird sich für Sie einsetzen, aber Sie müssen sich zusammenreißen. Also keine Herrengedecke mehr zum Frühstück und keine Angriffe auf Pathologen. Außerdem wäre es hilfreich, wenn ich alles weiß, was Sie wissen. Wer ist Nora?"

„Nora ist … war meine Tochter."

„Ich verstehe." Deshalb war Funke bleich wie ein Gespenst gewesen. Gestern Morgen am See hatte er das Undenkbare noch von sich fernhalten können, aber im grellen Neonlicht des Obduktionssaals konnte er die Wahrheit nicht mehr leugnen. Die Wirtin hatte erwähnt, dass er seine Tochter verloren hatte, aber ihren Namen nicht genannt.

„Sie glauben, das tote Mädchen aus dem See ist Nora."

„Ich weiß es nicht. Es wäre möglich. Sie haben ja selbst gesehen, in welchem Zustand die Leiche ist."

„Wollen Sie darüber reden?“

„Nein.“

Nervös suchte sie nach den richtigen Worten. Plötzlich kam ihr Funke verletzlich und schwach vor. „Ist das der Grund, warum Sie trinken?“

„Kann schon sein.“

„Als ich dreizehn war, habe ich meine kleine Schwester verloren“, sagte sie. Der Regen prasselte wie Gewehrfeuer auf das Wagendach. „Glauben Sie mir, ich weiß, was Sie durchmachen.“

„Kann ich mir nicht vorstellen.“

„Sie sind ein sturer Hund, wissen Sie das?“

„Ja.“

„Sie müssen eine DNA-Probe abgeben.“

„Ja. Das wär wohl das Beste.“

„Ich ... ich kann verstehen, dass Sie mit mir nicht über den Tod Ihrer Tochter sprechen wollen. Aber ...“

„Aber wenn sich herausstellt, dass die Tote Nora ist, gehört sie vielleicht zu den Opfern Ihres Serienkillers. Und ich habe möglicherweise wichtige Informationen für Sie.“

„Er wird nicht aufhören. Und die Abstände zwischen den Verbrechen werden kürzer.“

„Er befindet sich in der heißen Phase“, bestätigte er.

„Sie könnten helfen, weitere Morde zu verhindern.“

Funke wandte ihr sein Gesicht zu. In diesem Augenblick sah er aus wie ein Hundertjähriger, der weiß, dass er zu lange gelebt hat. Donnergrollen zog über den stumpfen bleigrauen Herbsthimmel. Der Regen hämmerte auf den kleinen Spider ein, als wolle er ihn und seine Insassen zertrümmern und in den Rhein spülen.

Funke zog eine Miniflasche Cognac aus der Innentasche seiner zerschlissenen Cordjacke.

„Wenn Sie das jetzt trinken, gehe ich ins Präsidium und bitte Starbacher, Ihre Suspendierung zu beantragen“, sagte Helen.

„Viel Spaß dabei.“

„Verdammt noch mal. Das ist Ihre letzte Chance, Funke. Begreifen Sie das nicht? Wenn Sie nicht mit der Sauferei aufhören, verlieren Sie Ihren Job.“

Er schien einen Moment zu überlegen, dann schraubte er mit zitternden Fingern die Flasche zu.

„Nora verschwand vor ziemlich genau einem Jahr“, begann er.

„Was war sie für ein Mensch?“

„Ein aufgewecktes, wissbegieriges dreizehnjähriges Mädchen. Sie war sehr sportlich und liebte es, zu laufen. Viermal die Woche trainierte sie in unserem Sportverein.“

„Nora ... rennt.“

„Das war so eine Marotte bei den Kids im Verein. Einer machte den Anfang und schrieb einen Spruch auf seine Laufschuhe. Damit steckte er die anderen an.“

„Sie haben die Reeboks sofort wiedererkannt.“

„Ja. Nora liebte die Natur über alles. Sie schwärmte nicht für Pferde, wie es viele Mädchen in ihrem Alter tun, sondern zeigte echtes Interesse an Tieren und Pflanzen. Sie wusste Dinge, sage ich Ihnen, davon hatte ich noch nie gehört. Und ich war nicht immer ein Misanthrop, der sich nicht für andere Menschen interessiert und sich langsam zu Tode säuft. Nora und ich ... wir hatten eine ganz spezielle, einmalige Beziehung, fast telepathisch.“

„Mädchen in ihrem Alter himmeln häufig ihre Väter an."

„Nein, das war es nicht. Freundschaft trifft es besser. Wir achteten und respektierten uns und kamen ohne Worte aus. Wir genossen es einfach, zusammen zu sein. Wissen Sie, was ich meine?"

„Ja. Topf und Deckel."

„Nora war für ihre dreizehn Jahre ungewöhnlich reif. Ich meine nicht unbedingt in sexueller Hinsicht. Sie begriff die Welt in einer Tiefe, wie sie sich den allermeisten Menschen nie erschließt. Sie war etwas wirklich Besonderes. Hätten Sie sie gekannt, wüssten Sie, was ich meine. Sie war so lebendig, immer präsent im Hier und Jetzt. Sie nahm das Leben mit einer Intensität wahr, wie es nur wenigen gegeben ist."

„Sie mögen die Menschen nicht."

„Die meisten sind Arschlöcher."

„Nicht alle."

„Hab ich auch nicht gesagt. Aber es gibt ne Menge."

„Was ist passiert?"

„Wir unternahmen oft Streifzüge durch die Gegend, lange Wanderungen. Nora sammelte Pflanzen und fotografierte heimische Tiere. Sie hatte ein unglaubliches Talent, sie aufzuspüren."

„Das hat sie wohl von Ihnen geerbt." Sie warf einen Blick auf den Retriever, der Funkes Stimme gebannt zu lauschen schien.

„Ich begleitete sie, weil ich nicht wollte, dass sie alleine im Wald unterwegs war. Bei einem ihrer Streifzüge hatte sie sich das Handgelenk gebrochen, als sie einen Steilhang hinabgestürzt war. Wir unternahmen Kanufahrten auf der Nister und kletterten in alten

Basaltsteinbrüchen herum, um seltene Blumen oder Eidechsen zu fotografieren. Die gemeinsamen Erfahrungen und Erlebnisse schweißten uns zusammen. Ich denke heute, meine Frau wurde zunehmend eifersüchtig, weil sie sich ausgeschlossen fühlte."

„Warum kam sie nicht einfach mit?"

„Weil sie nicht verstand, was zwischen Nora und mir passierte. Außerdem ist sie nicht der Typ, der sich gerne die Schuhe schmutzig macht."

„Verstehe."

Funke schwieg eine Weile, bevor er fortfuhr. So als müsse er Kraft sammeln für das, was folgen sollte.

„Am 23. September vor einem Jahr unternahmen Nora und ich eine Wanderung entlang der Nister. Das ist der kleine Fluss unterhalb von Hachenburg. Nora wollte Wasserpflanzen für ein Schulreferat sammeln. Nördlich der Stadt fließt die Nister in der Nähe des alten Erzbergwerks durch eine felsige Schlucht. Es gibt dort Stromschnellen, die bei Hochwasser eine gefährliche Strömung entwickeln. Der Fluss stürzt durch Felsspalten in die Tiefe und fließt unterirdisch weiter, bis er zwei Kilometer westlich wieder an die Oberfläche tritt. Die Kavernen und Höhlen sind größtenteils unzugänglich, niemand kennt den Verlauf genau."

„Sie haben Nora aus den Augen verloren", vermutete sie.

„Ich musste pinkeln. Das war alles. Ich verschwand zwei Minuten hinter einer Buche, und als ich fertig war, war Nora verschwunden. Ich suchte sie, rief nach ihr, aber ich habe sie nie wieder gesehen. Sie war einfach ... weg. Als hätte der Erdboden sie verschluckt. Ich weiß, es hört sich verrückt an."

„Nein, tut es nicht.“ Sie dachte an Mia und den Bunker. „Ich habe etwas Ähnliches selbst erlebt. Wurde nach ihr gesucht?“

„Natürlich. Ich alarmierte sofort meine Kollegen und die Feuerwehr. Eine ganze Hundertschaft suchte nach ihr. Nichts. Sie blieb spurlos verschwunden.“

„Welche Erklärung haben Sie?“

„Zunächst gingen wir von einem Unfall aus. Die Nister führte nach wochenlangen Regenfällen reißendes Hochwasser. Im Abschlussbericht können Sie nachlesen, dass Nora vermutlich auf den Felsen am Ufer ausgerutscht war und mit dem Kopf aufschlug. Dann fiel sie bewusstlos ins Wasser und wurde von der Strömung in die unterirdischen Höhlen gezogen. Was dort einmal hineingelangt, kommt nie wieder ans Tageslicht. Die Kavernen sind für Taucher unzugänglich.“

„Gab es Indizien für diese Annahme?“

„Nein. Aber niemand hatte eine andere Erklärung. Wo die Nister in die Tiefe rauscht, wurde vor Jahren ein Gitter angebracht, weil zwei Kinder an dieser Stelle ertrunken waren. Jedenfalls sind sie nie wieder aufgetaucht. Als die Suchmannschaften die Stelle erreichten, war das Gitter verbogen und beschädigt. Ein Körper von der Größe Noras hätte ohne Weiteres durch den Spalt gespült werden können. Aber ich habe nie an einen Unfall geglaubt.“

Der Hund winselte leise, als hätte er jedes Wort verstanden und wollte Funke sein Mitgefühl aussprechen.

„Gab es einen Grund dafür?“, fragte sie.

„Nora war eine gute Schwimmerin und stets vorsichtig. Sie kannte die Gefahr. Ich kann einfach nicht glauben, dass sie sich leichtsinnig verhalten hat und deshalb ertrank. Dann war da noch die Sache mit dem Gitter. In den nächsten Tagen suchte ich immer wieder den Flusslauf ab. Dabei entdeckte ich Spuren, die den Verdacht nahelegten, dass jemand das Gitter manipuliert hatte. Es schien mir, als ob es nachträglich so drapiert wurde, damit alles nach einem Unfall aussah. Als wollte dieser Jemand die Polizei glauben machen, Nora wäre in die Kavernen gezogen worden."

„Aber niemand glaubte Ihnen."

„Sie hielten mich für hysterisch. Und sie gingen so weit zu behaupten, ich hätte das Gitter selbst manipuliert."

„Warum sollten Sie das tun?"

„Sie behaupteten, ich wollte einen Grund vortäuschen, um weiter nach Nora suchen zu können. Mir wurde untersagt, meine Dienstzeit mit der Jagd nach dem großen Unbekannten zu verschwenden. Frank Morloch, mein Vorgänger, war fest davon überzeugt, ich fantasiere ein Verbrechen herbei, weil ich nicht mit der Schuld leben konnte, für den Tod meiner Tochter verantwortlich zu sein."

„Okay, Sie vermuteten ein Verbrechen. Ein Triebtäter hat sich Nora geschnappt. Das ist es, was Sie denken. Aber welche Anhaltspunkte hatten Sie dafür?"

Funke fuhr sich mit der Hand über die Augen, als wollte er die Gespenster vertreiben, die ihn quälten. „Er muss gewusst haben, dass wir diese Streifzüge unternahmen. Er hat uns systematisch beobachtet und verfolgt und dann auf einen Moment gewartet, in dem

Nora alleine war. Ich weiß, es klingt verrückt und paranoid. Die Horrorgeschichte vom großen Unbekannten. Das dachten alle."

„Nein", antwortete sie. „Das ist nicht verrückt."

Sie berichtete ihm von der missglückten Lockvogelaktion. „Ein Augenblick der Ablenkung reichte aus, und Mia war verschwunden, als – wie sagten Sie? – als hätte der Erdboden sie verschluckt. Und genau das war auch geschehen. Arbeiten Sie mit mir zusammen. Wir können ihn schnappen."

Er lehnte den Hinterkopf an die Nackenstütze und schloss die Augen. „Es ist zu spät."

„Es ist nie zu spät, um umzukehren."

„Es macht Nora nicht wieder lebendig."

„Und wenn sie lebt?"

Er öffnete die Augen und blickte sie verständnislos an. „Wie meinen Sie das?"

„Gehen wir mal davon aus, dass das Mädchen auf Bischoffs Tisch nicht Nora ist. Wir wissen, dass der Täter seine Opfer eine gewisse Zeit gefangen hält. Wir wissen nicht, *wie* lange. Ich war sechsunddreißig Stunden in seiner Gewalt, aber vermutlich bin ich ein Sonderfall. Ich denke, er hat spontan entschieden, mich zu verschleppen. Vielleicht versetzte ihm das einen besonderen Kick. Als die Erregung abflaute, spuckte er mich wieder aus wie ein Hai einen unverdaulichen Brocken ausspeit. Er will mit mir spielen, sich und der Polizei beweisen, dass er cleverer ist als wir. Die Tochter der Milics verschwand vor drei Monaten, und ihre Leiche ist noch nicht gefunden worden. Vielleicht lebt sie noch."

„Das ist eine gewagte Theorie, für die Sie nicht den geringsten Beweis haben."

„Es ist die beste, die wir haben. Sie sagen, Nora ist etwas Besonderes. Vielleicht hält er sie noch immer gefangen, länger als die anderen Mädchen. Möglicherweise hat er sie aus genau diesem Grund ausgesucht. Immerhin ist er ein enormes Risiko eingegangen, sie vor Ihren Augen zu entführen."

Funke dachte nach. Sie spürte, dass er zwischen Verzweiflung und neuer Hoffnung schwankte. Der Hund auf dem Rücksitz winselte und wuffte leise. *Gib dir einen Ruck. Tu etwas, du Idiot!*

„Sie sind offiziell von dem Fall abgezogen", sagte Funke. „Wenn rauskommt, dass Sie weiter ermitteln, sind Sie erledigt."

„Endlich kapieren Sie, was ich von Ihnen will. Die Leiche wurde in Ihrem Zuständigkeitsbereich gefunden."

„Die ZKI wird den Fall übernehmen."

„Nein. Starbacher hat Anweisung von ganz oben, die Akte geschlossen zu halten. Die Landtagswahlen stehen an, man will Ruhe haben. Wenn durchsickert, dass wir den Falschen erwischt haben, wird sich die Presse wieder auf den Fall stürzen. Das gibt keine gute Publicity für die Polizei."

„Also gut. Ich zeige Ihnen, was ich herausgefunden habe."

„Das ist immerhin ein Anfang. Da wäre noch etwas."

„Ja?"

„Sie müssen noch mal in die Pathologie und eine DNA-Probe abgeben."

„Sollte ich machen."

„Ich warte hier."

„Können Sie das nicht für mich erledigen?“
„Könnte ich machen“, antwortete sie.

14

Freitag, 5. Oktober

Helen erwachte in fugenloser Dunkelheit. Es war heiß und stickig, und die Luft roch nach Schimmel, Mottenkugeln und Ammoniak. Der eisige Schrecken über die Erkenntnis, dass sie sich nicht in ihrem Bett befand, löste einen Adrenalinkick aus. Augenblicklich war sie hellwach.

Als sie versuchte, sich aufzurichten, schüttelte ein Krampf ihre Wade. Zu lange hatte sie in der unnatürlichen Hockstellung ausgeharrt, zusammengekauert in einem Raum, der nicht größer war als ein Schrank oder ein Verschlag. Wohin sie auch die Arme ausstreckte, stieß sie an raue, feste Wände. Einen Wimpernschlag lang kehrte die Erinnerung zurück ... die Starre, die Fesseln, der modrige Geruch von Tod und Verwesung und die Schreie ... und löste sich auf wie ein Spuk.

Zu ihren Füßen leuchtete ein schwacher Streifen Licht. Vorsichtig richtete sie sich auf und stieß mit dem Kopf gegen eine Stange oder einen Balken. Etwas klapperte dicht neben ihrem linken Ohr. Sie zuckte zusammen und fühlte etwas Weiches. Stoff oder Haut? Sie konzentrierte sich auf die schwarze Fläche oberhalb des Schimmers, ertastete eine Klinke und rüttelte daran. Eine Tür schwang gehorsam auf. Vor ihr lag der

Korridor im Obergeschoss der Gastwirtschaft. Es dämmerte bereits, trübes graues Tageslicht fiel durch das Dachfenster auf den Dielenboden.

Zitternd vor Kälte und von Muskelkrämpfen geplagt, stolperte sie den Gang entlang. Ein paar Schritte links von ihr lag die Tür zu ihrem Zimmer. Unerkannt gelangte sie hinein. Sie zitterte, schwitzte und fror zugleich wie ein Malariakranker im Fieberwahn. Das Bett war zerwühlt, als hätte sie in einem Albtraum gegen die Ungeheuer gekämpft, die in den Tiefen ihrer Traumreisen lauerten. Ihr Zimmer, ihre Sachen. Nichts fehlte, alles war so, wie sie es am Abend zuvor zurückgelassen hatte.

Sie schleppte sich ins Bad und benetzte ihr Gesicht mit kaltem Wasser. Aus dem Spiegel blickte ihr ein verängstigtes, kleines Mädchen entgegen.

Seit sie Koblenz verlassen hatte, waren die Anfälle von Somnambulismus nicht mehr aufgetreten. Ihre Hoffnung, der Ortswechsel hätte dem Schlafwandeln ein Ende bereitet, hatte sich nicht erfüllt. Zudem nahmen ihre nächtlichen Ausflüge gefährliche Züge an. Was würde geschehen, wenn sie in der kommenden Nacht auf die Idee kam, aus dem Fenster zu klettern? Sie hatte von Fällen gelesen, in denen Schlafwandler auf einer Kreuzung in der Innenstadt hinter dem Steuer ihres Wagens erwacht waren. Sie lief Gefahr, dass ihr Unterbewusstsein ihr den Befehl erteilte, die Wirtschaft zu verlassen und in den Wald hinauszulaufen, um sich ein Versteck zu suchen. Ein Versteck wovor? Vor wem?

Gegen Mittag hatte sie ihren zweiten Termin bei Dr. Kaminsky. Sie kam nicht mehr darum herum, ihm von ihren nächtlichen Ausflügen zu erzählen.

Sie duschte heiß, als könnten Wasser und Seife die Schrecken der Nacht in den Abfluss spülen, und zog dann frische Sachen an – Jeans, ein apricotfarbenes T-Shirt und einen dunkelblauen Blazer. Die gewohnten Tätigkeiten beruhigten ihr aufgewühltes Inneres so weit, dass das Zittern ihrer Hände abebbte und sie einen Anflug von Hunger verspürte.

Ein neuer, beunruhigender Gedanke schoss ihr durch den Kopf. War es möglich, dass der Verrückte etwas mit ihrer Psyche angestellt hatte? Sie in irgendeiner Weise konditioniert oder hypnotisiert hatte? Für einen Fall, den sie vor einigen Jahren gelöst hatte, hatte sie Ärzte zu Hypnosetechniken befragt. Deren Meinung war eindeutig: Niemand konnte unter Hypnose zu etwas gezwungen werden, was er mit seinen Moralvorstellungen nicht vereinbaren konnte. Einen Menschen so zu konditionieren, dass er auf Kommando einen Mord beging, war unmöglich. Allerdings waren im Lauf ihrer Recherche Zweifel an den Aussagen der Experten aufgetaucht. Einige Hypnotherapeuten widersprachen den Fachärzten und hielten eine Konditionierung gegen den eigenen Willen für durchaus machbar. Sie führten Fälle der Kriminalgeschichte an, in denen Verdächtige Verbrechen unter Hypnoseeinfluss begangen hatten. Kaminsky konnte ihre Fragen vielleicht beantworten. Aber dazu musste sie die Karten auf den Tisch legen. Und sie wusste nicht, ob sie schon bereit dazu war.

Nachdem sie in der Gastwirtschaft gefrühstückt hatte, suchte sie Kaminsky auf. Das tief eingeschnittene Tal mit der alten Mühle war mit Nebel angefüllt wie eine Schüssel mit Milch. Nur die Dachfirste der Fachwerkgebäude ragten aus dem Dunst. Als Helen die Serpentinen hinabfuhr, hatte sie das unwirkliche Gefühl, die Realität zu verlassen und in eine absurde Albtraumwelt einzutauchen.

Sie stellte den Spider unter den Kastanien vor dem Haupthaus ab und lauschte auf das leise Klappern, das bei ihrem letzten Besuch Erinnerungen geweckt hatte. Doch auch diesmal übertönte das Rauschen des Mühlbaches alle anderen Geräusche.

Aus dem windschiefen, mit grauem Schiefer beschlagenen Haus oberhalb der Mühle trat eine Gestalt, die sie zunächst für Kaminsky hielt. Doch dann bemerkte sie ihren Irrtum. Der Mann besaß weder Kaminskys dunkelblondes Haar noch seinen federnden Gang. Er trug eine blaue Arbeitsjacke und einen unförmigen, speckig glänzenden Lederhut. Er schwang nachlässig eine große Holzfälleraxt, als wöge sie nicht mehr als ein Spielzeug. Von der blitzenden Schneide perlten Regentropfen.

Ohne Helen zu beachten, schlurfte er nach vorne gebeugt zu einem Hackklotz, bückte sich nach einem Holzscheit und ließ die Axt auf den Klotz niedersausen. Beim Anblick seines routinierten Umgangs mit der Axt stieg Unruhe in ihr auf. Der Fremde war etwa sechzig Meter von ihr entfernt. Obwohl sie ihm niemals zuvor begegnet war und sein Gesicht nur schemenhaft erkennen konnte, fürchtete sie sich plötzlich vor ihm wie ein Kind die Dunkelheit fürchtet. Das Geräusch, mit dem die Axt die Holzscheite spaltete und in den Hackklotz fuhr, traf sie jedes Mal wie ein Messerstich. Bilder von spitzen und scharfen Gegenständen blitzten vor ihren Augen auf und erloschen wieder. Sie schmeckte den kupfernen, herb-süßlichen Geruch von Blut auf der Zunge. Der Nebel, die Mühle und die Axt, alles drehte sich vor ihren Augen. Das dumpfe *Tschak*, mit dem die Axt immer wieder den Hackklotz traf, stürzte sie in eine unwirkliche Trance. Kaminskys Stimme brach den Bann.

„Erleben Sie meine Therapie als so grauenhaft?"

„Was?" Sie drehte sich hastig um. Lässig gegen das Geländer gelehnt, stand er auf der Empore vor dem Haus. Er trug eine ockerfarbene Jeans und ein hellgelbes Poloshirt, warme Farbtupfen in den tiefen Schatten des Talkessels.

„Sie sehen aus, als wollten Sie Reißaus nehmen", sagte er lächelnd, „oder haben Sie ein Gespenst gesehen? Die Einheimischen schwören, es soll welche geben im Westerwald."

Sie strich sich eine Haarsträhne aus der Stirn. „Es war nur eine Erinnerung."

Kaminsky zog eine Augenbraue hoch. „Interessant."

Sie wandte sich zu dem Mann mit der Axt um. Er hatte sich in einen harmlosen Bauern verwandelt, der lediglich Feuerholz für seinen Ofen hackte. „Wer ist das?"

„Gottlieb Bongartz, mein Vermieter. Ihm gehört das alles hier."

„Ich dachte, das Haus oberhalb der Mühle sei unbewohnt."

„Wie kommen Sie darauf?"

„Es wirkte verlassen auf mich."

Kaminsky zeigte sein Zahnpastawerbelächeln. „Hat er Ihnen Angst eingejagt?"

Sie stieg die Stufen hinauf. „Nein. Warum sollte er?", log sie.

„Es hätte mich nicht gewundert. Auf Fremde wirkt er manchmal ein bisschen skurril. Er leidet an einem Sprachfehler, darum redet er nicht viel. Bongartz ist ein typisches Westerwälder Gewächs – eigenbrötlerisch, wetterfest und meistens auf einem Traktor anzutreffen. Aber er ist harmlos."

„Ich muss Sie enttäuschen. So leicht jagt mir niemand Angst ein."

Sie glaubte in seinen Augen eine Spur von Belustigung zu erkennen. Verärgert folgte sie ihm in den großen Behandlungsraum. Aus versteckten Leuchten floss sanftes Licht und tauchte den Parkettboden in warme Brauntöne. Kaminsky stellte die Jalousien schräg, sodass nur wenig Tageslicht hereinfiel. *Er versteht es, einem das Gefühl zu vermitteln, in eine andere Welt einzutauchen, wenn man hier eintritt,* dachte sie.

„Ich nahm an, Sie seien der Besitzer der Mühle", sagte sie beiläufig.

„Es war in der Tat meine Absicht, das Anwesen zu erwerben", sagte er, „aber Bongartz wollte nicht verkaufen. Also entschloss ich mich, das Haus zu mieten. Vielleicht überlegt er es sich eines Tages anders."

„Es ist einsam hier", antwortete sie, „weit und breit keine anderen Häuser. Keine Nachbarn, mit denen man ein Schwätzchen halten kann. Was reizt Sie an dieser Einöde?"

Kaminsky dämpfte das Licht und setzte sich in einen der Rattansessel vor der Fensterfront. „Oh, es ist keineswegs einsam. Im Gegenteil, es herrscht ein ständiges Kommen und Gehen. Patienten besuchen mich, und jede Woche finden mehrere Kurse statt, Yoga und autogenes Training zum Beispiel. Wäre das nichts für Sie?“

Sie nahm Platz. „Nein.“

Er ordnete seine Notizen. „Wie ist es Ihnen seit unserem letzten Treffen ergangen?“

„Wir sind ihm dicht auf der Spur. Ich bin jetzt sicher, dass wir es mit demselben Täter zu tun haben. Und ich glaube, seinen Aktionsradius eingrenzen zu können und damit das Gebiet, in dem er sich aufhält. Früher oder später wird er einen Fehler begehen.“

„Das sind interessante Neuigkeiten. Aber meine Frage bezog sich auf Ihr Seelenleben, nicht auf die Fortschritte Ihrer Ermittlungen.“

„Es fällt mir schwer, das eine vom anderen zu trennen.“

„Sie müssen lernen, loszulassen. Zumindest für die Zeit, die Sie mit mir verbringen. Erzählen Sie mir, wie Sie sich nach unserem letzten Gespräch fühlten.“

Sie blickte auf den nebelverhangenen, geisterhaften Wald hinaus. „Als ich Ihre Praxis verließ, hörte ich ein Geräusch, das eine Erinnerung weckte.“

Kaminsky sah von seinem Notizblock auf. „Können Sie es beschreiben?“

„Ein leises Klappern, wie ein Windspiel aus Bambus oder Holz.“ *Das Klappern spröder Knochen, mit denen der Wind spielt.*

„Der Wind kommt niemals zur Ruhe im Westerwald. Er ist immer in Bewegung. Es könnte alles Mögliche gewesen sein.“

„Ich habe dieses Geräusch schon einmal gehört, ich bin ganz sicher.“

„Und hat es etwas in Ihnen ausgelöst?“

„Angst. Bilder, die aufblitzten und wieder verschwanden. Dunkelheit, ein Gesicht, Schreie.“

Kaminskys Kugelschreiber kratzte über das Papier. Das Schaben zerrte an ihren Nerven.

„Was macht Ihr Schlaf? Haben sich die Anfälle von Somnambulismus wiederholt?“

Konnte er ihre Gedanken lesen? Sie presste die Finger um die Stuhllehnen, bis das Rattan knirschte, und berichtete ihm stockend von ihren nächtlichen Streifzügen und ihrem Erwachen in der Abstellkammer.

Er schrieb eifrig mit. „Kommt Schlafwandeln in Ihrer Familie häufig vor?“

„Das weiß ich nicht. Es ist wohl eher eine Reaktion auf das, was ich erlebt habe.“

„Das ist anzunehmen.“

„Dr. Kaminsky, ich *will* mich erinnern. Aber irgendetwas in meinem Kopf verhindert, dass es passiert. Es ist wie eine Mauer, die jemand in meinem Gehirn errichtet hat.“

„Haben Sie das Gefühl, etwas Fremdes hat sich in Ihrem Bewusstsein eingenistet?“

„Nein. Ja. Ich weiß es nicht.“

„Mm-mh. Sind Sie früher schon geschlafwandelt?“

Sie zögerte. „Ja“, sagte sie dann. „Als Kind wachte ich oft mitten in der Nacht auf, könnte aber mehrere Minuten nicht wirklich in die Realität zurückkehren.“

„Pavor nocturnus, die Nachtangst. Sie kann ein Anzeichen von beginnender Schläfenlappenepilepsie sein. Meist treten die Anfälle zwischen dem fünften und siebten Lebensjahr auf. Man vermutet, dass es sich in vielen Fällen um eine vorübergehende Entwicklungsstörung bei der Anpassung der Schlafphasen handelt.

„Ich bin kein Psycho“, erwiderte sie ärgerlich.

Kaminsky lachte leise. „Ein Psycho? Was ist denn das? Keine Angst, bei den meisten Kindern verschwinden die Symptome im Lauf der Pubertät. Manchmal kehren sie im Erwachsenenalter zurück. Die Anfälle können durch ein Trauma ausgelöst werden. Manchmal spielt sexueller Missbrauch eine Rolle. Möchten Sie mir etwas über Ihre Kindheit erzählen, Helen?“

„Nein. Ich sehe nicht, was das mit meinem Fall zu tun hat.“

„Eine ganze Menge. Haben Sie Erinnerungen an Ihre früheste Kindheit?“

„Verschwommen. Unzusammenhängende, einzelne Bilder. Es kommt mir vor, als hätte jemand anderes all das erlebt; so als würde ich einen Film betrachten, von dem ich nicht weiß, ob er auf Tatsachen beruht.“

„Ein guter Vergleich. Und das richtige Stichwort. Glauben Sie, Ihre Erinnerungen entsprechen der Realität? Oder sind sie nicht vielmehr eine Collage aus wirklichen Begebenheiten, Ihrer eigenen Fantasie und dem Bemühen Ihres Unterbewusstseins, unangenehme Erfahrungen zu verdrängen?“

„Es ist Ihre Aufgabe, das herauszufinden.“

Kaminsky nickte nachdenklich. „Sehen Sie, darum möchte ich etwas über Ihre Kindheit wissen. Unsere ersten Jahre prägen uns für den Rest des Lebens. Hier entscheidet sich, was für Menschen wir werden und wie wir mit Stresssituationen umgehen. Es hilft mir, Sie besser kennenzulernen und einschätzen zu können. Sie erwähnten eine jüngere Schwester namens Nele."

„Tat ich das?"

Kaminsky lächelte. „Ja, außerdem deutete Georg etwas in der Art an. Nehmen Sie es ihm nicht übel, er sorgt sich um Sie."

„Das gefällt mir nicht. Es gibt Dinge, die sollten dort bleiben, wo sie hingehören: in der Vergangenheit."

„Wir alle werden manipuliert, jeden Tag unseres Lebens", sagte er. „Wird die Manipulation oft genug wiederholt und ist sie eindringlich genug, wandelt sie sich in unserem Gedächtnis in Realität um. Gerade kleine Kinder sind besonders anfällig für diese Art vermischter Erinnerungen."

„Worauf wollen Sie eigentlich hinaus?"

„Sie werden es bald verstehen." Er stand auf und schaltete einen großen Flachbildfernseher ein, der gegenüber von den Ruheliegen stand. Dann schob er eine DVD in den Schlitten des Players, dämmte das Licht und kehrte zu der Sitzgruppe zurück.

„Ich will es Ihnen an einem kleinen Film demonstrieren. Achten Sie besonders auf die Rosen und die rote Ampel."

Der Film startete mit einer Szene, die in einer Fußgängerzone oder einer Einkaufspassage spielte. Es herrschte reger Betrieb. Menschen mit Einkaufstüten hasteten hin und her. Eine Vielzahl von Sinneseindrücken bis zur Überladung stürzte auf Helen ein – blinkende Weihnachtsbeleuchtung und geschmückte Tannenbäume, ein Drehorgelspieler, Schaufensterdekorationen und glitzernder Kunstschnee. Das Stimmengewirr der Passanten mischte sich mit Weihnachtsmusik und dem Geleier der Orgel. Fast glaubte sie, geröstete Mandeln und den Duft von Lebkuchen und Bratäpfeln zu riechen. Die Kameraperspektive war ungewöhnlich niedrig, so als hätte ein Kind mit einem Handy den Film gedreht. Die Gesichter blieben unsichtbar, ein Weihnachtsmann mit einem gewaltigen Bauch schien seinen Kopf verloren zu haben. Die Kamera folgte einem Mädchen von etwa sechs Jahren, das sich fest an die Hand seiner Mutter klammerte und einen Weg durch das Gewühl suchte. Sie hielt einen kleinen Blumenstrauß mit weißen Margeriten und zartrosa Rosen in der Hand. Die Sommerblumen wirkten seltsam deplatziert in der winterlichen Einkaufswelt.

Die dicht gedrängte Menschenmenge schnürte ihr die Kehle zu. Mutter und Tochter verließen die Passage und traten auf den Gehweg neben einer stark befahrenen, mehrspurigen Kreuzung hinaus. Das Gemurmel der Menschen und die vielschichtigen Klänge verstummten und machten hektischem Verkehrslärm Platz. Eine Gestalt auf der anderen Seite der Kreuzung winkte. Das Mädchen ließ die Hand seiner Mutter los und rannte auf die Fahrbahn. Bremsen quietschten, die Hupe eines Lasters durchschnitt die Luft wie das Dröhnen eines Nebelhorns.

Jemand schrie. Die Mutter vielleicht? Mit einem ohrenbetäubenden Donnern und Kreischen krachten Autos ineinander, Glas splitterte, und Blech faltete sich knirschend zusammen.

Die Szene endete schlagartig. Nun zeigte die Kamera die grauen Steinplatten eines Gehwegs. Sie schwenkte höher und folgte wieder dem kleinen Mädchen. Es trug hellbraune Stiefel, eine dunkelblaue Strumpfhose und darüber einen braun-rot karierten Rock.

Ihr Herzschlag beschleunigte sich. Die Kleidung, die Haltung des Kindes und der Blumenstrauß in seiner Hand weckten Angst und Entsetzen in ihr.

Sie schloss die Augen. Schon wollte sie Kaminsky bitten, den Film zu stoppen, aber sie schämte sich dafür. Es gab keinen rationalen Grund für ihre Angst. Wahrscheinlich verwendete der Regisseur bewusst unterschwellige Bilder, die verschüttete Emotionen wachrufen sollten. Ein Film für Psychos eben. Er spiegelte nicht die Wirklichkeit wider, weder das Heute noch die Vergangenheit.

Als sie die Augen wieder öffnete, hatte sich die Szene verändert. Das Mädchen ging jetzt über die Kieswege eines Friedhofs. Schnee knirschte unter seinen braunen Stiefeln. Es blieb vor einem Grabstein stehen. Nach kurzem Zögern warf es die Blumen auf die gefrorene Erde und trat zur Seite. Auf dem Grabstein stand der Name ihrer Schwester: Nele Stein. Tränen schossen in ihre Augen.

„Hören Sie auf damit! Machen Sie das aus." Sie sprang auf und lief ziellos in dem abgedunkelten Raum umher. „Ich weiß nicht, wie Sie diese Dinge wissen können und warum Sie mich damit quälen. Das ist … keine Therapie, es ist einfach nur grausam und geschmacklos.“

Kaminsky stoppte den Player und drehte die indirekte Beleuchtung hoch.

„Nun, ich hatte nichts dergleichen vor.“ Er betrachtete sie mit unverhohlener Neugier. „Allerdings bin ich überrascht, wie gut Sie auf meinen Versuch ansprechen.“

Wütend fuhr sie herum und wischte sich die Tränen aus den Augen. „Was glauben Sie damit zu erreichen? Lassen Sie Nele aus dem Spiel!“

„Ihre Schwester, richtig. Ich würde gerne mehr über sie erfahren.“

„Sie starb, als ich dreizehn war. Ich will nicht darüber reden.“

„Ich akzeptiere das.“ Er lächelte entschuldigend. „Für den Augenblick. Lassen Sie uns stattdessen zu dem Film zurückkehren. Ich möchte Ihnen einige Fragen stellen. Anschließend betrachten wir die Bilder noch einmal. Und ich verspreche Ihnen, Sie werden überrascht sein. Möchten Sie sich wieder setzen?“

„Nein.“ Trotzig blieb sie im Halbdunkel stehen.

„Wie Sie wollen. Haben Sie auf die Blumen geachtet?“

„Ja.“

„Beschreiben Sie sie.“

„Margeriten. Und rosafarbene Rosen. Ungewöhnlich für die Weihnachtszeit.“

Kaminsky schrieb eifrig mit. „Waren es die Lieblingsblumen Ihrer Schwester?“

„Ja.“

„Welche Farbe hatte die Ampel? Sie wissen schon, die Ampel auf der Kreuzung, kurz bevor der Unfall passierte?"

„Rot. Sie war natürlich rot."

„Und der Name auf dem Grabstein, der Sie so erschreckte?"

„Es war der Name meiner toten Schwester."

Kaminsky beendete seine Notizen. „Wir sprachen über wahre und falsche Erinnerungen. Und dass sie sich zuweilen ohne unser Zutun vermischen."

„Ich weiß, was ich erlebt habe."

„Aber Sie erinnern sich nicht daran. Lassen Sie uns den Film noch einmal anschauen."

„Ich weiß nicht, ob ich das will."

Er startete den Film. Sie musste hinsehen, die Bilder zogen sie magisch an.

Das kleine Mädchen wanderte wieder an der Hand seiner Mutter durch die Einkaufspassage.

„Sagen Sie mir, welche Blumen Sie sehen, Helen."

Sie starrte auf die Hand des Mädchens, auf den Blumenstrauß. Blaue Kornblumen und Margeriten.

„Das ... das kann nicht sein." Unwillig schüttelte sie den Kopf.

„Kornblumen." Erinnern Sie sich daran, was ich zu Beginn sagte? Ich sagte, achten Sie auf die Rosen. Und genau das taten Sie. Ihr Unterbewusstsein war bereits darauf konditioniert. Sie sahen, was Sie erwarteten zu sehen."

Das Mädchen näherte sich der Kreuzung, riss sich los und lief über die Straße. Bremsen quietschten, das schreckliche dumpfe Scheppern eines Aufpralls ... aber keiner der Wagen wurde beschädigt.

„Interessant, nicht wahr? Man hört den Aufprall, und
das Gehirn assoziiert das Geräusch mit einem Unfall –
der aber nicht geschieht. Ich fiel beim ersten Mal auch
darauf herein. Welche Farbe zeigt die Ampel?"

Verärgert wandte sie sich ab. „Sie ist grün."

„Und nun achten Sie auf den Grabstein."

Sie zwang sich, die Szene zu betrachten. Der Name
auf dem grauen Stein lautete Nelli Emerson. Kaminsky
stoppte den Film.

„Ich versprach Ihnen, den Sinn dieses kleinen Experi-
ments zu erklären. Wir sprachen über echte und falsche Erinnerungen. Sie voneinander zu trennen, ist
selbst für einen erfahrenen Therapeuten nicht leicht –
oft sogar unmöglich." Er legte die Fingerspitzen aneinander und formte eine Raute. „Man hat festgestellt,
dass vor allem Kinder im Alter von drei bis acht Jahren
sehr empfänglich für Beeinflussungen sind. Werden sie
mit Geschichten wie ‚Weißt du noch, als du im Ein-
kaufszentrum verloren gingst?' konfrontiert, setzt eine
erstaunliche Entwicklung ein. Zunächst leugnen die
Kinder, aber irgendwann akzeptieren sie das angebliche Geschehen und sind bald fest davon überzeugt,
dass es so und nicht anders gewesen ist. Ja, sie erinnern
sich plötzlich an Details und schmücken sie immer weiter aus. Wenn sich diese *Erinnerung* in den Gehirn-
strukturen verfestigt hat, ist sie von echten Erinnerungen nicht mehr zu unterscheiden. Ähnliches gilt für Erinnerungen an Missbrauch in der Kindheit. Es gibt do-
kumentierte Fälle, in denen sich Menschen an sexuelle
Übergriffe in der Kindheit erinnern, die niemals stattgefunden haben. Das Gleiche trifft auf die Hysterie um

die Satanskulte in den USA und die angeblichen Entführungen durch Außerirdische zu. Sie sind nur Schutzbehauptungen. Es fällt den Opfern leichter, sich an einen Missbrauch durch einen bösen Außerirdischen zu erinnern als an einen realen Täter – Väter, Onkel und andere Verwandte. Dazu kommt natürlich noch die Manipulation."

„Wie meinen Sie das?"

„Ich habe Sie manipuliert, Helen. Selbstverständlich in der guten Absicht, Ihnen die Zusammenhänge vor Augen zu führen. Sie glaubten, Rosen in der Hand des Mädchens zu sehen und eine rote Ampel, weil ich diese beiden Dinge erwähnte. Ich wies Sie sogar explizit darauf hin."

„Warum sah ich Neles Namen auf dem Grabstein und nicht den tatsächlichen Namen?"

„Ich habe ihn vorhin bewusst erwähnt und Ihre Aufmerksamkeit auf den Tod Ihrer Schwester gelenkt. Aus Ihrer Weigerung, mehr von Ihrer Schwester zu erzählen, schloss ich auf ein tiefes Trauma. Es musste etwas Schreckliches mit ihr geschehen sein – etwas, das mit Ihnen zu tun hat. Nach Ihrer Reaktion auf den Film bin ich nun mehr denn je davon überzeugt, dass Ihre Erinnerungen an die sechsunddreißig Stunden in der Gewalt des Serienmörders nichts weiter sind als versteckte Botschaften. Ihr Unterbewusstsein versucht, mir etwas mitzuteilen ... sozusagen über Ihren Kopf hinweg."

Sie senkte den Kopf und knetete ihre Finger. Sie waren eiskalt. „Sie ... Sie denken, ich jage ein Phantom?"

„Nein. Die Morde sind real. Also existiert ein Täter."

Er legte seinen Notizblock zur Seite und beugte sich vor. „Helen, ich will Ihnen helfen. Warum jagen Sie diesen Mann so besessen? Ich glaube, es hat mit Ihrer Schwester zu tun."

„Sie können doch nicht leugnen, dass ich in der Hand eines Gewaltverbrechers war."

„Waren Sie das? Tatsächlich? Warum erinnern Sie sich nicht daran?"

„Weil ich traumatisiert bin. Das haben Sie selbst festgestellt."

„Richtig. Aber wegen eines Vorfalls, der sehr viel länger zurückliegt."

Sie sprang auf und lief ruhelos umher. „Das ist der größte Unsinn, den ich je gehört habe. Wenn ich geahnt hätte, dass Sie mir das Wort im Mund herumdrehen ..."

„Dann wären Sie nicht gekommen", beendete er den Satz. „Sie müssen verstehen, dass Menschen in den allermeisten Fällen ihre Traumata nicht so völlig verdrängen, dass sie sie vergessen. Das Gegenteil ist der Fall. Denken Sie an die Juden, die die Konzentrationslager der Nazis überlebt haben. Hat einer von ihnen jemals vergessen oder geleugnet, dass er in einem solchen Lager war? Ich habe nie davon gehört."

„Sie irren sich." Sie ballte die Fäuste und blickte ihm fest in die Augen. „Sie müssen sich irren. Ein Lastwagenfahrer fand mich nackt und halb erfroren auf einer Autobahnraststätte. Das Schwein hat mich ausgesetzt wie einen Hund, dessen er überdrüssig war."

Er blätterte in seinen Notizen. „Es steht lediglich fest, dass Sie dort aufgefunden wurden. Aber wie gelangten

Sie dorthin? Vielleicht waren Sie in seiner Gewalt, vielleicht nicht. Erinnern Sie sich daran, was im Bunker geschah?"

„Das habe ich Ihnen doch erzählt. Er hat mir einen Lappen auf Mund und Nase gedrückt und mich betäubt. Mehr weiß ich nicht mehr."

Sie zog sich tiefer in die Schatten zurück und wünschte sich, mit ihnen zu verschmelzen. Ein Schatten empfand keine Schmerzen, spürte keine Trauer und keine Angst.

„Wollen Sie mir nun von Ihrer Schwester erzählen, Helen?", fragte Kaminsky leise.

Tränen liefen über ihre Wangen. „Nele ist tot. Sie wurde ermordet, als ich dreizehn war."

„Wie alt war Nele zu diesem Zeitpunkt?"

„Acht. Sie war acht Jahre alt."

„Sie geben sich die Schuld an ihrem Tod?"

„Ich hätte es verhindern können. Wenn ich da gewesen wäre. Aber ich war nicht da."

Die altertümliche Großvateruhr in der Diele schlug an.

„Die Sitzung ist zu Ende", sagte sie. Ihr war, als erwache sie aus einem Albtraum. Sie kehrte zu ihrem Sessel zurück und streifte ihre Jacke über. Kaminsky malte Kreise auf seinen Notizblock.

„Werden Sie wiederkommen?", fragte er leise.

„Ich weiß es nicht."

„Ich will Sie nicht unter Druck setzen, Helen. Aber Sie wissen, dass Ihr Job vom Erfolg dieser Therapie abhängt."

„Ich pfeife auf den Job."

„Wir stehen an einem entscheidenden Punkt. Schneller, als ich erwartet hatte. Geben Sie sich Zeit, zu verarbeiten, was wir herausgefunden haben. Wenn Sie bereit sind, über Ihre Schwester zu reden, melden Sie sich wieder."

Fluchtartig verließ sie die Mühle. Sie rutschte auf den glatten Basaltstufen aus und stürzte beinahe die Treppe hinab. Der Regen fiel dicht wie ein Vorhang und vermischte sich mit ihren Tränen. Sie stieg in den Spider, steckte den Zündschlüssel ins Schloss und lauschte auf das Prasseln der Regentropfen auf dem Wagendach.

Dann öffnete sie das Handschuhfach und holte das Foto von Irena Milic hervor, das ihr der Wirt anvertraut hatte. Lange betrachtete sie das Bild. Irena hatte dunkelbraunes langes Haar wie ihre Mutter. Die braunen Augen und das Grübchen am Kinn hatte sie von ihrem Vater geerbt. Sie fuhr mit dem Zeigefinger an der Kontur ihrer Wangen entlang. Hatte Kaminsky recht? Wenn Nele noch leben würde, hätte sie vermutlich große Ähnlichkeit mit Irena. Jagte sie ihrer eigenen Schuld hinterher? Entweder war er ein Spinner oder ein brillanter Therapeut.

Sie ließ das Foto in den Schoß fallen und schloss die Augen. Wie sollte sie Lüge und Wahrheit auseinanderhalten, wenn sie sich selbst belog?

Als sie die Augen wieder öffnete, nahm sie eine Bewegung am Rand ihres Gesichtsfeldes wahr. Gottlieb Bongartz trat aus einer verrosteten Blechtür zwanzig Meter oberhalb des Wohnhauses. Er drückte seinen unförmigen Lederhut in die Stirn und hastete mit einer Armvoll Feuerholz zum Schuppen neben dem Haus. Sie konzentrierte sich auf die Tür, die der Wind scheppernd gegen die Steinwand schlug. Sie saß im Zentrum einer Ziegelmauer, die sie an ein altes Tunnelportal erinnerte, und schien in den Berg hineinzuführen – eine blinde Fassade, hinter der nichts weiter existierte als Fels und Erde. Der Anblick des gähnenden schwarzen Mauls versetzte sie in Panik und fesselte sie zugleich. Sie ließ die beschlagene Seitenscheibe einen Spalt herab und beobachtete die Mühle. Kaminsky ließ sich nicht blicken.

Rasch stieg sie aus dem Wagen und lief den Weg zum Haus des Vermieters hinauf. Aus dem Schuppen drangen ein selbstvergessenes Murmeln und das Geräusch von Holzscheiten, die aufeinandergestapelt wurden.

Sie hätte Bongartz einfach fragen können, was es mit der Blechtür auf sich hatte. Aber ihr Instinkt riet ihr, ihn keinesfalls zu warnen, dass sie hier herumschnüffelte. Sie wandte sich nach links und stieg den treppenartigen Weg zu dem unheimlichen Mauerportal hinauf.

Das Rauschen des Regens übertönte ihre Schritte. Bongartz schien noch immer im Schuppen beschäftigt zu sein.

Mit wild schlagendem Herzen schlich sie auf die Tür zu. Der rechte der beiden von Rostflecken zerfressenen Flügel stand offen. Ein Keil Tageslicht fiel in den Raum dahinter. Die Wände bestanden aus verwitterten Ziegeln, die Rückwand aus gewachsenem Fels. Bongartz hatte trockenes Holz entlang der Vorderwand aufgestapelt. Rechts neben dem Eingang stand ein uralter Traktor.

Sie wagte sich tiefer in das Zwielicht hinein. In einer Ecke lagen verrostete Eggen, Werkzeuge und Geschirre. Dann entdeckte sie etwas, das ihrer Furcht neue Nahrung gab. In der hinteren Wand befand sich eine grau gestrichene Stahltür. Sie sah stabil und gepflegt aus, auf den Scharnieren glänzte frisches Fett. Sie streckte die Hand nach dem Türgriff aus, als sie Schritte auf dem Kiesweg hörte. Rasch verbarg sie sich hinter der alten Zugmaschine. Bongartz erschien in der Türöffnung. Er trug die große Holzfälleraxt. Helen tastete nach ihrer Pistole, doch sie hatte die Waffe im Wagen gelassen, als sie zu Kaminsky gegangen war. Wer hatte je von einem Patienten gehört, der mit einer Knarre im Holster einen Therapeuten aufgesucht hatte? Ihr blieben nur noch wenige Sekunden, bevor Bongartz sie entdecken musste. Sie fürchtete sich nicht vor ihm, wollte aber unbedingt vermeiden, dass er sie hier entdeckte.

Plötzlich klingelte ein Handy. Bongartz blieb stehen, murmelte unverständliche Worte und zog ein Telefon aus seiner Jackentasche. Er wandte sich ab und meldete sich.

Helen schlüpfte unerkannt aus dem Lagerraum und tauchte seitlich in das Gebüsch ein. Sie brauchte zehn Minuten, um auf Umwegen ihren Wagen zu erreichen und fuhr dann die Serpentinen hinauf. Hundert Meter, bevor sie die Einmündung zur Hauptstraße erreichte, passierte sie die Schienen eines unbeschrankten Bahnübergangs, den sie bisher kaum wahrgenommen hatte.

Kawumm, kawumm.

Der Spider holperte über die Gleise. Sie trat heftig auf die Bremse. Der Wagen schlitterte auf dem nassen Asphalt und grub sich mit dem rechten Hinterrad in den regennassen Seitenstreifen.

Kawumm, kawumm. Sie kannte dieses Geräusch, ebenso wie das knochige Klappern. Sie hatte es schon einmal gehört, und es hatte sich in ihr Gedächtnis geprägt, wie ein Stempel das Muster in eine Münze prägt.

15

Es dämmerte bereits, als Helen den Dreifelder Weiher erreichte. Sie stellte den Spider außerhalb des Ortes ab und saß eine Weile regungslos hinter dem Steuer. In den vergangenen beiden Tagen hatte sie den Lärm und die Hektik der Großstadt vermisst. Stille existierte dort nicht. Die Stadt produzierte ein beständiges Hintergrundrauschen aus Verkehr und den Stimmen Tausender Menschen, die niemals ganz verstummten. Zum ersten Mal begrüßte sie nun die Ruhe und Einsamkeit des rauen Landstrichs. Sie beschloss, am See spazieren zu gehen, um das Erlebnis in Kaminskys Praxis zu verarbeiten, bevor sie in den Gasthof zurückkehrte.

Sie stieg aus dem Wagen und schlenderte zum Uferweg hinunter. Das herbstliche Blätterkleid der Bäume leuchtete in der Dämmerung in warmen Pastellfarben. Rote, gelbe und braune Töne verdrängten das ausgelaugte Grün des Spätsommers. Durch die Lücken im Laub schimmerten vereinzelt die Lichter von Dreifelden.

Helen ließ ihre Gedanken treiben. Die Therapiestunde bei Kaminsky hatte sie mehr Kraft gekostet als die gesamte letzte Woche. Leichte Kopfschmerzen stellten sich ein. Sie sehnte sich nach echtem, erholsamem Schlaf und nicht nach der bleiernen Betäubung, die das Diazepam herbeirief.

Ihr wurde klar, dass sie die Heimkehr in den Gasthof hinausschob, um den unausgesprochenen Fragen in den Augen der Wirtsleute zu entgehen. Früher hatte sie nie so emotional auf die dunklen Seiten reagiert, die ihr Job mit sich brachte. Dass sie selbst zum Opfer geworden war, hatte alles verändert. Bis das Ergebnis des DNA-Abgleichs vorlag, würden noch mindestens vierundzwanzig Stunden vergehen. Das Warten war für die verzweifelten Eltern vermutlich belastender als die Gewissheit, falls ihre Tochter tot sein sollte.

Auf der gegenüberliegenden Seeseite hob sich im schwindenden Tageslicht der Umriss von Funkes Wellblechtrailer vor dem indigofarbenen Wald ab. Wie würde *er* reagieren, wenn die Tote aus dem See *seine* Tochter war? Würde er sich in seine depressive Muschel zurückziehen und endgültig den Deckel über sich schließen? Sie brauchte ihn. Alles deutete darauf hin, dass der Täter sich in der Nähe aufhielt oder aus der Gegend stammte. Funke kannte Land und Leute wie seinen vergammelten Wohnwagen. Möglicherweise war dies genau der Vorteil, der den Unterschied zwischen Erfolg und Niederlage ausmachen konnte. Sie beschloss, ihm einen Besuch abzustatten. Seit er ihr am Morgen einen kleinen Teil seines komplizierten Seelenlebens offenbart hatte, sah sie ihn mit anderen Augen. Er schien sich für den Moment der Unachtsamkeit genauso zu bestrafen, wie sie selbst sich für Neles Tod verantwortlich machte. Während er es vorzog, sich langsam zu Tode zu trinken, hetzte sie von Mordfall zu Mordfall, um ihre Selbstachtung wiederzuerlangen und die Schuldgefühle abzustreifen. Zwar befriedigte es sie, wenn sie einen Täter überführen konnte und ein

Verbrechen gesühnt wurde, wirklichen Frieden fand sie dadurch nicht. Nichts war ihr gut genug, kein Fall schnell genug gelöst. Sie erschrak über die Erkenntnis, wie tief Kaminsky in der kurzen Zeit in ihr Innerstes vorgedrungen war.

Im Trailer brannte Licht. Sie klopfte an die Blechtür und wartete. Schritte näherten sich, Funke öffnete die Tür und blickte sie erstaunt an. „Noch immer im Dienst?“, fragte er.

„Ja. Nein. Eigentlich nicht. Sie wollten mir zeigen, was Sie über den Tod Ihrer Tochter herausgefunden haben, bevor die Ermittlungen eingestellt wurden. Aber wenn es Ihnen gerade nicht passt, kann ich ein anderes Mal wiederkommen.“

Funke schien eine Weile zu überlegen und betrachtete sie stirnrunzelnd. Schließlich gab er der Tür einen Stoß und trat zur Seite. „Nein. Der Zeitpunkt ist so gut wie jeder andere. Wenn Sie schon da sind, dann kommen Sie auch rein.“

Helen folgte ihm in den geräumigen Wohnwagen. Überrascht stellte sie fest, dass ihre Befürchtungen sich nicht bewahrheiteten. Obwohl er soff wie ein Bürstenbinder und der Trailer von außen wirkte, als würde er beim ersten Anzeichen eines Sturms auseinanderbrechen, war das Innere sauber und aufgeräumt. Funke hatte sich spartanisch, aber zweckmäßig eingerichtet. An der Längswand des großen Wohnraums standen eine abgewetzte Ledercouch, ein Sessel und ein kleiner Tisch. Erstaunt nahm sie die frischen Herbstblumen in der winzigen, glasierten Tonvase auf dem Tisch wahr. An der Kopfwand stapelten sich nach vorne offene Holzkisten, in denen Schallplatten einsortiert waren.

Neugierig überflog sie die Sammlung aus mehr als zweihundert LPs. Die meisten stammten von Rockbands aus den Siebziger- und Achtzigerjahren. An der Wand darüber klebte ein Poster von Led Zeppelin, in einer Halterung hing eine E-Gitarre.

Über der Essecke, die aus zwei fest eingebauten schmalen Bänken und einem Tisch bestand, waren an einer Korkpinnwand drei Dutzend Fotos befestigt. Alle zeigten ein Mädchen im Alter von etwa fünf bis sechzehn Jahren. Auf einigen Bildern lachte es zusammen mit Funke in die Kamera. Die Ähnlichkeit war unverkennbar. Vater und Tochter.

Auf einer zerschlissenen Wolldecke neben dem Eingang zum hinteren Teil des Wohnwagens lag der Golden Retriever. Als er sie erblickte, hob er den Kopf von den Pfoten und wedelte mit dem Schwanz.

„Kann ich Ihnen etwas anbieten?", fragte Funke.

Die niedrige Deckenleuchte erzeugte tiefe Schatten auf seinem Gesicht. Er sah krank und erschöpft aus.

Ihr Magen knurrte vernehmlich.

„Noch nichts gegessen, wie?" Er studierte den Inhalt eines Fachs über der kleinen Kochstelle. „Was halten Sie von Spaghetti? Mit Speck und Parmesankäse? Ist das Einzige, was ich immer im Haus habe."

„Sie können kochen?"

„Meistens gehe ich ins *Haus am See*. Aber dann ende ich jedes Mal unter dem Tresen." Er füllte einen Topf mit Wasser, setzte ihn auf eine Kochplatte und schaltete den Gasherd ein.

Sie deutete auf die Fotos. „Ist das Nora?"

„Ja. Fragen Sie ruhig."

„Wonach?"

„Nach ihrer Mutter.“

„Also gut. Wo ist sie?“

Funke schnitt Speck in Streifen und stellte eine Pfanne auf die zweite Herdplatte.

„Unsere Ehe hat Noras Verschwinden nicht verkraftet. Der Tod eines Kindes ist eine enorme Belastungsprobe. Susanne braucht wohl jemanden, dem sie die Schuld geben kann, um mit dem Schmerz fertigzuwerden. Ich lebe nicht in einem Wohnwagen, weil ich ein Campingfan bin. Susanne hat mir alles genommen, was mir etwas bedeutete. Sie wollte mich bestrafen und anschließend zerstören.“ Er entkorkte eine Flasche Rotwein und stellte sie auf den Esstisch. „Nun, es ist ihr fast gelungen.“

„Sind Sie geschieden?“

„Das Trennungsjahr ist noch nicht vorbei. Sie nutzt jede Gelegenheit, um mich spüren zu lassen, dass sie mich für Noras Tod verantwortlich macht.“

„Grund genug, sich langsam zu Tode zu trinken.“

„Es betäubt den Schmerz. Und die Gedanken. Was tun Sie, um mit Ihrem kleinen Problem klarzukommen?“

„Schlaftabletten.“

„Mm“, brummte er. „Hab ich auch versucht. Irgendwann lässt die Wirkung nach und man spürt nichts mehr.“ Er goss den Wein in zwei Wassergläser. „Was Besseres hab ich nicht. Ich bekomme selten Besuch.“ Er hob sein Glas. „Cheers. Auf die Teufel im Kopf.“

Sie probierte den Wein und ertappte sich dabei, dass sie ihm Dinge erzählen konnte, die sie sonst nur unter Androhung von Folter preisgegeben hätte. „Ich mache eine Therapie“, platzte sie heraus.

„Welcher Therapeut ist verrückt genug, Sie zu behandeln?“

Sie lachte. „Ich muss ein paarmal zu einem Psychoheini, damit ich meinen Job wiederbekomme.“

„Psychoheini?“

„Dr. Kaminsky. Sagt Ihnen der Name etwas?“

„Nein. Nie gehört.“

Der Retriever war aufgestanden, streckte sich und entschloss sich, sie zu begrüßen. Aber dann war er wohl doch eher an dem Speck interessiert. Funke warf ihm ein Stück zu, das er geschickt mit dem Maul auffing. Er hatte den Hund gebadet und die wund gelaufenen Pfoten versorgt. Sein Fell leuchtete in warmen Gold- und Brauntönen. Funke hatte recht. In sauberem Zustand war er ein hübscher Kerl.

Sie lockte den Hund an und kraulte ihn hinter den Ohren. „Wollen Sie ihn behalten?“

„Warum nicht? Er ist genauso kaputt wie ich. Sieht aus, als passten wir ganz gut zusammen.“

Der Hund schnupperte an ihrer Hand und wuffte leise.

Kurz darauf tischte Funke ein einfaches Gericht aus Spaghetti, gebratenem Speck und Parmesankäse auf. Sie aßen schweigend.

„Sie taugen mehr zum Koch als zum Polizisten“, sagte sie.

„Ich hab’s Ihnen doch erklärt.“

„Sie meinen Haffner.“

„Erzählen Sie mir lieber von Ihren Besuchen bei dem Psychoheini.“

„Besser nicht. Entweder ist er selbst total plemplem oder ein echtes Genie.“ Sie betrachtete die Bilder an der

Pinnwand. „Sie erwähnten, dass Ihr Vorgänger die Akte ungewöhnlich schnell geschlossen hatte."

Funke räumte den Tisch ab. Dann nahm er die Pinnwand ab, drehte sie um und hängte sie wieder auf. Ein Wirrwarr aus Fotos, Landkartenausschnitten, Bemerkungen in einer ordentlichen Handschrift und Querverweisen tauchte auf.

Die Bilder zeigten Mädchen im Alter von fünfzehn bis achtzehn Jahren.

„Wer sind diese Mädchen?"

„Nora war nicht die Einzige, die bei den Höhlen verschwand. Wir haben es mit drei weiteren Opfern zu tun, die innerhalb von fünf Jahren im selben Gebiet verschwanden."

„Und es hat keine Ermittlungen gegeben?"

„Sie kennen Frank Morloch nicht." Er spie den Namen aus wie ein verdorbenes Stück Fleisch.

„Nein. War er Ihr Chef?"

„Ja. Korrupt bis ins Mark und ein schlimmerer Säufer, als ich es bin. Und unfähig dazu. Er schloss die Fälle schnell als Unglücke ab. Letztlich konnte niemand beweisen, dass die Mädchen entführt und ermordet worden waren. Auch ich nicht."

„Sind noch Spaghetti da?"

Er runzelte die Stirn. „Für jemanden, der so unter Stress steht wie Sie, entwickeln Sie einen bemerkenswerten Appetit."

„Andere saufen, bis sie nicht mehr stehen können, ich esse eben."

„Gummibärchen habe ich keine."

Er ging zur Kochnische hinüber und kratzte einen Rest Nudeln aus dem Topf. Sie fiel ausgehungert über das Essen her. „Aber Sie hörten nicht auf, nach den Mädchen zu suchen, hab ich recht?“

„Ja. Ich suchte nach Gemeinsamkeiten und Verbindungen zwischen den einzelnen Fällen, und ich fand sie. Alle Opfer verschwanden im Herbst oder während der Schneeschmelze im Frühjahr – Jahreszeiten, in denen die Nister sich in einen reißenden Wildbach verwandelt. Entweder sind sie wirklich ertrunken oder …“

„Der Täter nutzte das Hochwasser, um die Leichen verschwinden zu lassen. Er wusste, dass die Strömung sie in die unterirdischen Kavernen treiben würde.“

„Das war auch meine Theorie. Aber ich konnte sie nicht beweisen. Irgendwann kam ich nicht mehr weiter … und ich hatte andere Sorgen. Eine Scheidung kann eine hässliche Angelegenheit sein. Außerdem ziemlich kostspielig. Sind Sie verheiratet?“

„Nein.“

„Dann lassen Sie auch die Finger davon.“

Sie schob den leeren Teller von sich. Der Retriever beobachtete jede ihrer Bewegungen und leckte sich die Lefzen.

„Sie hätten nicht aufgeben sollen.“

„Es gab keinerlei Verdachtsmomente, keine Spuren, absolut nichts.“

„Er muss aus der Gegend stammen.“

„Dann hätte er wissen müssen, dass der Dreifelder Weiher im Herbst abgelassen wird. Er hätte dort niemals eine Leiche versenkt.“

„Es sei denn, die Leiche wurde ohne sein Zutun in den See gespült. Es war eine Art Betriebsunfall. Als er ihr Fehlen bemerkte, versuchte er, sie zu bergen, und wurde von den Jungen dabei überrascht.“

Funke schüttelte energisch den Kopf. „Schlagen Sie sich das aus dem Kopf. Es existiert kein unterirdischer Zufluss zum See."

Sie studierte die Bilder und Kritzeleien auf der Pinnwand. „Sagten Sie nicht, in der Nähe gibt es ein altes Bergwerk?"

„Die Grube Bindweide, ja. Aber dort wird schon lange kein Erz mehr gefördert. Es öffnet seine Pforten nur noch für Besucher und Touristen."

Die Sturmnacht, in der Mia verschwand, kam ihr in den Sinn. „Er kannte jeden Winkel der Bunker im Koblenzer Untergrund. Innerhalb von Sekunden hatte er sich Mia geschnappt. Genauso wie er Nora und die anderen geholt hat. Er kennt sich gut aus mit Höhlen, alten Stollen und stillgelegten Bergwerken. Das ist ein Anhaltspunkt."

„Eine Menge Leute wissen über die alten Stollen Bescheid. Zu viele, um ein Raster zu erstellen."

„Wir müssen herausfinden, wie er denkt. Was geht in ihm vor?"

„Warum trägt er diese alberne Maske?", entgegnete Funke. „Damit kann er nicht mal kleine Kinder erschrecken."

„Entweder tarnt er sich damit ... oder er folgt einem festen Ritual. Sie ist Bestandteil eines Ritus. Kennen Sie die Sage vom Minotauros?"

Er zündete sich eine Zigarette an. „Ich bin nur ein Dorfpolizist. Helfen Sie mir auf die Sprünge."

„Der Meeresgott Poseidon schickte König Minos von Kreta einen weißen Stier. Das Tier gefiel dem König jedoch so gut, dass er es nicht, wie versprochen, opferte, sondern in seiner Herde versteckte. Poseidon war darüber sehr erbost und sann auf Rache. Er sorgte dafür, dass sich Pasiphae, Minos' Gemahlin, in den Stier verliebte und einen Sohn mit ihm zeugte. Den Minotauros, ein Mischwesen – halb Mensch, halb Stier. Entsetzt über das Monster sperrte der König den Minotauros in ein unterirdisches Labyrinth. Alle neun Jahre musste er dem Halbgott sieben Jungfrauen und sieben Jünglinge opfern, die er von den besiegten Athenern als Tribut forderte. Erst der Held Theseus konnte das Ungeheuer mithilfe von Minos' Tochter Adriadne besiegen. Sie gab ihm einen mythischen Faden, den er auf dem Weg ins Labyrinth abwickelte und so den Ausgang wiederfand."

„Und was hat die Sage mit einem Serienkiller zu tun, der sein Unwesen im 21. Jahrhundert treibt? Glauben Sie, der Kerl hält sich für einen Gott?"

„Ich weiß es nicht. Kaminsky sagte, der Minotauros steht in der Tiefenpsychologie für die ungebändigten Triebe im Menschen, für das Wilde und Zügellose. Vielleicht ist die Maske für ihn eine Art Tarnkappe, ein Symbol. Wenn er sie aufsetzt, verwandelt er sich und wird zum Minotauros, der seinen Trieben freien Lauf lassen kann, ohne dass ihn sein Gewissen quält. Die Maske hilft ihm, seine Verbrechen vor sich selbst zu verantworten. Er nimmt dazu eine andere Identität an, verstehen Sie? Er könnte schizophren sein."

Funke goss sich Wein nach. „Und wie hilft uns das weiter?"

Sie seufzte. „Leider überhaupt nicht. Es engt den Kreis der möglichen Täter nicht ein. Jeder könnte es sein."

„Wenn Sie recht haben, besitzt er detailliertes Wissen in Psychologie."

„Oder er kennt die Sage vom Minotauros und benutzt sie für seine Zwecke. Wenn er unter einer Persönlichkeitsspaltung leidet, könnte er tagsüber ein unauffälliges Leben führen. Er weiß nicht, dass eine dunkle Hälfte in ihm schlummert."

„Sie meinen, so wie Dr. Jekyll und Mr Hyde?" Funke rieb sich ratlos den Nacken. „Das würde erklären, warum er Sie wieder laufen ließ."

„Zum Teufel, da könnten Sie recht haben. Seine dunkle, triebhafte Seite hat mich entführt und die Taghälfte wieder freigelassen."

„Ziemlich weit hergeholt, oder? Was wissen Sie sonst noch über ihn?"

„Nichts. Ich kann Ihnen etwas über seine Opfer erzählen. Mädchen und junge Frauen zwischen sechzehn und zwanzig. Es gibt keine äußerlichen Gemeinsamkeiten wie Haarfarbe oder Körperbau, er steht also nicht auf einen bestimmten Typ. Alle Opfer stammen aus prekären sozialen Verhältnissen. Sie waren drogenabhängig und wurden in ambulanten Versorgungszentren behandelt. Alle unterzogen sich einer Psychotherapie."

„In derselben Einrichtung?"

„Die Kliniken liegen alle in Rheinland-Pfalz, aber teilweise über hundert Kilometer voneinander entfernt. Ich weiß, was Sie denken. Der Täter sucht sich seine Opfer unter jungen Frauen, die psychisch labil sind, weil sie für ihn eine leichte Beute darstellen. Tatsächlich sind zwei Opfer Prostituierte. Aber wir haben das gesamte Personal der Kliniken überprüft, ebenso ehemalige Patienten, soweit sie auch nur entfernt in unser Raster passten."

„Und keine Verdächtigen aufgespürt."

„Nein."

„Es ist trotzdem ein Hinweis darauf, dass er psychologische Kenntnisse besitzt."

„Vielleicht suchen wir einen Patienten oder einen Pfleger oder einfach nur einen verrückten Hausmeister. Jemand, der Zugang zu den Kliniken hatte. Er könnte auch ein Angestellter einer externen Reinigungsfirma sein oder nur ein Besucher", erklärte sie.

„Uns bleibt immer noch die Kette mit dem chinesischen Anhänger. Wenn wir sie der Toten im See zuordnen könnten, hätten wir eine Spur. Wir müssen nur den fehlenden Teil finden." Funke ging zur Küchenecke hinüber, gab drei Eiswürfel in ein Wasserglas und füllte es mit Dewar's auf.

„Hören Sie mit der Sauferei auf, und Haffner hat nichts mehr gegen Sie in der Hand."

„Haffner ist mir egal." Er trank einen Schluck und kehrte zum Tisch zurück.

„Ich brauche Sie. Nora braucht Sie."

Unwillig schüttelte er den Kopf. „Sie sind doch sowieso raus aus der Sache. Wenn Starbacher erfährt, dass wir uns den Kopf über den Fall zerbrechen, kriegen wir nichts als Ärger."

„Starbacher hält vorerst die Füße still. Dafür habe ich gesorgt."

Funke rutschte ans Fenster und stierte mit glasigen Augen auf den See hinaus. „Warum sollten ausgerechnet wir dort erfolgreich sein, wo eine komplette Sonderkommission versagt hat?"

„Vielleicht ist gerade das unser Vorteil. Ich mache Ihnen einen Vorschlag", sagte sie.

Funke nippte an seinem Whisky.

„Wenn der DNA-Abgleich negativ ausfällt …“

„… bedeutet das nicht, dass Nora noch lebt.“

„Sie sind ein verflucht sturer Hund.“

Der Retriever wuffte zustimmend.

„Sie verschwand vor über einem Jahr“, sagte Funke. „Glauben Sie wirklich, er hält sie so lange gefangen? Und wenn es so wäre … vielleicht wäre sie dann besser tot.“

„Helfen Sie mir, diesen Wahnsinnigen zu fassen. Er wird nicht aufhören zu morden. Wir müssen verhindern, dass noch mehr Mädchen Noras Schicksal erleiden.“

Funke leerte sein Glas. „Und wenn es mir gleichgültig ist?“

„Das ist es nicht.“

Er blickte auf. Sie hatte zum ersten Mal das Gefühl, ungehindert bis auf sein geschundenes Herz blicken zu können. Sie spürte, dass er ihr nur eine Puppe präsentierte, die Polizist spielte. Seine Teilnahmslosigkeit, das exzessive Trinken und seine Hoffnungslosigkeit waren nur ein Versuch, sich vor der Wahrheit zu verstecken. Wenn sie in ihm neue Hoffnung wecken konnte, würde er ihr vielleicht helfen. Sie musste es versuchen. „Ich glaube, dass Ihre Tochter lebt. Und wir werden sie finden.“

„Wozu wollen Sie mich mit einer Hoffnung quälen, die sich am Ende als vergeblich erweisen wird?“

„Haben Sie schon mal darüber nachgedacht, dass es *Noras* einzige Hoffnung ist, dass ihr Vater endlich aus seinem Selbstmitleid erwacht und nach ihr sucht?“

Er antwortete nicht.

„Warten wir die DNA-Probe ab. Fällt sie positiv aus, können Sie sich von mir aus zu Tode saufen. Ist sie negativ, helfen Sie mir, dieses Schwein zu jagen. Wenn es sein muss, bis in die Hölle.“

„Wo wollen Sie überhaupt anfangen?“

„Wir sollten Irena Milics letzte Tage rekonstruieren.“

„Wir wissen nicht, ob sie tot ist.“

„Umso wichtiger ist es, herauszufinden, was mit ihr passiert ist.“

Funke drehte das leere Glas in den Fingern. „Was war eigentlich heute Morgen am See mit Ihnen los? Sie waren ziemlich in Panik.“

„Das geht Sie nichts an.“

„Mmh. Wenn ich mit Ihnen auf Mörderjagd gehe, wär’s nicht schlecht, wenn ich wüsste, worauf ich mich einlasse.“

„Machen Sie sich um mich keine Sorgen.“

„Es könnte für uns beide gefährlich werden, falls sich so ein Aussetzer wiederholt.“

„Das wird nicht passieren. War das jetzt ein Ja oder ein ‚Mal sehen‘?“

Funke blickte sie eine Weile abschätzend an, bevor er antwortete. „Es gibt da die Aussage eines Jungen, der beobachtet hat, wie Irena Milic in der Nacht ihres Verschwindens in einen weißen Kastenwagen gestiegen ist.“

Sie starrte ihn fassungslos an. „Damit rücken Sie jetzt erst heraus?“

„Ich wusste ja bis gestern noch nicht, dass der Mann, den Sie suchen, einen Kastenwagen fährt. Irena wollte nach Koblenz, so viel steht fest. Vermutlich ist sie getrampt, und er hat sie mitgenommen. Ich habe Hinweise darauf, dass sie in Koblenz jemanden kennengelernt hat.“

„Morgen früh will ich sofort Einsicht in die Akte nehmen.“

„Es gibt keine Akte. Es ist so … der Zeuge ist Kai Haffner, der Sohn des alten Haffner.“

„Na und?“

„Wenn die Sache offiziell wird, zieht er garantiert seine Aussage zurück, weil sein Vater ihn sonst grün und blau schlagen wird.“

„Weil ein Serienkiller schlecht fürs Geschäft ist.“

Funke goss sein Glas voll. „Wen interessiert, ob ein Zeugenprotokoll angelegt wurde? Wir haben eine Spur. Und die führt nach Koblenz.“

Helen trank ihren Wein aus. „Sehe ich auch so“, ahmte sie Funkes Tonfall nach. „Und jetzt hören Sie mit der Sauferei auf.“

16

„Nein. Das ist nicht Irenas Kette. Ich kann mich nicht erinnern, ein solches Schmuckstück je bei ihr gesehen zu haben." Marianne Milic gab Helen den chinesischen Anhänger zurück. In ihren Augen flackerte Angst auf. „Wann werden Sie wissen, ob die Tote aus dem See unsere Tochter ist?"

„Frühestens morgen."

„Hat Funke wieder Mist gebaut?", fragte der Wirt drohend.

„Nein. Ein DNA-Test dauert mindestens achtundvierzig Stunden."

„Es wird höchste Zeit, dass jemand etwas wegen dem verfluchten Säufer unternimmt."

„Geben Sie ihm eine Chance. Er hat viel durchgemacht."

„Nicht mehr als wir. Er war in den letzten drei Monaten keinen Tag nüchtern. Funke fängt nicht mal eine von den Kakerlaken, die seinen Wohnwagen auffressen; von einem Serienmörder ganz zu schweigen."

„Wir wissen noch nicht, ob es eine Verbindung zwischen Irena und den Mordfällen gibt", antwortete Helen. Und an Weihnachten wird Badewetter im Westerwald herrschen, dachte sie. Das Mädchen war in einen weißen Kastenwagen gestiegen und hatte damit ihr Todesurteil besiegelt. Daran bestand kein Zweifel mehr.

Aber solange es Hoffnung gab, brauchten ihre Eltern das nicht zu wissen.

Ivan Milic schüttelte den Kopf und tauchte ein Bierglas ins Spülwasser. „Funke ist längst über den Punkt hinaus, an dem er noch hätte umkehren können. Ich habe schon eine Menge Säufer gesehen, glauben Sie mir. Er ist ein hoffnungsloser Fall."

Die Eingangstür schlug mit einem Knall zu. „Du redest schon am frühen Morgen einen Haufen Unsinn daher, Ivan."

Funke stand in der Gaststube. Er trug eine frisch gebügelte Uniform, seine Wangen waren glatt rasiert.

Helen trank hastig ihren Kaffee aus. „Wir wollten eh gerade gehen." Sie schob Funke auf die Straße hinaus. „Was ist denn mit Ihnen passiert? Ich hätte Sie fast nicht wiedererkannt."

„Und? Gefällt Ihnen, was Sie sehen?"

Sie verzog den Mund. „Übertreiben Sie es nicht. Paul Newman werden Sie keine Konkurrenz machen." Sie musterte ihn neugierig. „Darf man fragen, was Sie vorhaben? Sie sehen aus, als wollten Sie zum Polizeiball gehen."

„Mal schauen. Vielleicht geh ich mit *Ihnen* hin. Wenn Sie brav sind."

„Geben Sie's auf. Was wollen Sie?"

„Mit Ihnen auf Mörderjagd gehen. Trägt man da nicht Uniform?" Er hielt ihr die Beifahrertür des Streifenwagens auf.

Wider Willen musste sie lachen. „Okay, dann fahren wir heute standesgemäß. Wo beginnen wir?"

„Ich dachte, wir schnüffeln mal ein bisschen in der Schule herum, die Irena zuletzt besucht hat. Mädchen

in ihrem Alter haben in der Regel eine beste Freundin –
die wiederum alles weiß, was es zu wissen gibt."

„Keine schlechte Idee."

Er startete den Motor und lenkte den Passat auf die
Straße. Der Retriever saß hechelnd auf dem Rücksitz
und stupste Helen mit seiner feuchten Nase an.

Irgendetwas fehlt, überlegte sie. Dann wurde ihr klar,
was geschehen war. Die saure Wolke aus abgestandenem Alkohol, die Funke umschwebte, seit sie ihn kennengelernt hatte, war verschwunden.

„Nachdem ich gestern Abend gegangen bin, haben Sie
keinen Tropfen mehr getrunken", vermutete sie.

„Nein."

„Halten Sie das durch?", fragte sie ernst.

„Ja."

„Ich will nicht, dass Sie schlappmachen, wenn es darauf ankommt."

„Das werde ich nicht."

Sie hoffte, dass er sich nicht irrte. Nach wenigen Minuten bog der Streifenwagen in den Hof der Realschule
in Hachenburg ein.

„Glauben Sie, die Uniform macht Eindruck bei den
Kids?", fragte sie spöttisch.

Er stieg aus dem Wagen und setzte seine Dienstmütze
auf. „Wäre schon möglich." Zielsicher steuerte er den
Schulhof an. Der Golden Retriever wich nicht von seiner Seite. Funke hatte den richtigen Zeitpunkt genau
abgepasst. Aus den Zugängen des Gebäudes strömten
die Schüler zur großen Pause.

„Wissen wir, wen wir suchen?"

„Wir müssen uns durchfragen. Am besten teilen wir
uns auf."

Helen entfernte sich von ihm und sprach mehrere Mädchen in Irenas Alter an. Nach fünf Minuten hatte sie einen Namen und ein Gesicht. Sie winkte Funke heran. „Das ist Kerstin Schuster. Sie war eng mit Irena befreundet."

Sie zeigte ihr die Kette mit der Hälfte des Anhängers. „Hast du den mal bei Irena gesehen?"

Das Mädchen starrte wie hypnotisiert auf das Schmuckstück. „Glauben Sie, dass sie tot ist?"

„Wissen wir noch nicht", sagte Funke. „Also, schon mal gesehen?"

„Ja. Das ist ein Geschenk." Unsicher blickte sie sich um. „Ich muss zurück ins Klassenzimmer."

„Heute dauert die Pause ein bisschen länger. Mein Kollege regelt das." Helen warf Funke einen bittenden Blick zu. Das Mädchen fühlte sich in seiner Gegenwart offenbar unwohl. Der Ruf eines unfähigen Trinkers schien ihm vorauszueilen, egal wo er aufkreuzte.

„Ich rede mal mit deinem Lehrer und sorge für eine Entschuldigung." Den Hund im Schlepptau, ging er auf die Tür zum Sekretariat zu.

„Du könntest uns helfen, Irena zu finden", sagte Helen.

„Ich weiß nicht viel. In den letzten Monaten war ich nicht mehr so oft mit Irena zusammen. Sie hing dauernd in Koblenz ab."

„Hatte sie einen Freund dort?"

„So richtig fest war das wohl nicht. Aber sie trampte an jedem Wochenende hin. Oder der Typ holte sie ab."

„Stammt die Kette mit dem Yin- und -Yang-Symbol von ihm?"

„Ich weiß es nicht. Irena hat ein großes Geheimnis daraus gemacht. Auf jeden Fall war ihr der Anhänger echt wichtig.“

„Hat der *Typ* auch einen Namen?“

„Carlos. Den Nachnamen kenne ich nicht. Sie hat mich zweimal mitgenommen, aber die Leute, mit denen er rumhing, mochte ich nicht. Er spielt Gitarre in einer Band in Koblenz, glaub ich. Jedenfalls hat Irena das erzählt. Sie wollte mich unbedingt zu einem Konzert mitnehmen, aber irgendwie kam es nicht mehr dazu.“

„Wo wohnt dieser Carlos?“

Kerstin zog die Mundwinkel nach unten. „Wohnen? Der ist viel zu kaputt, um irgendwo zu wohnen. Er haust auf einem alten Kahn am Rheinhafen. Ich hab gehört, er jobbt dort.“

„Warum mochtest du ihn nicht?“

„Seit Irena mit ihm zusammen war, hatte sie sich verändert. Sie war kaum noch bei unserer Clique in Hachenburg. Einmal hatte sie mich zu einer Party auf dem Schrottkahn mitgenommen. Die Typen da waren echt krass, total fertig. Ich nehm keine Drogen, mit Ecstasy und dem Zeug will ich nichts zu tun haben. Die sahen alle aus, als ob sie bis zur Oberkante Unterlippe damit voll waren. Ein paar Mädchen waren dabei, die waren völlig high. Als Irena dann auch anfing, bunte Pillen einzuwerfen, wollte ich nicht mehr mit ihr zusammen sein. Ich hatte Angst, dass sie mir das Zeug unterjubeln würde. Es veränderte sie total, echt krass. Und Carlos war irgendwie ... unheimlich.“

„Hatte sie noch andere neue Freunde dort gefunden?“

„Keine Ahnung. Sie war eine Zeit lang mit einer Russentussi zusammen. Sie erzählte dauernd, dass sie demnächst sowieso zusammen abhauen würden, weil sie dann genug Kohle hätten.“

„Hat sie gesagt, woher sie das Geld nehmen wollten?“

„Nee. Sie hat kaum noch mit uns geredet. Sie sagte, der Westerwald kotze sie an, von wegen Provinz und so. Irena wollte unbedingt fort von hier. Am Anfang hielt ich das nur für Angeberei, aber als sie plötzlich verschwunden war, hab ich gedacht, dass sie’s wohl doch ernst gemeint hat.“

Funke trat aus der Tür des Schulgebäudes.

„Danke. Wenn wir noch Fragen haben, melden wir uns bei dir.“

Kerstin druckste herum.

„Ist noch was?“

„Die Leute sagen, Sie sind hier, um den Maskenmann zu jagen.“

„Den Maskenmann?“

„So nennen sie doch den Irren, der den Mädchen die Hände abschneidet und sie dann umbringt.“

„Ich darf zu laufenden Ermittlungen nichts sagen.“ Wenigstens der Buschfunk funktionierte in diesem Kaff hervorragend. Jeder schien zu wissen, was sie durchgemacht hatte und weswegen sie hier war. Ein Gedanke schoss ihr durch den Kopf. „Hat Irena mal eine Therapie gemacht?“

„Wegen ihrer Kokserei? Nee, glaub ich nicht. Davon weiß ich jedenfalls nichts.“

„Kennst du einen Dr. Kaminsky? Hat Irena den Namen mal erwähnt?“

„Nee. Nie gehört. Ich muss los.“

„Danke für deine Hilfe“, rief Helen ihr nach.

„Was rausgefunden?“, fragte Funke.

„Kann sein“, sagte sie grinsend. „Kerstin?“

Das Mädchen blieb kurz vor dem Eingang stehen.

„Eine Frage noch. Du sagtest, Carlos holte Irena manchmal ab. Was für einen Wagen fährt er?“

„So'n weißen Kastenwagen.“

„Okay. Das war alles. Danke.“ Ihre Hoffnung, dass Irena einfach nur durchgebrannt war, schwand. Sie wandte sich an Funke. „Wir sollten uns mal im Koblenzer Rheinhafen umsehen.“

„Ganz meine Meinung.“

Obwohl es selbst am Rhein herbstlich kühl war, schwitzte Funke wie ein Malariakranker. Seine Augen glänzten fiebrig, als sie den Streifenwagen am Hafen abstellten.

„Alles in Ordnung mit Ihnen?“

Er stieg aus dem Wagen und klammerte sich an den Türholm. „Bestens.“

„Sie sehen aus wie ein Crystal-Meth-Junkie nach vier Tagen Entzug.“

„Mir geht's gut.“ Er lockte den Retriever vom Rücksitz.

„Das ist vielleicht doch nicht der richtige Zeitpunkt, um mit dem Trinken aufzuhören.“

Er blickte auf seine zitternden Hände. „Ein Zeitpunkt ist so gut wie der andere. Meinen Sie nicht auch, dass Nora ihren Vater so nicht sehen sollte? Ich meine, falls Sie recht haben und wir sie finden.“

„Okay. Der Punkt geht an Sie. Aber ich zähle auf Sie.“

Funke biss die Zähne zusammen und atmete tief die kühle Morgenluft ein. „Das können Sie. Schauen wir uns mal um." Der Hund rieb seine Schnauze an Funkes Hosenbein und winselte.

„Wollen Sie ihn wirklich behalten?"

Funke kraulte ihn hinter den Ohren. „Sieht so aus, als ob *er mich* behalten will."

„Nora mochte Hunde, nicht wahr?"

„Ja. Sie war verrückt nach ihnen."

Das war also der Grund, warum Funke den Retriever behielt. Er war ein Geschenk. Ein Geschenk für Nora. Ihr Plan schien aufzugehen. Er hatte neue Hoffnung geschöpft, obwohl er es nicht wagte, sie laut auszusprechen.

Langsam wanderten sie am Hafenbecken entlang. Schubschiffe und Frachter lagen am Kai. Ein Kran entlud den Bauch eines Schiffes und türmte Schrott und Altmetall in Betonboxen auf.

„Hier gibt's keine Boote", stellte Helen fest.

Funke überquerte Bahngleise und hielt auf das Rheinufer zu. Ein schmaler bewaldeter Grünstreifen trennte das Hafenbecken vom Fluss. Hinter den Betonwänden der Schüttgutboxen stießen sie auf einen Schrottplatz. Zwischen verrosteten Traktoren, ausgedienten Eisenbahnwaggons und Autowracks ruhte auf zwei eisernen Böcken ein grünweißes Lotsenboot. Die Farbe blätterte in großen Flocken ab, und der Rumpf war an mehreren Stellen durchgerostet. Wahrscheinlich hatte das Boot zum letzten Mal Wasser berührt, als die *Bismarck* untergegangen war. Aus dem Inneren drangen die verzerrten Klänge einer E-Gitarre.

„Bingo", sagte Funke.

„Sehen Sie sich das an."

Hinter dem Heck des Bootes stand ein weißer Fiat-Kastenwagen. Helen zog ihre Waffe.

„Lassen Sie mich erst mit ihm reden. Über den Haufen schießen können Sie ihn immer noch", sagte Funke.

Mit mehr Geschick, als sie ihm zugetraut hatte, kletterte er eine Strickleiter empor, die an der Steuerbordseite des Bootes herabhing. Wachsam folgte sie ihm. Der Retriever winselte enttäuscht. Auf ein Zeichen von Funke setzte er sich auf die Hinterbeine und wartete.

Helen schwang sich über die niedrige Bordwand und stieß mit der Stiefelspitze gegen eine leere Schnapsflasche, die klirrend über das Deck rollte. Der Lärm aus den Lautsprecherboxen übertönte das Geräusch.

Funke öffnete die Tür zur Hauptkajüte und gab ihr einen Stoß. Carlos hatte ihnen den Rücken zugewandt. Er stand breitbeinig vor zwei Verstärkerboxen und entlockte seiner Gitarre Laute, die Helen an das Schreien einer gequälten Katze erinnerten.

Neben der Tür entdeckte sie einen Sicherungskasten. Sie wies Funke darauf hin, der den Hauptschalter nach unten kippte. Die Leuchtdioden der Verstärker erloschen. Carlos drehte sich überrascht um.

Er war etwa einen Meter fünfundsiebzig groß und drahtig. Sein langes, strähniges schwarzes Haar umrahmte ein schmales Gesicht mit einer gewaltigen Hakennase. Über die linke Wange zog sich eine dünne Narbe, die von einem scharfen Messer oder einem Stilett stammen mochte. Sie verlieh ihm einen brutalen Zug.

„He! Was soll das?", rief er.

Funke verstellte demonstrativ den Ausgang. „Wir suchen einen Typ namens Carlos."

„Und wenn ihr den gefunden habt?"

„Werden wir ihm ein paar Fragen stellen." Helen hielt ihm ihren Dienstausweis unter die Nase.

Carlos wich einen Schritt zurück und prallte mit dem Rücken gegen die Wand aus Lautsprecherboxen. Abwehrend hob er die Hände. „Wenn's um die Sache am Bahnhof geht ... ey, ich hab nichts damit zu tun."

Funke ließ sich auf einen Stuhl fallen, schob mit der Schuhspitze dreckiges Geschirr und leere Flaschen vom Tisch und platzierte seine Absätze in Carlos' Frühstück. „Pass auf, ich erklär dir, wie das Spiel läuft. Wir stellen die Fragen, und du antwortest. Dann sind wir schnell wieder weg."

Rasch taxierte Helen Carlos. Er war höchstens Mitte zwanzig. Zu jung für einen Serienmörder, der bereits mehrere Jahre aktiv war. Andererseits ... Ausnahmen bestätigten die Regel. Viele kranke Psychopathen starteten ihre blutige Karriere im Teenageralter.

„Wir suchen Irena Milic", sagte sie.

„Kenn ich nich."

Helen zeigte ihm den Anhänger, den sie im See gefunden hatten. „Sollen wir dein Boot auf den Kopf stellen? Ich bin sicher, wir finden die andere Hälfte."

„Was soll das sein? Hab das Ding noch nie gesehen."

„Du hast Irena nicht zufällig das passende Gegenstück geschenkt?"

„Nee. Bestimmt nicht."

Funke schnappte sich die Hülle einer CD und studierte den Titel des Albums. „Carlos Santana", stellte er fest. „Bis du deinen Spitznamen verdient hast, musst du noch viel üben. Im Augenblick klingst du eher wie Jimi Hendrix mit Parkinson-Syndrom."

„Wollen Sie mit mir über Musik quatschen?“

„Kennst du The Who?“, fragte Funke ungerührt. „Pete Townshend?“

Carlos nickte unsicher.

„Weißt du, was The Who nach den Konzerten mit ihren Instrumenten gemacht haben?“

Wieder ein Nicken.

„Okay, Carlos. Wenn du deine Fender in einem Stück behalten willst, sagst du uns jetzt die Wahrheit. Wir wissen, dass du mit dem Mädchen befreundet warst.“

Beeindruckt zog Helen die Augenbrauen hoch und verkniff sich ein Grinsen. Sie hatte Funke unterschätzt. Wer konnte schon sagen, was in ihm steckte, wenn er die letzten Spuren der Alkoholexzesse aus seinem Körper geschwitzt hatte?

„Ich warte“, sagte er.

„Mann, ich hab die ne Ewigkeit nicht mehr gesehen.“

„Seit wann genau?“, fragte sie.

„Weiß nicht mehr. Seit Anfang August, glaub ich.“

„Hattet ihr eine feste Beziehung?“

Carlos schnallte die Gitarre ab und lehnte sie gegen die Lautsprecherboxen. Verschlagen beobachtete er Funke, der lässig mit den Stiefeln auf dem Tisch mit seinem Stuhl schaukelte. Helen blockierte den Ausgang zum Deck und schlug ihre Jacke zurück, damit Carlos das Holster mit der Dienstwaffe sehen konnte. Sie würde keine Hemmungen haben, von ihr Gebrauch zu machen.

„Nein, Mann. Die war doch erst sechzehn.“

„Schau an, das hat er bemerkt.“ Funke kippte seinen Stuhl nach vorne. „Pass auf, Carlos, oder wie immer du heißt. Es ist uns ziemlich egal, ob du mit irgendeinem

Dreck dealst und minderjährige Mädchen vögelst. Solange du unsere Fragen beantwortest, kannst du tun, was du willst. Aber wenn du uns noch einmal anlügst, stellt in fünf Minuten die Spurensicherung dein Boot auf den Kopf. Und ich wette, dann wanderst du für die nächsten zehn Jahre in den Bau."

Carlos lief unruhig auf und ab wie ein in die Ecke getriebener Panther. „He, ist ja gut, Mann. Bleib ganz cool."

„Also?", fragte Helen.

„Ja, wir haben ein paarmal miteinander gepennt. Aber ich hab ihr nie was versprochen."

„Du hast mit ihr Schluss gemacht."

„Sie war ne echte Klette. Das wurde mir irgendwann zu viel."

„Wann hast du sie zuletzt gesehen? Vielleicht fällt's dir ja wieder ein, wenn sich die Mordkommission mit dir beschäftigt."

Carlos zündete sich eine Zigarette an, seine Finger zitterten. Helen verfolgte jede seiner Regungen. Nein, auf den ersten Blick passte er nicht in das Profil, das sie vom Täter erstellt hatte. Oder war alles um sie herum nur Tarnung? Eine weitere Maske, um sie in die Irre zu führen? Oder war er nur ein kleiner Dealer? Blieb noch der weiße Kastenwagen. Im Koblenz waren wahrscheinlich Dutzende von solchen Wagen zugelassen.

„Ja, kann sein, dass sie noch mal hier war", sagte er. „Ich glaub, das war am achten August, einen Tag nach dem Festival am Deutschen Eck."

Funke stand auf und begutachtete Carlos' CD-Sammlung. „Na bitte, geht doch. Was geschah an diesem Tag?"

„Ich hab nach dem Gig auf dem Boot ne Fete geschmissen. Irena war auch da, aber sie ist ziemlich früh gegangen. Am nächsten Morgen tauchte sie wieder auf. Sie war echt scheiße drauf.“

„In welcher Weise?“, fragte Helen.

Carlos zog nervös an seiner Zigarette. „Wir hatten in der Nacht Streit gehabt, und sie war abgehauen. Ich bin ihr nicht nachgelaufen, schließlich hatte ich das Boot voller Leute.“

„Worum ging es bei dem Streit?“

„Hab doch gesagt, sie war ne Klette. So was kann ich nicht gebrauchen, ich will meine Freiheit.“

„Du hast mit anderen Mädchen rumgemacht, und sie hat dich dabei erwischt“, stellte Funke fest.

„Ja, Mann.“ Er grinste breit. „Es war ne wilde Party. Ich lass eben nichts anbrennen.“

„Und am nächsten Morgen kam sie wieder zurück?“

„Sie war echt sauer. Ich dachte, wenn sie’s schafft, steckt sie mich in die Schrottpresse und löst mich anschließend in Säure auf.“

„Und weiter?“

„Sie hat ne Weile rumgetobt, aber ich hatte einen Riesenschädel, und es war mir irgendwie egal. Sie ist dann abgehauen, zusammen mit der anderen Schlampe.“

„Welche Schlampe?“

Carlos fuhr sich mit den Fingern durch das schwarze Haar. „Das war ne Russin oder so. Wie hieß die noch? Svetlana oder … ne, Tatjana hieß die. Mit der war ich mal vor nem Jahr oder so zusammen. Ziemliches Biest.“

„Hat Irena gesagt, wo sie hin wollten?“

„Oh Mann, das weiß ich wirklich nicht mehr. Das Übliche eben – dass es mir noch leidtun wird und so’n

Zeug. Irgendwas vom ganz großen Deal hat sie gequatscht und dass sie mich dann fertigmachen will."

„Was war das für ein Deal?", fragte Funke.

„Keine Ahnung."

„Womit verdienst du deine Kohle?"

„Ich bin Musiker."

„Und sonst noch? Bisschen Gras verkaufen?"

„He, ihr habt versprochen, ihr legt mich nicht rein. Ich hab euch gesagt, was ich weiß. Mehr war echt nicht. Ich hab die Kleine nie wieder gesehen."

„Irena hat dir nicht zufällig ein Geschäft versaut?", fragte Helen.

„Keine Ahnung, wovon die redet", sagte Carlos zu Funke.

„Sie glaubt, dass du Irena Milic getötet hast, weil sie dir im Weg war. Vielleicht wollte sie mit ihrem Wissen ja zur Polizei gehen, um sich an dir zu rächen, weil du ihr den Laufpass gegeben hast."

„Wie ... wie ... wieso getötet? Ist die Kleine über'n Jordan? Ey, damit hab ich nichts zu tun. Ihr solltet mal lieber die Russin suchen. Die kann euch mehr erzählen."

„Machen wir", sagte Funke. „Name? Adresse?"

„Tatjana."

„Weiter?"

„Wolzow, glaub ich. Hab nicht so genau nachgefragt."

„Und wo finden wir das Mädchen?"

Carlos grinste. „Überall, wo's ein Bett und nen harten Schwanz gibt."

Funke warf die CDs, die er studiert hatte, in den Pappkarton zurück. „Pass auf, Carlos. Wenn du uns angelogen hast, kommen wir wieder. Dann gehst du für sehr lange Zeit in den Knast."

„Mehr weiß ich nicht. Bestimmt nicht."

Helen kontrollierte seinen Ausweis und notierte sich die Daten. Sein bürgerlicher Name war Pablo Barredo. Er stammte aus Portugal, war aber in Deutschland aufgewachsen und besaß einen deutschen Pass.

„Komm bloß nicht auf die Idee, unterzutauchen. Wenn wir dich brauchen und hier nicht finden, bekommst du richtigen Ärger."

„He, kein Problem. Ich bin hier oder im Hafen. Alles klar."

Funke blickte aus dem Fenster und deutete mit dem Kinn auf den weißen Kastenwagen. „Ist das deiner?", fragte er.

„Nee. Der gehört nem Unternehmer aus dem Westerwald. Ist so ne Art Dienstwagen."

„Name, Anschrift?"

„Herbert Sassen in Dreifelden. Ich fahre ab und zu für den. Ich hab nen Führerschein für LKW und Bus. Liefere Sachen ab und so'n Zeug. Bringt immer ein bisschen Kohle. Mann, ich weiß, dass ich das versteuern muss. Aber dann lohnt es sich nicht mehr."

„Wir sind nicht von der Steuerfahndung. Schau einer an. Herbert Sassen, Bus- und Fuhrunternehmer aus Dreifelden. Haffners Spezi", erklärte Funke.

„Interessant. Wenn dir noch was einfällt, meldest du dich in der Polizeiinspektion in Hachenburg", sagte Helen.

Funke warf eine Visitenkarte auf den Tisch. „Du fragst nach mir oder Frau Stein und redest mit sonst niemandem. Klar?"

„Ey, wie seid ihr denn drauf? Ja, klar, Mann."

Sie verließen die Kajüte und kletterten die Bordwand hinunter. Der Retriever wedelte freudig mit dem Schwanz. Carlos erschien an der Reling und blickte misstrauisch in den Hof hinab. Der Hund hob den Kopf, fletschte die Zähne und kläffte wütend. Obwohl der Mann für ihn unerreichbar war, kratzte er mit den Pfoten an der Schiffswand und suchte einen Weg nach oben.

Carlos' Gesicht verschwand blitzartig.

Funke kraulte dem Retriever beruhigend das Fell. „Ich schätze, wir wissen jetzt, wer das Mädchen aus dem See ist."

„Hab ich was verpasst?"

„Könnte sein. Ich wette, dass der Hund Tatjana Wolzow gehört hat."

„Und die hatte Ärger mit Carlos. Vielleicht hatten Sie doch recht, und die Fische haben ihr zugesetzt. Barredo hat sie getötet, weil sie ihn übers Ohr gehauen hat. Ein Dealer kann es sich nicht leisten, den Respekt zu verlieren. Er hat sie erdrosselt und mit Sassens Wagen nach Dreifelden gefahren, wo er sie im See versenkte. Da er von außerhalb kommt, wusste er nicht, dass das Wasser im Herbst abgelassen wird."

„Könnte passen. Damit ist Ihre Theorie allerdings im Eimer. Die Tote im See hat dann nichts mit Ihrem Maskenmann zu tun."

„Und Irena lebt noch."

„Könnte sein", antwortete Funke. „Oder wir sind beide auf dem Holzweg."

17

„Wir sollten diesen Fuhrunternehmer überprüfen“, sagte Helen. „Vielleicht ist Irena nicht in den Wagen unseres Serienkillers eingestiegen, sondern in den von Sassen.“

„Sie meinen, Haffners Sohn glaubt, dass es Sassen war, und deckt ihn? Aus welchem Grund?“

„Ich weiß es nicht. Vielleicht hängt Ihr sauberer Bürgermeister mit in der Sache drin.“

„Oder sein Sohn.“ Funke blickte sich um. „Einer von uns muss hierbleiben. Wenn Barredo sich absetzt, werden wir ihn nur schwer wieder aufscheuchen können. Er sagt uns nicht alles, was er weiß. Lassen Sie mich zehn Minuten mit ihm alleine, und er wird darum betteln, den Rest beichten zu dürfen.“

„Wir sind hier in Koblenz, also müssen wir die SoKo mit ins Boot holen. Starbacher wird uns auseinandernehmen, wenn er erfährt, dass wir in seinem Revier wildern. Vergessen Sie’s.“

„Wir können Barredo nicht einfach laufen lassen. Es gibt jede Menge Indizien gegen ihn“, gab Funke zu bedenken.

Sie erreichten das Rheinufer. Es hatte wieder zu regnen begonnen, die Hügel auf der anderen Flussseite verschwanden hinter einer grauen Wand aus Wasser und Nebel.

„Was haben wir denn schon gegen ihn in der Hand?“

Funke zählte an den Fingern ab. „Der Hund hat ihn wiedererkannt. Er fährt einen weißen Kastenwagen, und er kannte Tatjana Wolzow und Irena Milic.“

„Na und? Das beweist gar nichts. Der Wagen gehört außerdem Sassen. Ich halte Carlos für einen miesen kleinen Dealer, der die Kids in Koblenz mit Rauschgift versorgt. Aber einen Mord traue ich ihm nicht zu. Möglich, dass er Irena angefixt hat und sie, ohne es zu ahnen, in die Arme des Serienkillers getrieben hat.“

„Eine ziemlich dünne Theorie. Wir sollten zumindest sein Alibi überprüfen. Die Party auf dem Boot stieg am siebten August. Wir wissen, dass Irena in der Nacht vom achten auf den neunten verschwand – jener Nacht, in der die Kids am Dreifelder Weiher gefeiert haben. Offenbar wollte sie per Anhalter nach Koblenz. Ihr Ziel kann nur Carlos gewesen sein.“

„Aber wenn sie ihm am Morgen des Achten eine Szene gemacht hat, wieso wollte sie dann in der kommenden Nacht noch mal per Anhalter nach Koblenz?“, fragte Helen.

„Vielleicht wollte sie nicht zu Carlos, sondern Tatjana Wolzow treffen.“

„Um gemeinsam abzuhauen“, überlegte sie.

„Und wenn Carlos doch unser Mann ist? Er dealt. Er kannte Irena und Tatjana. Seine Kunden gehören zur Drogenszene, so wie die Opfer des Maskenmanns. Ich bringe ihn zum Reden, verlassen Sie sich drauf.“

„Funke, so läuft das nicht. Wir brauchen Beweise, die vor Gericht verwertbar sind. Alles, was er unter Druck aussagt, wird er widerrufen.“

„Dann müssen wir an ihm dran bleiben. Tag und Nacht."

„Das denke ich auch."

„Wir sind nur zu zweit."

„Richtig. Der Tag ... und die Nacht."

Der Golden Retriever winselte, hob die Nase in den Wind und spurtete unvermutet auf das Flussufer zu.

„Sagten Sie nicht, er läuft nicht weg?", fragte sie spöttisch.

„Das wird er auch nicht."

„Sie haben ihm nicht einmal einen Namen gegeben."

„Er hat schon einen Namen", antwortete Funke. „Aber er hat ihn mir noch nicht verraten." Er beeilte sich, den Hund nicht aus den Augen zu verlieren.

Nach kurzer Suche entdeckten sie ihn auf einem schmalen Kiesstreifen am Flussufer. Er stand im flachen Wasser und bellte ein rot-blaues Ding an, das sich in den tiefhängenden Zweigen einer Weide verfangen hatte. Der Hund schnappte danach, konnte es aber nicht erreichen. Er knurrte und jaulte enttäuscht zugleich.

Funke stützte sich mit den Händen auf den Knien ab. Nach dem kurzen Spurt rasselten seine Lungen wie die Ketten eines Schlossgespensts.

„Wenn Sie kotzen müssen, haben Sie jetzt die beste Gelegenheit dazu. Nicht, dass Sie mir später den Wagen vollsauen."

Keuchend richtete er sich auf. Trotz der Anstrengung war er totenbleich. „Mir geht es gut." Verbissen hangelte er sich an den Ästen der Weide entlang und griff nach dem Treibgut. Der Hund verfolgte jede seiner Bewegungen mit aufgeregtem Gekläff.

„Das ist ein Rucksack“, stellte Helen fest.

Funke zog den Reißverschluss auf. Er stieß auf eine halb leere Flasche Cola light, einen Lippenstift, eine kleine Tasche mit Schminkutensilien und eine Haarbürste, dazu vier durchsichtige, fest verschlossene Plastikbeutel mit einem weißen Pulver. Im vorderen Fach steckte ein Ausweis.

„Schau einer an“, sagte Helen.

„Tatjana Wolzow“, bestätigte Funke, „achtzehn Jahre alt.“ Er reichte ihr den Ausweis. Das Passbild zeigte eine junge Frau mit schulterlangem, dunkelblondem Haar.

„Die Haarfarbe passt.“ Vorsichtig zog sie die Bürste aus der Seitentasche. „und wir haben genug Material für einen DNA-Abgleich.“

Der Hund steckte seine Schnauze in den Rucksack. Funke verscheuchte ihn und zog den Reißverschluss zu.

„Erwähnten Sie nicht ein Hochwasser vor etwa acht Wochen?“

Funke nickte und blickte flussaufwärts Richtung Schrottplatz. „Carlos könnte den Rucksack weiter oben in den Fluss geworfen haben. Die Strömung hat ihn in die Weiden getrieben, und dort ist er hängen geblieben, als der Wasserstand wieder sank.“

„Das beweist immer noch nicht, dass er das Mädchen getötet hat ... und all die anderen. Vielleicht hat sie den Rucksack auf seinem Boot vergessen, und er hat ihn weggeworfen.“

„Vergessen? Da drin stecken Drogen für mindestens zwanzigtausend Euro.“

Funke untersuchte die Taschen noch einmal gründlich. In einem Fach fand er einen Führerschein auf den

Namen Tatjana Wolzow und eine Geldbörse, in der die Visitenkarte einer Drogenberatung steckte. „Bingo“, sagte er.

Helen studierte die Karte. Die „Seeklinik“ lag in der Ortsgemeinde Dreifelden, oberhalb des Weihers.

„Warum ist das Mädchen nicht zu einer Beratungsstelle hier in Koblenz gegangen?“, überlegte sie.

„Vielleicht hat sie dort einen Entzug gemacht. Therapieplätze in der Stadt sind rar. Kann sein, dass sie dort in Dreifelden mehr Glück hatte“, sagte Funke.

„Wir sollten uns mit diesem Busunternehmer unterhalten.“

„Das übernehme ich“, sagte Funke.

„Dann werde ich ein wachsames Auge auf unseren Supergitarristen werfen. Wie kommen Sie nach Hachenburg zurück?“

„Harder soll einen Wagen schicken.“

„Warum hat Harder nicht Melanie geschickt?“, fragte Funke, als er zu Polaschek in den Streifenwagen stieg.

„Hat er. Aber ich habe sie mit anderen wichtigen Aufgaben beauftragt.“

„Die da wären?“

„Strafzettel schreiben.“ Polaschek gab Gas und reihte sich in den dichten Stadtverkehr ein. Funke blickte in den Rückspiegel. Der Retriever presste seine Schnauze an das Gitter, das den Laderaum des Kombis von der Fahrgastzelle abtrennte.

„Habt ihr etwas herausgefunden?“, fragte Polaschek.

„Kann sein. Du hasst das Fahren in der Großstadt und kommst trotzdem selbst. Was ist los?“

„Harder steckt viel mit Sassen und Haffner zusammen. Sie sind im selben Kegelclub und trinken ihr Bier in derselben Kneipe.“

„Das ist nicht verboten.“

„Ich will nicht, dass Harder Dienststellenleiter wird. Er ist scharf auf deinen Posten und wird alles tun, damit die Stein hier auf die Nase fällt. Er sammelt deine Dienstvergehen, wie ein Eichhörnchen Nüsse hortet. Und die knackt er dann mit Haffner jeden Abend an der Theke.“

„Was kümmert mich Haffner?“

„Mir machst du nichts vor, Ben. Er ist der kleine Bruder des Landrats, schon vergessen? Glaubst du, Harder weiß nicht, was hier läuft? Eine von ihrem Fall abgezogene, psychisch labile Profilerin und ein depressiver Trinker jagen einen Serienkiller. Haffner ist stinkwütend auf dich, weil du die Obduktion der Toten aus dem See nicht verhindert hast.“

„Ich bin noch immer der Dienststellenleiter.“

„Ja“, antwortete Polaschek düster. „Fragt sich nur, wie lange noch.“

„Wenn’s nach mir geht, noch eine ganze Weile. Sassen werde ich mir sowieso vornehmen.“

Polaschek warf ihm einen raschen Seitenblick zu. „Leg dich nicht mit den beiden an. Haffner ist ein intrigantes Schwein, aber Sassen geht nicht so subtil vor. Er steckt deinen Wohnwagen an, wenn du ihm zu sehr auf die Pelle rückst.“

„Mir egal. Kann sein, dass wir ihm auf der Spur sind.“

„Dem Maskenmann? Glaubst du das wirklich? Was ein zwanzigköpfiges Spezialisten-Team nicht geschafft hat, willst du und eine halb verrückte Fallanalytikerin in drei Tagen erreicht haben?"

Nein, das glaubte Funke nicht. Aber sie kreisten ihn ein, dessen war er sicher. Er war es Nora schuldig. Wenn sie noch lebte, war jeder Tag in ihrem Gefängnis seine Schuld. Seitdem sie verschwunden war, hatte er nichts weiter getan als sein Selbstmitleid in Schnaps zu ertränken. Aber das würde sich ändern. Alles würde sich ändern. Es war noch nicht zu spät.

„Ihr habt wirklich Nerven", sagte Polaschek kopfschüttelnd.

„Sie ist nicht verrückt."

„Aber auch nicht weit davon entfernt, den Verstand zu verlieren." Polaschek rieb sich den Nacken. „Na ja, kann man ihr kaum verdenken, nach dem, was sie durchgemacht hat. Umso weniger ist sie in der Lage, die Situation richtig einzuschätzen. Ihr jagt ein Phantom, Ben. Nora ist tot und der Serienkiller tot und begraben."

„Abwarten."

Eine halbe Stunde später bog Polaschek in die Einfahrt der Hachenburger Dienststelle ein. „Sei vorsichtig, wenn du Sassen befragst", warnte er Funke.

„Keine Sorge. Ich laufe mich gerade erst warm."

Aber Vorsicht war nicht Funkes Stärke. Er stellte den Dienstwagen im Hof des Fuhrunternehmens ab und brauchte nicht lange nach Herbert Sassen zu suchen. Er fand ihn in der Werkshalle, wo er mit dröhnender Stimme einen Fahrer zusammenstauchte, der offenbar in einen Unfall verwickelt gewesen war. Die Längsseite des kleinen Reisebusses, aus dem er stieg, war mit roten Farbspuren und Beulen übersät. Der Retriever legte die Ohren an und knurrte, als er Sassens Gebrüll hörte.

Als der Unternehmer Funke kommen sah, packte er den Fahrer bei der Schulter und schob ihn auf eine Glastür zu, die zu den Büros führte. Sassen sah aus, als hätte der liebe Gott nur noch grobe Würfel und Bauklötze übrig gehabt, als er ihn erschaffen hatte. Seine im Verhältnis zum Oberkörper zu kurz geratenen Beine steckten in flaschengrünen Kniebundhosen und derben Lederstiefeln. Sein feistes Gesicht leuchtete vor Erregung wie eine Verkehrsampel. Sassen war für seine cholerischen Ausbrüche bekannt und bei seinen Angestellten gefürchtet.

Er zog seine Hose hoch, die über die Hüften gerutscht war, und stapfte auf Funke zu. „Was willst du hier? Der Unfall wurde schon aufgenommen."

„Ich bin nicht wegen eines Unfalls hier. Das ist Sache der Verkehrspolizei." Er schaute sich in der Halle um, in der Wartungs- und Instandhaltungsarbeiten durchgeführt wurden. In einer Ecke stand ein weißer Fiat-Kastenwagen.

„Für dich arbeitet ein Mann namens Pablo Barredo?"

„Carlos", bestätigte Sassen. „Was hat er diesmal angestellt?"

„Du hast meine Frage noch nicht beantwortet."

„Er fährt ab und zu für mich. Macht Gelegenheitsjobs und übernimmt Terminfahrten, wenn meine Stammbelegschaft wieder mal zu faul ist, ein paar Überstunden zu schieben. Aber ich wollte ihm eigentlich keine Fuhre mehr anvertrauen."

„Aus welchem Grund?"

„Er ist unzuverlässig und lügt wie gedruckt. In Grimms Märchen steckt mehr Wahrheit als in seinen Fahrtenbüchern."

„Wann war er zuletzt unterwegs?“

„Samstagabend. Dringende Ersatzteillieferung nach Kassel.“

„Und am achten August?“

„Weiß ich nicht mehr.“

Funke schlenderte durch die Halle auf den Kastenwagen zu. Der Hund folgte ihm wie ein treuer Schatten. „Dann schau nach.“

Sassen trampelte hinter ihm her. „Es geht doch wieder um die Tote aus dem See, oder?“

„Kann sein.“

„An deiner Stelle würde ich endlich die Finger von der Sache lassen. Es macht deine Tochter nicht wieder lebendig, wenn du Gespenster jagst. Hättest eben besser auf sie aufpassen sollen.“

Funke fuhr herum. „Wie wär’s, wenn ich deinen Laden mal richtig filzen lasse?“

Sassens Miene verdüsterte sich. „Spuck bloß nicht so große Töne. Du sägst an dem Ast, auf dem du sitzt.“

„Abwarten.“ Funke deutete mit dem Kinn auf den weißen Fiat. „Wie viele von den Kastenwagen besitzt du?“

„Drei. Für kleinere Transporte und Terminlieferungen.“ Sassen trat ungeduldig von einem Bein auf das andere. Oder wurde er nervös, weil er etwas zu verbergen hatte?

„Ich will wissen, wer in den letzten dreizehn Monaten mit welchem der Fahrzeuge unterwegs war – alle Routen und Lenkzeiten und die Namen der Fahrer.“

„Bist du jetzt völlig übergeschnappt? Ich habe weiß Gott Wichtigeres zu tun.“

Funke grinste. „Du schaffst das schon. Das Finanzamt freut sich übrigens immer über einen Tipp von offizieller Seite. Ich gebe dir bis heute Nachmittag Zeit. Polaschek wird dir helfen.“

Sassen ballte seine schaufelgroßen Fäuste. „Wenn du nicht aufhörst, im Dreck zu wühlen, wird Middendorf abspringen. Kein Golfhotel, keine Arbeitsplätze. Keine Arbeitsplätze, keine Kohle. Und das alles, weil ein übereifriger Dorfpolizist Sherlock Holmes spielt. Willst du das wirklich verantworten?“

„Ich schätze, deine Geschäfte werden noch viel schlechter laufen, wenn einer von euren Golfgästen über eine Leiche stolpert.“

„Keiner wird über irgendwas stolpern. Nicht mal über einen verdammten alten Knochen.“

„Was macht dich da so sicher? Hast du alle Leichen ausgebuddelt und an einem anderen Ort versteckt?“

Es sollte ein Witz sein, aber Sassen wurde aschfahl.

„Haffner wird … er wird …“, stotterte er.

Funkes Handy klingelte. Er meldete sich und ging auf den Hof hinaus. Sassen beäugte ihn misstrauisch aus der Entfernung. „Ich bin in einer Viertelstunde da.“ Funke beendete das Gespräch und kehrte in die Werkshalle zurück.

„Als Prophet eignest du dich jedenfalls nicht“, sagte Funke.

„Wieso?“, blaffte Sassen.

„Wir haben einen neuen Leichenfund.“

18

Zwanzig Minuten, nachdem er Sassens Firmengelände verlassen hatte, stellte Funke den Streifenwagen auf einem Waldweg in der Nähe des Golfplatzes ab. Der Westwind hatte in den letzten Stunden zugenommen und riss Lücken in die tief über den Himmel jagenden Wolken. Die Herbstsonne brannte warm auf seinen Schultern. Schwitzend näherte er sich dem Waldstück oberhalb des Golfplatzes. Nach dreihundert Metern bergan blieb er stehen und lehnte sich keuchend an den Stamm einer Buche. Er fühlte sich krank und fiebrig. Sein Körper schrie nach Alkohol. Erst jetzt wurde ihm klar, wie nahe er am endgültigen Absturz gewesen war. Nur wenige Schritte von dem Punkt entfernt, an dem eine Umkehr unmöglich war.

Er wischte sich den Schweiß von der Stirn und lief verbissen weiter. Schritt für Schritt ließ er den Teufel hinter sich, der ihm im Nacken saß. Der Retriever hielt sich dicht neben ihm und warf ihm immer wieder sorgenvolle Blicke zu, als wüsste er genau, wie es um seinen neuen Herrn bestellt war.

Auf dem Waldweg, der hinter den Wiesen des Golfplatzes vorbeiführte, stand ein Streifenwagen.

„Hierher!" Polaschek stand auf einer Lichtung fünfzig Meter vom Weg entfernt und winkte mit einem Klappspaten. Funke trabte in den Wald hinein. Er traf auf Dr.

Winkler und einen gedrungenen Mann in grünen Cordhosen und Trachtenjacke. Er trug eine Schrotflinte an einem Riemen über der Schulter und klopfte einem schlappohrigen alten Setter beruhigend auf die Flanke. Der Retriever wedelte mit dem Schweif und beschnupperte seinen Artgenossen neugierig.

„Ich war noch keine zwei Minuten in der Wache, als der Anruf reinkam", sagte Polaschek.

Funke wandte sich an den Mann in der Trachtenweste, der sich als Jagdpächter vorstellte. „Sie haben die Leiche entdeckt?"

„Leiche?" Er rieb sich ratlos den Nacken. „Na ja, was davon übrig ist, schätze ich."

Wortlos hielt Polaschek einen durchsichtigen Asservatenbeutel hoch. Darin befand sich ein skelettierter Unterarm.

Der Jagdpächter wies auf den Beutel. „Ich war gerade auf dem Weg zum Hochsitz, als Anka mit dem Knochen im Maul auftauchte. Ich hab' sofort gesehen, dass es ein menschlicher Arm ist, und die Polizei angerufen."

Funke blickte sich um. Hinter einem schmalen Waldgürtel rechts von ihm erstreckten sich die Wiesen und sanften Hügel des Golfplatzes. Im Südwesten, tief unter ihnen, lag der See. Im Osten grenzte der Golfplatz an dichten Wald. Hundert Meter nördlich der Fundstelle schimmerten die Umrisse eines knallgelben Baggers durch das Herbstlaub. Ein schnurgerader, frisch ausgehobener Graben zog sich wie eine schlecht verheilte Narbe vom Golfplatz her über den Wanderweg in den Wald hinein. In Abständen von etwa zwanzig Metern ragten pinkfarbene Markierungshölzer aus dem Boden.

„Ist das nicht das Areal, das Haffner für die Golfplatzerweiterung kaufen will?", fragte er.

Polaschek nickte. „Er hat schon angefangen, Entwässerungsgräben zu ziehen, obwohl er noch keine Genehmigung hat. Aber du kennst ja Haffner. Der schafft erst Tatsachen und legt sich dann mit allen an, die ihm Schwierigkeiten machen."

Der Jagdpächter schüttelte energisch den Kopf. „Diesmal hat er sich verrannt. Das Projekt findet im Dorf keine Mehrheit."

„Ich schätze, das ist ihm egal", antwortete Polaschek.

Funke hörte den beiden nicht zu. Seine Gedanken kreisten um den skelettierten Arm und ein mögliches Grab. „Aus welcher Richtung kam der Hund?", fragte er den Jagdpächter.

„Ich habe nicht darauf geachtet. Der Anblick des Knochens hat mich fast zu Tode erschreckt."

Funke ging auf den Entwässerungsgraben zu und folgte dem Verlauf tiefer in den Wald hinein. Hatten die Bauarbeiter, ohne es zu bemerken, das Versteck einer Leiche entdeckt und es auf Haffners Geheiß wieder zugeschüttet?

Er deutete auf den Setter. „Lassen Sie ihn laufen. Er wird uns zum Fundort führen."

Polaschek wedelte mit dem Plastikbeutel, und der Pächter gab dem Setter einen Klaps. Der Hund trottete an Funke vorbei auf den Graben zu.

„Such!", rief der Pächter.

Der Jagdhund senkte den Kopf und schnüffelte aufgeregt, bis er die unsichtbare Spur wiederfand, und preschte los. Kurz darauf quetschte er sich durch eine

Lücke in einem Haufen aus totem Holz und Reisig. Polaschek packte den Setter am Halsband und hielt ihn zurück, bis der Pächter ihn angeleint hatte.

Gemeinsam trugen sie morsche Äste und Gestrüpp ab. Darunter kam aufgewühlte Erde zum Vorschein.

„Das sieht frisch aus. Hier hat vor Kurzem jemand gegraben." Polaschek wischte sich den Schweiß von der Stirn und klappte den Spaten auseinander.

Funkes Herz schlug wie ein Hammer gegen seine Brust; von der Anstrengung und aus Angst davor, was sie finden würden. In der Nähe bemerkte er tiefe Reifenspuren, die zu einem Traktor passten. Hatte der Täter die Leiche auf diese Weise hierher transportiert? Ein Traktor mit einem Anhänger war ein alltägliches Bild im Westerwald und würde nicht auffallen.

„Wie lange hat der Arm in der Erde gelegen?", fragte er.

Winkler hielt den Plastikbeutel dicht vor seine kurzsichtigen Augen und studierte den Knochen. „Etwa drei Monate", sagte er. „Das Handgelenk ist gebrochen, so viel kann ich Ihnen sagen."

Funke drängte Polaschek zur Seite, riss ihm den Spaten aus der Hand und begann zu graben.

„Ben, vielleicht sollte ich lieber ..."

Wie ein Verrückter stieß Funke die Schaufel in die weiche Erde. Dann warf er den Spaten fort, fiel auf die Knie und grub mit den Händen weiter. Eine Leiche fand er nicht. Nur eine vermoderte blaue Fließjacke. Dieselbe Jacke, die Nora am Tag ihres Verschwindens getragen hatte.

19

Helen beobachtete das Boot durch ein Fernglas, das sie im Handschuhfach des Streifenwagens gefunden hatte. Sie hockte auf einem schmierigen Ölfass, stützte die Ellenbogen auf die Mauerkrone der Schrottplatzeingrenzung und justierte das Okular.

Carlos lief hektisch in der Kajüte umher. Plötzlich riss er die Tür auf und schob eine der Verstärkerboxen auf das Deck. Geübt schlang er zwei Transportschlaufen um die Box und befestigte sie am Haken eines elektrischen Schwenkkrans. Nach und nach hievte er seine Gitarrenanlage auf den Erdboden hinunter. Als er zwei blaue Sporttaschen und einen zerschrammten Samsonitekoffer über die Bordwand warf und mit einem Gitarrenkoffer in der Hand nach unten kletterte, wurde ihr klar, dass er sich nicht auf ein Konzert vorbereitete. Carlos war im Begriff zu türmen.

Hastig kletterte sie von ihrem Beobachtungspunkt herunter und lief auf den Streifenwagen zu. Mit nur einem Wagen konnte sie im dichten Stadtverkehr keine lückenlose Überwachung aufnehmen. Ihre einzige Hoffnung war Starbacher. Das bedeutete, die SoKo einzubeziehen, aber ihr blieb keine andere Wahl.

Zum ersten Mal bedauerte sie es, kein Handy zu besitzen. Aus unerfindlichen Gründen gingen die Dinger fast augenblicklich kaputt, sobald sie sich in ihrem Besitz befanden – so wie die meisten anderen elektronischen Geräte, mit denen sie in Berührung kam. Über den Polizeifunk gab sie Starbacher einen gehetzten Bericht der letzten zwei Tage durch.

„Bleib, wo du bist. Wir sind in ein paar Minuten da. Wenn er einen Fluchtversuch unternimmt, versuche ihn festzunageln. Aber geh kein Risiko ein! Keins, hast du das verstanden?"

„Beeilt euch!" Helen schaltete das Funkgerät aus.

Carlos hatte inzwischen seine Habe in Sassens Kastenwagen verstaut. Sie versperrte mit dem Streifenwagen die Zufahrt zum Schrottplatz, stieg aus und näherte sich mit gezogener Waffe dem Boot.

Der Kastenwagen schoss hinter dem Heck hervor und preschte auf die Lücke in der Einfassungsmauer zu. Als Carlos den Polizeiwagen sah, trat er auf die Bremse. Der Wagen rutschte auf dem lockeren Kies und blieb dann stehen.

Helen entsicherte die Waffe und zielte auf die Windschutzscheibe. „Langsam aussteigen! Ich will deine Hände sehen!"

Carlos öffnete die Wagentür und stieg mit erhobenen Händen aus. Nervös hielt er nach einem Fluchtweg Ausschau. „Sie machen einen Fehler. Ich hab Irena nicht umgebracht."

„Wozu dann die Eile?"

„Scheiße! Ich geh nicht in den Knast." Er drehte sich um und spurtete auf ein Drahtgittertor am anderen Ende des Schrottplatzes zu. Helen feuerte einen Warnschuss in die Luft. Carlos zuckte zusammen und rannte weiter. Helen zielte auf seine Beine, aber er schlug Haken wie ein Hase, und sie konnte keinen sicheren Schuss platzieren. Als er noch zwanzig Meter vom Tor entfernt war, tauchte ein schwarzer BMW hinter dem Gelände auf und blockierte das Gittertor. Engelhardt sprang aus dem Wagen und zog seine Waffe.

„Stehen bleiben! Polizei!"

Der dicke Bender wuchtete sich schnaufend vom Fahrersitz und drückte das Drahttor auf. Barredo hob die Hände und gab auf.

„Nein, Helen. Du bist raus aus dem Fall. Du kannst froh sein, dass ich dich nicht suspendieren lasse. Wenn Kiesner davon Wind bekommt, kannst du dir einen neuen Job suchen."

Sie stopfte sich eine Handvoll Gummibärchen in den Mund und kaute wütend. „Wenn du es ihm nicht erzählst, wird er es nie erfahren. Lass mich wenigstens beim Verhör dabei sein."

„Ich habe dir eine Chance gegeben, um wieder auf die Beine zu kommen. Und was tust du? Du handelst gegen meine ausdrücklichen Anweisungen."

„Ist es meine Schuld, wenn die Spur vom Westerwald nach Koblenz führt?"

Starbacher stoppte seinen Rollstuhl. Im Kunstlicht der Neonröhren sah sein Gesicht teigig aus. „König ist heute Morgen gestorben."

Die Fruchtgummis in ihrem Mund verwandelten sich in einen pappigen Brei, der ihre Kehle zu verstopfen drohte. „Scheiße", sagte sie mit erstickter Stimme.

„Ist vielleicht besser so. Ein Leben mit einem zerschmetterten Halswirbel ist auch nicht besonders lustig. Aber Kiesner wird keine Ruhe geben."

„Die interne Untersuchung ist abgeschlossen. Er kann mir nicht mehr schaden."

„So. Glaubst du? Dann weißt du es nicht."

„Was?"

„König war ein Neffe seiner Frau."

„Scheiße!", sagte sie wieder.

„Ja. Darum hat er auf dir rumgehackt. Ich hab's auch erst gestern erfahren."

„Er wird keine Ruhe geben. Jetzt erst recht nicht."

„Davon kannst du ausgehen. Was macht Funke?"

„Dem geht's gut. Er ist trocken."

„Trocken? Eher heiratet der Papst."

„Dann bestell schon mal das Aufgebot. Ich habe ihn überzeugt, dass es sich lohnt, den Kerl zu suchen, der seine Tochter entführt hat. Er hat Blut geleckt."

Energisch schüttelte Starbacher den Kopf und griff in die Speichen. „Nora ist tot."

„Und *ich* glaube, sie lebt. Wenn Barredo der Mann ist, den wir suchen, weiß er, wo sie ist. Lass mich das Verhör führen."

„Hör gut zu, Helen. Du bist die beste Profilerin, die ich je in meinem Team hatte, und ich will dich nicht verlieren. Und darum wirst du genau das tun, was ich dir sage."

„Und das wäre?"

„Du hältst dich aus diesem Fall raus, bis du deine Therapiestunden abgesessen hast."

„Ich brauche keine ..."

„Wenn du deinen Job wiederhaben willst, hältst du jetzt einfach mal die Klappe. Mit Barredo werde ich alleine fertig." Er stieß pfeifend die Luft aus den Lungen.

„Hast du den Obduktionsbericht gelesen?", fragte Helen.

„Ja."

„Es hört nicht auf. Wir ..."

„Offiziell wird Funke das Verschwinden von Irena Milic untersuchen", fiel er ihr ins Wort. „Was ihr in eurer Freizeit treibt, geht mich nichts an. Hast du das verstanden?"

„Ich denke schon."

„Gut. Warst du bei Kaminsky?"

„Zweimal. Es war ... nun, einigermaßen erfolgreich."

Starbacher kramte in den Hosentaschen nach Kleingeld und warf fünfzig Cent in den Kaffeeautomaten. „Was macht dich so sicher, dass Barredo unser Mann ist? Er passt nicht in das Fahndungsraster."

„Jack the Ripper passte auch in kein Raster. Du glaubst also auch, dass wir den falschen Mann gestellt haben?"

„Was ich glaube, spielt keine Rolle. Ich versuche gerade, den Innenminister davon zu überzeugen, dass ein weiterer Mord nach dem Muster des Maskenmannes eine Katastrophe für das Image der rheinland-pfälzischen Polizei wäre. Und dass es nicht gerade förderlich ist, den Kopf in den Sand zu stecken, bis die Landtagswahlen gelaufen sind."

„Ich darf also mit rein?"

„Nein."

„Es könnte helfen, mich zu erinnern."

Starbacher fingerte den Becher aus dem Entnahmeschacht. „Ich mag deine Hartnäckigkeit, Helen. Aber manchmal nervst du."

Sie grinste breit. Sie wusste, dass sie gewonnen hatte.

„Ich könnte ein bisschen Hilfe gebrauchen. Man kann schlecht einen Rollstuhl bewegen und zugleich Kaffee trinken.“

„Das lässt sich machen.“ Sie schob ihn den Gang entlang auf das Verhörzimmer zu. „Woher kennst du Funke eigentlich?“

„Noch von Rügen. Das ist eine lange Geschichte“, brummte er.

Sie stieß die Tür zum Verhörraum auf. Carlos hockte unruhig auf der Kante eines Stuhls, bereit, jede Chance zur Flucht zu nutzen wie ein in die Enge getriebener Puma. Die Handschellen an seinen Gelenken klirrten leise. Der Platz auf der anderen Seite des Tisches war für Starbacher reserviert. Links von ihm saß Andreas Kreutz, der stellvertretende Teamleiter der SoKo Maskenmann, und sortierte Daten und Berichte zu den bisherigen Fällen.

Helen schob den Rollstuhl an den Tisch heran und suchte sich einen Platz in der Nähe der großen verspiegelten Glasscheibe.

Starbacher nickte Kreutz zu. Die Show konnte beginnen.

„Sie heißen Pablo Barredo?“

„Ja.“

Kreutz fragte weitere persönliche Daten ab. Carlos strich sich die schwarzen Locken aus der Stirn. Helen beobachtete ihn konzentriert. Barredo schwitzte. Er hatte Angst. Aber wahrscheinlich hatte jeder Angst, der von der Mordkommission verhört wurde. Vor allem, wenn man Barredos beachtliches Vorstrafenregister besaß.

Starbacher wiederholte die Fragen, die Funke bereits gestellt hatte. Bei der geringsten Unklarheit ließ er die Antworten so lange wiederholen, bis Carlos sich entweder in Widersprüche verwickelte oder Starbacher überzeugt war, die Wahrheit zu hören. Carlos spielte mit und fragte nicht einmal nach einem Anwalt. Er wusste wohl, dass seine einzige Chance, mit einem blauen Auge davonzukommen, darin bestand, zu kooperieren – falls er unschuldig war.

Länger als zwei Stunden hält er das nicht aus, dachte Helen.

Aber sie täuschte sich. Die Indizienkette blieb zum Zerreißen dünn. Mit den ungelösten Fällen der Vergangenheit ließ sich keine Verbindung herstellen. Barredo konnte glaubhaft machen, dass er erst seit vier Monaten wieder in Deutschland war. Die vergangenen drei Jahre hatte er in Portugal und Spanien verbracht. Er bestritt weder, dass das Mädchen auf seinem Boot gewesen war, noch dass sie sich gestritten hatten. Er blieb in den meisten Einzelheiten bei der Geschichte, die er Funke und Helen präsentiert hatte. Für die Nacht vom achten auf den neunten August, der Nacht, in der Irena Milic verschwunden war, konnte er allerdings kein Alibi vorweisen.

„Ich habe Irena nicht umgebracht", wiederholte er. „Das können Sie mir nicht anhängen."

„Vielleicht nicht", sagte Helen. „Aber den Mord an Tatjana Wolzow."

Überrascht blickt er auf. „Sie ... ist tot?"

Rasch blätterte Helen den Obduktionsbericht durch und gab vor, nach einem Beweis zu suchen. Noch hatte sie das Ergebnis des DNA-Abgleichs nicht, aber das brauchte Barredo nicht zu wissen. Vielleicht konnte sie ihn unter Druck setzen.

„Wir haben ihre Leiche aus einem See bei Hachenburg geborgen. Und wir wissen, dass der Täter einen weißen Kastenwagen fährt", sagte sie.

Carlos sprang auf, streckte abwehrend die gefesselten Arme aus und schrie: „Das könnt ihr mir nicht anhängen. Warum sollte ich sie umbringen? Ich hatte keinen Grund dazu."

„Wirklich nicht?" Kreutz warf drei durchsichtige Plastikbeutel auf den Tisch. „Crystal Meth, Ecstasy und Amphetamine. Geschätzter Marktwert etwa zwanzigtausend Euro. Ihr Rucksack war voll mit dem Zeug."

„Das gehört mir nicht. Keine Ahnung, wie das da reingekommen ist."

Starbacher beugte sich vor. „Setzen Sie sich wieder."

Carlos rutschte auf seinen Stuhl zurück. Er zitterte und schwitzte wie ein Fieberkranker. „Hey! Was ist das für ein Scheißspiel?"

„Ich sag Ihnen, wie ich die Sache sehe", fuhr Starbacher fort. „Tatjana Wolzow wollte Sie auffliegen lassen. Sie wusste von Ihrem regen Drogenhandel und wollte ein kleines Schweigegeld kassieren. Das war der große Coup, von dem sie Irena Milic erzählt hatte. Die beiden Mädchen haben Sie erpresst. Sie haben die Nerven verloren und Tatjana als abschreckendes Beispiel umgebracht. Niemand würde sie vermissen. Wie wir inzwischen wissen, lebte sie auf der Straße. Wann entdeckten Sie, dass das Mädchen Sie bestohlen hatte? Zu spät, vermute ich. Sie hatten Ihren Rucksack bereits in den Rhein geworfen, um alle Spuren zu beseitigen. Und Irena Milic, das naive Mädchen vom Land, würde den

Mut verlieren und sich vor Angst in die Hosen machen, dass sie als Nächstes dran sein würde."

„Nein, nein. So war das nicht."

„Dann sagen Sie uns, wie es war. Warum hatten Sie es nach dem Besuch der Polizei so eilig, die Stadt zu verlassen?"

„Ich hatte Angst, dass Sie mir was anhängen wollen."

„War's nicht eher so, dass Ihnen der Boden unter den Füßen zu heiß wurde? Sie haben schon mehrfach Ihren Aktionsradius verlegt."

Kreutz legte einen weiteren Plastikbeutel auf den Tisch. Er enthielt den blau-roten Rucksack, den Funke im Rhein gefunden hatte.

„Und wer Tatjanas Rucksack in der Nähe des Schrottplatzes in den Rhein geworfen hat, wissen Sie auch nicht?"

„Den kann doch jeder in den Fluss geschmissen haben." Carlos kaute auf den Fingernägeln. „Wenn ich Ihnen helfe, den Mörder von Tatjana zu finden, kriege ich dann einen Deal?"

Starbacher lehnte sich zurück und verschränkte die Arme vor der Brust. „Was haben Sie uns denn anzubieten?"

„Sie suchen einen Typ mit einem weißen Kastenwagen."

„Suchen wir", bestätigte Helen.

„Okay. Ich schmeiße ab und zu ein paar bunte Pillen ein und verkauf auch schon mal was von dem Zeug. Aber keinen Dreck. Nur Sachen, die ich selber auch mal einwerfe."

„Du bist ein richtig edler Ritter", ätzte Kreutz.

„Aber ich schlitze keine Frauen auf. Und ich habe die Mädchen nicht angerührt. Ja, sie wollten Stress machen. Und ich hab sie vom Boot gejagt, weil sie mir die Fete vermasselten." Er streckte Starbacher seine Hände entgegen. „Können Sie die nicht abnehmen? Ich sag Ihnen alles, was ich weiß. Es ist nicht viel, aber vielleicht hilft es Ihnen."

Starbacher zögerte einen Moment, dann nickte er Kreutz zu. Die Handschellen lösten sich von Barredos Handgelenken.

Er rieb sich die Unterarme. „Ab und zu fahre ich für den alten Sassen – der hat ein Fuhrunternehmen im Westerwald."

„Erzählen Sie uns zur Abwechslung mal was Neues", sagte Helen.

„Vor fünf Wochen bin ich eine Tour nach Leipzig und zurück gefahren. Das war ein Samstag. Kurz vor Mitternacht war ich wieder in Dreifelden. Ich war mit dem Kastenwagen unterwegs, weil die Ladung nicht in einen der Fiats passte. Ich hab den Wagen auf dem Hof abgestellt. Als ich die Seitentür der Halle aufschließen wollte, hab ich Stimmen gehört. Zwei Männer, die miteinander stritten."

„Konnten Sie die Stimmen erkennen?"

Er nickte. „Der eine war der alte Sassen, der andere Haffner, der Bürgermeister von dem Kaff."

„Um was ging es bei dem Streit?"

„Erst hat mich das nicht interessiert, aber Sassen war so scheißwütend, dass ich neugierig wurde. Er sagte, er mache nicht mehr mit, Haffner sei zu weit gegangen. Es hörte sich so an, als wollte Sassen zur Polizei gehen und Haffner wollte das unbedingt verhindern. Ich hab mich hinter einem der Busse versteckt und konnte jedes Wort verstehen. Sie standen in der Nähe der alten Jauchegrube hinter dem Betriebsgelände und schrien sich an. Plötzlich hat Haffner dem Alten eine gescheuert. Er sagte so was wie: ‚Geh doch zur Polizei, du Idiot. Du hängst genauso drin wie ich. Glaubst du, Funke unternimmt irgendwas wegen ein paar Knochen? Der Säufer ist froh, wenn er überhaupt noch weiß, wen er morgens rasieren muss.‘ Sassen war richtig fertig, das hab ich gesehen. Er zitterte und hat sich nicht gewehrt. Dann ist Haffner zu einem der Kastenwagen gegangen, hat ihn rückwärts an die Jauchegrube gefahren und die Hecktüren geöffnet. Sassen hat nur kurz in den Laderaum geblickt, sich dann umgedreht und in die Grube gekotzt. Dann haben sie zusammen eine Plane aus dem Wagen gezerrt, in die irgendwas eingewickelt war. Ich konnte nicht sehen, was es war, aber es könnte ne Leiche gewesen sein. Sie haben die Plane rüber zur Grube getragen und über die Mauer in die Brühe gekippt. Das Bündel war schwer, es ging sofort unter.“

„Du willst uns doch nicht erzählen, dass Haffner der Maskenmann ist und Sassen sein Helfer?“

Carlos zuckte mit den Schultern. „Ich sag nur, was ich gesehen hab. Pumpen Sie doch die Jauchegrube leer, wenn Sie mir nicht glauben. Sie suchen einen Typ mit einem Kastenwagen, der Frauen umbringt. Ich hab gesehen, wie zwei Typen eine Leiche aus einem weißen Kastenwagen gehoben und beseitigt haben. Machen Sie damit, was Sie wollen.“

„Warum rücken Sie erst jetzt mit dieser Aussage heraus?“

„Weil mich das nichts angeht. Ich will einfach keinen Ärger, kapiert? Was ist jetzt mit meinem Deal?“

„Sie sind vorläufig festgenommen und werden in die JVA Koblenz überstellt.“

Carlos sprang wütend auf. „Was? Wieso?“

„Verstoß gegen das Betäubungsmittelgesetz und illegaler Drogenhandel.“

„He! Das war nicht abgemacht. Ich will sofort einen Anwalt!“

Starbacher schob den Rollstuhl zurück. „Besorgt ihm einen“, sagte er zu Kreutz. „Der Richter fällt ein Urteil, nicht die Ermittler. Ich bin sicher, dass sich Ihre Mitarbeit positiv auf das Strafmaß auswirken wird.“

Carlos trat gegen den Tisch und warf seinen Stuhl um. Zwei Uniformierte stürmten in das Verhörzimmer.

„Ich kümmere mich um Sassen“, sagte Helen.

Starbacher blickte über seine Schulter. „Glaubst du wirklich, dass an der Geschichte etwas dran ist?“

„Wir müssen der Sache auf jeden Fall nachgehen.“

„Für Gülle sind die Bauern zuständig. Lass Funke das machen. Du stellst offiziell nur Verwarnungen wegen Falschparkens aus. Wenn jemand von oben merkt, dass du in unserem Fall ermittelst, bin ich auch erledigt. Vergiss Kiesner nicht. Du hast dir einen Feind geschaffen, auch wenn das nicht deine Absicht war. Ist das klar?“

„Völlig klar.“

20

„Wo zum Teufel steckt Funke?"

Polaschek wusste es nicht. Atemlos berichtete er Helen über den neuen Leichenfund und bemühte sich gleichzeitig, Ordnung in das Chaos auf Sassens Firmengelände zu bringen. „Er sagte, er müsse etwas überprüfen. Seitdem hat er sich nicht mehr gemeldet."

„Wann war das?", fragte sie.

„Vor drei Stunden."

„Dann suchen Sie ihn."

Er tippte an seine Dienstmütze und eilte auf seinen Streifenwagen zu. Helen bahnte sich einen Weg durch die Menge. Aus dem Augenwinkel sah sie, wie Herbert Sassen mit hochrotem Kopf zwischen seinen Angestellten, Feuerwehrleuten und einem spindeldürren Mann mit Bart, der sich als Lokalreporter auswies, hin und her hetzte. Sie fragte sich zum Wehrleiter der freiwilligen Feuerwehr durch und fand ihn neben einem betagten Feuerwehrwagen.

„Wir brauchen einen Taucher", sagte sie.

„In der schlammigen Brühe sieht man keine zehn Zentimeter weit. Da kann ein Rhinozeros an Ihnen vorbeischwimmen und Sie würden es nicht bemerken. In einer knappen Stunde ist die Grube leergepumpt."

Harder hatte sie entdeckt. Er kam diensteifrig auf sie zu und reichte ihr zum Gruß die Hand. Sie hatte das Gefühl, einen toten Fisch zu streicheln. „Sie brauchen eine Stunde, um …“

„Das weiß ich bereits.“

„Wenn da unten wirklich eine Leiche liegt, werden wir sie finden. Da kommt es auf ein paar Minuten nicht an“, sagte der Wehrleiter.

In den Eingeweiden des Feuerwehrwagens sprang dröhnend eine Pumpe an. Der schlaffe Schlauch, der sich wie eine sattgefressene Boa Constrictor über den Hof von Sassens Unternehmen schlängelte, blähte sich auf, als wolle er platzen.

Helen ließ Harder stehen und ging zur Grube hinüber. Sie überlegte, ob sie die Zeit nutzen sollte, um selbst nach Funke zu suchen. Aber der konnte überall und nirgends stecken. Wahrscheinlich saß er in der Kneipe des Campingplatzes und ließ sich volllaufen. *Wenn du dich jetzt besäufst, sorge ich dafür, dass sie dich rausschmeißen,* dachte sie grimmig.

In zwei Stunden erwartete Kaminsky sie zur nächsten Therapiestunde. Ihr blieb noch genug Zeit, um abzuwarten, was sich in der Jauche verbarg.

Harder war ihr wie ein Hündchen gefolgt. „Funke hat sich noch nicht gemeldet.“

Ärgerlich fuhr sie herum. Wurde sie den Kerl denn überhaupt nicht los?

„Soll ich ihn suchen?“

„Nein. Das macht Polaschek schon. Trommeln Sie alle Angestellten von Sassen zusammen.“

„Wird gemacht.“ Er grinste schleimig.

Sie atmete erleichtert auf, als Harder Richtung Werkshalle verschwand. Wahrscheinlich rechnete er sich Chancen auf den Posten als Dienststellenleiter aus, wenn er nur fleißig Funkes Vergehen sammelte und sie brühwarm an Haffner weitergab, der wiederum seinen Bruder im Landratsamt damit fütterte. Einen willfährigeren Diener als Harder würde der Bürgermeister kaum finden.

Sie glaubte nicht wirklich, dass einer der Angestellten etwas gesehen hatte oder seinen Chef belasten würde. Aber so war Harder beschäftigt und hing ihr nicht am Rockzipfel.

Eine Stunde später war die Dieselpumpe des alten Feuerwehrwagens verstummt. Ein Leichenwagen des örtlichen Bestattungsunternehmers bog in Sassens Hof ein. Die Stille war gespenstisch. Vier Halogenscheinwerfer tauchten die leergepumpte Grube in gleißendes Licht. Die Menge der Schaulustigen war immens angewachsen und drängte gegen die Absperrung; eine gaffende und nach Tod und Schrecken gierende Meute. Harder beugte sich über eine zusammengerollte schwarze Plastikplane. Ein glatzköpfiger Mann in einem weißen Schutzanzug kniete auf dem Pflaster und war im Begriff, das silberne Gewebeklebeband zu durchschneiden, mit dem die Plane verschnürt worden war. Die Umrisse und die Größe passten zu einem menschlichen Körper.

„Das ist Dr. Winkler", erklärte Harder eifrig.

„Sie sind also der Hobbypathologe", sagte Helen streitsüchtig. Die Szenerie kam ihr unwirklich vor wie ein Albtraum. Sie spürte die bohrenden Blicke der

Menge in ihrem Rücken wie Nadelstiche. Die Scheinwerfer enthüllten jedes grausige Detail und erzeugten harte Konturen, es stank zum Erbrechen nach Gülle.

Winkler hob entschuldigend die Arme. „Ich will mich nicht in Ihre Arbeit einmischen. Sie können natürlich warten, bis ein professionelles Team der Gerichtsmedizin aus Koblenz vorbeischaut. Aber es dauert mindestens zwei Stunden, bis die jemanden rausschicken.“

„Machen Sie nur“, drängte Harder. „Bis jetzt hat sich noch niemand über Ihre Hilfe beschwert.“

Helen seufzte. Sie drehte sich nach Melanie um. „Schaffen Sie die Leute weg. Wir sind hier nicht im Kino!“

Polascheks breites Bauerngesicht erschien in der Menge.

„Noch immer keine Nachricht von Funke?“, fragte sie, als er unter dem Absperrband hindurchschlüpfte.

„Nein. In seinem Wohnwagen ist er nicht. In der Kneipe am Campingplatz auch nicht.“

„Er wird wohl indisponiert sein“, näselte Harder. Er konnte sich ein Grinsen kaum verkneifen.

„Behalten Sie Ihre Vermutungen für sich“, blaffte Helen ihn an.

„Soll ich nun weitermachen?“, fragte Winkler.

„Ja.“ Aus dem Augenwinkel nahm sie Sassens versteinertes Gesicht wahr. Ihre Blicke trafen sich. War er der Maskenmann? Er besaß eine kleine Flotte von weißen Kastenwagen und hatte eine Leiche in seiner Jauchegrube versteckt. Aber reichte das? Nein, er mochte jähzornig und aufbrausend sein, aber er war kein irrer Serienkiller. Es passte alles nicht zusammen. Was in Teufels Namen war hier passiert? Vielleicht konnte es nicht schaden, Sassen unmittelbar mit dem zu konfrontieren, was in der Plane steckte.

„Wie wär's, wenn Sie herkommen und sich anschauen, was wir gefunden haben?", rief sie ihm zu. „Polaschek, schaffen Sie endlich die Leute fort!"

Sassen näherte sich mit Trippelschritten dem Bündel. Er war kalkweiß im Gesicht.

„Ich gebe Ihnen eine Minute, um uns zu sagen, wen wir in der Plane finden", sagte Helen. „Wenn Sie kooperieren, wird das vor Gericht für Sie sprechen."

Sassen schüttelte den Kopf. Seine Unterlippe zitterte. „Ich weiß es nicht."

„Wie Sie meinen."

Winkler hatte das Klebeband mit einem Skalpell durchtrennt. Harder half ihm, die Plane auseinanderzuschlagen.

Helen hielt sich die Hand vor Mund und Nase, Melanie würgte. Sassen starrte entsetzt auf das halb verweste Gesicht. In der Plastikplane lag eine weibliche Leiche. Bis auf vermoderte Fetzen von blauem Stoff war sie nackt. Ihr linker Unterarm fehlte.

„Dann lassen Sie mal hören, *Doktor.*"

„Sie ist schätzungsweise siebzehn bis zwanzig Jahre alt", antwortete Winkler. „Der Verwesung nach zu urteilen, ist sie seit acht bis zehn Wochen tot; wahrscheinlich aber länger. Das hängt davon ab, wie lange sie in der Jauche lag. Die sauerstoffarme Brühe könnte den Zerfall verlangsamt haben." Vorsichtig drehte er den Kopf der Leiche. „Sehen Sie hier: Der Schädel ist an der Schläfe eingedrückt. Die Wunde könnte von einem Schlag mit einem stumpfen Gegenstand stammen. Ich tippe darauf, dass dies auch die Todesursache ist. Weitere Ergebnisse bringt nur eine Obduktion.“

Sie zwang sich, die Tote genauer zu betrachten. Außer dem fehlenden Unterarm wies sie keine äußeren Verletzungen auf. Allerdings war die Zersetzung so weit fortgeschritten, dass eine Einschätzung nur schwer möglich war.

„Ich wette, der Unterarmknochen, den der Hund des Jagdpächters oberhalb vom Golfplatz gefunden hat, stammt von ihr“, sagte Harder.

Helen starrte ihn mit leerem Blick an. Wenn es stimmte, was Harder vermutete, wäre dies das erste Opfer, das noch beide Hände besaß. Irgendetwas war nicht so verlaufen, wie der Täter es geplant hatte. War er in Eile gewesen, weil er Gefahr lief, entdeckt zu werden? Unter der dünnen Schale ihres Bewusstseins lauerte eine Erkenntnis wie ein Name, den man kennt und der einem nicht einfallen will.

Winkler ging zu einem der Streifenwagen, öffnete den Kofferraum und kehrte mit einem Plastikbeutel zurück. In seinem weißen Schutzanzug sah er aus wie ein Gespenst. Er kniete sich neben die Leiche, betrachtete den Unterarmknochen und verglich die Bruchstelle mit dem Knochenstück, das aus dem Ellenbogen ragte.

„Passt.“ Er blickte auf. „Ich bin ziemlich sicher, dass der Arm zur Leiche gehört. Nach einem DNA-Abgleich wissen wir es genau.“

Da war die Erinnerung wieder, blitzte auf wie ein Glühwürmchen in einem Wirbelsturm. Funke hatte erwähnt, dass seine Tochter sich bei einem ihrer Streifzüge die Hand gebrochen hatte.

„Ist Ihnen an dem abgetrennten Arm etwas aufgefallen?", fragte sie.

Winkler nickte. „Das Handgelenk ist gebrochen. Ich dachte zunächst, es sei ein alter Bruch. Ich hab's mir noch mal genauer angeschaut. Die Verletzung scheint wohl doch eher post mortem entstanden zu sein, die Bruchstelle sieht frisch aus. Wahrscheinlich ist das passiert, als der Hund den Knochen ausgebuddelt hat." Er stand ächzend auf. „Tut mir leid, ich bin eben kein Profi."

Die Erkenntnis traf Helen wie ein Hieb in den Magen. „Du verdammter Narr!", murmelte sie.

„Meinen Sie mich?"

Helen achtete nicht auf Winkler. Funke musste geglaubt haben, seine eigene Tochter auszugraben. Aber wenn Winkler sich geirrt hatte, konnte das Mädchen nicht Nora sein. Helen konnte Funke kaum verdenken, dass er durchgedreht war. Es war ihre Schuld. Und alles nur, um ihn aus seiner Lethargie zu reißen. Weil sie ihn brauchte, um die Ermittlungen zu führen. *Finden Sie es nicht ziemlich umständlich, sich zu Tode zu saufen?*, hatte sie ihn gefragt. Es gab nur einen einzigen Grund, der ihn davon abhielt, sein Leben zu beenden: eine verrückte, irreale Hoffnung – eine Hoffnung, die es für ihn nun nicht mehr gab. Sie musste ihn finden. Schnell.

Sie hockte sich neben die Leiche und betrachtete sie eingehend. Die Tote trug eine dünne, silberne Halskette. Helen zog sie vorsichtig unter dem verrotteten T-Shirt hervor. Am Ende der Kette hing der fehlende Teil des Anhängers, den sie in dem Schacht beim See gefunden hatte.

Die Tote aus dem See war Tatjana Wolzow. Auch wenn der DNA-Abgleich noch ausstand, war sie nun davon überzeugt. Und das Mädchen, das vor ihr auf der Plastikplane lag, war Irena Milic. Die Mädchen hatten zusammen durchbrennen wollen und zum Zeichen ihrer Verschworenheit die beiden Teile des Yin- und Yang-Anhängers getragen.

„Sorgen Sie dafür, dass die Leiche in die Gerichtsmedizin nach Koblenz gebracht wird", sagte sie zu Harder.

Einen Augenblick war sie fest überzeugt, er würde ihr widersprechen und ihren Befehl missachten. Streng genommen war sie ihm gegenüber nicht weisungsberechtigt, Funke war der Chef. Aber Funke war nicht da. Jemand musste Entscheidungen treffen.

„Suchen Sie Funke", sagte sie zu Polaschek.

„Ich hab doch schon alles abgesucht."

„Dann fangen Sie eben von vorne an." Helen biss sich auf die Lippen. Am liebsten hätte sie selbst nach ihm gesucht. Aber auf sie warteten andere Aufgaben.

„Ich schätze, wir werden uns ein bisschen unterhalten müssen", sagte sie zu Sassen.

Der Fuhrunternehmer ließ die Schultern hängen wie ein überführter Missetäter. Er ging voraus durch die hell erleuchtete Werkshalle, schloss eine Nebentür auf und führte Helen in sein Büro. Dort ließ er sich in den Ledersessel hinter seinem Schreibtisch fallen und zog die unterste Schublade auf. „Wollen Sie auch einen?", fragte er. Er stellte eine Flasche Korn und zwei Schnapsgläser auf den Tisch.

„Nein. Und Sie werden gefälligst ebenfalls nüchtern bleiben. Wer ist das Mädchen? Funkes Tochter?"

Sassen füllte sein Glas. „Ich weiß es nicht. Das müssen Sie mir glauben. Ich habe das arme Ding nicht umgebracht.“

„Dann bin ich mal gespannt, welche Erklärung Sie für die Tote in Ihrer Jauchegrube anbieten. Wir wissen, dass der Täter einen weißen Kastenwagen fährt. Vermutlich das gleiche Modell, von dem Sie drei Stück besitzen. Vielleicht sollte ich Sie darauf hinweisen, dass wir einen Zeugen haben, der Sie und Haffner beobachtet hat, wie Sie die Leiche in der Grube versenkten. Sie stecken ziemlich tief im Dreck, Sassen.“

Mit zitternden Fingern kippte er den Schnaps hinunter. „Ich bestreite nicht, dass Haffner und ich die Leiche beseitigt haben. Aber keiner von uns hat das Mädchen getötet. Sie wissen über das Golfhotelprojekt Bescheid?“

Sie nickte.

„Ich bin ein Mann der Tat“, sagte Sassen. „Warten ist mir zuwider. Die Leute im Ort zögern, sie können sich nicht entscheiden oder wissen nicht, was sie wollen. Im Gemeinderat sitzen nur Grüne und Traumtänzer.“ Bedächtig schraubte er den Verschluss auf die Flasche. „In den letzten Monaten sind drei Industriebetriebe in Hachenburg und der Umgebung pleitegegangen. Können Sie sich vorstellen, was das für die Region bedeutet? Wir brauchen Arbeitsplätze. Und Haffner kann sie beschaffen.“

„Lokalpolitik interessiert mich nicht“, antwortete Helen genervt. Sie warf einen Blick auf ihre Armbanduhr. Kaminsky wartete. Sie ärgerte sich, dass sie nicht abgesagt hatte.

„Sie müssen das verstehen." Sassen stützte die Ellenbogen auf den Schreibtisch und vergrub die Finger in seinem grau melierten Haar. „Ich konnte nicht warten, bis diese Schlappschwänze sich zu einem Bauantrag durchringen. Middendorf will Millionen investieren, und er fordert gewisse Sicherheiten."

„Also haben Sie damit begonnen, Tatsachen zu schaffen, ohne eine Entscheidung des Gemeinderates abzuwarten."

„Bei den Erdarbeiten für eine Entwässerung des Areals hinter dem Golfplatz stieß ich auf ein Grab im Wald."

„Warum beauftragten Sie keine Baufirma?"

„Weil es noch keine Baugenehmigung gibt. So machen wir das hier im Westerwald eben. Wir nehmen die Dinge selbst in die Hand. Mir war sofort klar, dass die Leiche verschwinden musste, also rief ich Haffner an. Nicht auszudenken, wenn die Presse Wind davon bekommen hätte. Wer will schon in einem Hotel Urlaub machen, das auf einem Grab gebaut wurde? Oder auf einem Friedhof Golfbälle einlochen? Das ganze Projekt war gefährdet. Haffner und ich haben unser gesamtes Geld in den Hotelbau investiert. Was hätten wir denn tun sollen?"

„Also schafften Sie die Tote mit einem Ihrer Firmenwagen hierher und versenkten sie in der Jauchegrube."

„Keine Leiche, kein Skandal, keine Pleite."

„Pech für Sie, dass das Grab so flach war und der Hund des Jagdpächters den skelettierten Arm fand."

„Wir haben ihn wohl verloren, als wir die Leiche fortgeschafft haben." Er zuckte mit den Schultern und hockte vernichtet hinter seinem Schreibtisch. „Wir haben ihn wohl verloren, als wir die Leiche fortgeschafft haben."

Helen überlegte fieberhaft. Die Geschichte hörte sich glaubhaft an. Dennoch war sie ihr zu glatt, zu einfach. „Warum haben Sie sich mit Haffner in jener Nacht gestritten?"

Überrascht blickte er auf. „Woher wissen Sie von dem Streit?

„Wie ich sagte, Sie wurden beobachtet."

Wütend ballte er die Fäuste. „Barredo!", stieß er gepresst hervor. „Er brachte in der Nacht einen der Kastenwagen zurück. Ich hatte ihn auf eine Tour nach Leipzig geschickt."

„Weshalb kam es zu dem Streit?"

„Die Jauchegrube als Versteck war Haffners Idee. Ich wehrte mich dagegen, weil ich keine Leiche auf meinem Grundstück haben wollte. Da wurde mir erst richtig klar, was wir taten. Ich versuchte, ihn zu überreden, zur Polizei zu gehen und die Wahrheit zu sagen. Noch war es früh genug. Wir hätten das Skelett sogar zurück in den Wald bringen können. Niemand hätte etwas bemerkt."

„Aber er wollte die Sache durchziehen?"

„Ja. Er ließ sich nicht davon abbringen und drohte mir, die Sache auffliegen zu lassen. Ich steckte doch schon viel zu tief drin." Zögernd blickte er auf. „Was passiert jetzt? Ich habe doch niemanden umgebracht. Sie war doch schon tot."

„Sie haben die Ermittlungen der Polizei behindert. Und ich schätze, der Skandal, den Sie vermeiden wollten, wird nun noch viel größer werden."

Sie blickte durch das Fenster auf den Hof hinaus. Die beiden Bestattungshelfer schoben einen Zinksarg in den Leichenwagen. Sassen sagte vermutlich die Wahrheit. Er wäre niemals so dumm gewesen, die Leiche auf der geplanten Baustelle zu verstecken. War er wirklich nur zufällig auf die Tote gestoßen? Und hatten Sassen und Haffner dann die Gelegenheit genutzt, um die Leiche endgültig verschwinden zu lassen?

Wie passte die Aussage von Haffners Sohn in dieses Durcheinander? Er behauptete, Irena wäre in einen weißen Kastenwagen gestiegen. Wollte er dem Alten nur eins auswischen?

Ihr Handy klingelte. Sie verließ Sassens Büro und meldete sich. Es war Dr. Bischoff von der Gerichtsmedizin.

„Ich habe das Ergebnis des DNA-Abgleichs zwischen den Haaren an der Bürste und der Toten aus dem See bei Dreifelden", sagte er, „die Proben sind identisch."

„Danke."

Helen legte auf. Damit stand fest, dass das Mädchen aus dem See Tatjana Wolzow war. Die Leiche aus Sassens Jauchegrube konnte also nur Irena Milic sein.

Sie brauchte Funke. Ohne ihn würde sie kein Licht in dieses Lügengespinst bringen.

21

Es war bereits dunkel, als Helen den Bahnübergang passierte. Die Temperatur war seit Sonnenuntergang rapide gefallen, der nasse Asphalt war gefährlich glatt und mit einer schmierigen Schicht Herbstlaub bedeckt. In den Nieselregen mischten sich vereinzelte Schneeflocken. Sie drosselte das Tempo und fuhr vorsichtig die Serpentinen hinab zu der alten Mühle.

Bevor sie die Stufen zur Eingangstür von Kaminskys Praxis hinaufstieg, blieb sie einen Moment in der Dunkelheit stehen und beobachtete das windschiefe Fachwerkhaus oberhalb des Hauptgebäudes. Der kauzige Vermieter ließ sich nicht blicken, hinter den Fenstern brannte kein Licht. Es gab keinen zwingenden Grund, Bongartz zu verdächtigen. Trotzdem beschloss Helen, ihn gründlich zu durchleuchten. Vielleicht gaben die Datenbanken des LKA etwas über ihn her, was ihr Misstrauen mit Indizien untermauern würde. Im Augenblick würde kein Staatsanwalt einen Durchsuchungsbefehl für sein Wohnhaus und den Schuppen ausstellen. Sie konnte schließlich keinen Haftbefehl erwirken mit der Behauptung, Bongartz komme ihr unheimlich vor. Aber genau das war er: ein unheimlicher alter Kauz. Die Erinnerung daran, wie spielerisch er mit der schweren Axt umgegangen war, verursachte ihr eine Gänsehaut. Wenn sie also wissen wollte, was sich hinter der geheimnisvollen Blechtür befand, musste sie selbst nachsehen.

„Kommen Sie herein, bevor Sie sich bei dem scheußlichen Wetter eine Erkältung einfangen."

Helen zuckte zusammen und fuhr herum. Kaminsky lehnte über ihr am Treppengeländer.

„Mir war, als hätte ich ein Auto gehört. Aber da Sie nicht klingelten, befürchtete ich schon, der alte Troll dort oben hätte Sie in seine Höhle verschleppt."

Sie strich sich eine Haarsträhne aus der Stirn und folgte ihm ins Haus. „Sie sollten mit solchen Verdächtigungen vorsichtig sein."

„Tut mir leid", sagte er lächelnd, „es sollte ein Scherz sein. Aber ich gebe zu, Bongartz ist ein wenig sonderbar. Hat er Ihnen Angst eingejagt?"

„Nein. Wie kommen Sie darauf?" Sie zog ihre Jacke aus und hängte sie an den Garderobenständer im Korridor.

Kaminsky führte sie in die Praxis. Indirekte Beleuchtung tauchte den Raum in orangegelbes Licht. Die Holzpaneele entlang der Wände und das alte Eichenparkett glänzten in warmen Brauntönen.

„Nehmen Sie Platz", sagte er. „Wie ist es Ihnen in der Zwischenzeit ergangen?"

„Wir haben eine zweite Leiche gefunden."

„Interessant. Darf ich nach Details fragen?"

„Nein. Die Ermittlungen sind noch nicht abgeschlossen."

„Aber Sie gehen davon aus, dass es sich bei der Toten um ein Opfer des Serienmörders handelt?"

„Ich sagte nichts von einer weiblichen Leiche."

Kaminsky blickte sie verdutzt an, dann lächelte er breit. „Nun, es erschien mir logisch. Habe ich mich nun verdächtig gemacht?"

„Wer weiß", sagte sie lächelnd. Sie ließ bewusst offen, auf welchen Teil seiner Worte sich ihre Antwort bezog, und betrachtete ihn eingehend. Er erwiderte ihren forschenden Blick arglos und offen. Ich fange an, Gespenster zu sehen, dachte sie.

Kaminsky senkte den Kopf und blätterte in seinen Notizen. „Haben sich neue Erinnerungen eingestellt?"

Sollte sie ihm von dem Bahnübergang erzählen? Sie beschloss, die Erfahrung vorerst für sich zu behalten. „Nein, alles ist unverändert. Was werden Sie heute mit mir anstellen? Werden Sie mir wieder einen Film zeigen und behaupten, mein Leben bestehe aus falschen Erinnerungen?"

„Sagen *Sie* es mir. Was, glauben Sie, könnte Ihnen helfen?"

„Da gibt es doch diese Technik der Rückführung. Sie wissen schon, in die Kindheit oder in angebliche frühere Leben. Ich sah neulich eine Dokumentation im Fernsehen darüber."

Kaminsky klopfte leise mit seinem Kugelschreiber auf den Notizblock. „Sie meinen eine Regressionstherapie. Möchten Sie, dass ich eine solche Rückführung mit Ihnen durchführe?"

„Ja. Wer weiß, vielleicht finden Sie heraus, dass ich eine Reinkarnation von Sharon Tate bin. Sicher zwingt mein früheres Ich mich dazu, zwanghaft Serienmörder zu jagen."

„Nun, die Therapie hat nichts mit den reißerisch aufgemachten Rückführungen in angebliche frühere Leben zu tun, wie sie im Fernsehen gezeigt werden. So funktioniert das nicht."

„Sondern?"

„Ich begleite Sie auf einer inneren Reise zurück in der Zeit. Sie bestimmen, an welchem Tag und zu welcher Stunde wir anhalten. Sie können jederzeit ins Hier und Jetzt zurückkehren. Damit ist nichts Mystisches verbunden."

„Lassen Sie es uns versuchen."

Kaminsky schien eine Weile nachzudenken, als wäge er die Risiken ab. „Ich erklärte Ihnen bereits bei unserem letzten Gespräch, dass ich eine Blockade Ihres Unbewussten nicht durchdringen kann, solange es sich gegen die Wahrheit wehrt. Wir hätten keinen Erfolg."

„Aber ich *will* mich erinnern. Und ich werde mich erinnern."

Plötzlich zeigte er sein Zahnpastawerbelächeln, als hätte er seine Meinung geändert. „Nun ja, es könnte in der Tat interessant werden", sagte er. „Es ist Ihre Entscheidung. Ich kann Ihnen jedoch nicht versprechen, dass etwas dabei herauskommt."

„Es könnte ein Weg sein."

„Sie sollten zuvor bedenken, dass Sie eine tiefe traumatische Erfahrung wiederholen. Was Sie sehen werden, wird Ihnen möglicherweise sehr realistisch vorkommen."

„Wie realistisch?"

„Als wären Sie wieder dort. Vielleicht werde ich Sie nur sehr schwer zurückholen können."

„Sie meinen ... ich könnte in der Vergangenheit bleiben?“

„So etwas ist sehr unwahrscheinlich, aber nicht völlig unmöglich. Die Reise wird Sie emotional sehr stark belasten – was wiederum Sinn der Therapie ist. Sie müssen sich den Dingen stellen, die Sie verdrängen.“

„Ich bin einverstanden.“

„Also gut.“

Er bat sie zu einer bequemen Ruheliege und rückte seinen Sessel nahe an das Kopfteil. Über einen elektronischen Regler veränderte er die Stellung der Jalousien in der Fensterfront und dämpfte das Licht. Dann kehrte er zu ihr zurück, breitete eine Wolldecke über ihre Beine und setzte sich in den Sessel.

„Sind Sie bereit?“

„J... ja.“ Sie war nervös, weil sie es hasste, die Kontrolle abgeben zu müssen.

„Niemand kann unter Hypnose dazu gezwungen werden, etwas zu tun oder preiszugeben, zu dem er in wachem Zustand nicht bereit wäre“, sagte Kaminsky, als hätte er ihre Gedanken erraten. „Die Berichte über angebliche Verbrechen, die unter Hypnose begangen wurden, sind nichts weiter als Gruselgeschichten. Für die Regression ist es außerdem nicht nötig, Sie zu hypnotisieren. Sie werden nur eine leichte Trance erleben, ähnlich einer Meditation. Und Sie können diese Trance jederzeit selbst beenden, wenn Sie es möchten.“

Er faltete ein weiches Tuch zu einem Streifen und legte es locker über ihre Augenpartie. Im Hintergrund erklang leise Entspannungsmusik.

„Nun, Helen. Sind Sie bereit?“

Sie nickte krampfhaft. Ihre Finger krallten sich in die Wolldecke.

„Wir werden zunächst ein paar einfache Entspannungsübungen durchführen, Helen. Mit jeder Übung werden Sie spüren, wie Sie ruhiger und entspannter werden.

Kaminsky benutzte Autosuggestionstechniken, um ihre Atemfrequenz und den Herzschlag nach und nach zu senken und ein Gefühl von Wärme und Geborgenheit zu erzeugen. Sie spürte, wie sich ihre angespannten Muskeln lösten, als sie unter seiner Anleitung durch ihren Körper wanderte.

„Sie sind nun völlig entspannt. Wir werden einen kleinen Spaziergang unternehmen. Möchten Sie mitkommen, Helen?“

„Ja.“ Sie fühlte sich schwer. Schwer und doch leicht, als wäre es ganz einfach, aus ihrem Körper hinauszutreten und davonzuschweben. Weit fort durch Raum und Zeit.

Kaminsky ließ seine Hand einen Moment auf ihrem Unterarm ruhen. „Da ist das Tor zu einem wunderschönen Garten. Sehen Sie es, Helen?“

Es dauerte eine Weile, bis sich Bilder einstellten. Doch dann waren sie da, und Helen wanderte durch eine Traumwelt, die sie im selben Moment erschuf, als sie sie betrat.

„Ja. Ich sehe es.“

„Beschreiben Sie es.“

„Es ist ein hohes, schmiedeeisernes Tor. Dahinter liegt ein großer Garten. Ringsum stehen alte Bäume. Da sind Beete mit wunderschönen Blumen in allen Regenbogenfarben. Es gibt einen Teich, auf dem Seerosen schwimmen, und eine hölzerne Brücke, die auf die andere Seite führt."

„Lassen Sie uns durch das Tor gehen, Helen."

Sie spürte weder das Kissen unter ihrem Nacken noch seine Hand auf ihrem Unterarm. Das leise Rauschen des Regens und der kalte Herbstwald vor den Fenstern verblassten. Helen spazierte durch den Garten ihrer eigenen Vorstellungskraft. Warmer Wind strich über ihre Haut, das weiche Gras federte unter ihren nackten Füßen. Der Duft von Rosen und Oleander schwebte in der Luft.

„Da ist noch ein zweites Tor. Sehen Sie es, Helen?"

Sie blickte sich in dem imaginären Garten um und gewahrte eine Tür in einer von Efeu und Kletterrosen überwachsenen Steinmauer.

„Ja. Ich kann sie sehen."

„Öffnen Sie diese Tür, Helen. Dahinter werden Sie zwei Treppen finden. Eine führt nach oben und die andere nach unten. Wir werden die Stufen nach unten nehmen."

„Führen sie in die Vergangenheit?"

„Ja, Helen. Das tun sie."

Sie konnte sich nicht erinnern, die Tür geöffnet zu haben. Augenblicklich hatte sie den Park hinter sich gelassen und stand wie hingezaubert auf einem Treppenabsatz. Die nach oben führenden Stufen verloren sich im Nebel, die Zukunft war noch nicht geboren. Sie wandte sich nach rechts. Graue, ausgetretene Basaltstufen führten in steilem Winkel in undurchdringliche Dunkelheit.

„Was empfinden Sie, Helen?"

„Angst."

„Sie brauchen sich nicht zu fürchten. Ich bin bei Ihnen. Wenn Sie auf etwas stoßen, das Ihnen Unbehagen bereitet, gehen wir zurück. Bedenken Sie, dass alles, was Sie sehen werden, bereits Vergangenheit ist und sich nicht wiederholen kann. Nehmen Sie meine Hand, ich führe Sie."

Sie tastete nach seinen Fingern, dann schloss sich seine Hand sanft um die ihre. Sie hatte plötzlich das Gefühl zu schweben und schrieb den Eindruck ihrer tiefen Entspannung zu. Sich aufzurichten und Kaminsky zu folgen, erschien ihr wie die natürlichste Sache der Welt. Trotzdem war sie von der Intensität ihrer Empfindungen überrascht. Sie spürte seine Hand in ihrer, den weichen Teppich und dann das Holzparkett unter ihren nackten Füßen, und schließlich kalte Steinstufen.

Die Praxis, Kaminsky und die Ruheliege existierten nicht mehr. Sie befand sich in einer anderen Realität, die genau so wirklich war wie das Klappern der hohlen Knochen im Wind. Langsam stieg sie die Stufen hinab ins Dunkel. Ein feuchtkalter Luftzug strich über ihre Wangen und ließ sie frösteln.

„Mit jeder Stufe steigen wir weiter hinab in Ihre Vergangenheit, Helen", erklärte Kaminsky mit ruhiger, leiser Stimme. „Sie sind nun am vierten Juni angekommen. Erinnern Sie sich an den vierten Juni?"

Ja. Sie erinnerte sich. Das Gewitter, der Regen. Der Bunker und Mias ängstliches Gesicht. *Es kann überhaupt nichts schiefgehen.*

Sie vergaß Kaminsky, die Mühle, Funke und das tote Mädchen im See und hetzte zum zweiten Mal durch den Koblenzer Bunker. Es gab nur den Mann mit der

Maske, Mias verzweifelte Schreie und den herb-süßlichen Geruch des Chloroforms.

Wieder machte sie einen Sprung. Wie ein Träumer zeitlos in ein fernes Land reist, auf die Rückseite des Mondes oder in Vergangenheit und Zukunft, gelangte sie an einen anderen Ort. Alles war möglich. Grenzen existierten nicht mehr. Der Garten ihres Unterbewusstseins war unendlich groß.

Der Weg hierher musste dennoch sehr anstrengend gewesen sein, denn ihr war, als hätte sie eine Weile geschlafen. Als sie erwachte, herrschte ringsum eine Dunkelheit, die so erdrückend war, als wäre die Luft zu schwarzer Tinte geronnen. Ängstlich sog sie die feuchte, nach Moder und Verwesung stinkende Luft in ihre Lungen.

„Was empfinden Sie?“

Kaminskys Stimme drang geisterhaft verzerrt an ihr Ohr. Sie spürte die Berührung seiner Hand nicht mehr.

„Haben Sie Schmerzen?“ Seine Stimme war jetzt ganz dicht an ihrem Ohr. Sie spürte seinen Atem auf ihrer Haut und den schwachen Geruch von Ingwer und Zimt.

„Mir ist kalt.“

„Ich bin bei Ihnen.“

„Ich werde immer bei dir sein. Am Tag in deinen Gedanken. In der Nacht in deinen Träumen.“

„Waren Sie das? Haben Sie das gesagt? Dr. Kaminsky ... wo sind Sie?“

„Was gesagt?“

„Nichts, ich ... hatte das Gefühl, nicht allein zu sein.“

Nein, sie war nicht allein. Jemand war da, und es war nicht Kaminsky. Er bemühte sich, jedes noch so leise Geräusch zu vermeiden, aber die Finsternis schärfte ihre Sinne. Dies war keine Traumwelt mehr, keine Trance. Es war die Wirklichkeit.

Sie spürte die Präsenz des Unbekannten beinahe körperlich. Da war ein regelmäßiges leises Atmen, das sie mehr fühlte als hörte. Ein schwacher Luftzug kitzelte ihre Nasenspitze, dann streifte etwas ihre Wange, tastende Finger fuhren durch ihr Haar. Erschrocken wich sie zurück und prallte mit dem Hinterkopf gegen harten Stein. Sie unterdrückte einen Schmerzensschrei und lauschte in die Dunkelheit hinein. Das Atmen war noch da, aber weiter entfernt diesmal, hastiger und unregelmäßiger.

„Ist da jemand? Dr. Kaminsky?"

Ihre Stimme schwebte körperlos in der Finsternis und hallte hohl von den Wänden wider. Mit vorsichtigen Schritten stolperte sie über den unebenen Boden. Helen spürte Kieselsteine und feuchte Dreckklumpen unter ihren Füßen. Sie fuhr mit den Fingerspitzen über ihren flachen Bauch und tastete nach ihrer Brust. Sie war nackt. Und fror. Die Furcht wuchs wie ein schwarzes Gespinst in ihrem Herzen und breitete sich rasch aus.

Es roch modrig wie in einer Gruft. Ein eisiger Hauch strich über ihre Zehen und kroch an ihren Beinen hoch. Was sie empfand, war keine bloße Erinnerung, es war real und geschah jetzt, in diesem Augenblick. Panik flutete sie wie eine alles verschlingende, kalte Welle. Sie kauerte sich auf den Boden und schlang schützend die Arme um ihren Körper. Die Bewegung erzeugte ein metallisches Klirren, das sie nicht einordnen konnte.

In der fugenlosen Dunkelheit kroch sie an einer Wand entlang, die aus gewachsenem Fels zu bestehen schien. Das Rasseln folgte ihr. Nach anderthalb Metern fand ihre Suche nach einem Ausgang ein jähes Ende. Etwas zerrte an ihrem Knöchel und hielt sie unerbittlich fest. Erschrocken tastete sie an ihrer Wade entlang, bis sie auf eine eiserne Schelle mit einer Kette stieß. Ihre Finger folgten den Kettengliedern bis zu einem Ring, der fest im Boden verankert war. Die Furcht war jetzt so stark, dass sie ihren Kopf ausfüllte wie eine zähe, schwarze Masse.

„Lass mich hier raus, du verfluchtes Schwein!", schrie sie.

Eine Hand legte sich auf ihre nackte Schulter, kräftige Finger quetschten ihre Muskeln und zwangen sie in die Knie.

„Ich bin bei Ihnen, Helen. Was Sie sehen, ist die Vergangenheit. Ihnen kann nichts geschehen. Erinnern Sie sich. Sie müssen sich jetzt erinnern, Helen!"

Einen unwirklichen Augenblick lang überkam sie das irritierende Gefühl, als befände sie sich in zwei Welten gleichzeitig – auf der Ledercouch in Kaminskys Praxis und in dem feuchten Kellerloch, in dem sie die entsetzlichsten Stunden ihres Lebens verbracht hatte.

„Erinnern Sie sich an diesen Ort, Helen? Gefällt er Ihnen?"

„Nein, nein, nein!"

Sie wand sich unter dem Griff und schüttelte die Hand ab, die sie niederdrückte.

„Schau, Helen! Schau zu und lerne!"

In einem Winkel dicht über dem Boden glühte ein Lichtfleck auf und schwebte in der Dunkelheit wie ein Glühwürmchen in einer Sommernacht. Helen kroch auf das Licht zu und presste ihr Gesicht an den schleimigen, kalten Stein. Wie durch eine schaurige Camera obscura erblickte sie den Raum auf der anderen Seite der Wand. Auf einer Decke lag zusammengekauert wie ein Fötus ein nacktes Mädchen von etwa siebzehn Jahren. Neben der Decke standen ein Teller und eine Wasserflasche. Der Raum war in blutrotes Licht getaucht, die rohen, unbehauenen Felswände verliehen ihm das Aussehen einer Höhle. Der Eingang musste außerhalb des Bereiches liegen, den sie einsehen konnte, aber es musste ihn geben.

Schlüssel rasselten, Riegel wurden zurückgeschoben. Eine Gestalt trat in den höhlenartigen Raum, ein Mann, der die kunstvoll gefertigte Maske eines Stierkopfes trug.

„Dr. Kaminsky." Sie schrie seinen Namen, so laut sie konnte, aber ihrer Kehle entfuhr nur ein heiseres Krächzen. „Dr. Kaminsky. Holen Sie mich zurück!"

Sie spürte seine Hand nicht mehr, die Verbindung war abgerissen. Hatte er die Kontrolle über die Hypnosesitzung verloren? Alles war so real. Träumte sie oder hatte er sie in eine Falle gelockt, um ihr seine Macht zu demonstrieren, bevor er sie quälte und tötete wie all die anderen Opfer?

Der Stiermann stieß dem Mädchen auf der Decke die Stiefelspitze in die Seite. Erst nach mehreren Tritten reagierte es. Als es unendlich müde den Kopf hob, erkannte Helen entsetzt, dass das Mädchen Mia war. Ihre Augen waren erloschen und stumpf wie die einer Puppe, die auf dem Müll gelandet ist.

„Es ist Zeit", sagte der Mann. Seine Stimme klang durch die Maske dumpf und dennoch vertraut.

Helen zuckte zusammen, als sie eine Berührung spürte. „Dr. Kaminsky? Bitte holen Sie mich zurück. Dr. Kaminsky? Sind Sie das?"

Jemand machte sich an ihrem Arm zu schaffen. Finger tasteten über ihre Haut und fanden ihre Hand. Ein dumpfer Schmerz zuckte durch den Ringfinger ihrer linken Hand. Es stank so durchdringend nach Kot, Schweiß und Schmutz, dass sie nach Atem rang.

Die Berührung befreite sie aus ihrer Erstarrung. Sie fand ihre Stimme wieder und schrie. Das unsichtbare Wesen zog sich rasch zurück, ohne ihr weitere Schmerzen zuzufügen. Ein Scharren und Rasseln, dann herrschte wieder Stille.

Im Raum nebenan kreischte Mia gequält auf, schrill und voller Schmerz. Helen wollte nicht sehen, was sie nicht verhindern konnte, aber das Licht zog sie an wie die Kerzenflamme eine Motte. Sie presste ihr Gesicht an den Mauerspalt und blickte durch das Loch.

Er lag auf dem Mädchen, presste ihr mit dem linken Unterarm die Kehle zusammen und verging sich an ihr. Mias Schreie wichen einem verzweifelten Stöhnen, dann war sie still.

Helen zerrte an der Fußfessel. Sie schrie, drohte und beschimpfte den Irren auf der anderen Seite der Wand, der ihr keine Beachtung schenkte. Wahrscheinlich konnte er ihr Toben durch die Mauer sowieso nicht hören. Sie schlug mit den Fäusten gegen die Wand, riss sich die Fingerknöchel an den rauen Steinen blutig und bettelte und flehte um Mias Leben. Und sah alles bis zum Ende. Kurz bevor er zum Höhepunkt kam, schlang er eine Nylonleine, an deren Enden zwei hölzerne Griffe verknotet waren, um Mias Hals und erdrosselte sie in wenigen Augenblicken. Helen brach auf dem schmutzigen Boden zusammen und erbrach sich, bis ihr Magen leer war und sich krampfhaft zusammenzog.

Aus einem Winkel ihres Kerkers drang ein leises Wimmern.

„Warum hast du mir nicht geholfen, Helen?“

Das Flüstern war so nahe, als käme die Stimme direkt aus ihrem Kopf. Sie wusste jetzt, wer in der Dunkelheit bei ihr war. Sie kannte die Stimme.

„Nele? Bist du das?“

„Warum warst du nicht da?“

„Nele!“

Sie sprang auf, aber die Kette hielt sie zurück. Helen stürzte und riss sich Knie und Hände blutig. Ihr Kopf stieß gegen die harten Steinplatten, und sie versank in gnädiger Bewusstlosigkeit.

„Helen! Helen, können Sie mich hören? Kommen Sie zurück, Helen. Ich werde jetzt von zehn rückwärts zählen, dann werden Sie aufwachen!“ Die Stimme klang herrisch und befehlsgewohnt.

„Zehn!“

Sie kämpfte sich durch dicke Watteschichten an die Oberfläche ihres Bewusstseins. Sie wollte nicht zurück, wollte nur schlafen und ausruhen.

„Neun. Acht. Sieben!“

Unmöglich, sich der Stimme zu widersetzen. Bei drei hatte sie das Gefühl, als tauche sie aus einem tiefen See auf. Da war ein Licht, das sie mit großer Macht anzog.

„Eins! Helen, Sie wachen jetzt auf!“

Sie durchbrach die Oberfläche, sog gierig die Luft in ihre Lungen und schrie.

„Helen!"

Jemand schüttelte ihre Schulter. Sie entwand sich dem Griff, stieß die Wolldecke von sich und sprang von der Liege.

„Helen! Bleiben Sie hier, Helen! Ich befehle Ihnen, stehen zu bleiben!"

Die Stimme hatte einen drohenden, aggressiven Ton angenommen. Helen befand sich zwischen zwei Welten. Kaminsky und seine Praxis waren weit fort, sie wiederholte in einer immer wiederkehrenden Schleife ihre Flucht aus den Katakomben und kauerte sich wie ein ängstliches Kind in eine Ecke neben der Fensterfront, die Arme schützend über den Kopf gelegt.

„Ich habe sie alleine gelassen. Und jetzt ist sie tot. Nele, warum habe ich dich alleine gelassen?"

„Helen! Können Sie mich hören?"

Sie weinte krampfartig und krümmte sich zusammen wie ein Fötus. „Nele!"

„Helen!", schrie Kaminsky. Er nahm ihre Arme und bog sie gewaltsam nach unten. „Sie werden jetzt zu mir zurückkommen, haben Sie das verstanden? Sehen Sie die Treppe? Gehen Sie die Stufen wieder hinauf. Sofort!"

Helen schluchzte. Sie irrte durch dunkle Gänge und Tunnel. Es war kalt und feucht. Sie watete durch knöcheltiefes, eiskaltes Wasser.

„Ich zähle bis drei, dann kommen Sie zu mir zurück!"
Nicht mehr denken, nichts mehr fühlen.
„Eins!"

Da war ein Lichtschimmer, weit entfernt. Und Schritte, die sich näherten.

Kalter, nasser Asphalt, schillernde Benzinschlieren in einer Pfütze. Jemand sprach mit ihr. „Kann ich Ihnen helfen? Sind Sie verletzt?"

„Zwei!"

Ein bärtiges Gesicht beugte sich über sie. Blaulicht fetzte rhythmisch durch die Dunkelheit.

„Drei!"

Sie schrie. Und kehrte zurück. Kaminsky schlang seine Arme um ihren zitternden Körper und drückte sie an sich. „Es ist alles okay. Sie sind wieder da."

Er zog sie hoch und führte sie zu der Ruheliege. Erschöpft sank sie auf das weiche Leder. Kaminsky reichte ihr ein Glas Wasser. Sie zitterte so stark, dass sie fast alles verschüttete. Er schob eine Hand unter ihren Kopf und half ihr zu trinken. Ihre Zähne klapperten gegen das Wasserglas.

„Warum ... starren ... Sie mich so an?"

„Sie haben mir ziemliche Sorgen bereitet. Ich bin froh, dass Sie wieder hier sind."

Sie stützte sich auf die Ellenbogen und starrte auf ihre Füße. Sie steckten in denselben Stiefeletten wie zuvor. Einen Moment lang war sie versucht, sie auszuziehen und ihre Füße auf Schmutzspuren des dreckigen Kellerlochs zu untersuchen. Mühsam widerstand sie der Versuchung.

„Meine Hände!"

Ihre Fingerknöchel waren mit blutigen Schrammen übersät.

„Ich sagte ja, Sie haben mir Kopfzerbrechen bereitet. Ich gestehe, ich habe die Intensität Ihrer Gefühle unterschätzt."

„Was ist ... passiert? Ich kann mich nicht erinnern."

„Nun, ich hatte Sie gewarnt, dass eine Reise durch Ihr Unterbewusstsein sehr real sein könnte. Sie waren sehr erregt und schlugen gegen die Wand. Dabei schürften Sie sich an dem rauen Putz die Hände auf."

Erschöpft schloss sie die Augen. Real? Das war mehr als untertrieben.

Kaminsky ging zu einem kleinen Schrank, entnahm ihm einen Verbandskasten und kehrte zur Liege zurück. Er musterte ihre Hände kritisch. „Zum Glück sind die Verletzungen nur oberflächlich. Ich werde Sie wohl dennoch verarzten müssen."

„Nein." Hastig zog sie ihre Hände zurück. „Das ... das ist nicht nötig." Sie wollte fort, raus aus der Praxis.

„Sind Sie okay?"

Sie nickte schwach. „Ich habe ... Nele gesehen, meine Schwester."

„Verstehen Sie nun, warum ich nach Ihrer Kindheit fragte?"

„Ja."

Langsam ließ das Zittern nach. Plötzlich wurde ihr bewusst, dass sie weinte. Kaminsky reichte ihr ein Taschentuch. Sie schämte sich. Sie hatte sich gehen lassen. Verdammt, sie hatte geheult wie ein Baby.

„Aber warum Nele? Sie ist gestorben, lange bevor dieser Verrückte begann, Frauen zu ermorden."

„Erinnerungen können uns trügen."

„Sie meinen ... was ich gesehen habe, entspricht nicht der Wahrheit?"

„Es entspricht einer inneren Wahrheit. Ihrer Wahrheit. Zwischen tatsächlichen Erinnerungen und solchen, die Ihr Unterbewusstsein erzeugt, zu unterscheiden, ist nicht leicht. Ist ein Traum wahr? In Ihrer inneren Gefühlswelt empfinden Sie ihn als wahrhaftig."

„Es war ... so real."

„Ihre Schuldgefühle sind real. Ihr Unterbewusstsein verwandelt sie in Bilder. Und die können drastische Formen annehmen. Schlimmer als die Wirklichkeit."

Irgendwo im Haus schlug leise ein Gong. Kaminsky blickte auf seine Armbanduhr. „Lassen Sie uns die Frage nach der Wahrheit in der nächsten Therapiestunde klären." Er lächelte und klopfte ihr besänftigend auf die Schulter. „Für heute haben Sie genug gelitten. Ich erwarte einen weiteren Patienten. Sie können sich gerne im Nebenraum noch ein wenig ausruhen. Ehrlich gesagt, wäre es mir lieb, wenn ich Sie noch eine Weile im Auge behalten könnte."

Sie rutschte von der Ruheliege und stand auf. Ihre Beine zitterten noch immer.

„Ich bin okay. Sie sagten etwas von falschen Erinnerungen. Wäre es denkbar, dass ich mich an die fehlende Zeit nicht erinnern kann, weil es sie niemals gegeben hat? Weil überhaupt nichts geschehen ist?"

Kaminsky blickte sie ernst an. „Haben Sie Geduld, Helen. Wir stehen ganz am Anfang."

„Bitte. Ich muss wissen, ob ich einem Phantom nachjage."

Er zögerte. „Bei unserem ersten Gespräch deutete ich es bereits an. Es wäre denkbar. Aber es ist zu früh, um das zu sagen."

„Aber wo ... wo bin ich dann sechsunddreißig Stunden lang gewesen?"

„Ich weiß es nicht. Aber wir werden es herausfinden. Sie sind auf einem guten Weg." Er blätterte in seinem Terminkalender. „Nächsten Dienstag gegen fünf?"

Sie nickte abwesend und steckte den Terminzettel ein. Als sie unter der Kastanie vor der alten Mühle stand, wusste sie nicht zu sagen, wie sie dorthin gelangt war. Sie blieb einen Augenblick auf der Brücke über dem Mühlenkanal stehen und blickte in das brodelnde Wasser. Das leise Klappern, das sie bei letzten Mal vernommen hatte, wiederholte sich nicht. Vielleicht hatte sie sich das Geräusch nur eingebildet, wie alles andere auch. Wie sollte sie nun noch Schein und Wahrheit voneinander unterscheiden?

Ihr Blick streifte das Fachwerkhaus oberhalb der Mühle. Noch immer brannte hinter den Fenstern kein Licht. Bongartz blieb unsichtbar wie das Phantom, das sie jagte. Gab es überhaupt einen Serientäter? Vielleicht hingen die Verbrechen nur in ihrer Vorstellung zusammen, und sie hatte ihr Team unbewusst so lange manipuliert, bis König und Kreutz ebenfalls an den Verrückten mit der Stiermaske glaubten. Während sie aus einem Schuldgefühl heraus den großen Unbekannten jagte, lagen die Dinge in Wirklichkeit vielleicht ganz anders. Carlos hatte Tatjana Wolzow auf dem Gewissen, weil sie ihm das Geschäft vermasselt hatte. Und Irena Milic war das Opfer eines Verkehrsunfalls geworden. Möglicherweise hatte Haffner sie in der Nacht, als sie verschwand, mit einem von Sassens Kastenwagen überfahren und die Leiche im Wald vergraben. Dann hatte die Begegnung mit dem Maskenmann im Bunker nie stattgefunden. Hatte sie sich in dem unterirdischen Labyrinth verlaufen, sich die Kopfverletzungen auf der Jagd durch die düsteren Tunnel selbst zugezogen und das Bewusstsein verloren? War alles nur ein Albtraum gewesen? Irgendwann war sie dann aufgewacht und desorientiert durch die Katakomben geirrt, bis sie auf einen Ausgang gestoßen war. Niemand hatte überprüft, ob es in der Nähe der Autobahnraststätte einen Zugang zu dem alten Luftschutzbunker gab. Möglicherweise erstreckte sich die unterirdische Anlage über viele Kilometer unter der Stadt und dem Umland. Wie weit kam man in sechsunddreißig Stunden? Aber wieso hatte der Fernfahrer sie auf dem Rastplatz gefunden? Nackt, hilflos und verletzt. Was von alldem war wirklich passiert? Sie konnte Wahrheit, Lüge und Einbildung nicht mehr trennen.

Zitternd vor Kälte rieb sie die Hände aneinander. Die Schürfwunden auf ihren Knöcheln schmerzten, und ihr Ringfinger pochte im Takt ihres Pulsschlags. Langsam hob sie den Arm und betrachtete ihre Hand. Ihr Herz hämmerte einen rasenden Takt gegen ihre Rippen. Der Fingerknöchel war gerötet und geschwollen. An ihrem Ringfinger steckte ein schmaler, ihr fremder Ring mit einem winzigen hellblauen Saphirsplitter.

Ein knöchernes Klappern erfüllte die Nachtluft. Ein Geräusch, wie es ausgetrocknete hohle Knochen erzeugen, die der Wind bewegt.

22

Helens roter Fiat Spider passierte den Ortseingang von Dreifelden und näherte sich dem *Wäller Krug*. Die Parkplätze vor der Gastwirtschaft waren belegt, zwei Dutzend weitere Fahrzeuge parkten auf der gegenüberliegenden Straßenseite und dem Gelände des Golfclubs. Vermutlich hatte sich die Nachricht von dem neuen Leichenfund wie ein Lauffeuer verbreitet, und die Einwohner warteten in Milics Kneipe auf die grausigen Details. Sie würden sie mit Fragen bestürmen und mit nutzlosen Verdächtigungen überschütten. Impulsiv trat sie auf das Gaspedal, durchquerte den Ort und trieb den Sportwagen in halsbrecherischem Tempo die Straße am See entlang. Zum ersten Mal hatte sie das Gefühl, der Belastung nicht mehr gewachsen zu sein. Vielleicht sollte sie sich krankmelden und das tun, was Starbacher von ihr gefordert hatte: Eine Auszeit nehmen und die Finger von dem Fall lassen. Zugleich war ihr bewusst, dass sie niemals Frieden finden würde, solange sie die Wahrheit nicht kannte. Wenn sie ihre Jagd aufgab, blieb ein brandgefährlicher Serienmörder auf freiem Fuß.

Zum ersten Mal in ihrem Leben empfand sie Einsamkeit als Last und wünschte sich einen Freund, dem sie sich anvertrauen konnte. Aber sie war fremd in diesem Ort, und der einzige Mensch, den sie kannte, war Ben

Funke. Sie schnappte sich das Handy aus der Mittelkonsole und wählte Harders Nummer.

„Stein hier. Ist Funke aufgetaucht?"

„Nein. Noch immer keine Spur von ihm."

„Okay. Machen Sie Schluss für heute."

Sie beschloss, ihn zu suchen. Wahrscheinlich lag er nur einen Kilometer entfernt von hier in seinem Trailer und schlief seinen Rausch aus. Wenn Harder tatsächlich so scharf auf Funkes Posten war, hatte er vermutlich nichts weiter getan, als abzuwarten.

Helen stellte ihren Spider gegenüber dem Campingplatzrestaurant am Nordwestufer ab. Sie bewaffnete sich mit einer Taschenlampe und durchquerte das Gewirr aus verschlungenen Pfaden zwischen den Wohnwagen und Wochenendhäusern, bis sie vor dem rostigen Wellblechtrailer stand. Die Tür war verschlossen, die Fenster dunkel. Hatte ihn die Gewissheit, dass seine Suche nach Nora sinnlos gewesen war, durchdrehen lassen? Was hätte sie selbst an seiner Stelle getan? Helen biss sich auf die Lippe. Sie hatte in ihm eine wahnwitzige Hoffnung geweckt, und das Grab im Wald hatte ihn auf schreckliche Weise in die Wirklichkeit zurückgeholt. Sie wagte nicht, sich auszumalen, was er dabei empfunden hatte, mit eigenen Händen die Leiche seiner Tochter auszugraben. Auch wenn er sich letztlich geirrt hatte, erlebte er in diesen Augenblicken das Grauen *seiner* Wahrheit.

Unschlüssig stand sie zwischen sauber gestutzten Zypressenhecken, Gartenzwergen und Jägerzäunen, mit denen die Dauercamper ihre Claims abgesteckt hatten. Im Schein einer einzelnen Natriumdampflampe erblickte sie in Ufernähe ein Gebilde, das wie ein riesiges Fass aussah. Der perfekte Ort für Funke, um sich zu Tode zu trinken, dachte sie grimmig. Einen Versuch war es wert.

Sie ging den Hang hinab zu einem hölzernen Fass von etwa zweieinhalb Metern Durchmesser, das sie an die Tonne des Diogenes erinnerte. Ein Werbeschild wies darauf hin, dass Urlauber das Fass in den Sommermonaten für eine romantische Übernachtung am See mieten konnten. Die Westerwälder schienen einen sonderbaren Humor zu besitzen. Trinkfest waren sie allemal.

Sie umrundete die Tonne, deren Vorderseite zum See hin offen war. Fahles Mondlicht fiel auf den Holzboden und zwei Stiefel, die aus dem Fass ragten. Funke lag wie tot auf dem Rücken. Nur sein leises Schnarchen bestätigte, dass er noch lebte. Ärger und Zorn brandeten in ihr auf, aber dann empfand sie auch Mitleid und Schuld.

Drei hölzerne Trittstufen führten in die Tonne hinein. Ihr Fuß stieß gegen eine leere Flasche, die klirrend durch das Dunkel rollte.

„Funke? He, Funke, wachen Sie auf!" Sie beugte sich über ihn und rüttelte ihn an der Schulter. Er stank wie eine Schnapsfabrik und murmelte unverständliches Zeug in seinem bleiernen Schlaf.

Ärger verdrängte die Zweifel, die die Regressionstherapie in ihr gesät hatte. Sie hatte einen Mordfall aufzuklären, das war alles, was zählte. Und Funke hatte nichts Besseres zu tun, als sich volllaufen zu lassen. Inzwischen war sie sicher, dass der Schlupfwinkel des Killers ganz in der Nähe lag. Funke kannte die Gegend besser als die meisten anderen Einheimischen und hatte bewiesen, dass er nüchtern ein fähiger Polizist war. Ohne seine Hilfe würde sie das Versteck niemals finden.

Sie packte ihn an den Stiefeln und schleifte ihn über den Holzboden, bis seine Beine über den Rand des Fasses hingen. Dann verpasste sie ihm ein paar kräftige Ohrfeigen und versuchte erneut, ihn zu wecken. Er schien kurz aus seiner Betäubung zu erwachen, aber dann driftete er wieder in die Hölle seiner Albträume zurück. Fluchend zerrte sie ihn aus dem Fass. Kopf und Schultern polterten über die Stufen nach unten, aber auch der Schmerz brachte Funke nicht zu Besinnung. Sie fasste ihn wie einen Schwerverletzten unter den Achseln und schleifte ihn schimpfend auf das Seeufer zu, um ihm eine Abkühlung zu verpassen. Zu spät erinnerte sie sich daran, dass das Wasser aus dem See abgelassen worden war und nur Schlamm zurückgeblieben war.

Sie schaltete die Taschenlampe ein und sah sich um. Unter dem Vordach von Funkes Trailer stand eine Regenwassertonne, daneben eine alte blecherne Gießkanne und ein Plastikeimer. Sie lief die Wiese hinauf und füllte den Eimer in der Wassertonne. Dann schleppte sie ihn zum Ufer und übergoss Funke mit dem eiskalten Wasser. Prustend und nach Luft ringend kam er zu sich.

„Sind Sie endlich wach, Sie Idiot?"

Er blickte verwirrt umher, erkannte Helen und ließ den Kopf auf den nassen Sand zurücksinken. „Wasss geht Ssie dasss an? Sssind Ssie total durchge ...kna ...allt?"

„Fragt sich, wer von uns beiden der größere Trottel ist. Stehen Sie auf und ziehen Sie sich etwas Trockenes an. Wir haben den Rest der Leiche gefunden."

„Scheren Ssssie sich zum Teu ... teufel!"

„Na warte, du versoffener Versager!" Wütend schnappte sie sich den Eimer und lief zur Wassertonne. Mit dem randvollen Eimer kehrte sie zurück und kippte Funke die nächste Ladung über den Kopf.

Er japste erschrocken auf. „Haben Sssie den Verschtand ver ... verloren?"

„Das wollte ich Sie auch gerade fragen. Wenn Sie sich unbedingt zu Tode saufen wollen, dann tun Sie das, wenn wir den Scheißkerl gefasst haben, der Ihre Tochter verschleppt hat. Wenn ich Sie vorher noch einmal einen Tropfen Alkohol trinken sehe, ersäufe ich Sie eigenhändig im Gärtank der Hachenburger Brauerei."

Umständlich kam er auf die Beine und schwankte wie ein tropfnasses Sumpfmonster, das gerade aus dem Schlamm des Sees gekrochen war, um sich an Land sein Abendessen zu suchen.

„Lasssen Sssie mich in Fffrieden. Dasss ist nicht mehr mein Scheißschpiel."

„Oh doch, das ist es." Sie drehte sich um und trabte erneut zur Tonne. Funke hob abwehrend die Hände und stolperte zurück. Er strauchelte und plumpste mit dem Hintern in den Matsch.

„Lassssen Sie den Unssinn."

Helen packte den Eimer mit beiden Händen. „Los! Stehen Sie auf und kämpfen Sie!"

„Sssie sind ja verrückt. Aus welchem billigen Film haben Sssie diesen dääämlichen Schpruch denn?"

Wieder traf eine Ladung Wasser seinen Kopf.

„Sie kotzen mich an mit Ihrem Selbstmitleid. Glauben Sie, Sie sind der Einzige, der einen geliebten Menschen verloren hat? Nora braucht Sie. Ich brauche Sie!“

Funke kroch auf allen vieren durch den Schlamm. „Lassen Sssie Nora aus dem Schpiel. Sssie ist tot.“

„Nein, das ist sie nicht. Das Mädchen, dessen Überreste Sie im Wald gefunden haben, ist nicht Nora.“

Funke richtete sich auf. „Hauen Sie ab. Sssie sind nisschts weiter als eine vom Ehrgeiz zerfressene Kuh. Sssie können es nisscht ertragen, dass Starbacher Sie von dem Fall abgessogen hat. Die toughe Profilerin hat plötzlich Angst vor dem Dunkeln und sssieht Monster aus dem Schrank kriechen. Wo sind Sie diesmal aufgewacht? Im Bett Ihres dämlichen Therapeuten? Was wollen Sssie sich eigentlich beweisen? Dass Sssie stärker sind als dieser Irre?“

Wutentbrannt warf sie ihm den Eimer an den Kopf. „Sie sind das größte Arschloch, das mir je begegnet ist. Ihre Tochter interessiert Sie überhaupt nicht. Sie drehen sich doch nur noch um sich selbst.“

Dröhnend wie ein Gong traf der Blecheimer Funkes Stirn. Er japste erschrocken auf und kippte nach hinten in den Matsch.

„Wir haben in Sassens Jauchegrube die passende Leiche zu dem Unterarmknochen aus dem Wald gefunden“, erklärte Helen. „Winkler hat sich geirrt. Der Bruch des Handgelenks entstand post morten, wahrscheinlich hat der Hund ihn verursacht, als er den Arm ausgebuddelt hat. Die Tote aus der Jauchegrube trägt eine Kette mit dem zweiten Teil des Anhängers, nach dem wir gesucht haben. Und da ich inzwischen die Bestätigung habe, dass die Tote aus dem See Tatjana

Wolzow ist, bleibt als zweites Opfer nur Irena Milic. Geht das endlich in Ihren verfluchten Schädel?"

Zum ersten Mal las sie vorsichtiges Interesse in seinen Augen.

„Stehen Sie endlich auf, verdammt."

Stöhnend hielt er sich den Kopf. „Sind Sie jetzt fertig, Sie Halbirre?"

„Nein."

Im Trailer erscholl lautes Gebell. Sie schnappte sich den Eimer, füllte ihn erneut und schwenkte ihn drohend. Funke knurrte böse, verhakte seine Beine in ihren Stiefeln und brachte sie zu Fall. Überrascht stürzte sie auf ihn. Eiskaltes Wasser übergoss sich über beide. Funke packte sie an den Schultern und stieß sie von sich. „Hören Ssie mit dem Mist auf!"

Sie plumpste auf den Boden und schleuderte wutentbrannt eine Handvoll Matsch nach Funke, die ihn klatschend im Gesicht traf.

„Was zur Hölle wollen Ssie überhaupt von mir? Hauen Ssie ab nach Koblenz oder in ein Heim für psyoti ... pchyso ... für bekloppte Fallany ... ala ... Schnüfflerinnen!"

Helen spürte, wie ihre Augen sich mit Tränen füllten. Ihre Wut war verraucht. Sie ließ den Kopf hängen, saß im Schlamm und weinte hemmungslos.

Er kroch auf allen vieren zu ihr. „He. Schon gut. Alles okay. Ich hab's nicht so gemeint." Er schlang den Arm um ihre Schultern und drückte sie an sich. Stumm wiegte er sie wie ein Kind, das sich die Knie aufgerissen hat. Sie schluchzte, wischte sich mit dem Handrücken über die Nase und verschmierte den Matsch auf ihren Wangen. „Lassen ... Sie ... mich los, verdammt."

Er rückte von ihr weg und grub mit den Händen im Schlamm. „Das ist das Leben. Nichts weiter als Matsch. Und es findet sich immer jemand, der einem eine Ladung an den Kopf wirft."

Sie hörte auf zu heulen und glotzte ihn verständnislos an. „Mein Gott, Funke. Sie sind der verrückteste Kerl, der mir je begegnet ist."

Er grinste. „Was denn nun? Ein A … arschloch oder ein Verrrrückter?"

„Beides, schätze ich. Hören Sie endlich auf, sich selbst zu bemitleiden."

Er formte eine Kugel aus dem Schlamm. „He, wer heult denn hier?"

„Sssie können mich mal."

Er stand schwankend auf und zog sie auf die Füße. „Lassen Sssie unns reingehen, bevor wir uns den Tod holen. Wäre sch … schade um meinen Schnapsvorrat. Und dann … erklären Ssie mir noch mal alles."

Er wankte den Hang hinauf und schloss die Tür des Wohnwagens auf. Der Retriever begrüßte ihn mit wedelndem Schwanz und lautem Gebell.

„Alles okay." Funke verschwand im Schlafabteil und kehrte mit einem Handtuch und trockener Kleidung zurück. Er warf Helen ein graues Sweatshirt zu. „Zziehen Sie das an." Während sie sich abtrocknete und umkleidete, zog er sich in den Küchenbereich zurück und klapperte mit Geschirr. Kurz darauf gluckerte eine Kaffeemaschine. Funke balancierte zwei große Tassen zum Tisch.

„Erzählen Sie – der Reihe nach."

Sie setzte sich und wärmte ihre Hände an der heißen Tasse. „Okay. Ich erklär's Ihnen noch mal: Wir haben

in Sassens Jauchegrube eine Mädchenleiche gefunden.
Der Unterarm, den der Hund des Jagdpächters ausgebuddelt hat, passt zum Rest des Skeletts. Ich glaube
nach wie vor, dass Nora lebt. Und wir werden sie finden. Aber Sie müssen mit der Sauferei aufhören."

„Es ist der Schmerz. Er ist immer da, und er wühlt un-
aufhörlich in mir. In meinem Herz ... ist ein Loch. Ich
fülle es immer wieder randvoll mit Schnaps, und dann
ist es für eine Weile erträglich. Aber wenn das Zeug ver-
sickert ist, geht alles von vorne los."

„Das Zeug wird Sie umbringen."

„Kann sein. Was haben Sie sonst noch herausgefunden?"

„Haffner und Sassen sind bei ihren illegalen Bauar-
beiten zufällig über die Leiche gestolpert. Sie befürchteten, ihr Investor würde einen Rückzieher machen,
und versenkten die Tote in der alten Jauchegrube hinter Sassens Hof."

„Ist das die ganze Geschichte?"

„Sie hört sich stimmig an. Diesen Schlitzohren geht es
nur ums Geld. Sie sind keine Mörder."

Funke rieb sich das stoppelige Kinn. „Damit haben
wir zwei tote Mädchen innerhalb weniger Wochen",
überlegte er. „Die zeitlichen Abstände zwischen den
Verbrechen nehmen schnell ab. Er steuert auf den Abgrund zu."

„Dann müssen wir uns beeilen, ihn aufzuhalten. Ich
frage mich allerdings, wer als Erster in diesen Abgrund
stürzt – Sie oder der Maskenmann."

Er ging nicht auf ihren Spott ein. „Was macht Sie so
sicher, dass Nora noch lebt? Warum sollte er sie über
ein Jahr lang gefangen halten?"

„Weil sie etwas Besonderes ist. So wie ihr Vater.“

„Ich befürchte, Sie täuschen sich. Die nächste Leiche, die wir finden, wird Nora sein.“

„Dazu wird es nicht kommen.“ Sie berichtete von Kaminskys kauzigem Vermieter und der Entdeckung des Schuppens in der Felswand. „Wir sollten das Haus auf den Kopf stellen und uns anschauen, was hinter dieser Tür ist.“

Einen Moment lang sah es so aus, als ob er mit dem Kopf auf die Tischplatte knallen würde, um seinen Rausch auszuschlafen. Er rieb sich die geröteten Augen und gähnte. „Eine Tür, die direkt in den Berg hineinführt, sagen Sie? Vielleicht gehört sie zu dem alten Erzbergwerk. Bis in die Dreißigerjahre des letzten Jahrhunderts wurde in der Grube Bindweide Eisenerz gefördert. In den letzten Jahren wurden die alten Stollen restauriert und abgesichert. Heute können Touristen das Bergwerk besichtigen und mit der Grubenbahn durch die alten Stollen fahren.“

„Mit einer Bahn?“

Er nickte. „Mit den Loren wurde das abgebaute Gestein zum Förderschacht transportiert.“

Kawumm, kawumm.

„Wenn kein dringender Tatverdacht gegen Bongartz vorliegt, bekommen wir keinen Durchsuchungsbeschluss“, sagte Funke.

„Den wird uns Starbacher besorgen.“

„Wenn wir ihm nichts liefern, um den Staatsanwalt zu überzeugen, wird daraus nichts.“ Er lehnte sich zurück und schloss die Augen. „Heute Nacht werden wir sowieso nichts mehr erreichen. Verraten Sie mir lieber, warum Sie so hartnäckig sind. Jeder andere hätte mich dort draußen liegen lassen und für meine Suspendierung gesorgt."

„Ich habe Ihnen bereits gesagt, dass ich Sie brauche."

„Das ist nicht der Grund. Sie würden einen anderen Weg finden. Ist es, weil Sie sich nicht erinnern können? Wegen dem, was er Ihnen angetan hat?"

„Noch Kaffee?", fragte sie.

Er schüttelte den Kopf.

Sie deutete mit ihrer Tasse auf eine Flasche Basaltfeuer auf dem Tisch. „Wie schmeckt das Zeug eigentlich?"

„Sie weichen mir aus."

Sie stand auf und schlenderte zur Spüle hinüber. „Haben Sie auch so etwas wie Gläser oder muss ich aus der Flasche trinken?"

„Schauen Sie im Schrank nach."

Sie nahm sich ein Wasserglas, setzte sich wieder an den Tisch und studierte das Etikett der Tonflasche. „56 Prozent. Heiliger Strohsack. Nehmen Sie auch noch einen?"

„Nein."

Sie schenkte sich den Schnaps ein, trank einen Schluck und rang nach Luft.

„Wie läuft eigentlich Ihre Therapie?", fragte er.

„Geht Sie nichts an."

„Sie wissen alles über mich. Ich weiß nichts über Sie. Wenn ich Ihnen helfen soll, will ich jetzt wissen, warum Sie wie eine Besessene hinter diesem Kerl her sind. Ich weiß, dass er wahrscheinlich ein Dutzend Frauen umgebracht hat, aber das reicht mir als Grund nicht. Der Typ ist nicht der erste Serienmörder, hinter dem Sie her sind, stimmt's?"

Sie schluckte eine zweite Ladung Basaltfeuer. Der hochprozentige Schnaps breitete sich heiß in ihrem Bauch aus. Funke hatte recht. Das Zeug kappte dem Schmerz die Klauen, bis sie weich wie Katzenpfötchen waren.

„Leben Ihre Eltern noch?", fragte sie.

„Ja. Und sie sind nicht besonders stolz auf mich."

„Ich habe meinen Vater nur einmal gesehen. Da war ich sechs Jahre alt. Meine Mutter hat ihm die Zähne mit einer Bratpfanne ausgeschlagen. Er revanchierte sich damit, indem er ihr mit einem Messer ein hübsches Muster in die Brust ritzte."

„Nette Familie."

Sie zuckte mit den Schultern. „Vielleicht war er auch gar nicht mein Vater. Meine Mutter behauptete es jedenfalls. Oder sie war nur scharf auf den monatlichen Unterhalt."

„Das hört sich nicht nach einem trauten Heim an."

„Nein. Meine Schwester Nele und ich wuchsen in einer heruntergekommenen Plattenbausiedlung auf. Fragen Sie mich nicht nach der Stadt. Es spielt sowieso keine Rolle. Eine Stadt ist wie die andere. Nele war fünf Jahre jünger als ich. Solange ich denken kann, hatte ich das Gefühl, ich müsste sie beschützen."

Das Schnapsglas füllte sich wieder wie von Zauberhand.

„Meine Mutter brachte laufend neue Liebhaber nach Hause. Das waren richtig üble Scheißkerle. Junkies, entlassene Gewaltverbrecher und Dealer. Ich weiß nicht, was sie an ihnen fand. Manchmal glaube ich, es reizte sie einfach, mit dem Feuer zu spielen. Sich mit Männern einzulassen, die sie für zwanzig Mark halbtot prügelten, scheint sie auf irgendeine Weise angemacht zu haben. Aber keiner blieb länger als zwei Wochen."

Sie nippte an dem Basaltfeuer und hustete. „Es gab dauernd Ärger wegen der Kerle, die bei uns wohnten. Und so flogen wir regelmäßig aus den Mietwohnungen, die das Sozialamt bezahlte. Nele und ich blieben nie lange genug in einer Schule, um Freundschaften zu schließen. Vielleicht war unsere Beziehung deshalb so eng. Wir hatten nur einander."

„Sind Sie auch heute noch Freundinnen?"

„Nein. Sie ist tot."

„Was ist passiert?"

„Etwa ein halbes Jahr vor ihrem Tod beschloss unsere Mutter, dass sie einen stärkeren Kick brauchte als Alkohol und Zigaretten. Sie begann, alles einzuwerfen, was sie in die Finger bekam – Crystal Meth, Kokain, Ecstasy. Sie kümmerte sich kaum noch um uns. Django war wichtiger."

„Django?"

„Von allen Dreckskerlen, die meine Mutter abschleppte, war Django der schlimmste." Sie zuckte mit der Schulter und goss ihr Glas voll. „Seine Freunde nannten ihn so. Seinen richtigen Namen habe ich nie erfahren. Nele und ich hatten gelernt, uns zu schützen. Im Laufe der Zeit wurden wir wahre Meister darin, uns unsichtbar zu machen. Es gab immer wieder Typen, die nicht nur an meiner Mutter herumfummelten. Sie hatten es auf uns abgesehen."

„Wie alt waren Sie?"

„Ich war dreizehn, Nele acht. Django liebte kleine Mädchen."

„Wie kann sich eine Dreizehnjährige gegen einen erwachsenen Mann wehren?"

„Ich schlief mit einem riesigen Küchenmesser unter
dem Kopfkissen. Und ich entwickelte ein Gespür für
Ärger. Ich konnte Django riechen, wenn er noch eine
halbe Stunde entfernt war."

„Haben Sie das Messer je benutzt?"

„Nein. Aber ich hätte es getan, um Nele und mich zu
schützen." Sie kippte noch ein Basaltfeuer.

„Aber einmal versagte dieses Gespür."

Sie schüttelte den Kopf. Der Schnaps hüllte sie in einen wohligen Nebel. „Da gab es diesen Jungen in meiner Klasse." Sie lächelte wehmütig. „Ich weiß nicht mal
mehr seinen Namen."

„Und Sie waren verrückt nach ihm."

„Ja. Das war ich. Ich wollte unbedingt mit auf die ge-
plante Klassenfahrt. Drei Tage Rügen. Aber ich wusste,
meine Mutter würde es nicht erlauben und mir niemals das Geld dafür geben. Sie besaß es ohnehin nicht.
Ich trug heimlich Zeitungen aus und führte Hunde in
der Nachbarschaft spazieren. So lange, bis ich das Geld
zusammen hatte ... und dann kam Django in unser Leben."

Sie füllte ihr Glas wieder auf. „Ich hatte Angst um
Nele. Ich wollte sie nicht alleine lassen."

„Aber Sie wollten mit nach Rügen."

„Ja. Und ich fuhr mit."

„Und Ihre Mutter?"

„Die hat überhaupt nicht mitbekommen, dass ich drei
Tage fort war."

„Was passierte, während Sie auf Klassenfahrt waren?"

Der Schnaps hüllte sie in einen trägen Schleier. Trotzdem konnte sie nicht verhindern, dass ihre Augen sich mit Tränen füllten.

„Django kam mit einer Ladung Angel Dust im Blut nach Hause. Er warf meine Mutter aus dem Küchenfenster im vierten Stock und erschlug Nele mit einem Hammer. Niemand weiß, warum er das getan hat. Und ich vergnügte mich am Strand von Sellin."

Funke lehnte den Kopf an die kalte Fensterscheibe und schloss die Augen. „Hören Sie auf, sich die Schuld am Tod Ihrer Schwester zu geben."

„Sie verstehen das nicht. Ich hatte ihr versprochen, sie zu beschützen. Aber ich war nicht da. Sie war allein, als Django dreißigmal mit seinem verdammten Hammer zuschlug."

„Sie waren dreizehn. Und Sie hatten jedes Recht der Welt, ein bisschen Spaß zu haben."

„Spaß, sagen Sie? Mein Schwarm stellte sich als Idiot heraus."

„Das konnten Sie nicht wissen. Wären Sie bei Ihrer Schwester geblieben, hätte Django Sie auch getötet."

„Vielleicht."

Ihr Kopf wog plötzlich Tonnen. Die Erschöpfung brach über sie herein wie ein Tropensturm. Als sie aufstand, um sich noch einen Kaffee zu holen, sackten ihre Beine weg.

Funke sprang auf und stützte sie. „Langsam. Das Zeug hat's in sich."

Er legte ihren Arm um seinen Nacken und zog sie zu einem grünen alten Ohrensofa.

„Jetzz wisssen Sie, wrum isch das A ... arschloch jage. Isch bns Nele schullig." Sie plumpste auf das Sofa und rieb sich die Augen. „Wasn das für Seug?"

Er grinste und breitete eine Wolldecke über sie. „Medizin."

Ihr Arm fiel kraftlos herab. Funke bettete ihn behutsam zurück. Plötzlich wurde er aschfahl im Gesicht. „Woher haben Sie diesen Ring?"

„Wss fürn Ring?"

„Sie tragen einen Ring mit einem Saphirsplitter."

„Ach dr. Keine Ahnung. War blözzlisch da."

Er schüttelte sie ungeduldig an der Schulter. „Helen! Woher stammt der Ring?"

„Weisss nich. Ka... kaminsky." Sie blinzelte noch zweimal und schlief auf der Stelle ein. Nach drei Minuten schnarchte sie leise.

Funke nahm die Tonflasche mit dem Basaltfeuer und goss den restlichen Schnaps in den Ausguss. Es war mehr als eine symbolische Handlung. Er hatte eine Aufgabe zu erfüllen, und dazu musste er nüchtern sein. Der Ring änderte alles.

Dann schaltete er das Licht aus und zog sich in sein winziges Schlafzimmer zurück. Doch Schlaf fand er keinen. Er starrte in die Dunkelheit und versuchte, sich Noras Gesicht vorzustellen. Wie mochte sie inzwischen aussehen? Wie sehr hatte sie sich verändert? Die Vorstellung, was eine einjährige Gefangenschaft in den Händen eines Verrückten mit ihrer sensiblen Seele angestellt hatte, quälte ihn entsetzlich.

Er stand noch einmal auf. Helen schnarchte leise auf der Couch, der Retriever hatte es sich zu ihren Füßen bequem gemacht. Funke zog die verrutschte Wolldecke zurecht und betrachtete lange den Ring an ihrem Finger. Er irrte sich nicht. Nora lebte. Und er würde sie finden.

23

Die Sonne brannte erbarmungslos von einem milchig weißen Himmel auf Funkes Schultern herab. Seine Kehle war ausgedörrt und rau wie der heiße Sand unter seinen Füßen. Er stolperte weiter, ohne zu wissen, wie lange ihn seine Beine noch tragen würden. Das Atmen fiel ihm schwer. Die sengende Luft drohte seine Lungen zu Asche zu verbrennen. Er taumelte und sank auf die Knie. Aus dem staubtrockenen Wüstensand schoss ein Untier auf ihn zu und riss sein mit Reißzähnen bewehrtes Maul auf. Der unwirkliche Drache schien aus reinem Feuer zu bestehen. Die lodernden Schuppen glitzerten in der stumpfen, bleifarbenen Sonne wie ein Kleid aus flüssigem Kupfer. Seine Kiefer schlossen sich wie ein Schraubstock um Funkes Handgelenk und zerrten ihn in den bodenlosen Treibsand hinein.

Funke erwachte von einem sengenden Schmerz in seinen Lungen. Stöhnend wälzte er sich herum, rollte über die Bettkante und stürzte. Wie aus dem Boden gewachsen, war der Retriever über ihm. Er kratzte mit seinen Pfoten an Funkes T-Shirt und versuchte, mit den Zähnen einen Zipfel zu erwischen. Sein Bellen und Knurren schallte ohrenbetäubend laut von den Wänden wider.

„He! Lass das!" Träge kam Funke zu sich. Der Blechboden des Trailers war heiß wie eine Herdplatte, dichter Rauch füllte das Schlafabteil. Der Hund winselte und knurrte und schnappte nach seinem Handgelenk. Wie hatte er es geschafft, die Tür zum Schlafzimmer zu öffnen?

Funke richtete sich auf und kauerte sich sofort wieder auf dem Boden zusammen. Unter der niedrigen Decke des Wohnwagens war der beißende Qualm so dicht, dass er zu ersticken drohte. Er riss einen Streifen Stoff vom Bettlaken ab, knotete ihn vor Mund und Nase und atmete so flach wie möglich. Die giftigen Rauchgase vernebelten seine Sinne. Würde er ohnmächtig werden, gab es kein Erwachen mehr.

Funke traf instinktiv die richtigen Entscheidungen. Noch vor ein paar Stunden hatte er geglaubt, es wäre ihm völlig gleichgültig, ob er lebte oder starb. Aber nun hatte er wieder eine Aufgabe, fand einen Sinn in seinem Dasein und trug Verantwortung. Er durfte jetzt nicht sterben. Nicht, bevor er Nora gefunden hatte.

Er versuchte sich in dem dichten Qualm zu orientieren. Vor dem Heckfenster leckten Flammenzungen über das Blech. Er zuckte zusammen, als die Fensterscheibe in der Hitze zerplatzte und sich ein heißer Scherbenregen über ihn ergoss. Ein Windstoß fuhr in den Trailer und verschaffte den Flammen frische Nahrung.

Der Hund winselte und drehte sich panisch im Kreis. Zwei Schritte zur Falttür, die zum Wohnraum führte, sechs weitere tastende Schritte, und Funke stand vor der alten Couch. Helen war fort. War sie vor dem Feuer geflohen?

Er schlang das Laken um seine Hand, versuchte die Eingangstür zu öffnen und verbrannte sich die Finger an der glühend heißen Türklinke. Die Hitze hatte den Rahmen verzogen, geschmolzenes Plastik tropfte von der Decke. Der Hund jaulte auf, als er getroffen wurde. Funke trat mit voller Wucht gegen die dünne Sperrholztür. Der Retriever hechtete ins Freie. Funke rutschte auf den glatten Tränenblechstufen aus und fiel in das kühle Gras hinab. Hustend und würgend sog er die frische Luft in seine Lungen und drehte sich auf den Rücken. Der Trailer brannte wie eine Pechfackel.

„Helen!" Seinen schmerzenden Lungen entwich nur ein heiseres Krächzen. „Helen, wo sind Sie?"

Mit der sauberen Atemluft kehrten auch seine Kräfte zurück. Er tauchte die mit Brandblasen übersäten Arme in die Wassertonne und benetzte sein Gesicht mit eiskaltem Wasser. Der Retriever bellte aufgeregt und spurtete um das Heck des brennenden Trailers herum.

Funke folgte dem Hund zu einem hölzernen Verschlag an der linken Seite des Wohnwagens. In Kartons und Kisten bewahrte er dort die wenigen Dinge auf, von denen er sich nicht hatte trennen wollen oder die er schlichtweg vergessen hatte.

Das Dach und die Seitenwand des Verschlags brannten lichterloh. Doch es war nicht der Verlust seines kümmerlichen Heims, das ihm einen eisigen Schauer über die Haut trieb. Sein Blick fiel auf den zwei Meter vom Schuppen entfernten Flüssiggastank, der die Heizungen der Wochenendhäuser und die Sanitäranlagen des Campingplatzes mit Gas versorgte. Der grün-weiße Lack auf dem Tank schlug in der Hitze des Feuers Blasen.

Helen erwachte hinter einer Barrikade aus Holzkisten und Umzugskartons, einem Geflecht aus Maschendraht und einer nach Mäusekot stinkenden Plastikplane. Sie sog erschrocken die Luft in ihre Lungen und hatte das Gefühl, innerlich zu verbrennen. Die Orte, an denen sie in den vergangenen Wochen die Nächte verbracht hatte, waren skurril und bestenfalls unbequem gewesen. Doch diesmal fand sie sich in der Hölle wieder. Durch die Ritzen der Bretterwand leckten Flammen, die überaus real waren. Die Hitze in dem stickigen Verschlag war unerträglich. Siedend heiße Dachpappe tropfte auf ihre Schultern und versengte ihr Haar, es stank durchdringend nach Rauch und verbranntem Holz. Diesmal hatte ihr verwirrtes Unterbewusstsein ein Versteck gewählt, aus dem es kein Entrinnen gab.

Ihr Selbsterhaltungstrieb erwachte. Verzweifelt versuchte sie sich zu befreien. Die morschen Dachbalken knackten und bogen sich unerbittlich nach unten. Sie schrie gellend um Hilfe.

Der Retriever tänzelte vor dem Schuppen auf und ab und bellte das Feuer an. Vorsichtig näherte er sich der Tür, scharrte an dem heißen Holz und verbrannte sich die Pfoten.

„Du … meinst, sie ist da drin?"

Ein Jaulen und Winseln.

„Okay. Wenn du recht hast, sollten wir uns besser beeilen."

Ihm blieb nicht mehr viel Zeit, bevor der Gastank explodierte. Funke lief zur Wassertonne, tauchte das Bettlaken in das eisige Wasser und rannte zum Schuppen zurück. Er riss die Lattentür auf und sah sich verblüfft einer Wand aus Maschendraht, schwelenden Kartons und Dachlatten gegenüber. Auf der anderen Seite des Verhaus schrie Helen gepeinigt auf, als einer der Deckenbalken brach und sie mit einem Funkensturm überschüttete. Funke zog eine Gartenhacke aus dem Wirrwarr und schlug eine Bresche in die Barrikade. Helens Gesicht leuchtete gespenstisch bleich im Schein der Flammen. Verbissen kämpfte Funke sich vor, ergriff die ausgestreckte Hand und zog Helen ins Freie. Der Hund bellte wie verrückt, drehte sich vor Freude im Kreis und wedelte mit dem Schwanz.

„Wir müssen hier weg!", schrie er. „Gleich fliegt alles in die Luft!"

Sie rannten über die Wiese zum See hinunter. In der Ferne jaulten Sirenen. Jemand musste den Brand bemerkt und die Feuerwehr alarmiert haben.

Als sie in den Schatten des Fasses eintauchten, explodierte der Flüssiggastank. Die Druckwelle ließ die Tonne erbeben und fegte Funke und Helen von den Beinen.

„Rein in das Fass!", brüllte er.

Sie hatten sich kaum in Sicherheit gebracht, als verbogene Blechteile, Latten und Betonbrocken donnernd niederprasselten. Ein schweres Holzstück krachte auf das Blechdach eines Stromkastens. Es war der abgerissene Korpus von Funkes E-Gitarre.

„Sieht so aus, als müssten Sie sich ein neues Zuhause suchen", sagte Helen.

„Ich wollte sowieso umziehen. Die Gegend gefiel mir schon lange nicht mehr."

Sie betrachtete kopfschüttelnd das Chaos rings um das verkohlte Gerippe des Trailers. „Ein Funke, und alles fliegt in die Luft!"

24

Der Wirt des Seecafés reichte Helen einen Becher mit heißem Kaffee und legte ihr eine wärmende Decke um die Schultern. Von der Terrasse aus streiften ihre Blicke das Chaos auf dem Campingplatz. Die Reifen der Löschfahrzeuge hatten tiefe Rillen in die Liegewiese und den Zufahrtsweg zu den Wochenendhäusern gefräst. Überall lagen Trümmerteile und schwelende Holzstücke herum. Hilfskräfte der freiwilligen Feuerwehr rollten Wasserschläuche zusammen und verstauten ihr Arbeitsgerät. Über dem Ostufer des Sees zog die Dämmerung herauf, Rauchfäden stiegen in den bleigrauen Morgenhimmel auf. Der Dauerregen der letzten Tage hatte sich erschöpft und war einer Mischung aus Stille und gespannter Erwartung gewichen. Kein Windhauch bewegte das herbstlich gefärbte Laub. Sie spürte Unheil nahen; eine gewaltige und zerstörerische Macht, die niemand aufhalten konnte, wenn sie losbrach.

Ihre wund gescheuerten Fingerknöchel schmerzten und erinnerten sie an die seltsame Stunde in Kaminskys Praxis. Sie zog die Hosenbeine hoch und untersuchte ihre Knie. Die Haut war mit Schürf- und Schnittwunden übersät. Nachdenklich betrachtete sie ihre Jeans. Der Stoff war unversehrt, die Verletzungen stammten also nicht von der Explosion. Sie musste sich die Wunden früher zugezogen haben. Helen hatte das alarmierende Gefühl, dass zu den sechsunddreißig Stunden, die in ihrem Gedächtnis fehlten, eine weitere hinzugekommen war. Was war in Kaminskys Praxis wirklich passiert? Weder ein Albtraum noch eine Hypnose hinterließen körperliche Wunden.

Sie trank den Kaffee aus, nahm die Thermoskanne und zwei Pappbecher mit und ging zum Trailer hinüber. Funke saß auf einem klapprigen Campingstuhl, der das Inferno unbeschadet überstanden hatte, und starrte auf den verkohlten Rahmen seines Wohnwagens. Der Golden Retriever wich nicht von seiner Seite. Als sie sich näherte, hob er den Kopf und blickte sie aufmerksam an.

„Tut mir leid, Hund Namenlos. Es ist hart, zweimal so kurz hintereinander sein Zuhause zu verlieren.“ Sie stellte die Thermoskanne auf dem verschmorten Stromkasten ab, streifte die Wolldecke von ihren Schultern und reichte sie Funke. Er trug nichts weiter als eine mit Rußflecken verschmutzte Pyjamahose und sein schwarzes ‚Fuck the Police‘-T-Shirt.

Helen füllte Kaffee in die Plastikbecher. „Wie konnte das nur passieren?“

„Es war Brandstiftung.“

„Sind Sie sicher?“

„Die Jungs von der Feuerwehr haben einen Benzinkanister in der Nähe des Trailers gefunden. Der Täter war entweder selten dämlich oder es war ihm gleich, dass die Wahrheit ans Licht kommt. Der Brandverlauf ist eindeutig.“

„Dann würde ich die Anklage auf versuchten Mord erweitern“, sagte sie.

„Vielleicht ging er davon aus, dass der Wohnwagen verlassen war.“

„Und nimmt in Kauf, dass der Gastank und mit ihm der halbe Campingplatz in die Luft fliegt? Und das nur, um einen alten Wohnwagen anzuzünden?“

„Es war eine Warnung. Wir werden die Verdächtigen bei Milic zusammentrommeln und ihre Alibis überprüfen. Wenn Haffner und Sassen Krieg haben wollen, sollen sie ihn bekommen.“

Sie erinnerte sich plötzlich an das Gespräch, das sie vorgestern unfreiwillig belauscht hatte. „Trauen Sie Haffner einen Mordanschlag zu?“

„Kommt darauf an, was er zu verlieren hat.“

„Eine ganze Menge, schätze ich.“

Funke nickte. „Das denke ich auch. Ich brauche etwas zum Anziehen. Eine Dusche wäre nicht schlecht. Wie geht's übrigens Ihrem Kopf?“

„Hervorragend. Ich bekomme nie einen Kater.“

„Erstaunlich. Warum schlagen Sie nicht im Westerwald Wurzeln? Mit dem Talent können Sie hier lokale Berühmtheit erlangen.“

„Ich werde darüber nachdenken.“ Sie kramte in den Taschen ihrer Jacke nach den Autoschlüsseln. „Ich fahre Sie zu Milic. Er hat sicher noch ein Zimmer frei.“

„Bringen Sie mich lieber nach Hachenburg in die Wache. Dort finde ich alles, was ich brauche. Sorgen Sie dafür, dass Haffner und Sassen in zwei Stunden im *Wäller Krug* zur Verfügung stehen. Und Melanie soll mir ein paar Klamotten besorgen.“

„Ich übernehme das.“

Helen schraubte die Thermoskanne zu und warf einen Blick auf den ausgebrannten Trailer. „Konnten Sie nichts retten?"

„Nein."

„Tut mir leid."

Er zuckte mit den Schultern. „Nicht der Rede wert."

Sie stocherte mit der Stiefelspitze im Schutt und stieß auf den verkohlten Korpus der E-Gitarre. „Sind Sie wenigstens versichert?"

„Nein. Sie stehen auf meiner Zusatzrente." Er deutete mit dem Kinn auf die Gitarre. „Das war eine Gibson Les Paul Goldtop, Baujahr 1956."

„War sie sehr wertvoll?"

Der Retriever winselte.

„Unbezahlbar." Funke stand auf und schnüffelte in der Morgenluft wie ein Terrier, der Beute wittert. „Es wird Sturm geben."

„Ja", sagte sie. „Ich spüre es auch. Ich ... ich muss mich bei Ihnen bedanken. Sie haben mir das Leben gerettet."

Er kraulte den Hund hinter den Ohren. „Bedanken Sie sich bei ihm. Ohne ihn wären wir beide tot."

„Trotzdem danke."

„Geschenkt. Sie sollten etwas gegen Ihre nächtlichen Ausflüge unternehmen."

„Ja, das sollte ich wohl."

„Mm-mm", brummte er. „Sie haben einen ungesunden Schlaf."

Während Funke auf der Wache duschte, bestellte Helen Sassen und Haffner in den *Wäller Krug.* Der Bürgermeister drohte mit seinem Anwalt, fügte sich aber dann. Sassen klang kleinlaut und zeigte sich kooperativ. Anschließend besorgte sie in einem Kaufhaus in der Nähe der Polizeistation Unterwäsche, Jeans, Hemden und Sweatshirts. Harder beäugte sie misstrauisch, als sie mit drei Plastiktüten die Wache betrat.

„Wenn Sie Funke suchen, der pennt in einer unserer Zellen."

Aber Funke schlief nicht. Er lag mit offenen Augen auf einer Pritsche und starrte an die Decke. Unbeholfen bedankte er sich für ihre Hilfe und zog sich in der Zelle an.

„Sie müssen das nicht tun", rief er durch die geschlossene Tür. Ich komme schon klar."

„Keine Angst, Sie wecken keine Mutterinstinkte in mir. Ich handle aus reinem Eigennutz. Ohne klaren Kopf werden Sie mir keine Hilfe sein. Also sorge ich dafür, dass Sie funktionieren." Sie griff in eine der Plastiktüten. „Ich habe Ihnen eine neue Baseballkappe gekauft. Die mögen Sie doch."

Er öffnete die Tür und setzte sie probeweise auf. Sie passte perfekt. „Danke. Sie haben was gut bei mir."

„Ich warte dann draußen."

Kurz darauf betrat Funke die Wache. Er trug Jeans, eine Polizeilederjacke und die schwarze Kappe, die Helen gekauft hatte.

„Nicht schlecht", kommentierte sie seinen Auftritt.

„Haben Sie Haffner Feuer unter dem Hintern gemacht?"

„Hab ich."

Zehn Minuten später stellte Helen den Spider vor dem *Wäller Krug* in Dreifelden ab. „Wenn Sie sich bei mir revanchieren wollen, hätte ich da einen Vorschlag", sagte sie.

„Und der wäre?"

„Jemand muss die Milics über den Tod ihrer Tochter informieren.“

„Wir sollten erst den Obduktionsbericht abwarten.“

„Das ganze Dorf spricht schon darüber“, erwiderte Helen. „Ich will nicht, dass sie es durch das Geschwätz der Leute erfahren. Zumindest sollten wir sie darauf vorbereiten, dass die Tote aus der Jauchegrube wahrscheinlich Irena ist.“

„Okay. Lassen Sie mich das machen.“

Sie betraten den Schankraum durch die Vordertür. Haffner und Sassen saßen am Tresen. Der Bürgermeister drehte sich auf seinem Hocker um und starrte sie finster an. Die Wirtsleute saßen an einem der Tische. Milic blätterte in der Morgenzeitung, seine Frau blickte ins Leere. Neben ihnen saß ein Junge mit fahlblondem Haar von etwa siebzehn Jahren. Er kam Helen seltsam bekannt vor, bis ihr klar wurde, dass der Junge Haffners Sohn sein musste. Er sah aus wie eine jüngere, schlankere Kopie seines Vaters.

Funke ignorierte den Bürgermeister und setzte sich zu den Milics an den Tisch. Helen nahm auf einem der Hocker am Tresen Platz. Der Raum war aufgeladen wie ein riesiger Kondensator. Ein Funke reichte aus, und sie würden alle in die Luft fliegen.

Funke sprach leise mit den Wirtsleuten. Marianne Milic schluchzte erstickt auf und presste ein Taschentuch auf den Mund.

Haffner schlenderte zum Tresen hinüber und setzte sich auf einen Barhocker. „Ich bin ein viel beschäftigter Mann. Wenn Sie etwas von mir wollen, wäre ich Ihnen dankbar, wenn Sie jetzt den Mund aufmachen würden.“

„Warten Sie, bis Sie dran sind."

Hinter Helens Rücken wurde ein Stuhl zurückgeschoben und umgeworfen. Sie drehte sich hastig um. Milic durchquerte den Schankraum und kam auf sie zu.

„Ivan!" Funke war ebenfalls aufgesprungen.

Bevor sie eingreifen konnte, zerrte der Wirt Haffner von seinem Hocker und schlug ihm ins Gesicht. Funke ging dazwischen und drängte Milic ab. Haffner war zu Boden gegangen. Blut lief ihm aus der Nase über das Kinn. Seine Unterlippe war aufgeplatzt und geschwollen.

„Bring ihn nach hinten", sagte Funke zur Wirtin. Er rüttelte Milic an der Schulter. „Keine Alleingänge, ist das klar? Ich kümmere mich um die Sache. Und sonst niemand, hast du das verstanden?"

Milic wandte sich mit totenbleichem Gesicht ab und verschwand in der Küche. Seine Frau folgte ihm wie ein Schatten.

Helen beobachtete den Jungen. Seine Fingerspitzen flogen über das Display seines Smartphones. Er schien völlig versunken und zeigte keinerlei Interesse an den Ereignissen. Zog er sich in seine eigene innere Welt zurück, um nicht mit der Wahrheit konfrontiert zu werden? Oder war es ihm einfach nur gleichgültig, was mit seinem Vater geschah? Sie beschloss, ihn noch einmal zu dem Unfallhergang zu befragen.

Sassen reckte streitsüchtig das Kinn vor. „Ich habe mit dem Tod von Irena nichts zu schaffen. Niemand kann mich dafür belangen, dass ich bei den Baggerarbeiten zufällig eine Leiche entdeckt habe."

„Wo waren Sie heute Morgen zwischen vier Uhr und sechs Uhr?", fragte Helen.

„Was soll das werden?“

„Beantworten Sie meine Frage.“

„Wo soll ich gewesen sein? Im Bett.“

„Wer kann das bezeugen?“

„Meine Frau.“

„Gilt das auch für Sie, Herr Sassen?“

„Ich war gegen viertel vor sechs im Betrieb. Meine Angestellten werden das bestätigen.“

„Machen Sie wegen Ihres Schrottwohnwagens nicht so einen Aufstand, Funke“, sagte Haffner. „Früher oder später wäre das Ding sowieso auseinandergefallen. Wahrscheinlich ist er von selbst in die Luft geflogen. Wann sind denn Ihre Gasanschlüsse zuletzt überprüft worden?“ Er grinste und boxte Sassen scherzhaft in die Seite. „Es ist schon so mancher besoffen mit ner Kippe in der Hand eingeschlafen und in der Hölle wieder aufgewacht, was?“

Funke setzte sich auf einen Barhocker und grinste zurück. „Behinderung der polizeilichen Ermittlungen, Vertuschung einer Straftat, Brandstiftung und versuchter Mord. Da kommt einiges zusammen.“

Haffner zündete sich einen Zigarillo an und blies Funke den Qualm ins Gesicht. „Spucken Sie lieber nicht so große Töne. Beweisen Sie lieber, was Sie behaupten.“

Helen setzte sich auf den freien Platz neben Haffner. „Ich habe schon viele harte Jungs oder solche, die sich dafür hielten, nach einem dreistündigen Verhör schluchzen sehen wie die Pastorentöchter. Es kostet mich einen Anruf beim Staatsanwalt, und Sie sitzen in der JVA Koblenz. Wer weiß, vielleicht haben Sie Irena Milic ja selbst dort oben beim Golfplatz vergraben. Nach einem Verkehrsunfall mit tödlichem Ausgang verliert man schon mal die Nerven und handelt überstürzt. Als Ihnen klar wurde, dass Sie wegen des Golfhotelprojekts ein schlechtes Versteck gewählt hatten, gruben Sie mit der Hilfe Ihres Spezis Sassen Irena wieder aus, weil Ihnen die Jauchegrube ideal erschien."

Lachend schüttelte Haffner den Kopf. „Sie haben eine blühende Fantasie, Mädchen. So werden Sie Ihren Serienmörder niemals fangen."

Sie wandte sich an Sassen. „Wir haben auf dem Campingplatz einen Benzinkanister gefunden. Zur Stunde filzen meine Leute Ihren Betrieb. Wenn sie irgendwo einen baugleichen Kanister entdecken, wandern Sie wegen Brandstiftung und versuchten Mordes in den Knast."

„Ich habe den verdammten Wohnwagen nicht abgefackelt."

„Wenn Polaschek mit Sassens Fuhrpark durch ist, wird er sich auf Ihrem Hof umsehen, Haffner", sagte Funke. „Suchen Sie schon mal die Schlüssel für das Dorfgemeinschaftshaus und die Gemeindehalle raus."

Haffner drückte seinen halb gerauchten Zigarillo im Aschenbecher aus. „Sie machen einen großen Fehler."

„Glaub ich nicht."

„Wie Sie wollen." Haffner rutschte vom Barhocker und schnippte mit dem Finger. Sein Sohn, der noch immer teilnahmslos an einem der Tische im Schankraum saß, stand auf und folgte ihm wortlos. Kaum war auch Sassen verschwunden, erschien Ivan Milic totenbleich hinter dem Tresen. Er umklammerte ein großes Küchenmesser.

Funke beobachtete ihn stirnrunzelnd. „Mach bloß keinen Mist, Ivan. Hast du das kapiert?"

Der Wirt nickte stumm und tauchte das Messer in das Spülwasser.

25

„Und Sie sind absolut sicher, dass der Ring Nora gehört?", fragte Helen.

„Ja."

„Sie lebt also."

„Es beweist bisher nur, dass Kaminsky im Besitz des Ringes war", gab Funke zu bedenken.

„Kaminsky ein Serienkiller? Das kann ich mir nicht vorstellen."

„Er wird uns zumindest erklären müssen, woher der Ring stammt. Was haben Sie eigentlich mit Ihren Händen angestellt?"

„Ich weiß es nicht. Fragen wir ihn." Sie bog in die Serpentinenstraße zur alten Mühle ein und stoppte vor dem Bahnübergang. Über dem Wald im Nordwesten türmten sich grauschwarze Wolkengebirge auf wie gewaltige Schieferplatten. Das Unwetter zog mit unheimlicher Geschwindigkeit auf sie zu. Hinter der scharf abgegrenzten Linie der Sturmfront schien es alle Farben aus dem Boden zu saugen und nur graue Asche zurückzulassen. Funke hatte mit seiner Prophezeiung recht gehabt.

„Sieht übel aus", sagte er.

„Als ginge die Welt unter", bestätigte sie.

„So wird es sich auch anfühlen. Wir sollten uns beeilen."

Helen deutete auf die Bahnstrecke. „Wohin führen diese Schienen eigentlich?"

Funke ließ die Seitenscheibe herab. „Ursprünglich war die Strecke als Grubenbahn angelegt. Sie diente zum Transport des Erzes, das in der Grube Bindweide abgebaut wurde. Endstation war der Bahnhof Scheuerfeld, der an die Hauptstrecke Köln–Siegen angebunden ist. Im letzten Jahrhundert fuhren hier noch reguläre Züge, aber die Strecke wurde 1974 für den Personentransport stillgelegt. Heute ist sie nur noch für den Güterverkehr freigegeben."

Der Spider rumpelte über die Bahngleise.

Kawumm, kawumm.

„Warum sollte es ausgerechnet dieser Bahnübergang gewesen sein?", fragte Funke. „Auch wenn das Geräusch beim Überqueren der Schienen eine Erinnerung zurückgebracht hat, kommen Dutzende Bahnübergänge infrage."

„Ich bin sicher, dass es dieser war."

Helen fuhr die Serpentinen hinab und stellte den Wagen unter den Kastanien ab. Eine Sturmbö fuhr in die Baumwipfel und ließ rotbraune Blätter herabregnen. Als Helen aus dem Wagen stieg, riss ihr der Wind beinahe die Tür aus der Hand. Die Fichten am Hang oberhalb der Mühle bogen sich ächzend unter dem Winddruck. Durch den tagelangen Regen war der Mühlbach zu einem reißenden Strom angeschwollen. Das Wasser rauschte durch den gemauerten Kanal und verschwand gurgelnd und donnernd in der Öffnung des Betonrohrs.

Sie eilte die Stufen hinauf und klingelte. Nach einer Weile öffnete Kaminsky die Tür. Er trug eine ockerfarbene Cordhose, ein hellblaues Hemd und einen dunkelbraunen Cashmereschal. Wie immer sah er locker und gelassen aus.

„Oh, Helen. Ich bin überrascht, Sie zu sehen. Wir hatten doch keinen Termin, den ich verpasst habe?" Seine Blicke wanderten fragend zwischen Funke und ihr hin und her. „Wie kann ich Ihnen helfen?"

„Indem Sie uns ein paar Fragen beantworten."

Kaminsky zog erstaunt eine Augenbraue hoch. „Sie sind dienstlich hier?"

„Haben Sie einen Patiententermin?"

„Nein, im Augenblick nicht. Kommen Sie nur herein. Ich werde versuchen, Ihnen zu helfen."

Sie betraten den großen Therapieraum. Kaminsky bat sie, Platz zu nehmen. Die alten Fachwerkbalken knackten unter dem Druck des aufziehenden Sturms. Der Wind wirbelte Herbstlaub und kleine Äste gegen das Glas, als begehre er Einlass.

Helen zog den Ring aus ihrer Jackentasche. Aus dem Augenwinkel sah sie, dass Funke jede Regung des Therapeuten verfolgte wie ein Habicht, der seine Beute fixiert. Wenn er mit seinem Verdacht richtig lag, saß er dem Mann gegenüber, der seit einem Jahr seine Tochter gefangen hielt und sie bestialisch quälte. Und doch ließ er sich die ungeheure Spannung nicht anmerken, unter der er stehen musste.

Sie legte den Ring mit dem Saphirsplitter auf den Glastisch. „Haben Sie den schon mal gesehen?"

Interessiert nahm Kaminsky den Ring auf und drehte ihn in den Fingern. „Nein, tut mir leid. Ich nehme an, er gehört einem der Opfer?"

Funke umklammerte die Lehne des Rattansessels, bis seine Fingerknöchel sich weiß färbten.

Helen streckte ihre Arme aus. Unwillkürlich fiel Kaminskys Blick auf die Schürf- und Schnittwunden und den noch immer geröteten Ringfinger.

„Ich trug diesen Ring, nachdem ich aus der Hypnose aufgewacht war. Haben Sie eine Erklärung dafür?"

Behutsam legte er den Ring zurück. In dem graugelben Zwielicht des Sturms hatten seine Augen die Farbe von poliertem Stahl angenommen. Diesmal lächelte er nicht. „Das ist einigermaßen seltsam, nicht wahr?", sagte er.

„Wir sind nicht hier, um uns auf Ihre Psychospielchen einzulassen", sagte Funke.

„Ich beabsichtige nicht, mit Ihnen zu spielen. Es ist nur so ... ich möchte niemanden zu Unrecht verdächtigen. Die Konsequenzen könnten furchtbar sein."

Funke beugte sich ruckartig vor. Er schien die Nerven zu verlieren. „Was ist gestern Abend hier passiert?"

„Also gut. Ich will selbstverständlich Ihre Ermittlungen nicht behindern. Ich gebe zu, ich hatte gehofft, mein Missgeschick verheimlichen zu können, aber unter diesen Umständen will ich offen zu Ihnen sein." Er sah Helen in die Augen. „Obwohl meine Erklärung für Sie möglicherweise nicht sehr angenehm sein wird."

Er legte die Fingerspitzen aneinander und tippte mit den Zeigefingern an seine Nase. „Sehen Sie, eine Regression birgt gewisse Risiken, besonders für schwer traumatisierte Patienten. Ich hielt es für meine Pflicht, Sie zu warnen ... und das tat ich auch."

Helen sprang auf. „Was haben Sie mit mir angestellt?"

„Bitte setzen Sie sich wieder, Helen. Ihnen ist nichts passiert ... Gott sei Dank."

„Jetzt reden Sie schon", sagte Funke.

„Lassen Sie mich erklären, wie es zu dem Zwischenfall kam."

„Was für ein Zwischenfall?", rief Helen wütend.

„Sie werden mein Schweigen gleich verstehen." Er wandte sich an Funke, als gebe er eine fachliche Meinung zu einem Krankheitsbild ab. „Manchmal kann es sich als problematisch erweisen, einen Patienten aus der Trance zurückzuholen. Es kommt selten vor, kann aber geschehen. In diesem Bewusstseinszustand empfindet er seine eigenen Gedanken und die Ereignisse – die natürlich nur in seiner Vorstellung ablaufen – als überaus real. Ich biete regelmäßig hypnotische Behandlungen an, um Menschen von ihrer Nikotinsucht zu befreien. Dazu gehört, den Rauchern drastische Bilder vor Augen zu führen, wie sich ihre Gesundheit entwickeln wird, wenn sie nicht von ihrer Sucht lassen. Ich hatte zuweilen Patienten, die weinend und voller Panik aus der Hypnose erwachten. Sie waren geschockt, aber sie fassten nie wieder eine Zigarette an. Eine Hypnose kann eine schmale Gratwanderung sein. Bei Helen ... überschritten wir eine Grenze."

„Geht das ein bisschen genauer?", fragte Funke.

Kaminsky nickte. „Sie griff mich an. Daher stammen die Abschürfungen an ihren Knöcheln." Er wickelte den Schal von seinem Hals. An beiden Seiten seiner Kehle verheilten tiefe Kratzwunden.

„Aber ... warum sollte ich das getan haben?"

„Sie wissen es", sagte er zu Helen. „Erforschen Sie Ihre Gefühle. Ich hatte Sie über das Risiko aufgeklärt, aber Sie bestanden auf der Regression. Ich hatte nicht damit gerechnet, dass Sie so extrem reagieren würden. Im Nachhinein gestehe ich, dass es ein Fehler war, diese Form der Therapie anzuwenden. Angesichts Ihrer Neigung zum Somnambulismus hätte ich davon Abstand nehmen sollen. Bedenken Sie, dass Sie sich im Verließ des Killers wähnten und sich in Todesgefahr befanden. Sie durchlebten also die extrem belastende Situation noch einmal. Ihr Gehirn konnte während der Trance nicht mehr zwischen dem Erlebten und der Realität unterscheiden. Fluchtinstinkte setzten ein und gewannen die Oberhand. Sie sprangen auf, stießen mich zur Seite und flohen aus der Praxis. Sie werden verstehen, dass ich ziemlich durcheinander war und die Konsequenzen fürchtete. Ein solcher Fehler darf einem Therapeuten niemals unterlaufen. Es tut mir leid. Ich entschuldige mich dafür."

Eine schwarze Wolke der Angst breitete sich in Helens Bauch aus. Sie sah sich selbst in der Abstellkammer der Gastwirtschaft aufwachen und roch wieder den Rauch im Verschlag neben Funkes Trailer. Wenn der Hund nicht gewesen wäre ... Was hatte sie diesmal getan? Was auch immer es gewesen war, sie besaß nicht die geringste Erinnerung daran.

Funke nahm ihr die schreckliche Frage ab. „Was geschah, nachdem Frau Stein Sie angegriffen hatte?"

„Ich wehrte sie ab und versuchte, die Trance zu durchbrechen, was mir misslang. Es gelang mir nicht, sie einzuholen. Als ich die Treppe vor dem Haus erreichte, war sie in der Dunkelheit verschwunden."

Kaminsky berichtete, wie er zurück ins Haus gelaufen war und eine Taschenlampe gesucht hatte. Die Nacht war pechschwarz, der Regen fiel dicht wie ein Vorhang zu Boden. Er suchte das Gelände rings um die Mühle ab, ohne eine Spur von Helen zu entdecken.

„Ich fand sie schließlich in dem Lagerraum oberhalb von Bongartz' Wohnhaus", fuhr er fort. „Ich wunderte mich, dass die Tür offen stand. Also beeilte ich mich nachzusehen und entdeckte Helen in einem Winkel hinter dem alten Traktor. Als ich mich ihr näherte, griff sie mich an. Sie fügte mir die Verletzungen an Hals und Händen zu und kam selbst dabei zu Schaden. Es gelang mir schließlich, sie in die Praxis zurückzubringen, wo ich sie aus der Trance zurückholte."

Helen zitterte. Ihr war kalt. Sie schlang schützend die Arme um den Leib und fragte: „Warum haben Sie mir den Vorfall verschwiegen?"

„Nun, Sie erinnerten sich an nichts. In Anbetracht Ihres ohnehin schon aufgewühlten Seelenzustands schien es mir das Beste zu sein, Sie in dem Glauben zu lassen, es sei nichts weiter geschehen."

„War es nicht eher so, dass Sie befürchteten, Ärger zu bekommen, weil Sie fahrlässig mit einer Patientin umgegangen waren?", fragte Funke.

„Nun, wenn Sie es so ausdrücken wollen ... ja."

„Ihnen ist klar, dass ich zu keiner weiteren Therapiestunde erscheinen werde?" Sie versuchte entschlossen, das Klappern ihrer Zähne zu verbergen.

„Ja, das ist mir durchaus bewusst. Es tut mir leid. Ich bitte um Entschuldigung."

„Und der Ring?“

„Ja, der Ring …“ Kaminsky nahm ihn in die Hand. „Ich weiß nicht, wie Sie zu dem Ring gekommen ist. Als ich Sie fand, trugen Sie ihn bereits.“

„Aber Sie hegen einen Verdacht“, sagte Funke.

„Bongartz!“, rief Helen.

„Ich sagte bereits, ich will keinen Unschuldigen belasten. Aber es wäre möglich … ja, es wäre denkbar, dass Bongartz Ihnen den Ring angesteckt hat.“

„Was stimmt mit Bongartz nicht? Was verheimlichen Sie uns?“, drängte Funke.

Kaminsky massierte einen Punkt seiner linken Hand zwischen Daumen und Zeigefinger. „Bongartz ist nicht der Mann, den Sie suchen.“

„Das entscheiden wir“, sagte Funke. „Was wissen Sie über ihn?“

„Die Antwort auf diese Frage fällt unter die ärztliche Schweigepflicht.“

„Okay. Dann nehmen wir ihn mit auf die Wache und verhören ihn dort.“

„Tun Sie das bitte nicht. Er ist unschuldig, glauben Sie mir.“ Er legte den Ring zurück.

„Dann sagen Sie uns, was Sie wissen.“

„Also gut. Ich lernte Gottlieb Bongartz kennen, als ich nach Räumlichkeiten für meine Praxis suchte. Ich inserierte in der *Westerwälder Zeitung*, und Bongartz bot mir an, die Mühle zu mieten. Der Platz erschien mir ideal. Und spottbillig war es obendrein auch noch.“

„Warum vermietete er so billig an Sie?“, fragte Helen.

„Weil er ein Problem hat und ich ihm helfen soll, es zu lösen. Er kann sich keine Therapie leisten.“

„Ich vermute, das Problem ist sexueller Natur", sagte sie.

„Sie sollen keinen falschen Eindruck von ihm bekommen, ich glaube …"

„Was Sie glauben, interessiert mich nicht. Was ist mit ihm los?", fragte Funke.

„Gottlieb Bongartz hat vor dreißig Jahren eine Jugendgefängnisstrafe abgesessen, weil er ein Mädchen vergewaltigt hat."

Funke sprang auf, als hätte ihn eine Sprungfeder aus dem Rattansessel katapultiert. „Okay, das reicht. Nehmen wir ihn uns vor."

„Er ist harmlos. In all den Jahren hat er hart an sich gearbeitet und ist nie wieder straffällig geworden."

Funke zog sein Handy aus der Jackentasche.

„Ich bin sicher, dass er Helen nichts getan hat", beteuerte Kaminsky. „Manchmal … nun, manchmal hat er seltsame Anwandlungen. Es könnte sein, dass er Ihnen den Ring angesteckt hat, um Sie auf seine unbeholfene Weise zu trösten. Man kann nicht immer erkennen, was in ihm vorgeht."

„Klaus? Hier ist Ben. Ich will die ganze Mannschaft in der alten Mühle haben. Sofort … Nein, es ist mir egal, ob die Wache unbesetzt bleibt. Lass meinetwegen Melanie Dienst schieben … dann hol sie aus dem Bett!"

„Darf ich fragen, was Sie nun vorhaben?"

Funke beendete das Gespräch. „Nein."

„Wenn Sie Bongartz jetzt verhören, könnte das alle Therapieerfolge zunichtemachen."

Funkes Arm schnellte vor. Er wischte den Ring vom Tisch und hielt ihn Kaminsky unter die Nase. „Dieser

Ring gehört meiner Tochter. Sie ist seit einem Jahr verschwunden.“

„Das ist sehr bedauerlich. Ich weiß nicht, wie
Bongartz an den Ring gelangt sein könnte.“

„Genau das“, sagte Funke, „werde ich herausfinden.“

26

Zwei Streifenwagen riegelten die Zufahrt zur alten Mühle ab. Drei weitere Fahrzeuge standen fächerförmig vor Kaminskys Praxis. Funke hatte Verstärkung aus der Kreisstadt Altenkirchen angefordert. Beamte mit Leichenspürhunden begannen, das tief eingeschnittene Tal rings um die Mühle nach Spuren abzusuchen, die auf Gräber oder mögliche Verstecke hinwiesen.

Zusammen mit Polaschek und Harder hatte Helen die Mühle vom Keller bis zum Dach durchsucht. Gefunden hatten sie nichts. Keine getarnten Zugänge zu einem Verließ oder einem versteckten Kellerraum, keine Spuren, dass sich außer dem Therapeuten noch jemand in dem alten Fachwerkhaus aufhielt. Und kein Hinweis auf das leise Klappern, an das Helen sich erinnert hatte.

„Haben Sie wirklich geglaubt, Sie finden hier die Folterkammer eines Serienmörders?", fragte Kaminsky belustigt.

„Warten Sie's ab. Wir sind noch nicht fertig."

Sie drehte ihm den Rücken zu und lief die Stufen der Eingangstreppe hinab.

Funke trat aus Bongartz' Wohnhaus und winkte. Sie beeilte sich, den steilen Weg hinaufzusteigen. Die Fichten am Hang hinter der Mühle bogen sich unter der Kraft des Windes. Herbstlaub und trockene Zweige wirbelten durch die Luft. Der Wind verfing sich heulend in den Baumwipfeln und kreiste in dem engen Tal wie ein verrückter Derwisch.

„Was gefunden?", schrie Funke gegen das Toben des Sturms an.

Sie schüttelte den Kopf. „Nichts. Noch nicht mal eine Haschzigarette."

Prüfend blickte Funke in den bleigrauen Himmel. Es war fünfzehn Uhr, und es schien, als zöge die Dämmerung schon herauf. „Wir müssen die Suche im Wald abbrechen. Es wird zu gefährlich für die Männer."

„Wie verhält sich Bongartz?", fragte Helen.

„Wie ein misstrauischer alter Kettenhund, der einen Knochen verteidigt. Ich habe mich mehr als einmal mit betrunkenen Rockern, Dealern und tobenden Ehemännern angelegt, aber mit Bongartz will ich keine zwei Minuten alleine sein. Er hat etwas Dämonisches an sich und lebt in seiner eigenen Welt. Als ob er noch gar nicht gemerkt hat, dass die Vergangenheit, von der er redet, längst vorbei ist."

„Sie meinen, er erfasst es geistig nicht, was wir von ihm wollen?"

„Das habe ich nicht gesagt. Er ist nicht schwachsinnig oder behindert. Er schweigt die meiste Zeit. Wenn er den Mund aufmacht, redet er nur von dem Mädchen, das er vor dreißig Jahren vergewaltigt hat, und beteuert, dass er unschuldig war. Wenn er den Ahnungslosen spielt, ist er der begabteste Lügner, den ich je verhört habe."

Mit einem scharfen Knacken brach ein großer Ast von einer der Fichten. Funke zog Helen in den Schutz des Schuppens. „Er passt genau in Ihr Fahndungsraster."

„Ich weiß nicht. Seine schmuddelige Hexenküche sieht aus, als ob er in seinem alten Holzofen Kinder brät, aber ist er auch ein Serienkiller, der die Polizei seit Jahren an der Nase herumführt? Dazu fehlt ihm die Intelligenz."

„Vielleicht spielt er uns den Beschränkten nur vor – oder er hat ganz einfach unglaubliches Glück gehabt, dass Sie ihn noch nicht erwischt haben", antwortete Funke.

„Bongartz hat tatsächlich eine Jugendstrafe wegen Vergewaltigung abgesessen, das habe ich inzwischen überprüft. Er lebt in diesem gruseligen Tal wie ein Eremit. Hier könnte man ein Opfer jahrelang gefangen halten, ohne dass es jemand merkt."

„Aber er fährt keinen weißen Kastenwagen. Er hat noch nicht mal einen Führerschein. Wie sammelt er seine Opfer ein?", fragte Funke. „Wenn er etwas zu verbergen hat, warum vermietet er dann ausgerechnet an einen Therapeuten und nimmt in Kauf, dass Fremde in sein Tal kommen?"

„Kaminskys Erklärung klang durchaus logisch. Bongartz bat ihn um Hilfe. Wäre er mit seinem Problem zu seinem Hausarzt gegangen, hätte der ihn zu einem Psychiater überwiesen. Bei seinem Vorleben konnte er sich das gar nicht erlauben. Er muss befürchtet haben, in die forensische Psychiatrie eingewiesen zu werden. Wer dort einmal einsitzt, kommt so schnell nicht mehr heraus. Und dass er keine gültige Fahrerlaubnis besitzt, heißt nicht, dass er kein Auto fahren kann. Vielleicht begeht er seine Taten aber auch nicht alleine, und sie arbeiten zu zweit. Bongartz hat keine Verbindungen zu Suchtkliniken oder Therapieeinrichtungen, in denen drogenabhängige Mädchen behandelt werden. Aber Kaminsky!"

Funke drehte sich zur Mühle um. „Kaminsky und Bongartz ein mörderisches Team? Schwer vorstellbar. Außerdem fährt Kaminsky einen dunkelblauen Ford Mondeo und keinen Kastenwagen."

Sie zuckte mit den Schultern. „Sie wären nicht das erste Killerpaar in der Kriminalgeschichte. So etwas kommt häufiger vor, als Sie denken. Irgendetwas stimmt hier nicht. Ich habe das Gefühl, die beiden Männer verbindet mehr als ein Mietvertrag."

„Ganz meine Meinung." Er rasselte mit einem abgewetzten Schlüsselbund. „Schauen wir uns mal an, was dort oben hinter der Blechtür auf uns wartet."

Sie folgte ihm den Pfad hinauf zu dem kleinen Plateau, an dessen hinterer Flanke das Portal in den Hang gemauert worden war. Ein Wirtschaftsweg führte von hier steil bergan in den Wald hinein. Links davon erhob sich eine fast senkrechte Felswand, flankiert von Brombeer- und Haselnusssträuchern. Die schlanken Fichten bogen sich bedrohlich in dem anschwellenden Sturm.

„Wir müssen uns beeilen", schrie Funke über das Heulen des Windes. „Die Wetterfrösche haben eine Sturmwarnung für den nördlichen Westerwald ausgegeben. Mindestens vier Kreisstraßen sind bereits unpassierbar wegen Windbruchs."

Zur Bestätigung splitterte der Stamm einer Fichte und donnerte den Hang hinab. Funke stocherte mit dem altmodischen Bartschlüssel im Schloss der Blechtür. Der Wind riss ihm die Tür aus der Hand. Scheppernd knallte sie gegen die Felswand.

Sie betraten den dunklen Lagerraum. Es roch nach Maschinenöl und feuchtem Gras. Helen tastete nach dem Lichtschalter. Der Raum blieb dunkel. Besorgt runzelte Funke die Stirn und blickte sich nach Kaminskys Wohnhaus um. Hinter keinem der Fenster brannte Licht.

„Sieht aus, als ob der Strom ausgefallen ist. Würde mich bei dem Sturm nicht wundern. Wir brauchen eine Taschenlampe." Er steckte zwei Finger zwischen die Zähne, pfiff gellend und winkte einem der Uniformierten zu, die jeden Quadratzentimeter des Tals absuchten. Funke gestikulierte, bis der Beamte verstanden hatte. Er lief zu einem der Streifenwagen und kam dann den Pfad mit einer großen Stabtaschenlampe herauf.

„Halten Sie die Lampe." Funke ging auf die Stahltür in der Rückwand zu.

Helen ließ den Lichtstrahl über die rostigen Maschinenteile wandern. „Das ist kein Lagerraum. Das sieht aus wie eine Art Vorraum zu etwas, was sich im Berg befindet. Sehen Sie."

Funkes Blick folgte der Lichtspur. „Ein alter Traktor, na und? Im Westerwald steht in fast jeder Garage einer."

„Sagten Sie nicht, Sie hätten am Fundort der Leiche oberhalb des Golfplatzes Reifenspuren eines Traktors gefunden?"

„Kann sein. Vielleicht stammten die aber auch von dem Bagger, mit dem Sassen gearbeitet hat. Polaschek hat Abdrücke genommen. Wir werden die Profile vergleichen."

Der dritte Schlüssel passte. Funke zog die schwere Tür auf. „Puh!", entfuhr es ihm.

Helen streckte den Kopf durch die Türöffnung und hielt sich unwillkürlich die Hand vor Mund und Nase. Es stank nach Tod und Verwesung. Wasser tropfte von der Gewölbedecke und platschte glucksend auf den Boden.

„Sieht aus, als wären wir hier richtig."

Der Lichtstrahl wanderte über tropfnasse, von Moos und Flechten überzogene Felswände. Der Raum maß etwa zwei mal drei Meter und erinnerte an den Vorraum einer Gruft. In der rückseitigen Wand klaffte die schwarze Öffnung eines gemauerten Stolleneingangs. Das Licht der Taschenlampe versickerte nach wenigen Metern in der Finsternis. Helen stieß einen erstickten Schrei aus.

„Was ist los?", fragte Funke.

„Ich ... kenne diesen Ort. Ich glaube ... ich war schon einmal hier."

Angstvoll blickte sie auf das Maul des Stollens. Fast hätte sie Funke gebeten, den Tunnel alleine zu betreten, aber sie war hier, um die Wahrheit zu erfahren. Sie konnte jetzt nicht mehr zurück. Sie redete sich ein, dass ihr nichts passieren konnte. Diesmal war sie nicht alleine.

Funke zog seine Waffe aus dem Schulterholster und tauchte in das dunkle Loch ein. „So habe ich mir das Labyrinth des Minotauros immer vorgestellt." Er blickte sie abschätzend an. „Schaffen Sie das, ohne ... na, Sie wissen schon."

„Keine Sorge, ich werde mich nicht zum Gespött machen.“

„Okay. Bleiben Sie dicht bei mir.“

Schweigend folgten sie dem abfallenden Gang tiefer in den Berg hinein. Ihr Atem kondensierte in der kalten Luft, und die Geräusche ihrer Schritte erzeugten klickende Echos an den Tunnelwänden. Der Gestank von Tod und Verderbnis wurde stärker.

„Wohin mag dieser Stollen führen?“

„Das sieht ganz nach einem Teil des alten Bergwerks aus“, antwortete Funke.

Nach dreißig Metern endete der Stollen in einer unregelmäßig geformten Höhle. Zwei weitere Tunnel führten tiefer in den Berg hinein. Aus einer Spalte unter der Höhlendecke plätscherte Wasser herab und verlor sich in der Dunkelheit. Helen senkte die Lampe. Im Boden klaffte ein quadratischer Schacht von unbekannter Tiefe. Das Sickerwasser sammelte sich in einem kleinen Becken und floss von dort in den Schacht hinab. Anderthalb Meter unterhalb des Stollenbodens schwappte stinkendes Wasser gegen die Schachtwände. Auf dem schwarzen Wasser trieb ein aufgedunsener menschlicher Körper.

27

„Wir können den Schacht nicht leer pumpen. Von unten drückt ständig neues Wasser nach."

Der Wehrleiter der freiwilligen Feuerwehr wischte sich mit einem fleckigen Taschentuch den Schweiß vom Nacken und blickte zweifelnd auf den Stolleneingang. „Wenn Sie den Schacht erkunden wollen, brauchen Sie einen Höhlentaucher."

Helen trat zur Seite und machte zwei Männern Platz, die einen Zinksarg schleppten. Nachdem sie die Leiche aus dem Schacht geborgen hatten, war ein zweiter halb verwester Körper aufgetaucht. Niemand wusste, wie viele Leichen noch dort unten lagen.

Funke beugte sich über eine detaillierte Landkarte. Der Wind zerrte und riss an dem Papier, als wolle er verhindern, dass die Wahrheit ans Licht kam. „Wohin führen diese Stollen?", fragte er den Feuerwehrmann. „Könnte es eine Verbindung zur Grube Bindweide geben?"

„In der Gegend wurde jahrhundertelang Eisenerz abgebaut. Niemand kennt all die alten Gänge und Stollen. Fragen Sie beim Förderverein des Besucherbergwerks nach. Vielleicht wissen die etwas."

Die Sargträger passierten den Stolleneingang. Der vordere Träger rutschte auf dem steilen Pfad zum Talgrund hinunter aus, und der Fußteil des Sargs schlug scheppernd auf dem Kies auf. Helen wandte sich ab.

Bei einer der beiden Leichen handelte es sich zweifelsfrei um Mia Ewers. Sie konnte noch nicht lange im Wasser liegen, höchstens ein oder zwei Tage. Hatte Kaminskys Regressionstherapie nur eine Flut von Bildern und Erinnerungen in ihr wachgerufen oder hatte sie Mias Tod tatsächlich als hilfloser Zuschauer miterlebt? Der Zustand der Leiche schien dies zu bestätigen. Sie wankte und stützte sich auf Funkes Schulter.

„Alles in Ordnung mit Ihnen?"

„Ja, ich bin okay." Zwei Stunden waren vergangen, seit sie die Leichen im Schacht entdeckt hatten. Sie blickte in den graugelben Sturmhimmel. Die Wolken jagten so schnell dahin, als lieferten sie sich ein Wettrennen.

„Wir überstellen Bongartz nach Koblenz", sagte sie.

„Sie könnten noch vierundzwanzig Stunden warten. Immerhin sind wir keineswegs sicher, dass er der Mann ist, den Sie suchen."

„Wir müssen Starbacher mit ins Boot holen. Das wissen Sie so gut wie ich." Sie blickte Funke forschend an. „Vertrauen Sie mir. Wir ermitteln nicht zum ersten Mal in einem Entführungsfall. Wenn Bongartz Nora gefangen hält, wird er das Versteck preisgeben. Wir haben Spezialisten, die ..."

Funke schob seine Baseballkappe in den Nacken und ließ seine Blicke suchend über das Tal schweifen. „Wenn sie noch lebt, muss sie muss ganz in der Nähe sein."

„Sie haben selbst gesagt, der Sturm macht eine Suche unmöglich. Kommen Sie bloß nicht auf die Idee, den Helden zu spielen." Sie seufzte. Funke würde keine Ruhe geben. „Also gut. Gibt es in Ihrer Dienststelle einen Raum, in dem wir ungestört ein Verhör vornehmen können?"

„Kein Problem." Er faltete die störrische Karte zusammen. „Ich hole Bongartz. Wenn ich in fünf Minuten nicht zurück bin, hat er Polaschek den Kopf abgebissen und mich in seinen Ofen gesteckt."

„Ich komme mit. Da wäre noch etwas."

„Ja?"

„*Ich* führe das Verhör."

„Mal sehen. Ich bin der Chef."

In dem düsteren Hausflur kam ihnen Polaschek entgegen. Er schwenkte zwei abgegriffene Pappordner wie eine Trophäe. „Schau dir das mal an, Ben."

Funke blätterte die vergilbten Papiere durch.

„Was haben Sie gefunden?", fragte Helen.

„Kopien alter Vernehmungsprotokolle. Der Bursche ist aktenkundig", antwortete Polaschek.

„Das wissen wir schon. Bongartz ist 1981 wegen Vergewaltigung einer Minderjährigen angeklagt und zu zwei Jahren Jugendarrest verurteilt worden."

Funke schlug den zweiten Ordner auf. „Das ist ein psychiatrisches Gutachten des damaligen Gefängnispsychologen der JVA Koblenz. Er riet eindringlich dazu, Bongartz unter Beobachtung zu stellen. Er schätzte die Gefahr hoch ein, dass er rückfällig wird. Sieht so aus, als ob unser eitler Psychotherapeut sich an einem Fall verhoben hat, der eindeutig über seine Kräfte geht. Kaminsky hat versucht, Bongartz zu therapieren, und ist gescheitert." Er klappte den Deckel zu. „Pack alles in den Streifenwagen. Wir nehmen ihn mit zur Vernehmung nach Hachenburg."

Bongartz saß in der Küche an einem roh gezimmerten Holztisch, von dem die Farbe abblätterte. Helen musste unter dem niedrigen Türstock den Kopf einziehen. Funkes Beschreibung einer Hexenküche war gar nicht so weit hergeholt. Außer dem Tisch und zwei wackeligen Stühlen gab es nur ein weiteres Möbelstück: eine klobige Anrichte, auf der ein Holzblock mit einem Dutzend riesiger Küchenmesser stand. Daneben ragte ein rußgeschwärztes Kaminrohr aus der Wand. Das untere Ende steckte in einem uralten Holzofen mit einer dicken Eisenplatte. Ein bauchiger Kühlschrank, der brummte und wummerte wie ein defekter Transformator, komplettierte die Einrichtung. In diesem Haus schien die Zeit tatsächlich stehen geblieben zu sein. Wahrscheinlicher aber war, dass Bongartz ganz einfach das Geld fehlte, um das weitläufige Anwesen in Schuss zu halten.

Als sie eintrat, hob er den Kopf. Sie drängte die aufkeimende Furcht zurück und die Gedanken, dass sie dem Mann gegenüberstand, der anderthalb Tage ihres Lebens gestohlen hatte. Stattdessen konzentrierte sie sich auf seine sehnige Gestalt und verglich sie mit den wenigen Einzelheiten, an die sich erinnerte. Bongartz war hager, aber kräftig, und er besaß das größte Paar Schaufelhände, das sie jemals gesehen hatte. Seine Statur ähnelte dem Mann, dem sie im Bunker begegnet war.

Bongartz musterte sie aus klaren, wässrig blauen Augen. Waren es dieselben, die sie durch die Stiermaske angestarrt hatten? Oder folgten sie wieder einer falschen Spur?

„Was isss jetzt?" Seine Stimme überraschte sie. Sie passte zu einem Dreizehnjährigen im Stimmbruch, aber nicht zu einem knorrigen Bauern. Das heisere Fiepsen stand in krassem Gegensatz zu seinem zerfurchten Gesicht, das wie das Kunstwerk eines ungeschickten Bildhauers wirkte, aus eisenhartem Westerwälder Basaltgestein herausgemeißelt.

Funke tauchte im Türrahmen auf und gab Bongartz einen Wink. „Wir nehmen Sie mit nach Hachenburg in die Dienststelle."

„Bin ich fesstgenommen?"

„Sie stehen unter dem dringenden Tatverdacht, mehrere Frauen entführt und ermordet zu haben. Wenn sich der Verdacht erhärtet, werden Sie in das Untersuchungsgefängnis in Koblenz überstellt."

Bongartz stützte sich auf seine klobigen Pfoten und stemmte sich hoch. „Hab niemanden umgebracht. Und keine vergewaltigt. Hab ich nich. Ich lass mir nix anhängen."

„Machen Sie keine Schwierigkeiten. Wenn sich Ihre Unschuld erweist, sind Sie in zwei Stunden wieder frei." Funke trat entschlossen um den Tisch herum und schob Bongartz vor sich her zur Tür hinaus. Als sie aus dem Haus traten, spürte Helen sofort die Veränderung. Das Wetter hatte sich weiter verschlechtert. Der Herbststurm schwoll zu einem Orkan an.

Funke öffnete die hintere Tür des Streifenwagens und drückte Bongartz auf die Sitzbank. Im Laderaum des Kombis saß der Retriever und presste neugierig seine feuchte Nase gegen das Gitter.

Bongartz hockte apathisch auf dem Rücksitz. Er ließ mit keinem Anzeichen erkennen, ob er der Verrückte war, der sie sechsunddreißig Stunden in seiner Gewalt gehabt hatte. Sie hatten weder die Stiermaske noch einen anderen Hinweis in seinem Haus entdeckt, der ihn mit den Verbrechen in Verbindung brachte. Bisher hatte er bestritten, etwas von den Leichen in dem Schacht gewusst zu haben. Aber er benutzte den Vorraum zu den Stollen als Lagerraum, und er besaß einen Schlüssel zur hinteren Tür.

Als sie die Hochebene erreichten, packte der Sturmwind mit seiner Riesenfaust den Streifenwagen und schüttelte ihn durch, als wolle er den Insassen eine letzte Warnung zukommen lassen.

28

Eine halbe Stunde später stellte Funke den Streifenwagen im Hof der Dienststelle in Hachenburg ab. Melanie Saynbach saß alleine in der Wache. Die Telefone klingelten ununterbrochen. Entnervt knallte sie den Hörer auf die Gabel.

„Hier ist die Hölle los. Es hat ein Dutzend Verkehrsunfälle wegen des Sturms gegeben. Schon zweimal ist der Strom ausgefallen."

„Du bekommst gleich Verstärkung. Harder ist unterwegs. Kaffee wäre nicht schlecht. Am besten sofort."

Melanie seufzte. „Mach ich."

Funke grinste. „Hervorragend. So wirst du mal Chef von dem Laden."

Er führte Bongartz in sein Büro und drückte ihn auf einen Stuhl. Helen lehnte sich gegen das Fensterbrett und ließ ihn nicht aus den Augen. Der Retriever rollte sich auf einer Decke neben dem Fenster zusammen. Die Deckenlampe flackerte, verlosch und sprang knisternd wieder an.

Funke nahm hinter seinem Schreibtisch Platz und reichte die beiden Ordner, die Polaschek in Bongartz' Haus gefunden hatte, an Helen weiter. Rasch blätterte sie die alten Protokolle durch.

Gottlieb Bongartz war am 3. Januar 1963 in Hachenburg geboren worden. Die Mühle in dem abgeschiedenen Tal war seit Generationen im Besitz der Familie. Anfang der Achtzigerjahre des letzten Jahrhunderts verbüßte Gottlieb Bongartz wegen Vergewaltigung eines fünfzehnjährigen Mädchens eine Jugendgefängnisstrafe von zwei Jahren. Danach war er nie wieder auffällig geworden. Aus den Unterlagen ging hervor, dass er in den Gesprächen mit dem Gefängnispsychologen in der JVA Koblenz angegeben hatte, von seinem Vater über Jahre hinweg sexuell missbraucht worden zu sein.

Im Alter von einundvierzig lebte Bongartz noch immer bei seinen Eltern in der alten Mühle. Im selben Jahr kam sein Vater, der in dem engen Tal einen kleinen forstwirtschaftlichen Betrieb führte, bei einem Arbeitsunfall ums Leben. Er war von einem umstürzenden Baum erschlagen worden. Sechs Monate zuvor hatte sich Bongartz' Mutter das Leben genommen. Aus den Unterlagen ging hervor, dass sie unheilbar an Krebs erkrankt war. In beiden Fällen hatte die örtliche Polizei die Todesfälle untersucht und Fremdverschulden ausgeschlossen. Bongartz lebte seitdem alleine in der Mühle. Eine Zeit lang lebte er von dem Verkauf der Maschinen des Betriebes und bezog dann Sozialhilfe.

Helen klappte den Ordner zu. Gottlieb Bongartz entsprach in nahezu allen Punkten dem klassischen Täterprofil eines Serienmörders: ein isoliert lebender Sonderling mit einem unterentwickelten Verstand und einem gestörten Sexualtrieb, der jahrelang als Kind missbraucht worden war. Vielleicht hatten sie sich alle geirrt, was den Maskenmann betraf, und die sorgfältige, scharfsinnige Planung seiner Taten existierte nicht. Bongartz hatte ganz einfach Glück gehabt.

Funke hatte inzwischen die Personendaten abgefragt. Helen fragte sich, wie lange er Bongartz Zeit geben würde, das mögliche Versteck von Nora zu verraten. Noch blieb er kalt wie ein Westerwälder Winter. Aber er hatte bereits in der Pathologie beim Anblick von Noras Turnschuhen die Nerven verloren. Wie würde er reagieren, wenn Bongartz mauerte? Instinktiv tastete sie nach ihrer Dienstwaffe. Ihre Blicke wanderten über Bongartz' Rücken, die knochigen Schultern und seinen kahlen Hinterkopf. Ein Bild blitzte vor ihren Augen auf: die schlanke, hochgewachsene Gestalt mit der Maske des Minotauros. Sie biss sich auf die Lippen, bis der Schmerz sie zur Besinnung brachte. Spürte sie aus gutem Grund in der Gegenwart dieses Mannes nackte Angst?

Funke fischte ein einzelnes Blatt aus dem Durcheinander auf seinem Schreibtisch und las laut die Namen der vermissten bzw. ermordeten Mädchen vor.

„Marion Leyendecker. Katharina Straub. Rebecca Weitz. Mia Ewers. Irena Milic. Tatjana Wolzow. Nora Funke."

Bongartz antwortete nicht.

„Wir haben in dem alten Bergwerksschacht oberhalb Ihres Wohnhauses zwei Mädchenleichen gefunden", sage er. „Eine davon haben wir bereits zweifelsfrei als die von Mia Ewers identifiziert. In achtundvierzig Stunden wissen wir auch, um wen es sich bei der anderen Toten handelt. Wir können die Sache auch abkürzen, wenn Sie uns jetzt verraten, wessen Überreste wir da gefunden haben."

„War seit Jahren nich mehr in den Stollen. Lass mir nix anhängen. Ich weiss nix von toten Mädchen."

„Vielleicht wissen Sie ja etwas über die Lebenden", sagte Funke. „Wo ist Nora?"

Helen wechselte ihren Standort, um Bongartz' Mienenspiel beobachten zu können. Er war blass und wirkte verhalten aggressiv. Die fahrigen Bewegungen seiner Hände verrieten große innere Anspannung. In seinem Mundwinkel zuckte unentwegt ein Nerv.

„Gehen wir also im Moment davon aus, dass Sie uns die Wahrheit sagen. Wer hatte außer Ihnen noch Zugang zu dem Schuppen?", fragte sie.

„Nie... niemand. Aber der Schlüssel hängt immer im Flur am Haken. Da kann jeder ran. Ich schliesss nie ab. Kommt ja eh keiner."

Funke kippte die Lehne seines Sessels zurück und blickte aus dem Fenster. Es war erst kurz nach sechzehn Uhr, aber der Himmel hing so dräuend und tief über der Stadt, als stoße er gegen die Dachfirste. Ein Blitz zuckte aus den Wolken und erhellte für Sekundenbruchteile jede Falte in Bongartz' zerfurchtem Gesicht. Ein einzelner Schweißtropfen rann an Helens Rückgrat herab. Trotz des Sturms war es heiß und stickig in dem kleinen Raum. Sie rang nach Luft und kippte mit zitternden Fingern das Fenster zum Hof; erleichtert, dem Bann des unheimlichen Mannes zu entkommen.

„Sie sind vor dreißig Jahren wegen Vergewaltigung einer Minderjährigen zu einer Freiheitsstrafe verurteilt worden", sagte Funke.

Die Deckenlampe knisterte erneut und flackerte. Donner rollte über die Stadt und ließ die Fensterscheiben klirren.

Bongartz verschränkte die Arme vor der Brust. „Ich hab meine Strafe abgesessen. Iss ein halbes Menschenleben her."

Helen las in den alten Vernehmungsprotokollen und suchte nach Ähnlichkeiten zu den Mordfällen, die sie seit zwei Jahren untersuchte. Das fünfzehnjährige Opfer damals war brutal vergewaltigt und gewürgt worden. Bongartz hatte schließlich von ihr abgelassen, weil er gestört worden war. Ein Spaziergänger hatte dem Mädchen wahrscheinlich das Leben gerettet, ohne es zu ahnen. Der Tatort lag in der Nähe eines alten Bergwerkstollens. Ob Bongartz geplant hatte, die Leiche anschließend dort zu verstecken, konnte ebenso wenig bewiesen werden wie eine Mordabsicht. Die Anklage hatte sich auf Vergewaltigung und schwere Körperverletzung beschränkt. Er war schließlich nur aufgrund von Indizien verurteilt worden. Das Mädchen war so traumatisiert und geistig verwirrt gewesen, dass sie ihn nicht zweifelsfrei als Täter identifizieren konnte.

„2005 sind Ihre Eltern ums Leben gekommen", sagte Funke.

„Na und?"

„Ein halbes Jahr später verschwand die sechzehnjährige Rebecca Weitz spurlos. Sie wurde zuletzt in der Nähe der Nisterstromschnellen gesehen. Von dort bis zur Mühle sind es nur zehn Minuten Fußmarsch durch den Wald. Sie war das erste von fünf Mädchen, das in den letzten Jahren in der Gegend als vermisst gemeldet wurde."

Bongartz kratzte sich nervös den Handrücken.

„Ich sage Ihnen, was ich glaube", sagte Funke. „Als Ihr verhasster Vater endlich tot war, konnten Sie Ihren unterdrückten Trieben freien Lauf lassen. Wann wurde Ihnen klar, dass Sie mit der abgelegenen Mühle, deren alleiniger Besitzer Sie nun waren, einen idealen Ort gefunden hatten, um Ihren Fantasien Taten folgen zu lassen?"

„Ssie ssind ja total verrückt!" Bongartz' Stimme fiepte schrill.

Helen blätterte in dem psychiatrischen Gutachten. Es las sich wie ein Horrorroman. „Sie sind nach eigenen Aussagen von Ihrem Vater sexuell misshandelt worden. Ist das der Grund, warum Sie Ihren Opfern die Hände abtrennen? Was stellen Sie damit an? Heben Sie die Knochen auf?" Schaudernd dachte sie an das knochige Klappern, das sie beim ersten Besuch in Kaminskys Praxis vernommen hatte.

Er sprang auf, drehte sich katzenhaft gewandt um und riss ihr den Ordner aus den Händen. „Dass gehört mir."

„Setzen Sie sich wieder hin!", befahl Funke.

„Ssie dürfen das nicht! Ich will einen Anwalt!"

„Und ich will die Wahrheit hören."

Bongartz stand mit geballten Fäusten neben seinem Stuhl, bereit, sich auf Funke oder Helen zu stürzen.

„Hinsetzen!"

Er blieb stehen und reckte angriffslustig das Kinn vor.

Funke stellte die unvermeidliche Frage: „Wo ist Nora?"

„Weisss ich nich."

„Ich frage nicht noch einmal."

„Ich will einen Anwalt. Verdammt!“

„Ich fürchte, der Sturm hält uns alle hier fest. Das Unwetter kann die ganze Nacht andauern“, sagte Funke. „Ist ne lange Zeit, in der viel passieren kann. Du wirst in einer Nacht mehr leiden als Nora in einem Jahr, das verspreche ich dir.“

Bongartz drehte sich zu ihr um. „Wovon redet der, Mann? Das kann er nich machen!“

Sie gab sich äußerlich gelassen, obwohl ihre Nerven bebten wie eine Hochspannungsleitung während eines Sommergewitters. In ihrer Jackentasche knisterte eine Tüte Gummibären, aus der sie sich bediente. „Ich fürchte, doch“, sagte sie.

Bongartz sank auf den Stuhl zurück.

„Okay, fangen wir noch mal von vorne an“, sagte Funke. „Sie arbeiten im Hachenburger Krankenhaus.“

„Iss nich verboten.“

„Was gehört zu Ihren Tätigkeiten?“, fragte Helen.

„Ich bin Haussmeistergehilfe. Mache diess und dass.“

„Sie entsorgen den chirurgischen Abfall aus den Operationssälen, nicht wahr?“, sagte Funke.

Bongartz nickte stumm.

„Dazu gehören auch benutzte Skalpelle?“

„Ja.“

„Wir haben in Ihrem Medizinschrank eine Menge Medikamente gefunden. Tranquilizer, Angsthemmer und Beruhigungstabletten. Außerdem Narkose- und Betäubungsmittel. Stammen die aus dem Krankenhaus?“

„Hab ich von Kaminsky.“

„Kaminsky ist Therapeut, kein Arzt. Er darf keine Rezepte ausstellen", sagte sie. „Woher stammen die Medikamente?"

„Ich ... ich hab manchmal Ratten im Keller. Das Zeug war nicht mehr gut. In der Klinik haben sie's weggeworfen, aber ich hab's genommen. Wegen der Ratten."

„Wo ist Nora?", fragte Funke. „Sagen Sie mir wenigstens, ob sie noch lebt."

Bongartz stützte die Stirn in die Hände und schüttelte den Kopf. „Ich weisss es nicht."

„Sagen Sie uns, wo das Mädchen ist."

„Ich muss mal pinkeln."

„Du kommst hier erst raus, wenn ich weiß, wo meine Tochter ist."

„Dass dürfen Ssie nicht."

Funke lachte. „Nein, das darf ich nicht."

Helen legte den Ordner auf den Schreibtisch zurück. „Bevor Sie Ihren Job im Krankenhaus antraten, waren Sie lange Zeit arbeitslos."

Bongartz zuckte mit den Schultern. „Musste den Holzzbetrieb aufgeben."

„Wir haben in Ihrem Haus Lohnabrechnungen und Quittungen gefunden. Sie haben vor ein paar Jahren an der Restaurierung der Grube Bindweide mitgearbeitet."

„Iss nich verboten."

„Dann kennen Sie sich gut aus in den alten Stollen, nicht wahr? Ihr Großvater war Bergmann."

„Na und?" Bongartz stand auf. „Ich muss jetzt pinkeln."

Die Deckenlampe flackerte und verlosch, das schwindende Tageslicht sickerte wie schwarze Tinte in den Raum. Das Gebäude erzitterte unter einer Windbö, ein schwerer Gegenstand krachte in den Hof vor dem Fenster. Trümmer und Betonsplitter spritzten vom Pflaster hoch und trafen die Fensterscheibe, die klirrend zerbarst. Der Sturmwind bauschte die Gardine auf und traf Helen mit der Wucht eines Vorschlaghammers. Erschrocken stolperte sie zurück und prallte gegen Bongartz. Blitzschnell schlang er seinen Arm um ihre Kehle und zerrte sie zum Fenster. „Ich lass mir nixx anhängen", schrie er. „Ich will hier rauss! Verssteht ihr? Rauss!"

„Lassen Sie sie los! Bongartz, hören Sie mit dem Quatsch auf. Sie kommen hier nicht raus."

Er verstärkte seinen Druck auf Helens Kehle. Sie bohrte ihre Fingernägel in seinen nackten Unterarm und spürte Blut unter ihren Fingerkuppen. Er schien so voll mit Adrenalin gepumpt, dass er den Schmerz nicht spürte.

„Ich will nen Wagen. Ssofort. Oder ich drück zu. Ich kann ihr Genick knacken hören!"

Schwarze Flecken tanzten vor ihren Augen. Die Kraft floss entsetzlich schnell aus ihrem Körper heraus, wie Wasser aus einem löchrigen Eimer.

„Nen Wagen. Jetzzt!"

Sie rang nach Luft. Funke blickte an Bongartz vorbei auf den Hof hinaus. „Blas ihm die Rübe weg!", sagte er ungerührt.

Bongartz lachte schrill. „Ich fall auf deine Tricks nich rein. Fick dich ins Knie, du wirst deine Tochter nie finden. Niemals!"

Funke erstarrte zu Stein. Seine Finger öffneten und schlossen sich. Dann nickte er unmerklich zum Fenster hin. „Okay, Bongartz. Sie lassen jetzt Frau Stein los. Langsam und vorsichtig, sonst ...“

„Wass sonst? Ich brech ihr den Hals, wenn du mich nich gehen lässt!“

Funke blieb eiskalt. „Sonst wird Ihnen mein Kollege Harder eine Kugel in den Kopf jagen.“

Bongartz riskierte einen schnellen Blick nach hinten und japste erschrocken auf. Helen spürte, wie sich der Druck um ihre Kehle lockerte. Sie wand sich unter seinem Arm hervor und taumelte auf Funke zu. Vor dem zerbrochenen Fenster stand Harder. Sein Finger krümmte sich um den Abzug seiner Dienstwaffe. Er zielte auf Bongartz’ Kopf.

„Ich wollte nur mal schauen, was der Sturm vom Dach geweht hat. Sieht so aus, als hätte er die Abdeckplatte vom Kamin erwischt. Zum Glück war keiner hier draußen auf dem Hof, als das Ding runterkam.“

„Gehen Sie wieder an Ihren Platz in der Wache. Wir kommen klar.“

Harder nickte und steckte seine Waffe ein. Funke wartete, bis er außer Sicht war. Dann trat er dicht vor Bongartz, bis sich ihre Nasenspitzen fast berührten.

„Scheißbulle“, knurrte Bongartz.

Funke grinste und rammte ihm das Knie zwischen die Beine. Bongartz stöhnte und krümmte sich zusammen.

„Hören Sie auf mit dem Mist.“ Helens Kehle brannte, als hätte sie Abflussreiniger getrunken.

„Ich will einen Anwalt“, keuchte Bongartz.

„Wenn ich weiß, wo Nora ist, kannst du telefonieren. Von mir aus auch pinkeln oder dich am Fenstergitter deiner Zelle aufhängen“, sagte Funke.

„Legen Sie endlich ein Geständnis ab“, krächzte Helen.

„Ich hab die Mädchen nicht umgebracht. Ich bin dass
nicht gewesen.“

„Aber Sie wissen, wo Nora ist.“

Bongartz sackte auf den Stuhl und wimmerte. Er
schüttelte den Kopf. „Und wenn schon. Ssie glauben
mir doch ssowieso nich.“

Es klopfte an der Tür, Harder steckte den Kopf herein.

„Raus!“, rief Funke.

Harder blieb stur. „Wir haben etwas gefunden, das
sollten Sie sich ansehen.“

„Okay. Machen wir eine kleine Pause.“ Er zog
Bongartz hoch und schob ihn aus dem Büro. Am Ende
des Ganges sperrte er ihn in eine der Arrestzellen und
kehrte in die Wache zurück.

Aus einem großen Plastiksack kippte Harder einen
Berg Kleidungsstücke auf den Boden. „Das haben wir in
einem der Stollen gefunden. Wir konnten nicht weiter,
weil es zu gefährlich wurde.

Helen starrte auf die Kleidungsstücke. Jacken, Blusen,
T-Shirts, Jeans und Röcke, Slips und Büstenhalter. Aus-
schließlich Frauenbekleidung. Sie bückte sich und zog
mit wild schlagendem Herzen ein grünes T-Shirt aus
dem schimmeligen Haufen. Sie hatte es bei ihrem letzten Einsatz in Koblenz getragen.

Funke starrte auf den schmutzigen Wäscheberg. „Die
Sachen stammen von mindestens einem Dutzend Opfern.“ Entsetzt wandte er sich ab.

„Ist etwas darunter, das uns zu Nora führen könnte?“,
fragte Helen.

„Nein.“

„Was machen wir, wenn Bongartz nicht redet?"

„Wir sind nur etwa hundert Meter weit in den Berg vorgedrungen. Die Stollen sind baufällig, Teile sind eingestürzt. Wir brauchen die Unterstützung des Technischen Hilfswerks. Die Decken müssen abgestützt werden", sagte Harder.

„Dann veranlassen Sie das. Sofort! Nora ist irgendwo in diesem verfluchten Berg."

„Wir haben nicht genug Leute", entgegnete Harder. „Die Feuerwehren und das Technische Hilfswerk sind wegen des Sturms alle im Einsatz. Außerdem kennt kein Mensch den Verlauf der alten Stollen. Wahrscheinlich sind wir hier auf einen Teil der Grube gestoßen, der schon vor mehr als hundert Jahren aufgegeben wurde. Der Zugang zu einem möglichen Versteck könnte in einem Teil des Bergwerks liegen, der kilometerweit von der Mühle entfernt liegt."

„Treiben Sie jemanden auf, der sich dort unten auskennt", sagte Funke. „Haben Sie die Traktorspuren am Fundort mit dem Reifenprofil der Zugmaschine in Bongartz' Schuppen verglichen?"

„Ja. Die Spuren stimmen nicht überein."

„Okay. Kommen Sie mit", sagte Funke zu Helen.

Sie folgte ihm in sein Büro. Der Sturm hatte ein ziemliches Chaos angerichtet. Funke ließ sich in den Sessel hinter seinem Schreibtisch fallen und rieb sich die Augen. Er sah erschöpft aus.

„Glauben Sie, er war's?", fragte sie.

„Kann sein. Ich weiß es nicht. Irgendeine Idee, wie wir ihn zum Reden bringen?"

„Wir haben nichts gegen ihn in der Hand. Wir können ihn noch nicht mal mit den Leichen im Schacht in

Verbindung bringen. Vielleicht wusste er wirklich nichts davon. Nur weil er vor über dreißig Jahren eine Jugendstrafe wegen Vergewaltigung abgesessen hat, heißt das nicht, dass er ein Serienmörder ist. Aber er weiß etwas. Vielleicht kennt er den Täter und deckt ihn aus einem Grund, den wir nicht kennen."

„Denken Sie etwa an Kaminsky?" Funke schüttelte müde den Kopf. „Vergessen Sie ihn. Ich halte ihn für einen eitlen Pfau, der sich wichtigmachen will. Von Psychologie hat er jedenfalls wenig Ahnung. Er hat Bongartz falsch eingeschätzt und Sie in große Gefahr gebracht durch seine hirnverbrannte Therapie. Außerdem hat er nicht die Nerven dafür ... und ein wasserdichtes Alibi."

Helen zog fragend die Augenbrauen hoch.

„Sie haben es ihm selbst gegeben", erklärte er. „Nehmen wir an, Sie haben recht und er hält seine Opfer eine Zeit lang gefangen, bevor er sie tötet. Die Leiche von Mia Ewers hat nicht länger als ein paar Tage im Wasser gelegen. Wenn Sie wirklich unter Trance den Mord an ihr beobachtet haben, scheidet Kaminsky als Täter aus. Er war schließlich damit beschäftigt, Sie zu suchen, nachdem Sie ihm entwischt waren."

„Das behauptet er zumindest."

„Bongartz schließt seine Haustür niemals ab", überlegte Funke.

„Jeder hat also Zutritt und hätte sich den Schlüssel zum Schacht besorgen können."

„Aber kein Mensch verirrt sich in das düstere Tal."

„Niemand außer Kaminsky."

Sie seufzte. „Vergessen Sie seine Patienten nicht."

Funke blickte überrascht auf. „Das wäre eine Möglichkeit. Mindestens vier der Opfer stammen aus Therapiegruppen, das haben Sie selbst gesagt."

Erregt begann sie auf und ab zu laufen. „Ja, es muss ein Patient sein. Er schleust sich immer wieder in Therapiegruppen von süchtigen jungen Frauen ein, weil er weiß, dass er dort Opfer findet, die leicht zu beeinflussen sind. Er zieht durch das Land und landet schließlich bei ..."

„Kaminsky", beendete Funke ihre Gedanken. „Die Sache hat nur einen Haken. Er leitet keine Suchtgruppe und hat sich als allgemeiner Psychotherapeut niedergelassen."

„Und Bongartz?"

„Ich weiß es nicht."

Sie blieb stehen und blickte sorgenvoll aus dem Fenster. „Der Sturm wird immer stärker."

Funke nickte. „Wäre nicht das erste Mal, dass wir von der Außenwelt abgeschnitten sind."

„Wie meinen Sie das?" Sie kam mit verstopften Straßen und dem Gewühl der Großstadt klar, aber das Toben der Elemente jagte ihr Angst ein.

„So wie ich es sage. Die meisten Kreisstraßen sind bereits durch Windbruch blockiert. Wenn der Sturm im Lauf des Abends noch zunimmt, wäre es Selbstmord, sich in ein Auto zu setzen. Hier gibt es praktisch keine Überlandstraße, die nicht durch ein dichtes Waldgebiet führt."

Helen warf einen Blick auf die Zellentüren am Ende des Ganges. „Das bedeutet, wir können Bongartz gar nicht nach Koblenz bringen, selbst wenn wir wollten."

„Ich würd's nicht versuchen. Wir sollten es uns hier für die Nacht gemütlich machen."

„Wir stehen dicht davor, den Fall zu lösen. Ich lass mir doch nicht von einem bisschen Wind Angst einjagen."

„Ihre Entscheidung." Funke drehte die Visitenkarte in den Fingern, die er im Rucksack der toten Tatjana Wolzow gefunden hatte. „Bongartz läuft uns nicht davon. Morgen werde ich der Suchtklinik in Dreifelden einen Besuch abstatten."

„Und was machen wir bis morgen früh?"

„Geschmackssache. Wir könnten die Bäume zählen, die der Sturm umknickt, und warten, bis der Strom wieder da ist. Oder die ganze Nacht Kaffee trinken ... oder Bongartz so lange in den Arsch treten, bis er mit der Wahrheit herausrückt. Letzteres sagt mir am meisten zu."

Helen blickte auf ihre Armbanduhr. Es war kurz nach fünf. Draußen war es so düster wie an einem nebligen Dezembertag. Sie hob einen der Telefonhörer ab. Die Leitung war tot.

„Ich kann hier nicht herumsitzen und warten." Sie Helen streifte ihre Jacke über. „Ich schlage vor, Sie kümmern sich um Bongartz, und ich fahre zu Kaminsky."

„Das könnte gefährlich werden."

„Ich dachte, Sie halten ihn für harmlos?"

„Ich meinte den Sturm."

„Ich will mehr über Bongartz' psychische Verfassung wissen. Wenn ihn einer kennt, dann Kaminsky." Sie schüttelte den Kopf. „Die beiden sind ein seltsames Paar – wie Dr. Frankenstein und sein buckeliger Diener Igor."

„Das gefällt mir nicht", sagte Funke ernst.

„Mir wird nichts geschehen. Wenn er in die Sache verstrickt ist, wäre es sein Ende, wenn er mich in seine Höhle verschleppen würde."

„Das hat er schon einmal getan. Warum wollen Sie sich noch einmal in diese Gefahr begeben?"

„Ich muss das tun. Allein. Sonst werde ich diese verdammte Angst nie wieder los. Verstehen Sie das nicht?"

„Doch, tue ich." Er zog eine Schreibtischschublade auf, kramte darin herum und reichte ihr ein billiges Prepaid-Handy. „Nehmen Sie das mit. Warum besitzen Sie eigentlich kein Handy?"

„Weil in meiner Nähe dauernd elektronische Geräte kaputtgehen."

„Ist nicht wahr", sagte Funke grinsend.

„Mit Autoradios stehe ich besonders auf Kriegsfuß. Glauben Sie mir, ich bin froh, dass es keine Kassettenrekorder mehr gibt."

„Nehmen Sie trotzdem das Handy mit. Und beim geringsten Anzeichen einer Bedrohung schießen Sie Kaminsky über den Haufen."

„Es wird mir ein Vergnügen sein."

Sie zog die Eingangstür auf. Der Sturmwind fegte sie beinahe von den Beinen. Ihr wurde plötzlich erschreckend klar, was Funke gemeint hatte. Das Unwetter bedeutete vielleicht sogar eine größere Bedrohung als Kaminsky.

29

„Passen Sie auf sich auf!"

Der Wind riss Funke die Worte aus dem Mund. Er wagte sich unter dem Vordach hervor und riskierte einen Blick auf die jagenden Wolken. Der Sturm gewann stündlich an Kraft. Ihm war nicht wohl bei dem Gedanken, dass Helen vielleicht keine Möglichkeit hatte, das abgelegene Tal wieder zu verlassen. Tausend Dinge konnten geschehen. Ein umgestürzter Baum konnte die Serpentinen blockieren oder ihren Wagen beschädigen. Oder Kaminsky mit seinem Zahnpastalächeln erwies sich doch als Psychopath. Der Wind kroch unter sein dünnes Sweatshirt und suchte mit seiner kalten Hand einen Weg zu seinem Herzen. Irgendwo dort draußen war Nora und wartete auf ihn. Wartete verzweifelt darauf, dass er endlich etwas unternahm. Okay, er würde sich mit Bongartz beschäftigen. Und dem würde das nicht gefallen.

Der Retriever trottete aus der Wache und rieb seine Schnauze an Funkes Hosenbein.

„Es wird ne unruhige Nacht. Was meinst du?" Funke hockte sich neben seinen neuen Gefährten, drückte ihn an sich und kraulte das weiche Fell. Der große Hund zitterte und winselte leise. „Schlechte Erfahrungen bei Sturm gemacht, was?"

Der Hund schnüffelte in der kalten Luft und kehrte in die Wache zurück, wo er sich auf seiner Decke zusammenrollte.

Funke wandte sich um und folgte ihm. Um Bongartz zum Reden zu bringen, musste er allein mit ihm sein. Harder und Polaschek waren unterwegs und rasten von Unfall zu Unfall. Blieb nur Melanie. Er würde sie nach Hause schicken, damit sie sich ein paar Stunden aufs Ohr legte.

Das Knattern eines Motorrads hielt ihn zurück. Der Fahrer bog in den Hof der Polizeiinspektion ein. Als er Funke sah, stoppte er seine Crossmaschine und spielte nervös mit dem Gasgriff. Das Motorrad machte einen Satz nach vorne, als er die Kupplung löste, und kam dicht vor Funke zum Stehen. Der Fahrer zog den Helm ab. Es war Kai Haffner. Der Sohn des Ortsbürgermeisters von Dreifelden war bleich und atmete heftig, seine schweißnassen Haare klebten wie eine rötliche Kappe an seinem Schädel. Auf seiner linken Wange leuchtete ein feuerroter Striemen.

„Ist ein bisschen leichtsinnig, bei dem Sturm ne Spritztour zu unternehmen", begrüßte Funke ihn. „Gab's Ärger?"

Der Junge nickte. Er wischte sich mit dem Lederhandschuh über den Mund und spuckte angewidert aus.

„Komm erst mal rein. Ich glaube, es ist noch Kaffee da."

Funke drehte sich um und ging in die Wache. Er hörte, wie die Fußstütze des Motorrads einrastete und der Junge abstieg. Melanie saß mit geschlossenen Augen neben dem Telefon und döste. Sie zuckte zusammen, als Funke eintrat.

„Fahr nach Hause und leg dich aufs Ohr. Ich halte so lange die Stellung."

„Aber dann sind Sie ganz alleine."

„Ich rufe dich, wenn's brenzlig wird."

„Okay. Wenn Sie klarkommen."

„Aber sicher doch."

Funke goss Kaffee aus einer Thermoskanne in zwei Tassen und sah zu, wie Melanie ihre Tasche packte und unter dem Vordach ihren Regenschirm aufspannte. Sie eilte über den regennassen Parkplatz und kämpfte mit dem widerspenstigen Schirm, an dem der Sturm zerrte. Die Stadt war in unwirkliches Zwielicht getaucht, im Westen jagten bleigraue Sturmwolken über den Horizont.

Kai stand unsicher auf der Türschwelle wie ein Puma, der eine Falle wittert.

„Schwarz?", fragte Funke.

„Was?"

„Der Kaffee."

„Nur Milch, bitte."

Funke stellte die beiden Tassen auf den Tresen zwischen dem Vorraum und den mit Stellwänden abgetrennten Arbeitsplätzen.

Kai traute sich zögernd hinein. „Sind Sie allein?"

„Ja. Es hat Dutzende Verkehrsunfälle gegeben. Der Sturm hält uns alle in Atem. Wer Dienst hat, ist unterwegs." Er blickte dem Jungen kurz in die Augen. „Wir können reden. Komm in mein Büro, wenn dir das lieber ist."

„Ich weiß nicht. Vielleicht sollte ich wieder fahren."

„Glaub ich nicht." Funke nahm seine Tasse und ging voraus. Kai folgte ihm unschlüssig. Er legte seinen Integralhelm ab und ließ sich auf den Stuhl fallen, auf dem vor einer Stunde Bongartz geschwitzt hatte. „Was'n mit Ihrem Fenster passiert?"

Funke grinste. „Einer hat versucht, abzuhauen. Ich hab ihn über den Haufen geschossen. Dabei ging die Scheibe zu Bruch."

„Ich bin nicht hier, um mich verarschen zu lassen."

„He, bleib ganz locker. Es war der Sturm." Funke trank einen Schluck Kaffee. „Keine gute Zeit für Witze oder irre ich mich?"

„Nein. Eher nicht."

„Dann schieß mal los. Gab's Ärger mit deinem Alten?" Er nickte.

„Hast du ihm die Schramme zu verdanken?"

„Ich ... ich hab Ihnen nicht die Wahrheit gesagt, als Sie mich auf dem Zeltplatz nach Irena gefragt haben."

„Hab ich mir fast gedacht."

Kai blickte hastig auf. „Ich hab ihr nichts getan. Ich ... ich mochte sie. Aber sie hatte sich so verändert."

„Seit sie Carlos kennengelernt hatte."

„Ja. Ich wusste, dass sie in jener Nacht zu ihm nach Koblenz wollte. Ich geb' zu, ich war eifersüchtig. Aber dann hatte ich Angst, ihr könnte was passieren. Deshalb bin ich noch mal zum See runter."

„Um nach ihr zu suchen."

„Aber ich hab sie nicht gefunden. Sie war schon weg. Ich bin am Ufer entlang bis nach Dreifelden gelaufen und wollte über die Straße zurück. Der Uferweg war schlammig und voller Pfützen. Und die Nacht war so schwarz wie'n Bärenarsch."

Bis jetzt hatte der Junge noch nichts Neues berichtet.

„Du hast gesagt, Irena wäre in einen weißen Kastenwagen gestiegen.“

„Der Wagen war da. Aber sie ist nicht eingestiegen. Sie ist …“ Plötzlich rannen Tränen über seine Wangen, die er wütend wegwischte.

„Es war einer von Sassens Firmenwagen. Er kam mit nem Höllentempo um die Kurve am Nordwestende des Sees. Ich krieg das verdammte Bild nicht mehr aus dem Kopf! Sie stand da mit ausgestrecktem Daumen, wie’n Scherenschnitt vor den aufgeblendeten Scheinwerfern. Der Fahrer hat versucht auszuweichen, aber er war viel zu schnell. Ich glaube, Irena war sofort tot.“ Die Schramme auf seiner Wange leuchtete hellrot in dem kalkweißen Gesicht. „Ein Mann stieg aus und beugte sich über Irena.“

„Hast du ihn erkannt?“

Der Junge schwieg und atmete heftig.

„War es Sassen?“

Er schüttelte den Kopf und schluchzte.

„Wer dann? Dein Vater?“

„Ja, verdammt! Es war der Alte!“

„Okay. Was geschah weiter?“

„Es ging alles so schnell, und ich war total durcheinander. Ich bin zur Straße hoch ohne nachzudenken und hab auf ihn eingeprügelt. Ich war total geschockt. Ich meine … sie lag da. Und sie war tot, verstehen Sie? Das hab ich gesehen. Überall war Blut, und sie starrte in den Himmel. Ich kann ihre Augen nicht vergessen. Sie wird nie mehr aufwachen, nie mehr … Witze reißen.“

„Klar. Das versteh ich gut. Das kann einen schon verflucht wütend machen. Wie hat dein Vater reagiert?"

„Freitags treffen sich die Vorsitzenden vom Sportverein in Milics Kneipe. Nach zwölf ist da keiner mehr
nüchtern. Mein Vater war sturzbetrunken. Er hat ge-
tobt und geschrien, ich solle bloß das Maul halten."

„Was du ja auch getan hast."

„Ja."

„Weiter. Was geschah dann?"

„Er hat mich ... er hat mich gezwungen. Das müssen
Sie mir glauben. Ich hätte das niemals freiwillig gemacht."

„Du hast ihm geholfen, Irena im Wald zu vergraben",
sagte Funke.

Kai weinte und nickte stumm. „Er ... hat ... gesagt, dass
wir jetzt zusammenhalten müssen, dass ... dass es ein
Unfall war und er in den Knast geht, wenn alles rauskommt ... und dann wär unsere Familie kaputt. Er ... ist
doch ... ist doch mein Vater."

„Was habt ihr gemacht?"

„Wir haben Irena in den Laderaum gelegt. Dann bin
ich nach Dreifelden zum Hof gefahren. Mein Vater hat
einen Traktor mit Hänger. Damit haben wir sie in den
Wald gebracht. Oberhalb vom Golfplatz haben wir sie
dann ... dann begraben."

„Sassen wusste nichts davon?"

„Nee, glaub ich nicht. Ich bin dann zurück zum Campingplatz und hab mich volllaufen lassen. Komme ich
... jetzt ins Gefängnis?"

Funke kippte seinen Stuhl nach vorne. Eine Windbö
traf das Haus mit voller Wucht und beulte die Pappe
vor dem Fenster ein. „Mach dir keine Sorgen. Du hast

alles richtig gemacht. Ein bisschen spät, aber das schreiben wir mal dem Schock zu. Du hast unter Zwang gehandelt. Kein Richter wird dich deswegen verurteilen."

„Ich will, dass der Alte dafür büßt. Er terrorisiert das ganze Dorf. Wer nicht vor ihm den Schwanz einzieht, den macht er fertig. Aber ich spiel' nicht mehr mit. Mir reicht's. Ich kann damit nicht leben. Ich träum' jede Nacht, wie mein Vater eine Schaufel voll Dreck auf ihr Gesicht schmeißt. Ich kann nicht mehr. Verstehen Sie das?"

„Vollkommen."

Plötzlich sackte Kai zusammen, als sei ihm klar geworden, was nun geschehen würde. „Es wird alles rauskommen. Er wird erfahren, dass ich ihn verpfiffen hab."

„Das lässt sich nicht verhindern. Es sei denn, du ziehst deine Aussage zurück."

„Nein, mach ich nicht. Niemals."

„Dann schlage ich vor, wir bringen das Ganze mal zu Papier."

„Kommt er … ins Gefängnis?"

„Anzunehmen."

„Wie lange sitzt man, wenn man jemanden totgefahren hat?"

„Kommt drauf an. Wenn man obendrein noch die Leiche beseitigt, zeugt das von erheblicher krimineller Energie. Mit einer Bewährungsstrafe kommt man in dem Fall nicht davon."

Kai rieb über den Striemen auf seiner Wange. „Mir egal. Er hat's verdient." Er war noch immer blass, wirkte aber erleichtert. „Ich … bin echt froh, dass ich … hier bin und … alles raus ist.“

„Glaub ich dir gern.“ Funke nahm das Protokoll auf und ließ den Jungen unterschreiben. Einen Moment lang zögerte Kai, doch dann kritzelte er seinen Namen unter die Aussage.

„Ich mochte Irena wirklich. Sie hat es nicht verdient, in ner Jauchegrube begraben zu werden.“ Er angelte seinen Motorradhelm vom Boden und stand unsicher vor Funkes Schreibtisch. „Was … passiert jetzt?“

„Morgen früh werde ich mit deinem Vater reden. Wäre gut, wenn du ihn überzeugen könntest, vorher mit der Wahrheit herauszurücken. Es wird sich strafmildernd für ihn auswirken, wenn er ein Geständnis ablegt.“

„Das macht er nie. Wenn er erfährt, dass ich bei Ihnen war, schlägt er mich tot. Können Sie ihn nicht ohne meine Aussage überführen?“

„Ich kann’s versuchen, aber es wird schwierig werden. Du bist der einzige Zeuge, den ich habe.“

„Okay.“ Er schlich mit hängenden Schultern zur Tür und blieb stehen.

„Da ist noch was, oder?“, fragte Funke.

„Ja.“

„Es hat damit zu tun, warum du erst jetzt kommst.“

„Woher wissen Sie das?“

„Weiß ich nicht. War geraten. Aber du musst einen guten Grund dafür haben. Ich vermute mal, du hast dich vor deinem Vater gefürchtet. Aber es ist etwas geschehen, warum du jetzt keine Angst mehr hast.“

Er nickte krampfhaft. „Das Feuer auf dem Campingplatz ... das war ich. Der Alte wollte, dass ich Ihnen einen Denkzettel verpasse. Es sollte nur ne Warnung sein. Ich wollte nicht, dass alles in die Luft fliegt. Aber plötzlich stand alles in Flammen. Es ging so furchtbar schnell. Ich wollte das echt nicht.“

„Außer uns weiß ja keiner davon“, sagte Funke. „Ist schon gut, dass du gekommen bist.“

Kai drehte sich um und ging langsam zur Eingangstür.

„He“, rief Funke ihm nach.

„Ja?“

„Mach so was nie wieder, okay?“

„Und ... der Schaden?“

„Der alte Trailer war nicht viel wert. Den Rest zahlt die Versicherung. Wenn dir noch was einfällt – du kannst jederzeit zu mir kommen, klar?“

Kai nickte und blieb auf der Schwelle stehen. „Sie sind echt in Ordnung, egal was alle sagen.“

„Was sagen sie denn?“

„Dass Sie ein alter Säufer sind, der es nicht mehr bringt. Es ist wegen Ihrer Tochter, nicht wahr?“

„Mm-mh.“

„Kann ich verstehen. Ich muss immer dran denken, wie Irena auf der Straße gelegen hat ... an ihre toten Augen.“ Er stülpte sich den Helm über und trat in den Sturm hinaus.

„Kai?“

Er drehte sich um.

„Der Alkohol macht alles nur noch schlimmer.“

Der Junge lief durch den Regen zu seiner Maschine. Funke blieb allein zurück. Irgendwie war er froh, dass der alte Camper nicht mehr existierte. Die letzte Verbindung zu seinem alten Leben war jetzt gekappt. Aber das brauchte er dem Jungen ja nicht auf die Nase zu binden. Und der Seewirt war gut versichert. Niemand war zu Schaden gekommen. Alle waren zufrieden. Blieb noch Bongartz. Es würde eine lange Nacht werden.

Es war totenstill in der Wache. Das einzige Geräusch waren das unablässige Heulen des Sturms und das Prasseln des Regens auf dem Dach. Ab und zu traf eine Windbö das Gebäude. Es fühlte sich an, als ob der Sturm Anlauf nahm und versuchte, in seiner Raserei die Mauern zu durchbrechen.

Funke stand auf, ging langsam den Gang entlang und öffnete die Tür der Arrestzelle. Bongartz lag auf der Pritsche und starrte an die Decke, die Arme unter dem Hinterkopf verschränkt. Durch das winzige Fenster fiel gerade genug Licht, dass er die Konturen seines Gesichts erkennen konnte. Der Strom war noch immer ausgefallen.

„Wo ist Nora?"

„Issst das Mädchen wirklich Ihre Tochter?"

„Ist sie."

„Ssie haben die anderen fortgeschickt."

„Ja. Wir sind allein."

„Werden Ssie mich jetzt so lange verprügeln, biss ich Ihnen sage, was ich weisss ... oder nicht weisss, und mir was aus den Fingern ssauge?"

„Ja, das werde ich tun."

Bongartz' Augen weiteten sich vor Angst. „Dass dürfen Ssie nicht."

„Nein, darf ich nicht. Ich will's auch nicht. Aber ich werd's tun, wenn es nötig ist. Ich will meine Tochter wiederhaben. Alles andere ist mir egal."

„Die werden Sie feuern, wenn das rausskommt. Und Ihre Penssion ist auch im Eimer."

„Mir egal. Ich will Nora zurück."

Bongartz drehte sich zur Wand.

Funke trat auf den Gang hinaus und ließ die Tür offen. „Denken Sie drüber nach. Ich komme in einer Stunde wieder."

„Dann weisss ich immer noch nichtss."

„Sie werden reden."

Er öffnete die Tür der Nachbarzelle, legte sich auf das schmale Bett und starrte auf die Walther P99, die auf dem Hocker neben ihm lag. Was er tun würde, war moralisch falsch. Niemand hatte das Recht, einen Verdächtigen zu foltern, um ein Geständnis zu erpressen. Aber er war nicht nur Polizist. Er war auch der Vater eines verschwundenen Kindes. Wenn er Nora befreien könnte, indem er sein eigenes Leben hergab, würde er es ohne zu zögern tun. Aber so einfach war es eben nicht. Es war viel komplizierter. Funke lauschte auf das Toben des Sturms und hoffte, dass Bongartz redete. Er wusste nicht genau, wozu er fähig sein würde, um die Wahrheit aus ihm herauszuprügeln. Die Antwort erschreckte ihn.

30

Die Reifen des Spiders zischten wie aufgeregte Schlangen über den nassen Asphalt. Helen nahm den Fuß vom Gaspedal und schaltete die Scheibenwischer auf die höchste Stufe. Der Regen stürzte mit sintflutartiger Gewalt zu Boden. Sie hätte Funke um Verstärkung bitten können. Es war nicht nötig, dass sie Kaminsky allein gegenübertrat. Aber genau das war es, was sie wollte. Sie musste sich ihm stellen. Ob er ein harmloser Therapeut war, der in Selbstüberschätzung einen verhängnisvollen Fehler begangen hatte, oder ein geisteskranker Serienkiller, der nur darauf wartete, dass sie ihm ein zweites Mal in die Falle ging. Wenn sie das Risiko scheute und ihrer Angst nachgab, würde sie für den Rest ihrer Tage davon beherrscht werden. Starbacher hätte sie für verrückt erklärt, aber er war nicht hier und würde nie davon erfahren. Ihr Leben stand auf dem Spiel. Aber sie wollte dieses Leben wiederhaben, und der Weg dorthin führte zu Kaminsky, ob er unschuldig war oder nicht.

Der Sturm peitschte den Regen mit solcher Wucht gegen den kleinen Sportwagen, als schleudere ein wütender Wettergott das Wasser fassweise herab. Sie tastete nach dem Ledertuch in der Seitenablage. Obwohl die Lüftung auf der höchsten Stufe schuftete, begann die Frontscheibe zu beschlagen.

Hinter einer Haarnadelkurve zwei Kilometer von Kaminskys Mühle entfernt tauchten plötzlich die Rücklichter eines riesigen Holztransporters in den Regenschleiern auf. Der Laster war mit dem Auflieger von der Straße abgekommen und blockierte die Fahrbahn. Das rechte Hinterrad hatte sich tief in den aufgeweichten Seitenstreifen gegraben. Helen konnte ihm nicht mehr ausweichen.

Sie trat mit aller Kraft auf die Bremse. Der Spider rutschte und schlitterte, drehte sich um seine eigene Achse und krachte in das Heck des Lasters. Der Aufprall war nicht besonders stark, reichte aber aus, um den Airbag auszulösen und den Spider in einen Schrotthaufen zu verwandeln. Noch ehe sie den Schock verarbeitet hatte, wurde die Fahrertür aufgerissen.

„Sind Sie verletzt?“

Benommen schüttelte sie den Kopf. Es schien alles mit ihr in Ordnung zu sein. Eiskalte Luft strömte ins Wageninnere und weckte sie aus ihrer Starre.

Ein Mann in einem grün-roten Overall musterte sie besorgt. „Ich werde einen Krankenwagen rufen“, sagte er, „die Polizei muss ich auch informieren.“

Sie kletterte auf wackeligen Beinen aus dem Wrack und klammerte sich an den Türholm. „Ich b... b... bin die Polizei.“

Der Fahrer des Lasters glotzte auf ihren Ausweis.

„Sichern Sie die Unfallstelle“, sagte sie. „Kennen Sie sich in der Gegend aus?“

„Ich verstehe nicht ...“

„In der Nähe gibt es eine alte Mühle in einem tief eingeschnittenen Tal. Ich muss so schnell wie möglich dorthin."

Der Mann kratzte sich den Nacken. „Zu Fuß durch den Wald sind das nur ein paar Minuten. Aber bei dem Sturm würde ich das nicht versuchen."

Der Adrenalinschub ebbte langsam ab. „Zeigen Sie mir den Weg." Sie musste gegen den wütenden Wind anschreien, damit er sie verstand.

Er zuckte mit den Schultern. „Wenn Sie sich unbedingt umbringen wollen, dann hören Sie gut zu."

Sie prägte sich die Wegbeschreibung ein und wandte sich dem Wald zu.

„Warten Sie. Nehmen Sie wenigstens eine Lampe mit!"

Er verschwand im Fahrerhaus des Lasters und kehrte mit einer kräftigen Stabtaschenlampe zurück.

„Danke."

Helen lief die Straße entlang nach Norden. Nach zweihundert Metern war sie bis auf die Knochen durchnässt. Kurz darauf stieß sie auf den Parkplatz, den der Fahrer beschrieben hatte, und bog in den schlammigen Waldweg ein. Die schlanken Fichten bogen sich bedrohlich unter einer heftigen Sturmbö. Helen zögerte und erwog, umzukehren. Aber dann entdeckte sie ein verwittertes Holzschild mit der Aufschrift ‚Altmühltal 1,5 km'.

Über dem Horizont im Westen erlosch der letzte graue Streifen Tageslicht. In einer halben Stunde würde es dunkel sein. Aber wenn sie sich nicht verirrte, konnte sie die Mühle in zehn Minuten erreichen. Sie tauchte in den Wald ein und lief los.

31

Funke saß auf einem Hocker in der Arrestzelle und überprüfte das Magazin der Dienstwaffe. Bongartz stand am Fenster und drehte ihm den Rücken zu.

„Bringen wir es hinter uns", sagte Funke. „Wird ne hässliche Angelegenheit. Zehn Kugeln für dich ... und eine für mich."

„Ssie sind völlig verrückt."

„Ja. Hab ich heute schon mal gehört."

„Okay, ich sssag Ihnen, wer's war. Und wo ... das Mädchen issst."

Die Eingangstür der Wache quietschte. Jemand rief Funkes Namen. Er zog die Zellentür hinter sich zu und eilte in den Vorraum. Im Türrahmen prallte er mit Kaminsky zusammen.

„Ach, hier sind Sie. Entschuldigen Sie mein Eindringen, aber es ist niemand hier vorn", sagte er.

„Was wollen Sie?"

„Nun, das ist nicht ganz leicht zu erklären." Fahrig strich er sich eine feuchte Haarsträhne aus der Stirn. Ganz gegen seine Gewohnheit sah er leicht derangiert aus. Sein Haar klebte nass am Schädel, die hellbeige Hose war vom Regenwasser dunkel verfärbt und mit Schmutzflecken übersät. Als hätte er Funkes forschende Blicke bemerkt, sagte er entschuldigend: „Ein wirkliches Mistwetter ist das. Ich bin doch tatsächlich auf dem Gehweg vor der Wache ausgerutscht."

„Ich habe wenig Zeit. Wegen des Sturms ist hier der Teufel los. Was kann ich für Sie tun?"

„Ich würde gerne mit Gottlieb Bongartz sprechen, wenn Sie erlauben. Ich fühle mich für ihn verantwortlich. Ich bin ein Opfer meiner Eitelkeit und habe meine Fähigkeiten überschätzt. Ich hielt ihn für therapierbar. Vielleicht habe ich mich geirrt."

„Sie treibt also das schlechte Gewissen hierher?"

„Wenn Sie so wollen – ja. Ich dachte, ich könnte ihn zu einem Geständnis bewegen. Nun, da sich die Dinge in einem gänzlich anderen Licht darstellen, erhalten gewisse Vorfälle eine Erklärung."

Funke verschränkte die Arme vor der Brust, lehnte sich gegen den Türrahmen und versperrte den Weg zu den Zellen. „Vorfälle? Ich bin ganz gespannt, was Sie mir zu berichten haben."

„Nun, er erzählte mir, dass er in letzter Zeit öfter Besuch erhalten hatte. Von einem Mann. Ich will gern alles berichten, aber wenn Sie gestatten, würde ich gerne zuerst mit Bongartz reden."

Knisternd sprangen die Deckenleuchten wieder an. Das Telefon auf Melanies Schreibtisch klingelte. Die Stromversorgung funktionierte wieder.

„Sie rühren sich nicht vom Fleck." Er ließ Kaminsky im Gang zu den Arrestzellen zurück, ging nach vorne in die Wache und nahm den Hörer ab. „Polizeiinspektion Hachenburg, Funke am Apparat."

Niemand meldete sich. Funke hörte Straßenlärm, das Zischen schwerer Reifen auf dem nassen Asphalt.

„Hallo?"

„Ffrr ... Chef ... Kam.... kann ni...“

„Melanie? Bist du das? Was ist passiert?“

Ihre Stimme klang rau und wund, als hätte sie Abflussreiniger getrunken. Ein dumpfer Schlag beendete die Verbindung. In der Leitung ertönte das Freizeichen.

„Nein! Tun Sie das nicht!“

Funke fuhr herum. Kaminsky war verschwunden. Seine Stimme drang aus der Zelle, in der Funke eben noch auf Bongartz’ Geständnis gewartet hatte. Die Waffe! Er hatte die Pistole auf dem Hocker vergessen, als das Telefon klingelte.

„Lassen Sie mich Ihnen helfen. Nein, Gottlieb!“

Bevor Funke den Korridor zu den Zellen erreichte, hallte der ohrenbetäubende Knall eines Schusses durch die Wache.

Er stürmte den Gang entlang und riss die Zellentür auf. Kaminsky beugte sich über den leblosen Bongartz. An der Wand unter dem vergitterten Fenster leuchtete ein roter Fleck, Bongartz’ Hirn klebte an dem rauen Putz. Noch im Tod hielt er die Walther umklammert.

Kaminsky blickte über die Schulter. Die Zellentür war offen. „Er hat sich erschossen. Plötzlich ... hatte er eine Pistole in der Hand. Wieso nur hatte er eine Waffe?“

Funke grub die Fingernägel in die Handflächen, bis ihn der Schmerz zur Besinnung brachte, und verfluchte sich für seinen Leichtsinn. „Meine Schuld“, presste er hervor.

„Er stand einfach da und sah mich an. Und dann ...“

Wortlos drehte sich Funke um, ging in sein Büro und streifte die Polizeijacke über. „Raus hier. Ich muss zu einem Einsatz.“

„Aber Bongartz ...?“

„Dem kann niemand mehr helfen. Die Lebenden brauchen uns, nicht die Toten. Frau Stein ist auf dem Weg zu Ihrer Praxis.“

„Helen?“ Im Zwielicht des Korridors blitzten Kaminskys weiße Zähne auf. „Oh ja, Sie haben natürlich recht. Ich werde mich beeilen.“

Funke schob ihn aus der Wache und verriegelte die Tür hinter sich. Es lief aus dem Ruder. Er hätte längst Starbacher einschalten müssen. Die Sache wuchs ihm über den Kopf.

Der Regen fiel so dicht wie ein Wasserfall zu Boden. Er sah Kaminsky nach, der geduckt über den Hof eilte und in seinen Wagen stieg. Kurz darauf verschmolzen die Rücklichter mit der Dunkelheit. Funke spürte die Wucht des Sturms kaum, obwohl er innerhalb weniger Augenblicke bis auf die Knochen durchnässt war. Er musste Melanie finden. Schnell.

32

Der Sturmwind bog die Baumriesen und schüttelte ihre ausladenden Kronen. Krachend splitterte der Stamm einer Birke und stürzte wenige Meter vor Helen auf den Waldweg. Im Fall streifte er die morschen Äste einer Buche und riss sie mit zu Boden, als spielten die Sturmgötter Mikado. Das helle Holz der Bruchstelle schimmerte wie ein frisch gebrochener Knochen. Erschrocken wich sie zurück. Als Kind der Stadt hatte sie die Kraft der Elemente unterschätzt. Schneller, als sie es für möglich gehalten hätte, verdrängte tiefschwarze Dunkelheit die Dämmerung. Das unablässige Rauschen und Prasseln des Regens vereinigte sich mit dem Heulen des Sturms und übertönte zuweilen sogar das scharfe Knacken der Bäume, die den Kampf gegen den Winddruck aufgaben.

Vorsichtig kletterte sie über den gestürzten Baum und lief weiter. Seit einer Viertelstunde hatte sie keinen Wegweiser mehr gesehen. Der aufgeweichte, unebene Weg folgte einer Biegung und endete vor einer Schutzhütte. Sie überlegte, ob sie das Ende des Sturms dort abwarten sollte, erinnerte sich aber an Funkes Warnung. Bis der Wind abflaute, konnten noch Stunden vergehen. Außerdem bot die Holzhütte kaum Schutz vor den entfesselten Elementen.

Im letzten Rest Tageslicht entdeckte sie auf einem verwitterten Schild an der Hüttenwand einen Hinweis auf die Richtung zum Altmühltal.

Sie folgte dem düsteren Hohlweg und trat unmittelbar vor Einbruch der Dunkelheit in der Nähe des Stolleneingangs oberhalb von Bongartz' Haus aus dem Wald. Die Mühle hob sich schwach vom Schwarz des Waldes ab. Aus keinem der Fenster drang ein Lichtschein, offenbar war der Strom noch immer ausgefallen.

Sie ließ den Stollen rechts liegen und stieg den Kiesweg hinab, vorbei an dem Hackklotz, bei dem sie dem unheimlichen Vermieter zum ersten Mal begegnet war. Dann überquerte sie die Brücke über den Mühlenkanal, in dem der angeschwollene Bach donnernd zu Tal rauschte und noch das Toben des Sturms übertönte.

Plötzlich verstummte das Brausen, als müsse der Sturm erschöpft eine Pause einlegen. In der eindringlichen Stille hörte sie das leise, feine Klappern, das ihr schon beim ersten Besuch aufgefallen war. Das Geräusch ließ ihr Herz zu Eis erstarren. Sie lauschte mit angehaltenem Atem. Links von ihr erhob sich der steile, bewaldete Hang, rechts lag das Haus. Sie schaltete die Taschenlampe ein. Auf der dem Garten zugewandten Seite erstreckte sich eine gepflasterte Terrasse. Die meisten Steinplatten waren in den strengen Winterfrösten geplatzt, von Rissen durchzogen und bildeten eine unebene Fläche. Ein Wintergarten lehnte sich an die mit Schieferplatten verkleidete Hauswand. Die Glasscheiben waren blind vor Schmutz, mehrere waren zerbrochen und notdürftig durch Holztafeln ersetzt worden.

Sie überquerte die Terrasse, wischte mit dem Jackenärmel Dreck und Wasser von einer Scheibe und leuchtete ins Innere. Verschwommene Konturen tauchten aus der Dunkelheit auf – bauchige Terrakottatöpfe, in denen vertrocknete Pflanzen steckten, rostige Gartenstühle und ein klappriger Teewagen. Lebte Kaminsky in diesem Dreck oder benutzte er den Teil des Hauses nicht?

Sie verharrte regungslos. Das Geräusch kam vom Garten her. Knorrige Apfelbäume und verkrüppelte, unheimlich geformte Kiefern wuchsen auf dem kargen Boden. Der Wind spielte mit totem Holz und Reisig. Sie folgte dem Klappern und blieb mehrmals stehen, um sich neu zu orientieren. Schließlich befand sie sich inmitten einer Baumgruppe, deren kahle Äste dicht über ihrem Kopf ein dachartiges Geflecht bildete. Das Geräusch war jetzt unmittelbar über ihr. Sie hob den Kopf und stieß einen Schrei aus. In den Zweigen hing ein grausiges Windspiel. An unsichtbaren Nylonschnüren aufgefädelte Knochenhände schwangen im Takt des Sturms hin und her und erzeugten eine schreckliche Melodie, dirigiert von einem wahnsinnigen Kapellmeister. Helen zählte ein Dutzend der grässlichen Trophäen. Sie hatte die fehlenden Hände der Opfer gefunden.

Entsetzt stolperte sie zurück und lief auf das Haus zu. Funkes Mannschaft hatte das Tal gründlich abgesucht. Warum waren die Beamten nicht auf die Knochen gestoßen? Hatten sie nur nach dem gesucht, was ihnen aufgetragen worden war? Eine Höhle, der Zugang zu einem Bunker oder einem Stollen ... oder Auffälligkeiten im Boden, die auf ein flaches Grab hindeuteten. Oder ahnte Kaminsky, dass sie kam, und hatte alles für den letzten Akt bereitet? Dirigierte er sein gespenstisches Orchester nur für sie?

Helen war noch etwa zwanzig Meter von der Mühle entfernt, als ein Ast von der Stärke eines Telegrafenmastes von einer der Kastanien brach und auf den Anbau neben Kaminskys Praxis krachte. Er drückte die Schuppentür ein und zerstörte einen Teil des schräg zum Bach hin abfallenden Daches. Holzbalken, Bretter, Bruchsteine und Schieferplatten stürzten polternd in den Mühlenkanal. Durch die Lücke in der Außenwand sah sie einen Mühlstein, der flach auf dem Boden des Schuppens ruhte. Rings um den Stein hatte der riesige Ast die Bodenbretter angehoben und aus ihren Verankerungen gerissen.

Helen wischte sich den Regen aus den Augen und starrte angestrengt auf den Stein, der in der Dämmerung wie ein Knochen schimmerte. Dort, wo die Bodendielen fehlten, glänzten zwei nasse Metallstangen, die sie an den Bahnübergang oben am Talausgang erinnerten.

Sie kehrte um, kletterte über den abgebrochenen Ast in den Schuppen und untersuchte den Mühlstein. Die lockeren Dielen bildeten nur die oberste Schicht und waren so ausgesägt worden, dass sie exakt unter die Rundung passten. Darunter kamen die Bohlen zum Vorschein, die zum eigentlichen Schuppenboden gehörten. Die Konstruktion diente offenbar zur Tarnung eines Mechanismus, mit dem sich der Mühlstein bewegen ließ.

Helen legte die Lampe ab und entfernte die lockeren Bretter. Die Stangen ragten nun etwa in der Breite des

Steins parallel darunter hervor. Sie waren sorgfältig eingefettet und glichen in ihrer Form herkömmlichen Eisenbahnschienen.

Sie stemmte sich gegen den tonnenschweren Mühlstein, der rumpelnd zur Seite glitt und über eine Nahtstelle der Schienen rumpelte. Bilder kehrten zurück, verschüttete Erinnerungen ... und namenlose Furcht. Ihr Herz hämmerte schmerzhaft gegen ihre Rippen. Sie kannte diesen Ort.

Unter der ursprünglichen Position des Mühlsteins stieß sie auf eine hölzerne Klappe. Sie zog den Riegel zurück und öffnete die Luke.

Im Schuppenboden klaffte eine quadratische Öffnung, ausgetretene Stufen führten steil in die Tiefe. Einen Moment verschwamm der Anblick mit den Traumbildern, die Kaminsky in ihr hatte aufsteigen lassen. Helen bezwang ihre Angst, umklammerte die Lampe und begann mit dem Abstieg.

Stufe um Stufe wagte sie sich weiter in die Finsternis und erreichte das untere Ende der Treppe. Die aus Bruchsteinen gemauerten Wände waren feucht und mit Moosen und Flechten überwachsen. Ein niedriger Gang mit einer Gewölbedecke aus gebrannten Ziegeln führte zu einer Tür. Sie war mit einem eisernen Sperrriegel verschlossen, der wie die Schienen des Mühlsteins und die Bodenklappe gepflegt worden war und sich leicht bewegen ließ.

Helen öffnete die Tür. Furcht presste ihr Herz zusammen. Vor ihr lag ein rechteckiger Kellerraum von etwa vier mal fünf Metern. Er war leer bis auf zwei Ringe im Boden, an denen Ketten aus rostfreiem Stahl befestigt waren, die in modernen Handschellen endeten. Sie wankte und rang nach Luft. Alles drehte sich vor ihren Augen. Noch einmal durchlebte sie den Augenblick, in dem sie schreiend aus der Trance erwacht war. Eine entsetzliche Erkenntnis bahnte sich ihren Weg. Wenn sie wirklich vergangene Nacht in Panik aus der Praxis geflohen war, hätten ihre Kleider durchnässt sein müssen, denn es hatte in Strömen geregnet. Aber sie waren trocken gewesen. Kaminsky hatte gelogen. Er hatte die ganze Zeit gelogen. Die Bilder, die sie während der Regressionstherapie zu sehen geglaubt hatte, waren keine Produkte ihres verwirrten Verstandes. Sie waren real gewesen. Er spielte ein grausames Spiel mit ihr. Reizte ihn der Kitzel, sie zu täuschen und sich selbst dabei ständig der Gefahr auszusetzen, enttarnt zu werden? Wahrscheinlich litt er an Minderwertigkeitskomplexen und versuchte zwanghaft, sich seine Überlegenheit zu beweisen.

An der gegenüberliegenden Wand dicht über dem Boden stieß sie auf das Loch in der Mauer, durch das sie den Mord an Mia beobachtet hatte. Sie drehte sich im Kreis und ließ den Lichtstrahl über die vermoderten Wände wandern. Wenn alles wirklich geschehen war, dann war sie nicht alleine in diesem Verließ gewesen. Jemand hatte ihr den Ring an den Finger gesteckt, vielleicht in der verzweifelten Hoffnung, damit auf sich aufmerksam zu machen. Und diese Gefangene konnte niemand anderes als Nora sein. Sie musste gehofft haben, dass der Ring auf diesem Weg zu ihrem Vater gelangen würde und er ihn wiedererkannte.

„Nora!" Sie schrie ihren Zorn und ihre Angst heraus. „Nora! Antworte! Bist du hier? Nora!"

Plötzlich wurde ihr klar, dass sie Kaminsky töten würde, wenn sie die Gelegenheit dazu bekam. Vielleicht plante er auch sein Ende und war zu feige, sich selbst zu töten.

„Nora!"

Im Keller war es totenstill. Das Wüten des Unwetters drang nicht bis hierher, tief unter die Erde. Helen wartete auf eine Antwort und vermied weiteres Geschrei. Wenn Kaminsky zurückkehrte, ohne dass sie es bemerkte, brauchte er nur die Klappe zuzuschlagen und den Mühlstein an seinen Platz zu schieben, und sie würde hier unten verrotten.

Ihr lief die Zeit davon. Das Mädchen war hier, und sie musste es finden. Schnell.

Vergeblich suchte sie den Keller nach einer zweiten Tür ab und wandte sich dem Gewölbegang zu, der weiter in die Tiefe führte. In einer Ecke stieß sie auf Kleidungsstücke – Jeans, T-Shirts und ein Paar Laufschuhe. Die Sachen schienen mehrere Wochen oder noch länger hier zu liegen, sie waren feucht und von Schimmel befallen. Plötzlich war ihr klar, was geschehen war. Offenbar hielt Kaminsky die Mädchen nackt als seine Sklavinnen gefangen. Die Sachen, die Harder in einem der Stollen gefunden hatte, schienen dafür zu sprechen. Irgendwie musste einem der Mädchen die Flucht gelungen sein. Es war auf die Reeboks gestoßen und hatte sie angezogen. Aber Kaminsky hatte seine Flucht vereitelt und das Mädchen grausam bestraft. Darum hatte Tatjana Wolzow – die Tote aus dem See – Noras Schuhe getragen.

Nach kurzer Suche stieß sie auf einen schmalen Abzweig, den sie in der Dunkelheit vorhin übersehen hatte. Der Gang endete nach wenigen Metern vor einer verrosteten Blechtür, die jener glich, die sie im Stollen oberhalb von Bongartz' Haus entdeckt hatten. Auch diese Tür ließ sich öffnen. Wozu hätte sich Kaminsky die Mühe machen sollen, Schlösser anzubringen? Mit dem Mühlstein auf der Bodenklappe war eine Flucht ohnehin unmöglich.

Hinter der Tür führte ein abfallender Stollen aus grob bearbeitetem Felsgestein in den Bergrücken hinein. Wasser tropfte von der Decke und plätscherte in die Tiefe. Helen fand eine weitere Tür, die mit einem einfachen Riegel gesichert war. In Kopfhöhe war ein kleines, vergittertes Fenster angebracht. Sie leuchtete mit der Taschenlampe durch die Gitterstäbe. Elektrische Kabel führten durch ein Loch in der Wand zu einer Deckenlampe. In einer Ecke stand ein altmodischer Heizlüfter, daneben ein schmales Metallbett, ein Hocker und eine tragbare Campingtoilette. In einem Winkel hockte ein Mädchen von etwa vierzehn Jahren. Ihr Kopf war auf die angewinkelten Knie gesunken, die sie mit den Händen schützend umschlang. Sie war nackt und reagierte in keiner Weise auf das plötzliche Licht.

Helen schob den Riegel zurück und stieß die Tür auf. „Nora?"

Das Mädchen reagierte nicht. Sie durchquerte den Raum und berührte es sanft an der Schulter.

„Nora?"

Vorsichtig schob sie ihre Hand unter das Kinn des Mädchens und hob mit leichtem Druck seinen Kopf. Helen stockte der Atem. Einen Augenblick hatte sie geglaubt, in Funkes Gesicht zu blicken. Sie hatte Nora gefunden. Sie sah genauso aus wie auf den Fotos in Funkes Trailer. Nur der Blick hatte sich verändert. Er war so leer wie der einer Puppe auf einem Haufen Sperrmüll.

„Nora, kannst du mich verstehen?"

Noras Lippen zitterten. Eine einzelne Träne rann aus ihrem Augenwinkel.

„Es ist vorbei. Du bist in Sicherheit."

Helen schaute sich nach Kleidungsstücken um, fand aber nur eine mottenzerfressene Wolldecke auf dem Bett und legte sie dem Mädchen um die Schultern.

„Ich bringe dich zu deinem Vater. Er wartet auf dich."

Sie umfasste Noras eiskalte Hände und zog sie hoch. Das Mädchen leistete keinen Widerstand, blieb aber ansonsten passiv. Mit unsicheren Schritten näherten sie sich der Kerkertür und traten auf den Gang hinaus. Helen führte das teilnahmslose Mädchen durch das Labyrinth der Gänge auf die Treppe zu.

Plötzlich blieb Nora stehen und wich zurück. Zum ersten Mal sprach sie ein Wort. „Er kommt."

Helen hielt den Atem an. Offenbar hatte Nora während der langen Gefangenschaft einen äußerst sensiblen Gehörsinn entwickelt, denn sie hörte nichts – kein Motorengeräusch, keine sich nähernden Schritte. Kaminsky musste den zerstörten Schuppen und den verschobenen Mühlstein sofort entdecken. Instinktiv tastete sie nach der Waffe im Schulterholster. Sie brauchte nur zu warten, bis er die Stiege herunterkam, und ihm eine Kugel in den Kopf zu jagen. Aber das Risiko, dass Nora dabei zu Schaden kam, erschien ihr zu hoch.

Sie zog sich in den Kellergang zurück und schob das Mädchen in den vorderen Raum. „Sind das deine Sachen?", flüsterte sie. „Zieh sie an. Ich bin gleich wieder da."

Sie spürte Noras Finger auf ihrem Unterarm.

„Dir wird nichts geschehen. Mach schnell! Ich lasse dir die Lampe da."

Mit gemischten Gefühlen ließ sie das Mädchen zurück und schlich die Stufen hinauf, bis ihr Kopf sich auf Höhe des Schuppenbodens befand. Das gleißende Licht von Autoscheinwerfern drang durch das Gewirr des herabgestürzten Astes. Kaminskys Wagen stand mit laufendem Motor auf der anderen Seite der Kastanien vor dem Haus.

Sie schlüpfte durch die Bodenluke und schob den Mühlstein an seinen Platz. Dann nutzte sie den Ast als Deckung und näherte sich dem Wagen in einem großen Bogen. Die Lampe über dem Eingang flackerte und sprang an, die Stromleitung funktionierte wieder.

Kaminsky stand vor dem Haus und schaute sich im strömenden Regen suchend um. „Frau Stein, sind Sie hier? Helen, ist alles in Ordnung?", rief er.

Sie verharrte in der Dunkelheit. Hatte er überhaupt eine Ahnung von dem, was in seinem Keller vorging? Immerhin gehörte das Anwesen Gottlieb Bongartz. Es gab nur einen Weg, herauszufinden, welcher der beiden Männer der Maskenmann war – sie musste Kaminsky eine Falle stellen und ihm ein Geständnis entlocken. Leise steckte sie die Waffe ein.

„Ich bin hier!", rief sie.

Kaminsky drehte sich um und lief ihr entgegen. „Gott sei Dank. Ich befürchtete schon, es sei Ihnen etwas passiert. Herr Funke war so freundlich, mich darüber zu unterrichten, dass Sie mich aufsuchen wollten."

„Ich hatte eine Panne nicht weit von hier und bin zu Fuß weitergegangen", antwortete sie.

„Kommen Sie doch herein. Ich koche uns einen warmen Tee. Sie holen sich den Tod bei diesem Wetter." Er eilte die Stufen hinauf zum Eingang der Praxis und schloss die Tür auf.

„Ihren Schuppen hat's erwischt", sagte Helen. „Ich hoffe, es befand sich nichts Wertvolles darin."

Er zeigte mit keiner Miene, was in ihm vorging. Entweder war er ein überaus begabter Schauspieler oder tatsächlich völlig ahnungslos. „Zum Glück gehört mir der alte Kasten nicht. Ich befürchte allerdings, dass Bongartz nicht versichert ist."

Er schaltete das Licht in der Diele an, zog seinen durchnässten Mantel aus und schüttelte sich wie ein Hund. Dann führte er Helen in den großen Therapieraum. „Setzen Sie sich. Ich bin gleich bei Ihnen. Sie müssen mir erzählen, ob es etwas Neues gibt. Und Sie sind wirklich bei diesem Unwetter durch den Wald gelaufen? Das war sehr leichtsinnig."

Er verschwand in seinen Privaträumen. Helen hörte, wie er in der Küche mit Tassen und Geschirr klapperte. Plötzlich fiel es ihr schwer zu glauben, dass dieser Mann derselbe sein sollte, der ein Dutzend junge Frauen ermordet hatte und aus ihren Handknochen Windspiele bastelte. Fieberhaft überlegte sie, wie sie ihm eine Falle stellen konnte. In der Küche gurgelte ein Wasserkocher. Ihr kam eine Idee.

Kaminsky kehrte mit zwei Tassen zurück und stellte sie auf den Glastisch zwischen den Rattansesseln.

„Das wird Sie aufwärmen." Er setzte sich. „Können Sie denn mittlerweile beweisen, dass Bongartz der Mann ist, den Sie suchen?"

„Ich darf über laufende Ermittlungen keine Auskunft geben. Außerdem bin ich aus einem anderen Grund hier."

Er verzog die Lippen zu einem Schmollmund. „Schade. Nun, kann ich dann davon ausgehen, dass Sie Ihre Therapie fortsetzen werden? Ich möchte mich noch einmal in aller Form für den Zwischenfall entschuldigen und hoffe, Ihr Vertrauen zurückgewinnen zu können."

„Beantworten Sie mir eine Frage?"

Er nippte an dem heißen Tee. „Wenn ich kann, gerne. Das bin ich Ihnen wohl schuldig."

„Da gibt es ein Detail an der Minotaurosmaske, die mich schon die ganze Zeit beschäftigt." Mit Daumen und Zeigefinger massierte sie ihre Nasenwurzel, als versuche sie angestrengt, sich zu erinnern. „Seine Augen. Das unheimliche Leuchten der Augen. Ich erzählte Ihnen davon. Erinnern Sie sich?"

„Sie meinen das grüne Leuchten. Strahlend wie zwei Saphire. War es nicht dieses Leuchten, das Sie so beunruhigte?"

„Ja", sagte Helen. „Genau das meine ich." Sie hatte das Schwein! Endlich war sie am Ziel! „Aber ich frage mich ... wie können Sie davon wissen?"

Kaminsky runzelte die Stirn. „Ich verstehe nicht. Sie selbst erwähnten doch, dass ..."

„Ich habe niemals in Ihrer Gegenwart die Einzelheiten der Maske beschrieben, keine Farben, nicht ihre Beschaffenheit und vor allem nicht das Leuchten der Augen. Es gibt nur eine logische Folgerung, warum Sie davon wissen können: Sie kennen diese Maske ... weil sie Ihnen gehört."

Sie stand langsam auf und zog die Walther aus dem Schulterholster. „Roland Kaminsky, Sie sind vorläufig festgenommen. Stehen Sie auf und strecken Sie langsam die Hände aus." Mit der Linken griff sie in die Jackentasche und tastete nach den Handschellen.

„Und nun, Helen?" Kaminsky lächelte entwaffnend. „Es wird schwierig werden, mich mit der Waffe in Schach zu halten und gleichzeitig zu fesseln."

Sie warf die Handschellen auf den Tisch. „Das werden Sie für mich erledigen."

Bedächtig stand Kaminsky auf, jede Bewegung sorgfältig kontrollierend. „Wohl kaum. Dennoch bewundere ich Ihren Einfallsreichtum. Sie haben es tatsächlich geschafft, mich in eine Falle zu locken. Jammerschade, dass niemand von Ihrer Heldentat erfahren wird."

Er machte einen Schritt auf sie zu.

„Bleiben Sie stehen!"

„Sie werden mich nicht erschießen."

„Nennen Sie mir einen Grund, warum ich es nicht tun sollte, Sie verdammter Dreckskerl."

„Ganz einfach. Weil Sie dann nie die Wahrheit erfahren werden. Und darum sind Sie doch hier, nicht wahr? Es lässt Ihnen keine Ruhe; ebenso wie Ihre Schuldgefühle Ihrer Schwester gegenüber."

Ein einzelner Schweißtropfen rann an ihrer Stirn herab und trübte ihre Sicht. Wütend wischte sie den brennenden Schweiß fort. Die Walther in ihrer Hand fühlte sich glitschig an wie eine Schlange.

„Bongartz ist unschuldig. Sie haben Mia ermordet, nachdem Sie mich in Trance versetzt hatten. Sie brachten mich in den Keller unter der Mühle und machten mich zur Zuschauerin Ihrer Grausamkeit. Sagen Sie mir, warum.“

„Aber das liegt doch auf der Hand, nicht wahr? Aus demselben Grund, weshalb ich jedes Mal das exquisite kleine Windspiel installiert habe. Ein großer Künstler braucht ein Publikum.“

„Ein großer Künstler? Sie sind nichts weiter als ein krankes Schwein.“ Sie deutete mit dem Pistolenlauf auf den Glastisch. „Los. Legen Sie die Handschellen an.“

Kaminsky lächelte und wandte er sich der Fensterfront zu. Er öffnete eins der in das Fachwerk eingelassenen Fenster. Fauchend drang der Sturmwind durch die Öffnung.

„Hören Sie doch“, sagte Kaminsky.

„Drehen Sie sich um, damit ich Ihr Gesicht sehen kann! Sofort!“

„Hören Sie die wunderbare Musik. Wie sie mit ihren kleinen Fingern applaudieren. Sie beten mich an.“

„Sie sind wahnsinnig.“

„Ist es Wahnsinn, zu tun, wonach es einen verlangt?“

„Sie wussten, dass ich zu Ihnen kommen würde, um meine Therapiestunden abzusitzen.“

Gelassen drehte Kaminsky sich um. Der Sturm trieb eiskalte Gischt und Herbstlaub durch das offene Fenster und zerzauste spielerisch sein Haar. „Ich bot Starbacher meine Hilfe an. Mir war klar, dass er Sie zu mir schicken würde. Schließlich habe ich mehrere Gutachten zu Mordfällen erstellt, und er hält mich für außerordentlich kompetent. Wer kann mehr über das Seelenleben von Serienmördern wissen als ich?"

„Warum ich?"

„Warum nicht? Ich dachte, es könnte eine Erfahrung werden, also brachte ich Sie hierher. Der ausrangierte Kastenwagen, den Sassen dem Therapiezentrum am See verkauft hat, eignete sich übrigens hervorragend für den Transport. Ich nehme an, das Geräusch, an das Sie sich erinnern, ist das Ächzen der Stoßdämpfer, als der Wagen den Bahnübergang oberhalb der Talstraße passierte.

Zunächst war es ein Spiel. Ich wollte wissen, ob ich Sie kontrollieren kann. Leider erwies sich Ihr störrischer Charakter als resistent gegen meine ausgesuchten Quälereien. Und zu allem Überfluss gelang es Ihnen auch noch, zu entkommen. Ich gratuliere Ihnen, Helen. Sie sind der einzige Mensch, der je meinen Keller lebend verlassen hat.

Zu meinem Glück erlitten Sie während Ihrer überstürzten Flucht Kopfverletzungen, die zu einer Amnesie führten." Er nickte lächelnd. „Das menschliche Gehirn ist ein Wunderwerk der Natur und steckt voller Überraschungen. Wer hätte gedacht, dass eine harmlose Gehirnerschütterung Ihr Gedächtnis so vollständig auslöschen konnte? Als ich bemerkte, dass Sie sich an nichts erinnerten, legte ich Sie auf dem Autobahnrastplatz ab. Ich war gespannt, wie sich die Dinge entwickeln würden. Ich bin leidenschaftlich neugierig, und ich liebe es, zu spielen, zu experimentieren. Ja, Sie waren ein Experiment, Helen."

Er breitete die Arme aus und drehte sich im Kreis. „Zuvor benutzte ich natürlich auch andere Rückzugsorte. Ich habe lange nach einem Ort wie diesem gesucht. Er erwies sich als geradezu ideal. Aber dann waren Sie mir für meinen Geschmack ein bisschen zu dicht auf den Fersen. Sie werden verstehen, dass ich etwas dagegen unternehmen musste. Was lag da näher, als Sie in unseren Gesprächen zu manipulieren? Sie werden verstehen, dass es mich danach verlangte, Sie zu töten, um zu vollenden, was ich begann. Leider wäre der Verdacht unweigerlich auf mich gefallen. Also machte ich Sie zum Zuschauer, was ebenfalls recht amüsant war. "

„Woher wussten Sie von meiner ermordeten Schwester?"

„Ich fragte Starbacher nach Details aus Ihrem Leben. Schließlich sollte ich alles über Sie wissen, ich bin Ihr Therapeut. Er plauderte so manches kleine Geheimnis aus, unter anderem die Sache mit Ihrer Schwester. Mir war sofort klar, dass Sie unter quälenden Schuldgefühlen leiden und dass dies der Haken war, mit dem ich Sie fangen würde."

„Und der Film? Wie haben Sie mich dazu gebracht, etwas zu sehen, was nicht existiert?"

Er legte den Kopf in den Nacken und lachte laut. „Sie sind nicht dahintergekommen? Erstaunlich! Sie werden die Erklärung nicht glauben, weil sie so simpel ist. Natürlich gab es zwei Filme, die ich Ihnen hintereinander zeigte."

„Sagen Sie mir, warum. Warum töten Sie? Immer und immer wieder?"

Er lächelte zufrieden. „Sie suchen nach einem Grund, nicht wahr? Nach der Ursache des Bösen. Oh ja, Sie müssen immer eine Antwort auf die Frage nach dem Warum haben. Ich fürchte, ich muss Sie enttäuschen. Sie würden meine Erklärung niemals akzeptieren.“

„Sagen Sie mir, warum.“

„Und wenn ich das nicht tue? Bringt es Sie um den Schlaf, mit der Ungewissheit leben zu müssen? Interessiert es Sie wirklich, Helen? Sie wollen wissen, warum der Junkie Ihre kleine Schwester tötete. Das ist es, was Sie quält, nicht wahr? Sie suchen verzweifelt nach einer Entschuldigung, nach einer Rechtfertigung für Ihren krankhaften Ehrgeiz. Was ist, wenn es diesen Grund nicht gibt?“

„Niemand tötet ohne Motiv.“

„Sie werden es nicht verstehen.“

„Wie ich mit der Wahrheit umgehe, ist meine Sache.“

„Wahrheit. Was ist das? Diese Frage beschäftigt alle Menschen. Die Wahrheit ist, es macht mir Spaß. Sie sind so lebendig. Und im Augenblick ihres Todes geht diese Lebendigkeit in mich über. Manche Menschen berauschen sich am Alkohol oder an dem Kick, mit einem Gummiseil an den Füßen von einer Klippe zu springen. Ich töte eben gerne. Und ich will es immer wieder genießen.“ Seine Augen blitzten auf. „Es macht süchtig nach mehr. Es ist die Suche nach dem einen Erlebnis, das so vollkommen und erfüllend ist wie eine transzendente Erfahrung. Schauen Sie sich die Opfer an, Helen, und sagen Sie mir, was Sie sehen.“

„Ich sehe junge Frauen, die ihr Leben noch vor sich hatten. Ich sehe Hoffnung, Liebe und ungeborene Kinder. Eine Zukunft, die Sie vernichtet haben. Wer weiß, was Ihre Opfer im Leben vollbracht hätten?“

Kaminsky schüttelte den Kopf. „Sie waren unwert, und darum habe ich sie ausgesucht. Sie hätten ihr Leben ohnehin selbst zerstört, sie waren auf dem besten Weg dorthin. Drogen, Alkohol, Prostitution. *Ich* gab ihnen Hoffnung, gab ihrem Leben einen Zweck. Den Sinn, mir zu dienen und den Tod dankbar anzunehmen. Ich beschenkte sie reich.“

„Und Nora? Sie ist nicht wie die anderen Mädchen.“

Kaminsky nickte. „Sie sind sehr aufmerksam, Helen. Ja, Nora ist anders. Aber das wurde mir erst später bewusst, als sie bereits bei mir war. Wenn ich Ihnen verrate, warum ich sie auswählte, werden Sie vielleicht enttäuscht sein.“

„Enttäuscht von Ihnen? Wohl kaum.“

„Ich nahm Nora aus demselben Grund, aus dem ich Sie wählte, Helen. Denken Sie an unser Zusammentreffen im Bunker. Sie waren ganz einfach zur falschen Zeit am falschen Ort. Es war das Risiko, das mich reizte, der Nervenkitzel. Ich liebe es, wenn das Adrenalin durch meine Venen rast. Ich wollte wissen, ob ich es kann. Und ich konnte es. Ich schlug blitzschnell zu und verschwand wie ein flüchtiges Albtraumgeschöpf, ohne dass Funke etwas dagegen tun konnte. Und ich narrte die gesamte Mannschaft der Koblenzer Polizei. Es war berauschend.“

„Sie sind wahnsinnig.“

Kaminsky verzog den Mund. „Sie enttäuschen mich. Ich wusste, Sie verstehen es nicht.“

„Warum haben Sie Nora verschont?“

„Habe ich das? Stellen Sie sich vor, Sie genießen ein hervorragendes Dinner. Alles, was auf dem Teller liegt, sieht köstlich aus. Was bevorzugen Sie, Helen? Essen Sie zuerst das, was Ihnen am meisten zusagt? Oder sparen Sie sich das Beste auf bis zum ultimativen Höhepunkt? Ich würde sagen, ich habe mir den appetitlichsten Happen bis zum Schluss aufbewahrt. Nora sprüht vor Lebendigkeit. Sie ist meine Königin. Alle anderen haben mich irgendwann angefleht, sie zu töten. Nora tat das nicht. Ich warte noch immer darauf. Denn nur dann kann ich ihren Tod wirklich genießen. Sie ist etwas Besonderes, müssen Sie wissen – genau wie Sie, Helen.“ Er breitete entschuldigend die Arme aus. „Was werfen Sie mir also vor? Sie baten mich, sie zu töten, und ich erlöste sie von ihren Qualen. Von ihrem unwerten Leben. Ich bin ein großer Wohltäter, finden Sie nicht auch?“ Er schüttelte scheinbar bedauernd den Kopf.

Ihr Zeigefinger zitterte am Abzug. Kaminsky hatte sie benutzt, hatte mit ihr gespielt wie eine Katze, die mit der Maus spielt, bis sie ihrer Beute überdrüssig ist.

„War Bongartz eingeweiht? Wusste er, was im Keller unter der Mühle geschah?“

„Der Idiot wusste gar nichts ... bis vor drei Tagen. Er stieß zufällig in dem Schacht im Berg auf die Leichen.“

„Womit haben Sie ihn unter Druck gesetzt, damit er den Mund hält?“

„Ach das. Es war ebenso einfach wie banal. Bongartz hat vor dreißig Jahren eine Jugendstrafe wegen Vergewaltigung abgesessen. Das war auch der Grund, warum er mir die Mühle so billig vermietet hat. Er suchte Hilfe bei mir, weil er seine Triebe kaum unter Kontrolle halten konnte, und ich versprach, ihn zu therapieren. Insofern habe ich Ihnen die Wahrheit gesagt. Aber natürlich hatte ich eigene Pläne mit ihm. Ich begriff sofort, dass der Alte mir sehr nützlich sein würde. Für den unwahrscheinlichen Fall, dass ich unter Verdacht geraten sollte, konnte ich keinen besseren Sündenbock als ihn finden. Es wäre mir ein Leichtes gewesen, ihn bei der Polizei anzuschwärzen, und das wusste er natürlich. Als Sie ihn verhafteten, nachdem er die Leichen gesehen hatte, musste ich allerdings handeln. Ich weiß nicht, ob er mich verdächtigte und ob er mich vielleicht beobachtet hat, als ich Sie in den Keller brachte. Jedenfalls geriet er in Panik und sah sich schon mit einem Bein im Gefängnis."

„Ich werde ihn zum Reden bringen, verlassen Sie sich darauf."

„Ich glaube kaum, dass Bongartz noch einmal den Mund aufmachen wird, Helen. Tut mir wirklich leid, Sie zu enttäuschen, denn ich habe ihn vor einer Stunde erschossen. Ihr Kollege Funke war so frei, mir seine Waffe zur Verfügung zu stellen."

„Hören Sie endlich auf zu quatschen und legen Sie die Handschellen an. Es ist vorbei."

„Glauben Sie wirklich? Ich gebe zu, die Situation ist kompliziert, aber ich schätze, Sie haben wegen des Sturms meine Praxis nie erreicht. Man wird Sie im Wald finden, erschlagen von einem Baum. Ich passierte die Unfallstelle auf dem Weg hierher." Er legte den Kopf schief. „Dürfen Sie das eigentlich als Polizistin? Sich unerlaubt vom Unfallort entfernen?"

„Okay, das reicht." Helen beugte sich vor und griff nach den Handschellen. „Arme ausstrecken!"

Er schüttelte tadelnd den Kopf. „Ja, Sie sind ein Kind der Stadt. Wie konnten Sie nur so unvorsichtig sein und bei einem solchen Unwetter durch den Wald irren?"

Ein scharfes Krachen spaltete die Nacht. Das Licht erlosch schlagartig, der Strom war wieder ausgefallen.

„Nicht bewegen!"

Helen glaubte in der plötzlichen Dunkelheit einen verwischten Schatten zu sehen und spürte Kaminskys Atem auf ihrer Wange. Ein harter Gegenstand traf ihren Unterarm. Sie schrie auf und ließ kraftlos die Waffe fallen.

33

Der Wind peitschte Funke eiskalten Regen ins Gesicht, die Sicht betrug kaum hundert Meter. Melanie Saynbach hatte die Wache zu Fuß verlassen und konnte in der kurzen Zeit, die bis zu ihrem Anruf vergangen war, nicht weit gekommen sein. Er blickte sich suchend um. In einem Verkehrskreisel fünfzig Meter unterhalb der Polizeiinspektion stand ein gelber Lastwagen mit eingeschalteter Warnblinkanlage. Offenbar hatte der Fahrer scharf gebremst, denn Anhänger und Zugmaschine waren auf dem regennassen Asphalt in einem spitzen Winkel zum Stillstand gekommen. Die Fahrertür stand offen, eine gedrungene Gestalt beugte sich über einen leblos am Boden liegenden Körper. Funke kämpfte gegen den Sturm an und rannte auf den Laster zu.

Melanie lag in der Mitte des Kreisels, Regentropfen sammelten sich in ihren gebrochenen Augen. Ihre Beine standen unwirklich verdreht vom Rumpf ab, Blut aus einer Wunde am Hinterkopf vermischte sich mit dem Wasser, das gurgelnd in den Öffnungen der Gullys verschwand. Neben ihrem ausgestrecktem Arm lag ein eingeschaltetes Handy.

„Sie ist mir direkt vor den Kühler gelaufen. Ich habe versucht, ihr auszuweichen, aber sie hat nicht einmal auf mein Hupen reagiert." Der Fahrer des Lastwagens kniete totenbleich auf dem Asphalt. „Sie tauchte ganz plötzlich auf. Ich dachte, sie sei betrunken, weil sie taumelte und wankte. Und dann lief sie blind auf die Straße und brach vor meiner Kühlerhaube in die Knie."

Funke untersuchte rasch die Tote. „Sie trifft keine Schuld." Vorsichtig drehte er Melanies Kopf. Deutlich erkannte er die blutunterlaufenden Male am Hals. Jemand hatte sie bis zur Bewusstlosigkeit gewürgt, sie für tot gehalten und dann seinen Weg fortgesetzt. Aber Melanie hatte den Angriff überlebt. Bei dem Versuch, ihn zu warnen, war sie halbtot vor den Lastwagen getaumelt.

„Helfen Sie mir." Gemeinsam trugen sie die Tote von der Straße und legten sie auf dem Gehweg ab. Funke rief einen Krankenwagen, obwohl er wusste, dass es sinnlos war. Ihm war klar, was geschehen war. So klar, dass er sich fragte, warum er nicht viel früher die Gefahr erkannt hatte, die von Kaminsky ausging. Er musste Melanie dabei beobachtet haben, wie sie die Wache verließ. Er musste Blut und Wasser geschwitzt haben, weil Bongartz in einer Arrestzelle saß und jederzeit ein Geständnis ablegen konnte. Kaltblütig hatte er sie überfallen und ihr entlockt, dass er mit Bongartz allein in der Wache war. Melanie musste sterben, weil sie ihn sonst identifiziert hätte. Welchen Plan Kaminsky auch immer gefasst haben mochte, Funke hatte ihm, ohne es zu ahnen, in die Hände gespielt. Indem er seine Waffe auf dem Hocker in der Zelle vergessen hatte, hatte er ihm die Gelegenheit verschafft, den lästigen Zeugen schnell und sauber zu erledigen. Und um das Maß voll zu machen, hatte er ihm auch noch brühwarm erzählt, dass Helen auf dem Weg zu ihm war.

Er bemerkte kaum, dass ein Streifenwagen am Straßenrand hielt. Polaschek und Harder kehrten von ihrem Einsatz zurück.

„Oh Gott, was ist passiert?", rief Polaschek.

„Kaminsky." Er reichte Harder die Visitenkarte der Drogenberatung in Dreifelden, die er im Rucksack von Tatjana Wolzow gefunden hatte. Bis jetzt war er nicht dazu gekommen, die Spur der Mädchen weiterzuverfolgen. „Wir kriegen ihn. Besorgen Sie sich alle Informationen über Roland Kaminsky, die Sie auftreiben können. Und dann rufen Sie in der Suchtberatung in Dreifelden an. Ich will wissen, ob er dort bekannt ist, ob er dort gearbeitet hat und, wenn ja, mit wem er Kontakt hatte. Wenn Sie ein Foto organisieren können, schicken Sie es an alle Therapiezentren, in denen die Opfer des Maskenmanns behandelt wurden. Sie finden die Adressliste in der Akte auf meinem Schreibtisch. Ich will alles über diesen Schweinehund wissen. Alles, haben Sie das verstanden?"

Harder nickte ernst. „Verlassen Sie sich auf mich."

Polaschek blickte ihn fragend an. „Was werde ich tun?"

„Du kommst mit mir. Wir fahren zu dieser verfluchten Mühle. Helen schwebt in Lebensgefahr."

34

Kaminsky war schneller über ihr als ein Springteufel aus der Kiste. Helen stolperte zurück, riss den Tisch um und prallte mit der Schulter auf. Klirrend zerbarst die Glasplatte. Kaminskys ließ sich auf sie fallen und presste ihr mit seinem Gewicht die Luft aus den Lungen. In Todesangst tastete sie nach einem Gegenstand, der ihr als Waffe dienen konnte. Aber Kaminsky ließ ihr keine Chance, griff blitzschnell nach ihrer Kehle und drückte zu.

Sie prügelte mit den Fäusten auf ihn ein, aber das fachte seine Wut noch mehr an. Auf der Suche nach einer Waffe ertastete sie ein Fragment des Glastisches. Die scharfe Bruchkante schnitt tief in ihre Hand. Helen riss den Arm hoch und schlug blind zu. Kaminsky brüllte vor Wut und vor Schmerz auf, als die Scherbe seinen Bizeps aufschlitzte. Der Druck auf ihre Kehle ließ nach, als er instinktiv nach der Wunde tastete und den Arm an den Körper presste. Sie befreite sich aus der Umklammerung und rammte ihm das Knie zwischen die Beine. Kaminsky stöhnte und kippte zur Seite. Helen nutzte den Augenblick zur Flucht. Als sie die Tür zum Korridor erreichte, flackerte für Sekundenbruchteile das Licht auf, bevor der Strom erneut ausfiel. Das Zimmer war leer, Kaminsky verschwunden.

Wachsam, immer auf einen Angriff gefasst, tastete sie sich an der Wand entlang. Außer dem gelegentlichen Knacken der alten Balken war es totenstill im Haus. Vermutlich hatte der Sturm einen weiteren Baum gefällt, der die Überlandleitung gekappt hatte. Nur langsam gewöhnten sich ihre Augen an die Dunkelheit. Schwach hoben sich die Butzenglasscheiben der Eingangstür vom tiefen Schwarz der Umgebung ab. Am anderen Ende des Ganges schimmerte der Durchgang zum Wintergarten wie ein bleiches Gespenst. Wahrscheinlich rechnete Kaminsky damit, dass sie den Haupteingang nahm. Daher entschied sie sich für den Weg zur Rückseite des Hauses, presste sich eng an die Wand und schob sich langsam vorwärts. Heißes Blut tropfte von der Wunde in ihrer Handfläche. Der Schnitt schmerzte und pochte im Takt ihres rasenden Herzschlags, schien aber nicht besonders tief zu sein. Sie hatte Gefühl in den Fingerspitzen und konnte alle Gelenke bewegen.

Langsam näherte sie sich dem Wintergarten. Von Kaminsky fehlte jede Spur. Er reagierte wie die meisten Sadisten, wenn er angegriffen wurde: Er zog den Schwanz ein und leckte seine Wunden. Ein schrecklicher Verdacht keimte in ihr. Wenn sie ihm als Gegner zu gefährlich erschien, würde er sich möglicherweise seine Stärke beweisen wollen, indem er Nora tötete und sie damit bestrafte.

Ungeachtet der Gefahr preschte sie los und erreichte den Wintergarten. Ihre Stiefelspitze stieß gegen die Scherben eines Blumentopfes, die klirrend über den gefliesten Boden schlitterten.

Die Glastür zur Terrasse war verschlossen. Helen kippte einen der großen Terrakottatöpfe um, befreite ihn vom Gewicht der Blumenerde und warf ihn gegen die Tür. Die Scheibe zerbarst in einem Scherbenregen, fauchend fegte der Sturmwind in die Öffnung. Helen kletterte durch die zerbrochene Scheibe ins Freie. Als sie sich etwa zehn Meter vom Haus entfernt hatte, fiel plötzlich gelber Lichtschein auf die Terrasse. Offenbar war die Stromversorgung wiederhergestellt.

Sie umrundete die Mühle und näherte sich dem Schuppen. Der Mühlstein war verschoben worden, die Bodenklappe stand offen. Unbewaffnet und allein die Stiege in den Keller unter der Mühle hinabzusteigen, war selbstmörderisch. Aber mit jeder Sekunde, die sie zögerte, wuchs die Gefahr, dass Nora durch die Hand dieses Wahnsinnigen starb. Ihr Herz raste wie verrückt, ihr Kopf fühlte sich leer und taub an. Der Drang, fortzulaufen und sich in einem warmen, dunklen Winkel zu verkriechen, wurde übermächtig. Die Besenkammer eines Gasthofes, ein schützender, mit Gerümpel vollgestopfter Dachboden oder Funkes Bretterverhau neben dem alten Trailer – jeder Ort erschien ihr verlockender als das schwarze Loch im Boden des Schuppens.

Sie zwang sich, langsam und kontrolliert zu atmen, und ging auf die Öffnung zu. Sie hatte Nele nicht retten können, und sie hatte Mia verloren. Aber Nora würde leben, auch wenn sie, Helen, sterben sollte.

Vorsichtig näherte sie sich der Luke und stieg die Stufen hinab. Ihre Augen hatten sich an die Dunkelheit gewöhnt, sodass sie Schemen und Konturen erkennen konnte. Sie schlich den Gang entlang und fand die Tür zu dem Kellerraum, in dem sie das Mädchen zurückgelassen hatte.

„Nora?", rief sie flüsternd. „Nora, ich bin zurück."

Sie erschrak heftig, als eiskalte Finger nach ihrem Gesicht tasteten. Das Mädchen griff nach ihrer Hand. Es lebte und war offenbar unversehrt.

„Gib mir die Lampe."

Sie spürte den Metallzylinder der Taschenlampe in ihrer Hand und knipste sie an. Nora trug die Kleidungsstücke, die in einem Winkel des Raumes gelegen hatten – zerrissene Jeans, ein schmutziges T-Shirt und rote Turnschuhe. Welchem der Opfer hatten sie gehört? Tatjana, Mia oder einem der anderen Mädchen?

„Komm."

Nora umklammerte ihre Hand und folgte ihr. Sie schien wacher und präsenter als vorhin, sprach aber noch immer kein Wort. Kaminsky blieb unsichtbar wie ein Geist.

Als sie den Fuß der Treppe erreichten, sah sie ihn. Er stand auf der obersten Stufe und trug die Minotaurosmaske. Seine Augen leuchteten gespenstisch grün hinter den dreieckigen Ausschnitten. Die Mündung von Helens Walther P99 zeigte drohend auf ihren Kopf.

Blitzschnell schaltete sie die Lampe aus und schützte das Mädchen mit ihrem Körper. Nora erwachte aus ihrer Starre und kreischte schrill. Etwas Heißes zischte dicht an Helens Ohr vorbei und schlug Funken aus der Wand. Das Echo eines Schusses brach sich an den Tunnelwänden und verlor sich in der Dunkelheit. Sie hörte Schritte auf der Treppe, Kaminsky kam. Schnell zog sie Nora tiefer in den Keller hinein und folgte dem abfallenden Gang. Zweimal ließ sie kurz die Taschenlampe aufblitzen, um sich zu orientieren. Vier Schüsse jaulten durch die Kavernen, bevor ein trockenes Klicken das leere Magazin verriet.

Helen tastete in der Finsternis die Wände ab. Der gemauerte Gang war nacktem Felsgestein gewichen. Sie wagte erneut, die Lampe zu benutzen, und stellte fest, dass sie sich in dem Stollen befand, der in den Berg hineinführte. Nach etwa zwanzig Metern gelangten sie in eine Kaverne, von der mehrere Gänge abzweigten. Wenn einer der vergessenen Stollen bis zu dem Besucherbergwerk führte, das Funke erwähnt hatte, würden sie auf einen Ausgang stoßen. Aber sie wusste nicht, wie weit die unterirdische Anlage sich erstreckte. Möglicherweise würden sie Kilometer zurücklegen, ohne den Ausgang zu finden. Funke musste inzwischen wissen, dass Bongartz tot war, und die richtigen Schlüsse ziehen. Es war nur eine Frage der Zeit, bis er eintreffen würde. Bis dahin musste sie überleben und Nora beschützen. Aber lebte Funke überhaupt noch? Um an Bongartz heranzukommen, hatte Kaminsky ihn zuvor ausschalten müssen. Helen wagte nicht, an diese Möglichkeit zu denken.

Aus dem aufwärts führenden Stollen links von ihr drang ein Scharren und Klappern wie von den Hufen eines Untiers, das in den Gängen des Bergwerklabyrinths nach Beute suchte.

Sie zog Nora in einen der Tunnel und schaltete die Lampe ein. Der Gang führte in immer steilerem Winkel tief in den Bergrücken hinein. Wasser tropfte von der Decke und versickerte in Spalten und Ritzen. Es war so kalt, dass ihr Atem kleine Kondenswolken bildete.

Nach hundert Schritten verzweigte sich der Gang erneut. Die Taschenlampe flackerte auf und erlosch. Die Dunkelheit legte sich schwer und erdrückend wie der Deckel eines Sarges auf Helens Schultern. Panisch schüttelte sie die Lampe, die unvermittelt wieder Licht spendete. Offenbar hatte sich nur der Verschluss des Batteriefachs gelockert.

Nora schrie entsetzt auf. Helen wirbelte herum und blickte in das maskenhafte Antlitz des Minotauros. Instinktiv riss sie den Arm zur Abwehr hoch und landete einen Glückstreffer. Die schwere Stabtaschenlampe traf ihn an der Kehle, streifte die Maske und fegte sie zur Seite. Das unheimliche grüne Leuchten fand eine profane Erklärung: Kaminsky trug eine Nachtsichtbrille. Darum hatte er sich in den Gängen des Koblenzer Bunkers so schnell und sicher bewegen können.

Überrascht von ihrem Angriff, stolperte er zurück. Sie schlug erneut nach ihm und traf ihn mit dem Lampenschaft an der Schläfe. Klappernd fiel die Brille zu Boden, Kaminsky stöhnte auf. Helen schaltete die Lampe aus. Nun waren sie beide blind.

Schritte entfernten sich, Kaminsky ergriff die Flucht.

Helen leuchtete den Boden ab, fand die Nachtsichtbrille und setzte sie auf. Ihre Chancen hatten sich erheblich verbessert. Sie nahm Nora bei der Hand und floh den Stollen entlang. Nach und nach verlor Helen in der gleichförmigen Dunkelheit das Zeitgefühl. Sie wusste nicht mehr, wie lange sie bereits mit Nora durch das Labyrinth irrte, ob Minuten, Stunden oder Tage. Irgendwann erreichten sie einen quadratischen, bodenlosen Schacht, in dem schwarzes Wasser schimmerte. Der Stollen setzte sich auf der anderen Seite fort, blieb aber unerreichbar. Helen ließ den Lichtstrahl über die Schachtwände kreisen. Morsche Stützbalken huschten vorbei, eine rostige Eisenkonstruktion lief an den Wänden hinauf und verlor sich in der Dunkelheit. Helen beugte sich vor und blickte nach oben. Sie stand am Rand eines senkrechten Schachtes, in dem in früheren Zeiten mit einem mechanischen Aufzug das abgebaute Gestein an die Oberfläche transportiert worden war. Die Felswände waren grob bearbeitet und strebten mindestens zwanzig Meter nach oben. In regelmäßigen Abständen waren Steigeisen in den Fels eingelassen, die nach Jahrzehnten in der feuchten Dunkelheit verrostet und unbrauchbar waren.

Plötzlich erzitterte der Boden unter ihren Füßen. Sie schwankte und wäre beinahe in das unergründlich tiefe Wasser gestürzt. Das Echo einer gewaltigen Explosion raste durch die Stollen.

„Was war das?"

Nora antwortete nicht. Sie presste ihr Handgelenk zusammen, bis Helen vor Schmerz zusammenzuckte.

Das Echo verlor sich wie Donnergrollen in den Tiefen des Berges und machte einen mächtigen Dröhnen Platz. Angestrengt versuchte Helen sich zu erinnern, wo sie ein solches Geräusch schon einmal gehört hatte. Sie richtete die Taschenlampe auf den Gang, aus dem sie gekommen waren, als ihr wieder einfiel, woher sie dieses gewaltige Rauschen kannte: von dem Hochwasser führenden Bach, der sich donnernd durch den engen Mühlenkanal zwängte. Im Licht der Lampe glitzerte Wasser auf, viel Wasser. Eine Springflut, die wie ein hungriges Rudel Löwen auf der Jagd nach Beute durch den Stollen auf sie zuraste.

35

Das Tal bot ein Bild der Verwüstung. Der Sturm hatte Dutzende Fichten entwurzelt und sie wie die Mikadostäbe eines Reifriesen die Hänge hinabgeschleudert. Ein tonnenschwerer Ast war von einer der Kastanien vor der alten Mühle gebrochen und hatte das Dach des Schuppens neben dem Haus teilweise zum Einsturz gebracht. Funke stoppte den Streifenwagen hinter Kaminskys Ford und blockierte so den einzigen Fluchtweg.

Die Tür zur Praxis war unverschlossen, im Eingangsbereich brannte einladend Licht. Roland Kaminsky saß in einem Sessel nahe der Fensterfront. „Treten Sie ein. Ich habe Sie bereits erwartet."

Wachsam näherten sich Funke und Polaschek von zwei Seiten.

„Wo ist Nora?"

Kaminsky blickte überrascht auf. „Nun, wenn Bongartz es Ihnen nicht verraten hat, hat er sein Geheimnis mit ins Grab genommen. Ich kann Ihre Frage nicht beantworten."

„Was haben Sie mit Helen gemacht?"

„Frau Stein ist wohl aufgehalten worden ... denn hier ist sie nicht."

Funke hatte genug. Er wusste, dass seine Reaktion falsch war, aber er war nicht nur ein Polizist, sondern auch der verzweifelte Vater eines gequälten Mädchens. Er packte Kaminsky am Kragen, riss ihn hoch und schlug zu. Mit einem lauten Knacken brach sein Nasenbein. Kaminsky sackte zusammen, kroch über den Fußboden zu seinem Sessel zurück und zog eine Blutspur hinter sich her.

„Ich kann Ihren Zorn verstehen, aber er macht Ihre Tochter nicht wieder lebendig", keuchte er. „Sie sollten an Ihrer Selbstbeherrschung arbeiten." Er war kalkweiß geworden und presste ein Taschentuch auf seine zerschlagene Nase. „Wenn Sie Ihren Verdächtigungen keine Beweise folgen lassen, sehe ich schwarz für Sie, Herr Funke. Ihr tätlicher Angriff wird Ihnen das Genick brechen."

„Ihr hochgestochenes Gequatsche rettet Sie auch nicht mehr, Kaminsky. Sie sind erledigt. Der Mord an Melanie war Ihre letzte Untat. Und jetzt will ich wissen, wo Helen und Nora sind."

„Nun, ich sagte bereits, dass ..."

Funke zog seine Waffe und richtete sie auf Kaminsky. „Sie haben noch eine einzige Chance, diesen Ort lebend zu verlassen. Legen Sie ein Geständnis ab und lassen Sie Nora frei."

„Sie werden nicht schießen."

„Nein. Sie haben recht. Ich werde Ihnen erst eine Kugel in den Kopf jagen, wenn ich Sie in Ihre Einzelteile zerlegt habe. Wo ist Nora? Ich bin es leid, danach zu fragen."

„Wenn Sie mich töten, werden Sie sie niemals finden."

„Wir werden diese verfluchte Mühle so lange auseinandernehmen, bis wir sie gefunden haben. Geben Sie auf, Kaminsky. Es ist vorbei."

„Ist es das? Ich befürchte, Sie können nichts von dem beweisen, was Sie behaupten."

„Kann sein. Aber es ist mir egal. Ich will meine Tochter zurück. Und ich werde sie finden. Mit Ihrer Hilfe oder ohne sie. Wenn Sie nicht reden, werde ich Sie jetzt töten."

„Ben!" Polaschek fiel ihm in den Arm. Funke stieß ihn zur Seite.

Kaminsky schien einen Moment zu überlegen. „Nun, vielleicht ist es tatsächlich Zeit für Plan B." Er durchquerte langsam den Raum. „Kommen Sie bitte mit."

Polaschek sah Funke fragend an, dann ging er Kaminsky achselzuckend nach. Funke folgte ihnen in einigem Abstand. Seine Gedanken wirbelten durcheinander wie das Herbstlaub im Sturmwind vor den Fenstern. Versuchte Kaminsky seinen Hals zu retten oder liefen sie in eine letzte Falle? Wie durch einen Nebel hörte er seine wohlmodulierte Stimme.

„Sie werden verstehen, dass ich für den Fall, der nun bedauerlicherweise eingetreten ist, Vorkehrungen treffen musste."

„Halten Sie einfach die Schnauze und übergeben Sie uns das Mädchen", sagte Polaschek.

Kaminsky öffnete eine Brettertür, hinter der ausgetretene Steinstufen in die Tiefe führten, und legte einen Schalter an der Wand um. Die Wucht der Explosion riss das Türblatt aus dem Rahmen und begrub Funke unter sich. Er befreite sich aus den Trümmern und rutschte auf Blut und Eingeweiden aus. Die Explosion hatte Kaminsky in zwei Teile gerissen. Aus dem Treppenschacht fegte ein Feuersturm empor und verbrannte seine Leiche zu Asche. Polaschek lag leblos auf dem Boden. Sein Gesicht fehlte.

Außer einer Platzwunde über der linken Augenbraue, Hautabschürfungen und Blutergüssen an Brust und Armen fehlte Funke nichts. Die Kellertür hatte ihm das Leben gerettet. Träge begriff er, was geschehen war, und taumelte auf die offene Eingangstür zu. Eine Windbö fegte in den Korridor und heizte die Flammen an. Die Mühle brannte wie ein Scheiterhaufen. Funke rettete sich nach draußen, lief zum Streifenwagen und alarmierte die Feuerwehr. Wenn Helen und Nora im Keller unter der Mühle eingeschlossen waren, zählte jede Sekunde.

36

Das Wasser schoss mit Urgewalt durch den engen Stollen und riss Steine, Geröll und Stützbalken mit. Helen wusste nicht, was die Explosion ausgelöst hatte, aber sie musste davon ausgehen, dass Kaminsky auch diese letzte Tat minutiös geplant hatte. Er hatte sie absichtlich immer tiefer in das Labyrinth getrieben und vermutlich eine dämonische Freude dabei empfunden, die Rolle des Minotauros zu spielen. Die Flut spülte alle Beweise und die einzigen Zeugen in die Abgründe des alten Bergwerks. Niemand würde jemals ihre Leichen finden oder eine Verbindung zu ihm herstellen können.

Ihr blieben nur Sekunden, um eine Entscheidung zu treffen. Die heranbrausende Flut drohte sie auf der Stelle zu töten. Selbst wenn sie den ersten Zusammenprall überlebten, würde der Ritt auf diesem Mahlstrom sie gegen die Tunnelwände schleudern und ihnen die Knochen brechen. Es sei denn ...

Sie ergriff Noras Hand und sprang mit ihr in das Brackwasser des Schachtes. Mit zwei kräftigen Schwimmzügen erreichten sie die gegenüberliegende Seite des Schachtes und klammerte sich an das unterste der rostigen Steigeisen.

„Steig nach oben! Schnell!"

Nora begriff und kletterte geschickt die Sprossen hinauf. Helen zog sich aus dem Wasser und griff nach dem nächsten Steigeisen, als eine Riesenfaust sie traf. Das tosende Wasser presste sie gegen die Schachtwand und drohte sie in den Stollen zu reißen. Sie verlor den Halt und fiel. Verzweifelt klammerte sie sich an die verbogenen Eisenschienen des vergessenen Aufzugs. Die reißende Flut stieg schnell an, in wenigen Sekunden würde der gesamte Stollen unter Wasser stehen. Helen kämpfte um ihr Leben. In dem eiskalten Wasser spürte sie bereits ihre Füße nicht mehr, ihre Finger wurden taub und verloren den Halt. Verbissen zog sie sich Hand über Hand nach oben. Unter ihr donnerte und rauschte das Wasser in tiefer gelegene Stollen und Kavernen. Die Oberkanten der Stolleneingänge waren bereits in den Fluten verschwunden.

Nora hatte das obere Ende des Schachtes fast erreicht. Helen hörte ein metallisches Schaben und Klirren. Sie kletterte nach oben, so schnell sie es vermochte, und hoffte, dass keins der Steigeisen unter ihrem Gewicht brach.

Und dann war Noras schneeweißes Gesicht ganz nah bei ihr. Das Mädchen zitterte vor Kälte und blickte verzweifelt nach oben. Helen folgte ihrem Blick. In der Decke des Schachtes klaffte eine quadratische Öffnung, groß genug für einen erwachsenen Mann. Sie war mit einem Eisengitter versperrt, das sich nicht bewegen ließ.

37

Funke saß in der offenen Hecktür eines Notarztwagens und starrte erschöpft auf die rauchenden Trümmer.

„Der Keller muss bis unters Dach mit Sprengstoff vollgepackt gewesen sein." Harder schrie sich heiser, damit Funke ihn verstand. Die Explosion hatte ihn fast taub gemacht, und nur langsam kehrte sein Gehör zurück.

„Woher hat er den Sprengstoff? Da unten müssen mindestens zwei Dutzend Kisten TNT gelegen haben", überlegte Harder.

Mit zitternden Fingern trank Funke aus einer Blechtasse heißen Kaffee. Feuerwehrleute in Hitzeschutzanzügen kletterten über die Trümmer. Einer von ihnen kam auf sie zu und nahm den Helm ab. Sein Gesicht war trotz der Schutzmaske krebsrot und schweißüberströmt. „Wir haben alles abgesucht. In der Mühle ist niemand mehr, keine Lebenden und keine Toten."

Harders Handy klingelte. Er wandte sich ab und meldete sich.

„Sie *müssen* hier sein", beharrte Funke.

Harder kehrte mit ernster Miene zurück. „Der Wagen von Frau Stein ist auf der L 288 zwischen Luckenbach und Atzelgift in einen Laster gerast. Haben Sie die Unfallstelle nicht bemerkt?"

Funke schüttelte den Kopf. „Die Strecke war kurz hinter der Abzweigung Marienstatt wegen Windbruchs gesperrt. Ich musste über Streithausen und Luckenbach fahren."

„Der Lastwagenfahrer hat ausgesagt, sie sei zu Fuß weiter ... durch den Wald."

„Bei diesem Sturm?", fragte der Feuerwehrmann kopfschüttelnd.

„Vielleicht hat Kaminsky die Wahrheit gesagt", sagte Harder.

„Nein. Er hat gelogen. Ich bin sicher, dass Helen und Nora in der Nähe sind", antwortete Funke.

„Aber wo? Wir haben bereits gestern alles nach möglichen Verstecken hier abgesucht."

„Was haben Sie über Kaminsky herausgefunden? Haben die Suchtkliniken geantwortet?"

„Ich habe mit den leitenden Ärzten gesprochen", bestätigte Harder. „Sie hatten recht. Kaminsky hat sich seine Opfer unter den Patienten gesucht – Drogensüchtige, Prostituierte, Problemkids, die von zu Hause ausgerissen waren. Labile Persönlichkeiten, die er leicht beeinflussen konnte. Er war in allen Kliniken unter falschen Namen beschäftigt, aber die Ärzte haben ihn auf dem Foto, das ich ihnen gemailt habe, wiedererkannt."

„Dann ist er auch in der Suchtberatung in Dreifelden bekannt?"

„Ja. Ich habe mich erkundigt, ob sie dort eine Art Dienstfahrzeug benutzen. Raten Sie mal, was für ..."

„Einen weißen Kastenwagen", beendete Funke den Satz.

Harder nickte. „Volltreffer. Den Wagen haben sie gebraucht von Sassen gekauft. Kaminsky hat in Dreifelden übrigens auch Tatjana Wolzow betreut.“

„Und die war mit Irena Milic befreundet.“

„In den letzten Tagen vor ihrem Verschwinden hat sie oft davon gesprochen, dass sie bald einen Haufen Geld besitzen und Deutschland verlassen würde. Sie war das ideale Opfer für Kaminsky.“

Funke trank den Kaffee aus. „Wir verlieren kostbare Zeit.“

„Glauben Sie wirklich, Nora und Frau Stein leben noch?“

„Ich weiß es nicht. Solange ich ihre Leichen nicht gesehen habe, werde ich nach ihnen suchen.“

Zwei Angestellte eines Bestattungsunternehmens schleppten einen Zinksarg zu einem Leichenwagen. Ob Polaschek in dem Sarg lag? Schaudernd trank Funke den Kaffee aus. Trauern konnte er später. Die Lebenden brauchten ihn dringender.

„Tja, Kaminsky kann uns nicht mehr verraten, was er mit ihnen angestellt hat“, sagte Harder.

„Ich muss mehr über ihn wissen – wie er gedacht und gefühlt hat, jedes Detail könnte wichtig sein. Wer war dieser Mann?“

„Er hat mal gesessen“, sagte Harder.

„Was?“

„Kaminsky war vor neunzehn Jahren in Untersuchungshaft. Wussten Sie das nicht?“

Funke schlug mit der flachen Hand auf das Dach des Streifenwagens. „Verdammt!“ Weder er noch Helen hatten überprüft, ob Kaminsky aktenkundig war, weil bis vor wenigen Stunden noch kein Grund dafür vorgelegen hatte. Helen hatte ihm vertraut, er war ihr Therapeut. Starbacher hatte ihn empfohlen. Er kam sich wie ein Anfänger vor.

Harder griff nach einer dünnen Akte auf dem Armaturenbrett und reichte sie Funke. „Ich habe alles zusammengestellt. Dachte mir schon, dass Sie das interessieren würde."

Wortlos nahm er die Akte entgegen. Harder verzog keine Miene, aber Funke wusste, dass er sich ein Grinsen kaum verkneifen konnte. Rasch blätterte er die Seiten um. „Er hat in der JVA Koblenz in U-Haft gesessen", murmelte er gedankenverloren.

„Kaminsky war der Hauptverdächtige in einem Mordfall. Ihm wurde vorgeworfen, ein sechzehnjähriges Mädchen vergewaltigt und getötet zu haben. Aber es gab keine Beweise, die Staatsanwaltschaft baute ihre Anklage auf Indizien auf. Am Ende reichte es nicht für eine Verurteilung. Sie mussten ihn laufen lassen."

Funke las mit wachsendem Entsetzen. Die Vorgehensweise stimmte mit der des Maskenmanns überein. Die Leiche des Mädchens wurde schließlich in einem alten Luftschutzbunker gefunden, aber es konnten keine DNA-Spuren des Täters sichergestellt werden.

„Ein Dr. Frey hat damals ein Gutachten über Kaminsky erstellt, aber das war in der Kürze nicht aufzutreiben", sagte Harder.

Funke klappte den Aktendeckel zu. „Treiben Sie diesen Gutachter auf. Ich will mit ihm reden. Schnell!"

38

Dr. Arnold Frey erinnerte Funke an einen Hamster. Er besaß ein spitz zulaufendes Kinn und schmale Lippen, die er ständig zu einem kleinen rosigen Kussmund formte. Trotz einer Brille mit starken Gläsern kniff er konzentriert die Augen zusammen und hielt die Hände meist in Brusthöhe wie die Pfötchen eines Nagetiers. Sein verschrobenes Äußeres täuschte allerdings über einen wachen und scharfen Verstand hinweg.

Frey lebte nur wenige Kilometer von Hachenburg entfernt und hatte dort eine psychiatrische Praxis betrieben. Vor zwei Jahren hatte er sich zur Ruhe gesetzt und ein viel beachtetes Buch über die Motive und das Seelenleben von Serienmördern geschrieben.

Funke erklärte sein Anliegen und bat ihn um Unterstützung. Frey führte ihn umgehend in sein chaotisches Arbeitszimmer.

„Nehmen Sie doch Platz, Herr ... äh ...“

„Hauptkommissar Ben Funke.“ Hilflos blickte er sich nach einer Sitzgelegenheit um.

„Oh, warten Sie, warten Sie.“

Frey räumte einen Stapel Akten und Computerausdrucke von einem Stuhl. „Was kann ich für Sie tun, Herr ... äh ... Funke?“

„Sie haben vor neunzehn Jahren ein psychiatrisches Gutachten in einem Mordfall erstellt; über einen Mann namens Roland Kaminsky. Er war damals siebzehn Jahre alt und stand unter Verdacht, ein Mädchen vergewaltigt und ermordet zu haben. Erinnern Sie sich an den Fall?"

Frey nahm seine Brille ab und wirbelte sie um die Finger. „Oh ja. Wie könnte ich den Jungen jemals vergessen?"

„Kaminsky hat eine Kollegin und ein Mädchen in seiner Gewalt. Wir wissen nicht, wo er sie versteckt hält, aber sie schweben vermutlich in Lebensgefahr, wenn wir sie nicht rechtzeitig finden. Ich muss alles über ihn wissen, wie er denkt und handelt. Jedes Detail kann wichtig sein. Und vor allem ... uns läuft die Zeit davon."

„Fragen Sie ihn."

„Das kann ich leider nicht mehr. Kaminsky ist tot."

„Oh ... ich verstehe", sagte Frey. Er klang erleichtert, so als fiele durch Kaminskys Tod eine Last von seinen Schultern. „Nun, niemand kennt Kaminsky besser als ich", fuhr er fort. „Was er getan hat, war vorauszusehen, aber aufgrund der Gesetzeslage nicht zu verhindern."

„Was meinen Sie damit?"

„Eigentlich war ein anderer Psychiater für das Gutachten vorgesehen, aber ich konnte die Staatsanwaltschaft davon überzeugen, dass ich geeigneter war. Sie müssen wissen, dass ich Roland damals bereits seit Jahren kannte. Schon als Dreizehnjähriger war er in meiner Behandlung gewesen."

„Ich muss verstehen, wie er gedacht hat, welche Motive und Triebe ihn gesteuert haben. Nur dann habe ich eine Chance, Helen und Nora lebend zu finden."

Frey putzte umständlich seine Brille und setzte sie wieder auf. „Nun, ich weiß nicht, ob ich wirklich jemals erriet, was in ihm vorging. Aber eins kann ich Ihnen sagen: Er war ein Teufel. Egomanisch, psychopathisch und absolut skrupellos und brutal in seinen Handlungen. Sein Verhältnis zu Frauen war von Kindesbeinen an gestört und von krankhaftem Hass überschattet."

Funke hörte mit wachsendem Entsetzen zu. Roland Kaminsky war am 6. August 1978 als Kind von Adam und Luisa Kaminsky in Koblenz zur Welt gekommen. Der Vater stammte aus Polen, schlug sich als Gelegenheitsarbeiter durch und arbeitete in Schlachthöfen. Was er verdiente, gab er für Alkohol aus. Roland wuchs in ärmlichen Verhältnissen am sozialen Rand der Gesellschaft auf.

„Als er fünf Jahre alt war, machte sich der Vater auf und davon. Bis zu diesem Zeitpunkt war das Leben des Jungen ein Martyrium aus Gewalt und sexuellem Missbrauch gewesen", fuhr Frey fort. „Er sprach nie darüber, aber ich fand eindeutige Hinweise auf schwere Misshandlungen und ein tiefes Trauma. Er hatte nie eine Chance. Die frühen Jahre prägten ihn unwiderruflich, und die Zündschnur brannte."

„Die klassische Laufbahn eines Serientäters", sagte Funke, „zerrüttetes Elternhaus, Gewalt und Erniedrigung, die ein Ventil forderten."

Frey nickte. „Die allermeisten Sexualstraftäter sind als Kind selbst Opfer von Missbrauch geworden. Nachdem der Vater sich aus dem Staub gemacht hatte, wuchs Roland bei seiner Mutter und der bettlägerigen Großmutter auf – verbitterte, strenggläubige Menschen, die ein eisernes Regiment führten. Sie verprügelten den Jungen bei jeder Gelegenheit und ließen ihn spüren, dass sie ihn verachteten.“

„Aus welchem Grund?“

„Ich denke, die Existenz des Jungen erinnerte seine Mutter jeden Tag an ihre Schwäche, nicht eingegriffen zu haben. Sie projizierte ihre Schuldgefühle auf den Sohn, der entsetzlich darunter litt. Sie suggerierte ihm, dass es seine Schuld war, dass ihr Mann sie verlassen hatte, und machte aus einem Opfer einen Täter. Eine fatale Entwicklung, die die späteren Verbrechen erst ermöglichte.“

„Wie kam es, dass Sie einen so detaillierten Einblick in die Familie gewannen?“, fragte Funke. „Ich kann mir nicht vorstellen, dass die Mutter – so wie Sie sie beschreiben – ihren Sohn freiwillig zu einem Psychiater schickte.“

„Nein, das tat sie auch nicht. Der Junge fiel durch Gewaltfantasien und Tierquälereien auf, und zwar so sehr, dass das Jugendamt einschritt und eine psychiatrische Behandlung anordnete.“

„Was hat er getan?“

„Die Kaminskys wohnten in einer Sozialwohnung am Rand von Kesselheim bei Koblenz. In der Siedlung gab es herrenlose streunende Katzen. In dem Sommer, als Roland dreizehn wurde, verschwanden auffallend viele Haustiere. Außerdem nahm die Population der verwilderten Katzen rapide ab. Die Anwohner begannen sich zu wundern.“

„Der erste Schritt in der Laufbahn eines Serienkillers“, sagte Funke, „das Quälen und Töten von Tieren.“

Frey nickte. „Rolands Fall wies eine besonders grausame Komponente auf. Er fing die Tiere in selbst gebauten Fallen. Dann jagte er sie durch ein Labyrinth aus Gräben, das er auf einer brachliegenden Wiese in den Boden gegraben und mit Gittern und Maschendraht abgedeckt hatte. Er hetzte und quälte die Tiere so lange, bis sie vor Erschöpfung und Panik verendeten. Der Hausmeister der Siedlung entdeckte schließlich das Labyrinth und die Kadaver, die der Junge in einem alten Brunnenschacht entsorgt hatte. Die Polizei konnte ihn als Täter ermitteln, und so kam er zu mir.“

„Das Labyrinth des Minotauros.“ Funkes Gedanken überschlugen sich. Er besaß alle Puzzleteile, um das Rätsel zu lösen, er musste sie nur noch zusammensetzen. Fieberhaft suchte er nach dem Versteck, das Kaminsky gewählt hatte. Welche Teufelei hatte er sich zu seinem Abgang ausgedacht?

„Drei Wochen nach der Sache mit dem Labyrinth starb seine Großmutter.“

„Wurde ihr Tod gerichtlich untersucht?“

Frey legte die Fingerspitzen aneinander. „Ich erzähle Ihnen nichts Neues, wenn ich behaupte, dass viele Verbrechen in unserem Land nicht entdeckt werden. Der herbeigerufene Hausarzt stellte den Totenschein aus. Die alte Frau war im Schlaf erstickt. Da sie an COPD, einer chronischen Lungenerkrankung, im Endstadium litt, erschien ihr Ende nicht auffallend. Ich bin bis heute sicher, dass Roland seine Großmutter getötet hat, weil er ihr Stöhnen und Jammern nicht mehr ertrug.“

„Erst die Tiere ... dann der Mord an einem Menschen.“

„Ja. Er ging ganz einfach den nächsten Schritt. Und er blieb unbehelligt, was ihn in seinem Handeln bestärkte."

„Hatten Sie mit Ihrer Therapie Erfolg?"

Frey lächelte traurig. „Offenbar nicht. Denn sonst würden wir uns kaum unterhalten. Roland war sehr intelligent, aber er benutzte seine Klugheit in einer rein destruktiven Weise. Er war ein psychopathischer Sadist, der mich lehrte, ihn zu fürchten. Für einen Dreizehnjährigen verfügte er über eine entsetzliche Fantasie. Er liebte Horrorfilme – je blutiger, desto besser."

„Was tat er, um solche Angst in Ihnen zu erzeugen?"

Frey öffnete ein silbernes Etui und zündete sich eine Zigarette an. „Ich hab's mir eigentlich abgewöhnt", sagte er entschuldigend, „aber die alte Geschichte zerrt noch heute an meinen Nerven." Er nahm einen tiefen Zug und fuhr dann fort. „Er vergiftete mein Haustier, einen Graupapagei namens Piko. Ich konnte nicht beweisen, dass der Junge dahintersteckte, aber er ließ es mich mit seinen Andeutungen spüren. Haben Sie schon einmal von Alexithymie gehört? Damit ist die Unfähigkeit gemeint, Gefühle zu empfinden. Mitleid, Empathie, Liebe und Zuneigung."

„Sie denken, Roland Kaminsky war gefühlskalt."

Frey schnippte Zigarettenasche in eine leere Kaffeetasse. „Das ist eine gottverdammte Untertreibung. Er empfand gar nichts und funktionierte auf einer rein mechanischen Ebene – wie ein beseelter Roboter mit einer lückenhaften Grundprogrammierung. Was andere Lebewesen empfanden, war ihm völlig gleichgültig, es sei denn, sie dienten in irgendeiner Weise der Befriedigung seiner Triebe. Dazu besaß er ein hervorragendes

Schauspieltalent und einen umwerfenden Charme. Und er wusste genau, wie er ihn einzusetzen hatte. Er konnte den netten Jungen von nebenan perfekt imitieren. Aber genau das war es: eine Imitation, eine leere Hülle ohne Seele. Darunter lauerte das Böse. Die Sache mit dem Papagei war erst der Anfang – eine Warnung an mich, wozu er fähig war. Vier Wochen später erwog ich, dem Jugendamt zu empfehlen, das Kind gegen den Willen der Mutter in eine geschlossene psychiatrische Klinik zu überstellen. Hätte ich es nur getan."

„Ich nehme an, die Behörden waren von Ihrem Vorschlag nicht begeistert?"

„Sie erfuhren nie davon. Der Junge zwang mich dazu, mein Vorhaben fallen zu lassen."

„Wie konnte ein Dreizehnjähriger Sie derart einschüchtern?"

„Indem er meinen Kaffee mit Rattengift versetzte und mich großzügig zuvor warnte, das Zeug zu trinken."

„Es fällt mir schwer, das zu glauben", sagte Funke.

„Aber das sollten Sie. Wenn Sie Ihre Kollegin und Ihre Tochter retten wollen, müssen Sie Kaminsky fürchten – auch nach seinem Tod. Begehen Sie niemals den Fehler, ihn zu unterschätzen. Das kann furchtbare Folgen haben."

„Erklären Sie mir, warum Sie den Jungen nicht in die Psychiatrie einweisen ließen, wenn Sie ihn für so gefährlich hielten?

Frey lehnte sich ächzend zurück und massierte seine Nasenwurzel. „Dafür gibt es einen einfachen Grund. Ich hatte Angst. Roland Kaminsky ist kein gewöhnlicher Psychopath. Er ist das schlimmste Monster, das mir je begegnet ist. Und ich fürchtete mich davor, mich zur Zielscheibe seiner Rachsucht zu machen. Es mag feige gewesen sein, aber ich war froh, ihn los zu sein."

Funke fuhr sich mit der Hand über Augen und sah Polaschek, wie er Kaminsky ahnungslos in den Keller folgte. „Als Sie davon hörten, dass er in Untersuchungshaft saß und man ihn der Vergewaltigung und des Mordes beschuldigte, erkannten Sie dies als Chance, ihn aus dem Verkehr zu ziehen", vermutete Funke.

Frey nickte und drückte die Kippe in der Kaffeetasse aus. „Als ich ihm in der JVA wiederbegegnete, hatte er sich nur in einer Weise verändert. Er vergiftete keine Papageien mehr, sondern brachte Frauen um; Frauen, die er hasste. Ich war sicher, dass er das Mädchen getötet hatte, aber die Polizei konnte ihm die Tat nicht nachweisen. Daran änderte auch mein Gutachten über seinen seelischen Zustand nichts. Aber ich sah eine Chance darin, ihn für immer festzusetzen, ohne mich zu gefährden. Er hat nie erfahren, wer das Gutachten erstellt hat."

„Denken Sie, es war sein erster Mord, abgesehen von dem an seiner Großmutter?"

Frey zuckte mit den Schultern. „Vielleicht. Niemand wird das je erfahren. Es war zumindest das erste Verbrechen, bei dem er Fehler beging. Er geriet unter Verdacht und hatte Glück, weil man ihm nichts nachweisen konnte. Aber mir war klar, dass eine tickende Zeitbombe frei herumlief."

„Welchen Eindruck hatten Sie von ihm zu jener Zeit?"

„Er hatte sich wie gesagt kaum verändert. Noch immer verstand er es, seine abgrundtiefe Bosheit zu verbergen. Und noch immer war da der triebhafte Drang, zu töten. In der Untersuchungshaft erhielt er den letzten Schliff.“

„Wie meinen Sie das?“

„Er verbrachte mehrere Wochen in der JVA. Sein Zellengenosse wurde später wegen fünffachen Mordes zu einer lebenslänglichen Gefängnisstrafe mit anschließender Sicherheitsverwahrung verurteilt. Ich versuchte, die Gefängnisleitung dazu zu bringen, Roland in eine andere Zelle zu verlegen, aber ich stieß mit meinen Warnungen auf taube Ohren. Zwei gefühlskalte Mörder auf acht Quadratmetern ... sie werden sicher viele Gemeinsamkeiten entdeckt haben.“

„Sie glauben, sein Mitgefangener machte ihn erst zu einem Serienmörder?“

„Es erscheint logisch, nicht wahr? Jedenfalls kam er nach seiner Freilassung nie mehr mit dem Gesetz in Konflikt. Aber nun wissen wir, dass er ein Dutzend junge Frauen bestialisch ermordet hat, ohne je erwischt zu werden.“

Funke berichtete von der Stiermaske. „Welche Bedeutung hat sie für ihn? Wozu diese Inszenierung?“

Frey lehnte sich zurück, schob die Brille hoch und rieb sich die Augen. „Er liebt es, Macht auszuüben und die Furcht seiner Opfer auszukosten. Ihre Todesangst durchbricht den Panzer aus Kälte, der ihn einhüllt. Denken Sie an die Tiere, die er so lange durch das Labyrinth jagte, bis sie starben. Der Minotauros symbolisiert in der Tiefenpsychologie das Wilde, Ungezwungene, die dunklen sexuellen Triebe, die in jedem Mann schlummern. Setzt er die Maske auf, verwandelt er sich in ein Mischwesen, dem jede Moral fremd ist. Er schert sich nun nicht mehr um Schuld, das Gewissen ist ausgeschaltet, denn er ist jetzt nicht mehr Roland Kaminsky, sondern der Minotauros, das blutgierige Untier. Es wundert mich nicht, dass er diese Verkleidung gewählt hat. Sie steckt voller Symbolkraft und Mystik. Wenn seine Opfer unter seinen Händen sterben, wird er vermutlich sexuell stark erregt. Wie die meisten Serientäter will er diesen einen erregenden Moment immer wieder auskosten. Und er hofft, dass es beim nächsten Mal noch besser, noch intensiver wird. Es dauert dann einige Wochen, bis der Druck wieder so weit ansteigt, dass er ein neues Verbrechen riskiert. Die Sucht nach dem Kick wird stärker, die Abstände zwischen den Taten kürzer, bis ein kritischer Punkt erreicht ist. Darin unterscheidet er sich nicht von anderen Triebtätern. Was ihn besonders macht, ist seine abnorme Gefühlskälte. Nachdem er einmal gelernt hat, dass das Töten eine starke Empfindung in ihm auslöst, muss er es immer wieder tun."

„Aber Sie sagten doch, er sei nicht in der Lage gewesen, etwas zu empfinden. Also kannte er auch kein Gewissen, das ihn quälte."

„Das ist nicht ganz richtig. Jeder Mensch wächst in einer sozialen Umgebung auf und lernt zwangsläufig, wie er sich in der menschlichen Gesellschaft verhalten muss. Roland wusste, dass seine Taten ein unerhörtes Unrecht darstellten, auch wenn er nichts dabei empfand. Ich bin überzeugt, die Maske diente ihm dazu, seine Taten vor sich selbst zu rechtfertigen. Bedenken Sie, dass er krank war, sehr krank. Nicht alles lässt sich mit Logik erklären. Ein psychotischer Mensch handelt nicht logisch, er folgt seinen Instinkten. Und wenn Instinkt und Verstand auseinanderdriften, wird die Wirklichkeit zurechtgebogen, bis alles wieder zusammenpasst."

Frey beugte sich vor und musterte ihn eindringlich. „Sie suchen nach einer Erklärung, nach einem Grund, weil Sie nicht begreifen können, warum ein Mensch so grausam sein kann. Sie glauben, es macht es leichter, wenn Sie wissen, was in ihm vorgeht." Er schüttelte den Kopf. „Ich fürchte, ich muss Sie enttäuschen. Eine solche Erklärung gibt es nicht. Das Böse existiert, und Kaminsky wird immer Teil davon sein."

„Wo könnte er Helen und Nora gefangen halten?"

„Suchen Sie nach einem Ort mit besonderer Symbolkraft. Sie müssen das Labyrinth des Minotauros finden, Herr Funke."

„Das Bergwerk", murmelte er. „Die Grube Bindweide. Es muss eine Verbindung zur Mühle geben."

„Wie meinen Sie?"

„Kaminsky hat die Mühle gemietet, weil sie ideal für ihn war. Und zwar nicht nur als sicheres, abgelegenes Versteck, sondern weil er einen vergessenen Zugang zum Bergwerk entdeckt hatte. Die alten Stollen müssen eine unwiderstehliche Spielwiese für seine perversen Fantasien gewesen sein."

Frey zündete sich eine neue Zigarette an. „Ja, das könnte es sein."

Funke sprang auf. „Danke, Doktor. Sie haben mir sehr geholfen. Ich glaube, ich weiß, wo Helen und Nora sind."

39

Helen kletterte an den Steigeisen nach oben zum Schachtende. Vier Meter unter ihr brodelte das aufgewühlte Wasser wie in einem riesigen Kochtopf. Wenn sich die Geschwindigkeit, mit der das Wasser stieg, nicht verlangsamte, blieben ihnen noch zwei Stunden, bis die Flut das Gitter in der Decke erreicht hatte.

Nora klammerte sich ängstlich an die rostigen Sprossen. Helen klemmte die Lampe in ihren Hosenbund und stieg die letzten Sprossen hinauf. Noch lieferte die Batterie Strom, aber das Licht wurde schwächer.

Helen streckte ihre Finger durch das Eisengitter. Es ließ sich zwei Zentimeter anheben, stieß dann aber auf Widerstand. Sie waren in dem Schacht gefangen. Wenn sie keinen anderen Ausgang fanden oder Funke sie nicht in den nächsten zwei Stunden fand, würden sie ersaufen wie Kanalratten. Sie leuchtete die Wände nach einer zweiten Öffnung ab, aber außer einigen Spalten im Fels, durch die sich nicht einmal eine Eidechse hätte zwängen können, bestand der Schacht aus massivem Gestein.

Sie presste das Gesicht an das Gitter und spähte hindurch. Oberhalb erstreckte sich eine weitere Ebene des alten Bergwerks. Auf zwei Seiten verlor sich ein in den Fels gehauener Gang in der Dunkelheit.

Helen schaltete die Lampe aus, um die Batterien zu schonen. Sie war erschöpft und halb erfroren. Seit einer Stunde schallte das Echo ihrer Hilferufe durch die Stollen, doch niemand antwortete. Möglicherweise waren sie Kilometer von dem Teil des Bergwerkes entfernt, der Besuchern zugänglich war. Sie schätzte, dass seit ihrer Ankunft in der Mühle etwa drei Stunden vergangen waren. Es musste jetzt ungefähr neunzehn Uhr sein. Zu dieser Zeit war das Besucherbergwerk wahrscheinlich längst geschlossen.

Nora streckte ihre kalten Hände unter Helens Jacke und drückte sich Schutz suchend an sie. Helen vergrub ihr Gesicht in Noras Haar und murmelte beruhigende Worte. Das Mädchen war längst am Ende seiner Kraft.

Vergeblich rüttelte sie noch einmal an dem Gitter. In ihrem Gefängnis gab es nichts, was ihr als Hebel oder Werkzeug hätte dienen können. Alles, was sie tun konnten, war, auf das Ende zu warten. Und auf Funke zu hoffen, der vielleicht überhaupt nicht nach ihnen suchte.

Funke hatte den Rest seiner Mannschaft versammelt. Geschockt vom Tod ihrer Kollegen, würde jeder Einzelne alles tun, um neue Opfer zu vermeiden.

„Wir brauchen Karten der Grube Bindweide", erklärte er. „Kennt jemand den Stollenverlauf?"

„Das Besucherbergwerk wird von einem Förderverein in Gebhardshain geleitet", sagte Harder.

„Holen Sie die Verantwortlichen hierher – jeden, der etwas mit der Grube zu tun hat."

Harder griff nach dem Telefonhörer. Knapp dreißig Minuten später erschien der Vorsitzende des Vereins

in der Dienststelle. Ulrich Leyendecker war ein rotge-
sichtiger Mann um die fünfzig. Er schleppte zwei in
braunes Leder gebundene, großformatige Folianten
und mehrere Papprollen heran.

„Ich weiß nicht genau, was Sie suchen, aber ich werde
versuchen, Ihnen zu helfen", sagte er schnaufend.

„Oberhalb der alten Mühle bei Nauroth gibt es einen
Zugang zur Grube", erklärte Funke. „Ich will wissen,
wohin dieser Stollen führt."

Leyendecker zog einen zusammengerollten Perga-
mentplan aus einer der Pappboxen und breitete ihn auf
Funkes Schreibtisch aus. „Davon hab ich nie gehört",
sagte er. „So weit erstreckt sich die Grube nicht."

„Der Stollen ist da", widersprach Harder, „ein gemau-
ertes Portal führt in den Berg hinein."

Leyendecker studierte die alten Pläne. „Wenn es wirklich eine Verbindung gibt, ist sie auf den Karten nicht
eingezeichnet. Vielleicht sind Sie auf einen älteren Teil
des Bergwerks gestoßen, der irgendwann ausgebeutet
war und geschlossen wurde." Er nickte bekräftigend.
„Dann geriet er in Vergessenheit. Das wäre möglich.
Die Anfänge des Bergbaus in der Gegend reichen bis in
das Jahr 1837 zurück. 1852 wurde dann das Bergrecht
verliehen, und 1864 begann der Bergbaubetrieb im Stollen. Aus der Zeit davor existieren keine Karten."

„Und eine Verbindung zum Dreifelder Weiher? Ein
unterirdischer Kanal oder Abfluss?", fragte Funke.

Leyendecker schüttelte den Kopf. „Nein. Davon weiß
ich nichts."

Aus der Wache drangen aufgeregte Stimmen herein.
Harder ging nach vorne und kehrte kurz darauf zurück. „Haffner ist hier. Er sagt, er will mit Ihnen reden."

„Er kommt an die Reihe, wenn ich Zeit für ihn habe. Wir vergessen hier so schnell niemanden.“

Josef Haffner drängte sich an Harder vorbei ins Büro. „Ich …habe Irena getötet. Aber es war ein Unfall. Ich wollte das nicht, aber sie stand plötzlich auf der Straße … und ich konnte nicht mehr bremsen.“

„Das weiß ich bereits alles. Ich habe im Augenblick wichtigere Probleme zu lösen. Die Lebenden brauchen mich mehr als die Toten.“

Haffners Blicke flogen gehetzt über die ausgebreitete Karte des Bergwerks. „Ich habe gehört, Sie haben Gottlieb Bongartz verhaftet.“

„Was geht Sie das an?“

„Harder hat mir alles erzählt. Ich … ich will helfen.“

„Woher der plötzliche Anfall von Mitgefühl?“, fragte Funke überrascht. „Bisher hatte ich den Eindruck, Sie sind nur an Ihren Geschäften interessiert.“

„Ich habe mit meinem Sohn gesprochen. Er war hier.“

„Ja, kann sein.“

„Er hat mich überredet, eine Aussage zu machen.“

Funke nickte. „Er ist ein guter Junge.“ Er deutete auf die Karte. „Wenn Sie etwas wissen, das uns helfen könnte – bitte.“

Haffner beugte sich über die Pergamentpläne. „Der Großvater von Bongartz war Bergmann in der Grube Bindweide. Nach dem Krieg hat er als Sprengmeister gearbeitet.“

„Daher hatte Kaminsky also den Sprengstoff“, sagte Harder.

„Die Information nützt uns nichts, weil der alte Bongartz längst auf dem Friedhof liegt.“

Leyendeckers Blick hellte sich auf. „Vielleicht doch. Bongartz könnte alte Karten besitzen, die er von seinem Großvater geerbt hat.“

„Und Kaminsky wusste von den Plänen.“

Funke streifte sein Lederjacke über. „Fordern Sie Verstärkung aus Altenkirchen an. Außerdem die Feuerwehr und das Technische Hilfswerk.

„Die meisten sind seit Stunden im Einsatz“, sagte Harder. „Ich weiß nicht, ob ...“

„Dann machen Sie ihnen den Ernst der Lage klar. Wir brauchen Männer mit Kletterausrüstung und jeden, der sich in den verfluchten Stollen auskennt.“ Er wandte sich an Leyendecker. „Sie kommen mit. Falls wir Karten in Bongartz’ Haus finden, brauche ich Sie, um die Pläne zu entziffern.“

„Und was wird jetzt mit mir?“, fragte Haffner kleinlaut.

„Sie warten hier, bis Sie dran sind.“

Das Wasser stieg noch immer. Es reichte Helen inzwischen bis zu den Hüften, während sie mit ausgestrecktem Arm das Gitter über ihr erreichen konnte. Ihre Rufe waren kaum mehr als ein heiseres Krächzen. Nora war leichenblass. Sie zitterte vor Kälte und Erschöpfung und fand kaum noch die Kraft, sich an den Steigeisen festzuhalten.

Helen zog sich aus dem schäumenden Wasser und presste das Gesicht an die Eisenstäbe. Rasch untersuchte sie noch einmal die Befestigungen. Der Gitterrost bestand aus fingerdicken Eisenstangen, die mit einem Kranz aus Flachstahl verschweißt waren. Die Konstruktion saß in einem Rahmen aus Winkeleisen und war mit kräftigen Scharnieren verbunden. Zwei in den Rahmen eingelassene eiserne Klammern verhinderten, dass das Gitter angehoben werden konnte. Die Klammern waren mit Vorhängeschlössern gesichert, die so verrostet waren, dass selbst der passende Schlüssel sie wohl nicht mehr öffnen konnte. Es war aussichtslos. Sie schwenkte die Taschenlampe auf das brodelnde Wasser. Einen Augenblick überlegte sie, in den Schacht hinabzutauchen und einen Ausgang zu suchen. Aber alles, was sie damit erreichen würde, war ein nasser Tod. Auch wenn sie in dem aufgewühlten, trüben Wasser den Stollen fand, würde sie mindestens zehn Minuten brauchen, um eine höher gelegene Stelle des Gangsystems zu erreichen. Selbst mit einer Taucherausrüstung wäre dies ein selbstmörderisches Unterfangen gewesen. Es gab keinen Ausweg. Sie würde sterben, und Nora mit ihr.

Die blau gefrorenen Finger des Mädchens rutschten kraftlos von dem Steigeisen ab. Ohne einen Laut glitt Nora in das Wasser und ging unter. Helen klemmte die Lampe in einen Felsspalt, tauchte und drehte sich suchend im Kreis, aber alles, was sie in dem dreckigen Wasser sah, waren aufsteigende Luftblasen. Da stieß ihr Arm auf Widerstand. Sie packte zu, erwischte Noras Schulter und schlang ihren Arm um sie. Nach Luft ringend tauchte sie auf und paddelte mit letzter Kraft auf die Schachtwand zu.

„Nora! Wach auf! Du darfst jetzt nicht einschlafen!“

Sie schüttelte das Mädchen und verpasste ihm eine leichte Ohrfeige. Noras Augenlider flatterten, sie kam langsam zu sich.

„Halt dich fest! Wir werden nicht aufgeben. Dein Vater wird uns hier herausholen!“

Sie drückte Noras Finger um eine Sprosse und warf den Kopf in den Nacken. Es erschien ihr, als sei der Abstand zwischen Schachtdecke und dem Wasserspiegel in den letzten Minuten noch rascher geschrumpft. Bis zum Gitter blieb höchstens noch ein halber Meter.

Funke stieg aus dem Streifenwagen und hetzte den Kiesweg zu Bongartz' Haus hinauf. Gemeinsam mit Harder und Leyendecker durchsuchte er jeden Raum nach alten Karten und Plänen.

„Hier!“ Harder polterte die steile Stiege vom Dachboden hinab und hielt vier Rollen Pergamentpapier an sich gedrückt.

Funke breitete die Pläne auf dem Fußboden aus und beschwerte sie an den Rändern. Aufgeregt fuhr Leyendecker mit dem Zeigefinger an den verblassten Linien entlang. „Das ist ein System aus Stollen und Schächten, sehen Sie doch! Von dieser tiefer gelegenen Ebene zweigt ein Gang ab, der bis in die Nähe der Wiedquelle führt. Unglaublich. Ich habe nie zuvor davon gehört.“

Auf diesem Weg war also die Leiche von Tatjana Wolzow bei Hochwasser in den Dreifelder Weiher gelangt. Das Wasser war in den Schächten und Kavernen gestiegen. Als es wieder abfloss, hatte die Strömung Tatjanas Leiche fortgetragen. Kaminsky war in Panik geraten und hatte versucht, die Leiche zu bergen. Ob er den Verlust zufällig bemerkt hatte? Das würde sich nun niemals klären lassen.

Leyendecker tippte auf den Plan. „Wenn das die Mühle ist, dann muss dieser Eingang hier in unmittelbarer Nähe liegen.“

„Soweit der Keller nach der Explosion zugänglich war, haben wir ihn untersucht. Es gibt dort keinen Zugang zum Bergwerk", sagte Harder.

Funke lief zum Fenster hinüber. Ein Dutzend Halogenstrahler erleuchtete den Hof und die Mühle. Der abgebrochene Ast einer Kastanie ruhte auf dem zerschmetterten Dach des Anbaus.

„Der Schuppen! Wir haben den Schuppen nicht durchsucht."

In weniger als zehn Minuten hatten Mitarbeiter des Technischen Hilfswerks den beweglichen Mühlstein entdeckt und die darunter verborgene Klappe geöffnet. Funke richtete einen Strahler auf den Eingang und blickte verzweifelt auf das schmutzige braune Wasser, das an den Fuß der Steintreppe schwappte.

„Ob die Explosion den Stollen zum Einsturz gebracht hat?", überlegte Harder.

Grimmig nickte Funke. „Sie ist Kaminskys letzte Teufelei gewesen."

Wie lange dauerte es, bis man ertrank? Wie lange würde sie Widerstand leisten können, bevor unweigerlich der Atemreflex einsetzte und sie Wasser in ihre Lungen sog? Helen hatte irgendwo gelesen, dass das Leben eines Ertrinkenden an ihm vorbeizog, während er starb. Sie wusste nicht, ob die Legende stimmte, aber sie hatte genug Wasserleichen gesehen, um sich einen schöneren Tod zu wünschen.

Nora verdrehte die Augen und verlor erneut das Bewusstsein. Hastig fühlte sie den Puls des Mädchens. Er raste und schlug unregelmäßig. Die Temperatur des Wassers lag nur wenige Grad über Null. Sie würde der Kälte höchstens noch eine halbe Stunde standhalten können, bevor die Körpertemperatur unter einen kritischen Wert sank. Der geschwächte Körper des Mädchens würde nicht so lange durchhalten. Doch darum brauchte sie sich keine Sorgen mehr zu machen, denn lange vorher würde das Wasser den Schacht vollständig ausfüllen. Ihr blieb gerade noch genügend Platz, um ihren Kopf über Wasser halten zu können. Sie presste ihr Gesicht gegen das Gitter und schrie ein letztes Mal um Hilfe.

„Wenn sie dort unten sind, sind sie längst ertrunken", sagte Harder.

„Ich weigere mich, das zu glauben." Funke wandte sich an Leyendecker. „Wohin führt der Schacht oberhalb von Bongartz' Haus?"

„Ich weiß es nicht. Ich habe doch diese Pläne nie zuvor gesehen."

„Kommen Sie mit." Funke lief zum oberen Stolleneingang. Dort durchquerte er den Vorraum, öffnete die Stahltür und stand in der Kaverne mit dem Schacht, in dem sie die Leichen der Mädchen entdeckt hatten. Das Wasser war verschwunden. Er wandte sich um, rief den Wehrleiter der Feuerwehr und stutzte. War es das Echo seiner eigenen Stimme, das von den Tunnelwänden widerhallte? Er lauschte angestrengt in die Dunkelheit. Es gab keinen Zweifel. Jemand schrie um Hilfe, weit entfernt und kaum zu hören.

Er legte die Hände hohl an den Mund. „Helen!"

„... i ... fe ... fe ... fe!"

„Sie sind dort unten. Wir müssen in den Schacht hinabsteigen!"

Das Trampeln schwerer Stiefel erfüllte die Kaverne, schweres Gerät, Kletterhilfen und elektrisches Licht wurden herangeschleppt. Funke schnappte sich ein Paar Lederhandschuhe und streifte sie über.

„Das ist *unser* Job", sagte der Wehrleiter.

„Es ist *meine* Tochter."

„Haben Sie so etwas schon mal gemacht?"

„Nein." Ohne eine Antwort abzuwarten, griff er nach dem Nylonseil, das einer der Feuerwehrleute in den Schacht hinabgelassen hatte.

Jemand drückte ihm einen Helm mit einer Grubenlampe auf den Kopf.

„Warten Sie. Es hat genug Tote gegeben." Mit routinierten Handgriffen legte der Wehrleiter ihm ein Geschirr um und befestigte das Seil an einem Karabinerhaken. Jemand hatte einen Holzbalken über den Schacht gelegt, der als Kran diente. Funke begann den Abstieg.

Der Wasserstand im Schacht war so tief abgesunken, dass am unteren Ende die Öffnung eines Stollens sichtbar wurde. Als seine Füße Grund fanden, klinkte er den Karabinerhaken aus und watete durch das hüfthohe Wasser in den Stollen hinein.

„Nora! Helen!"

Er wartete einige Sekunden.

„... anke ... sind ... ier!"

Es war Helens Stimme. Und sie klang näher als zuvor. Nach etwa dreißig Metern stieß er auf eine Barriere aus vermoderten Balken, gebrannten Ziegeln und Felsgestein. Er kroch auf den Schutthaufen und begann fieberhaft, Geröll und Steine fortzuräumen. Dicht unter der Decke hatten sich Stützbalken beim Einsturz verkeilt und bildeten eine Öffnung, gerade groß genug für einen Erwachsenen.

Er hörte platschende Schritte hinter sich. Der Wehrleiter war ihm in den Stollen gefolgt, erklomm den Schutthaufen und leuchtete in das Loch. „Der Stollen ist auf einer Länge von fünf Metern eingebrochen."

„Ich muss es versuchen."

„Wollen Sie sich umbringen? Wir müssen erst den Schutt wegräumen und die Decke abstützen."

Funke grub wie ein Dachs in dem losen Geröll. Sein Instinkt sagte ihm, dass ihnen für eine sorgfältige Rettungsaktion keine Zeit blieb.

„Bleiben Sie hier, Sie Idiot!"

„Ich denk nicht dran."

„Nehmen Sie wenigstens ein Seil mit!"

Funke knotete sich das Nylonseil um die Hüften, zwängte sich in das enge Loch und robbte auf Ellenbogen und Knien voran. Als er die Hälfte des Weges zurückgelegt hatte, drohte ihn ein Panikanfall zu lähmen. Der Kriechgang war so eng, dass er sich kaum bewegen konnte. Der Berg schien ihn mit seinen Abermillionen Tonnen Gewicht zu erdrücken.

Funke bezwang seine Furcht, robbte weiter und ließ die Einsturzstelle bald hinter sich. Auf der anderen Seite war der Stollen trocken. Er löste das Seil vom Gürtel und lief los.

„Helen!"

„Funke! Wir sind hier unten!"

Die Stimmen klangen nun klar und nah. Er rannte den Stollen entlang und stieß nach zwanzig Metern auf einen Gitterrost im Boden. Helen streckte die Finger durch die Eisenstangen.

Funke ließ sich auf die Knie fallen. „Nora!"

Sie war es. Das totenbleiche Gesicht gehörte seiner Tochter Nora.

Helen presste ihr Gesicht von unten an das Gitter.

Der Schacht, in dem sie steckte, stand bis auf wenige Zentimeter unter Wasser.

„Holen Sie uns hier raus!"

Fieberhaft untersuchte Funke das Gitter. „Die Klappe ist mit Schlössern verriegelt. Ich brauche Werkzeug!"

„Beeil dich!"

Er lief in den Stollen zurück und kletterte den Schutthaufen hinauf. „Einen Bolzenschneider! Schnell!"

Der Feuerwehrmann auf der anderen Seite des Einbruchs reagierte schnell und professionell. Zwei Minuten später hatte er einen großen Bolzenschneider mit dem Seil verknotet. Funke zog hastig das Seil ein, löste das Werkzeug und rannte zum Schacht zurück. Entsetzt sah er das Wasser zwischen den Gitterstäben im Boden hervorquellen. Er durfte nicht so kurz vor dem Ziel scheitern, nicht noch einmal. Er setzte den Bolzenschneider an, schnitt die Bügel der Vorhängeschlösser durch und stemmte das Gitter auf. Helen tauchte aus dem brodelnden Wasser auf und rang nach Luft. Funke zog sie aus dem Schacht. Von Nora fehlte jede Spur. Er streifte seine Jacke ab und sprang in das eiskalte Wasser, tauchte und tastete blind umher. Als er das Gefühl hatte, seine Lungen müssten zerbersten, schoss er nach oben, holte kurz Luft und versuchte es erneut. Beim dritten Tauchgang griffen seine Hände nicht mehr ins Leere. Er fasste Nora unter den Achseln und zog sie mit letzter Kraft nach oben. Helen beugte sich über das Loch und half ihm, den leblosen Körper aus dem Schacht zu ziehen. Funke klammerte sich hustend und ausgepumpt an eins der Steigeisen. Das Wasser stieg noch immer und flutete nach und nach den oberen Stollen.

„Sagen Sie mir, dass sie lebt. Bitte.“

Helen beugte sich über Nora und blies ihren Atem in die Lungen des Mädchens. Funke stemmte sich aus dem Schacht und fiel auf die Knie.

„Sie atmet nicht“, sagte Helen verzweifelt.

Funke übernahm die Beatmung und begann mit einer Herzmassage.

„Es hat keinen Sinn mehr, sie ist tot“, sagte Helen. Sie weinte.

Funke schüttelte den Kopf, zählte und massierte Noras Brustkorb. „Es war mir egal, ob ich lebe oder sterbe, bis Sie mit Ihrem Sturkopf kamen. Verlangen Sie jetzt wirklich von mir, dass ich aufgebe? Nein, jetzt nicht mehr. Komm schon, Nora, du schaffst es!“

Er versuchte es wieder und wieder. Plötzlich krümmte sich Nora zusammen, hustete und würgte das Wasser aus ihren Lungen. Funke richtete sie auf und drückte sie an sich.

„Alles in Ordnung. Ich bin da. Und ich lasse nicht zu, dass dir etwas geschieht.“

40

Helen wanderte den Korridor entlang, blieb vor dem Fenster stehen und blickte auf den Park unterhalb des Krankenhauses hinab. In der Nacht war der erste Schnee gefallen, eine feine weiße Schicht bedeckte das winterliche Gras wie Puderzucker.

In der Glasscheibe spiegelte sich das Licht der Deckenlampen. Die Glastür zur Intensivstation schwang auf. Funke unterhielt sich leise mit einem Arzt, verabschiedete sich dann mit einem Händedruck und kam auf sie zu.

„Wie geht es ihr?"

„Sie ist stabil", antwortete er. „Morgen wird sie auf ein normales Krankenzimmer verlegt."

„Es war knapp. Wenn Sie nicht gekommen wären …"

„Denken Sie nicht daran. Ich war da. Nora lebt." Er sah sie an. „Und Sie auch. Ich … wollte mich noch bedanken."

Helen lächelte. „Ich wüsste nicht, wofür. *Sie* haben *uns* gerettet, schon vergessen?"

„Ich wollte mich für den Tritt in den Hintern bedanken."

„Gern geschehen. Wenn Sie wieder mal Bedarf haben, melden Sie sich." Besorgt blickte sie Richtung Intensivstation. „Kann ich zu ihr?"

„Morgen. Es ist noch zu früh."

„Wird sie es schaffen?“

„Ihre körperlichen Wunden werden heilen.“

„Und ihre Seele?“

„Ich weiß es nicht. Wir müssen Geduld haben. Sie wird sehr viel Liebe brauchen. Ob das allein reicht, kann niemand sagen.“ Er betrachtete sie forschend. „Und Sie? Gehen Sie zurück nach Koblenz?“

„Das hatte ich vor. Unser Fall ist ja nun aufgeklärt. Was ist eigentlich aus Ihrem korrupten Bürgermeister geworden?“

„Haffner? Er hat ein Geständnis abgelegt. Um eine Gefängnisstrafe wird er trotzdem nicht herumkommen.“

„Bei seinen Beziehungen tippe ich auf Bewährung. Er ist nicht vorbestraft.“

Funke zuckte mit den Schultern und versenkte die Hände in den Taschen seiner Cordjacke. „Kann sein. Und unser Gitarrist?“

„Carlos“, sagte Helen lachend. „Er wird wegen illegalen Drogenhandels angeklagt. Und *er* wandert todsicher in den Knast.“

„Die Kleinen hängt man, die Großen lässt man laufen.“

„Das werden wir nicht ändern können.“ Nun war sie an der Reihe, ihn neugierig zu mustern. „Eine Frage müssen Sie mir noch beantworten.“

„Und die wäre?“

„Was wäre geschehen, wenn Kaminsky nicht nachgegeben hätte? Hätten Sie ihn erschossen?“

Funke zuckte mit den Schultern. „Kann sein. Hätten Sie Django ein Küchenmesser in den Bauch gerammt?“

„Kann sein.“ Das hätte sie sich denken können. Mehr war aus Funke nicht herauszuholen.

„Mit meiner geschrumpften Mannschaft wird's nicht leichter werden", sagte er. „Ich könnte ein paar gute Leute gebrauchen."

Überrascht zog sie die Augenbrauen hoch. „Soll das ein Angebot sein?"

„Starbacher hätte nichts dagegen."

Sie schwieg und blickte auf den winterlichen Park hinab. Es hatte wieder zu schneien begonnen. Lautlos sanken dicke Flocken zu Boden.

„Sie wären in Noras Nähe. Vielleicht können wir mal etwas zusammen unternehmen."

Sie verfolgte den Lauf einer einzelnen Schneeflocke. „Darüber könnte man reden."

Funke lächelte. „Dienstbeginn ist um acht. Aber das wissen Sie ja." Er wandte sich um und ging den Korridor entlang.

Sie drehte sich um und sah ihm nach. „Seien Sie pünktlich!", sagte sie.

Funke winkte mit der Hand. „Sie wissen doch – als Chef habe ich ein paar Privilegien."

Ende

Nachwort des Autors

Bevor ich Dutzende Briefe von aufmerksamen Lesern erhalte, die mich sanft, aber bestimmt, über die tatsächlichen geografischen Gegebenheiten im Hachenburger Westerwald hinweisen, möchte ich auf einige *Anpassungen* im Roman eingehen.

Eine unterirdische Verbindung zwischen der Grube Bindweide und dem Dreifelder Weiher besteht natürlich nicht, sie ist meine Erfindung. Wenn Sie an der richtigen Stelle suchen, werden Sie am Deutschen Eck in Koblenz in der Nähe einer dreieckigen Baumgruppe auf einen geheimnisvollen Schachtdeckel stoßen, von dem ich allerdings nicht weiß, was sich darunter verbirgt – der Eingang zu einem unterirdischen Bunkersystem jedenfalls sicher nicht. Aber immerhin reichte seine Existenz, um meine Vorstellungskraft und damit eine Geschichte in Gang zu setzen. Die ZKI, die in der Geschichte mehrfach erwähnt wird, ist die zentrale Kriminalinspektion in Koblenz, in der man sich mit Kapitalverbrechen auseinandersetzt.

Das große Weinfass am Ufer des Dreifelder Weihers, in dem Funke seinen Rausch ausschläft, gibt es übrigens wirklich. Sie können es auf dem Campingplatz für eine romantische Übernachtung zu zweit mieten.

Ich gebe mir größte Mühe, reale Schauplätze detailgetreu zu schildern, aber manchmal komme ich nicht darum herum, meine Fantasie ins Spiel zu bringen, wenn es der Spannung dient. In *Stirb, mein Mädchen* ließ sich das nicht umgehen, und bevor ich eine gute Idee fallenlasse, weil sie nicht geografisch zu integrieren ist, flunkere ich lieber ein bisschen, was die Schauplätze angeht.

Ebenso war ich gezwungen, in Koblenz eine Gerichtsmedizin zu erfinden. Sonst hätten Helen und Funke nach Mainz fahren müssen (dort befindet sich in der realen Welt das Institut für Gerichtsmedizin), und das hätte die Geschichte unnötig kompliziert. Ich finde, dass sich solche *Verbesserungen* rechtfertigen lassen, wenn sie der Handlung geschuldet sind.

Die Welt, in der die Fälle von Funke & Stein spielen, ist Fiktion, auch wenn sie an real existierenden Orten angesiedelt sind. Das gilt selbstverständlich auch für die Charaktere und vor allem explizit für die Hachenburger Polizei. Und last but not least: Ähnlichkeiten und Namensgleichheiten mit lebenden oder verstorbenen Personen sind nicht beabsichtigt, sondern rein zufällig.

Apropos Fälle? Ja, Sie haben richtig gelesen. Funke & Stein werden in Serie gehen, was mich besonders freut, denn die Figuren sind mir bereits nach dem ersten Band ans Herz gewachsen. Lassen Sie sich überraschen, womit es die beiden als Nächstes zu tun bekommen …

Danksagung

Wie immer gilt mein Dank meiner Agentin Anna Mechler, die Funke & Stein ein neues Zuhause vermittelt hat, und dem Team von Digital Publishers, das es mit viel Enthusiasmus und großem Einsatz ermöglicht, dass ich die Serie fortsetzen kann.

Volker C. Dützer, Mai 2024